Dieses Buch gehört:

Fünf Freunde

Die stärksten Abenteuer

Enid Blyton, 1897 in London geboren, begann im Alter von 14 Jahren, Gedichte zu schreiben. Bis zu ihrem Tod im Jahre 1968 verfasste sie über 700 Bücher und mehr als 10 000 Kurzgeschichten. Bis heute gehört Enid Blyton zu den meistgelesenen Kinderbuchautoren der Welt. Ihre Bücher wurden in über 40 Sprachen übersetzt.

Enid Blyton™

Fünf Freunde

Die stärksten Abenteuer

Illustriert von Eileen A. Soper

Bassermann

FSC
Mix
Produktgruppe aus vorbildlich
bewirtschafteten Wäldern und
anderen kontrollierten Herkünften

Zert.-Nr. SGS-COC-1940
www.fsc.org
© 1996 Forest Stewardship Council

Verlagsgruppe Random House FSC-DEU-0100
Das für dieses Buch verwendete FSC-zertifizierte Papier
München Super liefert Mochenwangen.

ISBN: 978-3-8094-2206-8

Die Originalausgaben erschienen unter den Titeln: „Five Have a Wonderful Time“ (1951), „Five are Together Again“ (1963) und „Five Have a Mystery to Solve“ (1962) bei Hodder & Stoughton Ltd., London

Übersetzung: Ilse Winkler-Hoffmann, Beatrice Schott
Umschlagbild und Innenillustrationen: © Hodder & Stoughton Ltd., London
Umschlaggestaltung: Atelier Versen, Bad Aibling
Projektkoordination dieser Ausgabe: Birte Schrader
Herstellungskoordination dieser Ausgabe: Sonja Storz
Satz: All-Star-Type Hilse, München
Druck: GGP Media GmbH, Pößneck

Printed in Germany

817 2635 4453 6271

Inhalt

Fünf Freunde

und die wilde Jo

Morgen fahren wir

»Ich finde es gemein«, sagte Georg wütend. »Warum darf ich nicht zu den anderen? Zwei Wochen sitze ich nun hier schon rum, seit die Ferien angebrochen sind, und nun sind die anderen auch noch für vierzehn Tage weggefahren, ohne mich!«

»Sei vernünftig, Liebling«, sagte ihre Mutter. »Du kannst sie sofort besuchen, wenn es dir besser geht.«

»Mir geht's besser«, fauchte Georg mit zusammengezogenen Augenbrauen, »das weißt du ganz genau!«

»Jetzt ist es aber genug, Georgina«, ließ sich ihr Vater vernehmen und sah von seiner Zeitung auf. »Seit drei Tagen kommst du uns mit diesen albernen Argumenten. Sei endlich still!«

Georg antwortete nicht, denn sie reagierte prinzipiell nicht, wenn man sie mit Georgina anredete. Stattdessen wandte sie den Kopf zur Seite, obwohl sie sehr gern etwas erwidert hätte.

Ihre Mutter lachte. »Georg, Liebling, mach kein so böses Gesicht. Schließlich ist es deine Schuld, dass du dich so erkältet hast. Du hast unbedingt baden und so lange im Wasser bleiben müssen und es ist erst Mitte April.«

»Ich bade immer im April«, sagte Georg grimmig.

»Ich habe gesagt, du sollst ruhig sein!« Ihr Vater schlug mit der zusammengefalteten Zeitung auf den Tisch. »Noch ein Wort und du bleibst überhaupt hier!«

»Wuff«, machte Tim unter dem Tisch. Er mochte es nicht, wenn jemand in diesem Ton mit Georg, seinem Frauchen, sprach.

»Und misch du dich nicht auch noch ein«, brummte Georgs Vater und gab ihm einen kleinen Stups mit dem Fuß. Dabei sah er mit den aus Ärger zusammengezogenen Augenbrauen genauso aus wie seine Tochter.

Die Mutter lachte wieder. »Oh, seid still, ihr beiden, und du Georg, hab noch ein bisschen Geduld. Du darfst ja fahren, vielleicht schon morgen, wenn du heute nicht mehr so viel hustest.«

»Oh, Mutter, warum hast du das nicht gleich gesagt! Gestern Nacht habe ich nicht ein einziges Mal gehustet. Mir geht es großartig. Ich kann bestimmt morgen zur Burg Rabenstein fahren, und ich schwöre, ich huste heute Nacht auch nicht.«

»Wohin willst du?«, fragte der Vater. »Nach Burg Rabenstein? Das ist das neueste, was ich höre.«

»Aber Quentin, Lieber«, sagte seine Frau, »schon dreimal habe ich dir erzählt, dass Julius, Richard und Anne sich zwei alte Wohnwagen von einem Schulfreund geliehen haben und sich jetzt ganz in der Nähe dieser Burg aufhalten.«

Georgs Vater nickte zufrieden. »Sie wohnen also nicht in der Burg, das ist gut. Ich will nicht, dass mein Kind sich etwas darauf einbildet.«

»Dein Kind wird sich nie etwas einbilden«, entgegnete seine Frau und schüttelte den Kopf. »Ich kann es noch nicht einmal dazu bringen, Fingernägel und Shorts sauber zu halten. Das weißt du ebenso gut wie ich, Quentin. Und du weißt auch, dass die vier ihre Ferien immer auf eine möglichst ungewöhnliche Art zusammen verbringen.«

»Ja, und dass immer allerhand los ist, wo wir aufkreuzen«, sagte Georg, die bei dem Gedanken, vielleicht morgen schon zu ihrer Kusine und ihren beiden Vettern fahren zu dürfen, ihre gute Laune wiedergewonnen hatte.

»Nur das nicht!«, wehrte ihre Mutter entsetzt ab. »Aber ich wüsste wirklich nicht, was ihr Aufregendes in dem friedlichen kleinen Dorf in zwei alten Wohnwagen erleben solltet.«

»Bei diesem Kind ist alles möglich«, sagte der Vater. »Es scheint förmlich zu riechen, wo etwas Ungewöhnliches vorgeht. Ein Glück, dass wir nur eins von der Sorte haben.«

»Ach, es gibt mehr davon, als du glaubst«, sagte seine Frau. »Zum Beispiel Richard und Julius, und Anne wird natürlich mit hineingezogen, obwohl ihr beschauliche Ferien viel lieber wären.«

»Ja, ja, ich habe genug Blödsinn gehört«, sagte Georgs Vater aufgebracht, stieß seinen Stuhl heftig zurück und trat dabei aus Versehen auf den armen Tim, der kurz aufjaulte.

»Dieser Hund hat keinen Verstand«, brummte er verärgert. »Liegt ständig im Weg herum und verlangt, dass ich daran denke. Ich werde jetzt arbeiten.«

Er verließ das Zimmer, die Tür fiel krachend hinter ihm ins Schloss, dann eine zweite, ein Fenster wurde laut geschlossen, und danach herrschte Stille.

»Nun ist dein Vater bis zum Essen für diese Welt verloren.« Georgs Mutter lächelte. »Du lieber Himmel, dreimal habe ich ihm schon erzählt, dass ihr zur Burg Rabenstein wollt, und er weiß von nichts. Ich glaube übrigens, du kannst wirklich morgen fahren. Du siehst heute schon viel besser aus. Such deine Sachen heraus, ich werde sie am Nachmittag einpacken.«

»Oh, vielen, vielen Dank!«, rief Georg und umarmte sie stürmisch. »Vater wird ganz froh sein, wenn er mich los ist, ich bin ihm ja doch zu laut.«

»Tja, ihr beiden.« Die Mutter lächelte und dachte dabei an die eben mit so viel Schwung zugeschlagenen Türen. »Ihr beide seid manchmal eine Plage. Aber ohne euch wär's noch schlimmer. Oh, Tim, liegst du noch immer unter dem Tisch? Deinen Schwanz solltest du lieber einziehen. Hab ich dich getreten?«

»Macht nichts«, verzieh sein Frauchen ihr großmütig. »Und jetzt gehe ich und suche alles zusammen. Übrigens, wie komm ich eigentlich nach Burg Rabenstein?«

»Du kannst den Zug um zehn Uhr vierzig nehmen. Ich bringe dich zum Bahnhof. In Linning musst du umsteigen, und wenn du jetzt gleich eine Karte an Julius schreibst, hat er sie morgen und kann dich abholen.«

»Sofort«, rief Georg glücklich, »ich schreibe sofort!

Ach, Mutter, ich hatte schon Angst, ich würde diese Erkältung überhaupt nicht mehr los. Ich gehe nie wieder an so einem kalten Tag schwimmen!«

»Das hast du letztes Jahr auch gesagt und das Jahr davor auch. Du hast ein sehr kurzes Gedächtnis, mein Liebling.«

»Komm, Tim, komm!«, rief Georg lachend. Wie ein Wirbelwind jagten die beiden aus dem Zimmer, und die Tür schlug hinter ihnen zu, dass das Haus bebte.

Sekunden später öffnete sich die Tür zum Arbeitszimmer und eine ärgerliche Stimme rief: »Wer macht denn da solchen Lärm? Kann denn niemand in diesem Haus Rücksicht nehmen?«

Georg grinste, während sie die Treppe hinaufjagte. Ihr Vater regte sich immer über andere auf, dabei war er selber der Schlimmste. Hastig suchte sie eine Postkarte heraus. Sie musste sofort schreiben, wenn Julius sie morgen noch bekommen sollte; außerdem fand sie es schick, wenn man sie abholte. »Morgen geht's los«, sagte sie zu Tim, der zu begreifen schien, was bevorstand. »Du kommst natürlich mit, dann sind wir fünf wieder zusammen. Freust du dich, Alter, ja? Ich mich auch!«

Sie schrieb die Karte und lief hinunter, um sie in den Briefkasten zu werfen. Krachend flog die Haustür hinter ihr ins Schloss und ihr Vater fuhr zusammen. Er war ein bekannter Wissenschaftler, klug, ungeduldig, leicht aufbrausend und sehr vergesslich. Er wünschte sehnlichst, seine Tochter wäre ihm nicht so ähnlich, er wünschte sich eine wie seine stille, zarte Nichte Anne.

Georg warf die Karte in den Briefkasten. Sie enthielt nur wenige Sätze: »Bin gesund. Komme morgen zwölf Uhr. Holt Tim und mich ab. Georg.«

Dann begann sie, die Sachen, die sie mitnehmen wollte, herauszusuchen, und ihre Mutter kam, um ihr zu helfen. Wie immer wollte Georg so wenig wie möglich einpacken, vor allem keine warmen Pullover, aber ihre Mutter war anderer Ansicht. Es gelang ihr jedoch nicht, ihre Tochter zu überreden, auch ein Kleid mitzunehmen.

»Ich möchte wissen, wann du endlich aufhören wirst, wie ein Junge herumzulaufen und dich auch so zu benehmen«, sagte sie kopfschüttelnd und rief dann lachend: »Schon gut, schon gut, nimm diese grässlichen alten Shorts mit, wenn es unbedingt sein muss, aber bitte auch diese warme Jacke, und pack sie nicht wieder aus, wie du es schon einmal getan hast. Eine Decke brauchst du übrigens auch, im Wohnwagen ist es nachts noch kühl um diese Jahreszeit.«

»Ich bin ja gespannt, wie die beiden Vehikel aussehen«, sagte Georg und stopfte die Jacke in den Koffer. »Komisch und altmodisch, hat Julius geschrieben. Wahrscheinlich so ähnlich wie die von Zirkusleuten.«

»Oh, Kind, du hustest ja schon wieder!«, rief ihre Mutter plötzlich.

»Das ist nur vom Staub«, erklärte Georg, bekam vor lauter Anstrengung, den Husten zu unterdrücken, einen roten Kopf und trank hastig ein Glas Wasser. Nicht auszudenken, wenn sie doch nicht fahren durfte.

Aber das gefürchtete Verbot blieb aus. Georgs Mutter schwieg und dachte: Eine Luftveränderung wird ihr gut tun und außerdem braucht sie Gesellschaft. Sie ist nicht gern allein, besonders dann nicht, wenn sie weiß, dass die drei Freunde die Ferien ohne sie verleben.

An diesem Abend war Georg restlos glücklich. Vierzehn Tage lang würde sie mit Anne, Julius und Richard eine herrliche Zeit verbringen. Wenn nur das Wetter gut blieb!

Da läutete das Telefon.

Georgs Mutter ging an den Apparat. »Hallo«, sagte sie. »Oh, du bist es, Julius? Es ist doch alles in Ordnung?«

Aufgeregt raste Georg in die Diele. Was sollte denn schon passiert sein? Klar war alles in bester Ordnung!

Hoffentlich rief Julius nicht an, um sie auszuladen. Am liebsten hätte sie ihrer Mutter den Hörer aus der Hand gerissen.

»Was sagst du?«, fragte die gerade. »Ich begreife nicht, wovon du sprichst. Ja, natürlich ist Onkel Quentin hier. Warum sollte er nicht? Nein, er ist nicht verschwunden! Wovon sprichst du eigentlich?«

Georg wartete ungeduldig wie noch nie. Was bedeutete das alles? Ach, wahrscheinlich nichts Besonderes. Oder hatten die anderen wieder etwas herausgefunden?

Endlich legte ihre Mutter den Hörer auf und sagte: »Sei doch nicht so zappelig, steh doch einen Augenblick still, du kannst ja morgen fahren. Julius hat nur angerufen, um zu erfahren, ob Vater vielleicht einer der Wissenschaftler ist, die plötzlich verschwunden sind. In der Abendzeitung muss etwas darüber stehen. Der gute Junge war in Sorge.«

»Als ob Vater verschwinden könnte.« Georg lachte. »Julius spinnt ja. Das sind bestimmt Wissenschaftler, die einem anderen Land wichtige Geheimnisse verraten haben. Das hätte ich ihm gleich sagen können.«

Wir mögen Zirkusleute gern

Weit entfernt von Felsenburg, Georgs Heimatort, sprangen am nächsten Morgen zwei Jungen die Stufen eines Wohnwagens hinunter, liefen zu dem daneben stehenden und schlugen gegen die Tür.

»Anne, bist du wach? Es ist herrliches Wetter!«

»Kommt rein«, rief eine Mädchenstimme, »ich mach gerade das Frühstück!«

Julius und Richard stießen die leuchtend blaue Tür auf. Anne stand vor dem kleinen Herd an der Rückwand des Wohnwagens und lachte. »Ich kann mich nicht umdrehen, ich muss auf die Uhr sehen, wegen der Eier. Noch ein paar Sekunden.«

»Der Briefträger hat gerade eine Karte von Georg gebracht«, sagte Julius. »Sie kommt heute. Das find ich echt super. Mit ihr und Tim sind wir wieder komplett.«

»Wir holen sie ab«, sagte Anne.

»Versäumt hat sie so gut wie nichts«, murmelte Richard. »Wir sind ja schließlich auch erst drei Tage hier.«

Anne nahm die Eier mit einem Esslöffel aus dem Topf. »Tu sie in die Eierbecher. Sie stehen vor deiner Nase.«

Richard nahm ein Ei und ließ es mit einem Aufschrei fallen.

»Wie kann man nur so doof sein! Du hast doch gese-

hen, dass ich sie gerade aus dem kochenden Wasser genommen habe«, schimpfte Anne. »Nun kann ich noch einmal anfangen. Schade, dass Tim nicht da ist, der hätte es bestimmt aufgeleckt, gleich mit Schale. Dann hätt ich mir das Saubermachen erspart. Halt, ich hab eine gute Idee – *du* wirst sauber machen.«

»Hätt ich sowieso gemacht«, brummte Richard.

»Frühstücken wir auf der Treppe?«, fragte Julius. »In der Sonne ist es richtig warm.«

So setzten sie sich also auf die Stufen, aßen die gekochten Eier, Brote mit Schinken und Marmelade und danach jeder einen Apfel. Julius zog seine Jacke aus.

Ihre Wagen standen windgeschützt auf dem Abhang eines Hügels an einer dichten grünen Hecke, an der die

Primeln einen gelben Streifen bildeten und das Schöllkraut in der Sonne glänzte.

Nicht weit von ihnen standen drei weitere Wohnwagen, allerdings fest verschlossen, denn die Bewohner schliefen noch.

Auf dem gegenüberliegenden Hügel thronte eine verfallene Burg. Sie war von starken Mauern umgeben und besaß vier Türme. Drei hätten keinem Angriff mehr standgehalten, nur der vierte schien in einigermaßen gutem Zustand zu sein. Alle besaßen Schießscharten, aus denen vor Jahrhunderten die Bogenschützen ihre Pfeile abgeschossen haben mochten.

Ein steiler Weg führte zu dem großen Tor, dessen Pfeiler aus weißen Steinquadern bestanden. Die schmiedeeisernen Flügel waren geschlossen. Der einzige Eingang war die schmale Tür eines kleinen Turms dicht daneben.

Julius meinte, man müsste einen wunderbaren Blick von einem der Türme oder auch schon von der Mauer aus haben. »Kein Feind hat sich hier ungesehen anschleichen können. Die Burgleute hatten Zeit genug, die Tore zu schließen, die Mauer zu besetzen und so einer Belagerung standzuhalten.«

Die drei saßen noch eine Weile nach dem Frühstück auf den Stufen, blinzelten faul in die Sonne und hinüber zu der Burg, um deren Türme Raben flogen.

»Es sind mindestens tausend«, murmelte Richard. »Hätten wir einen Feldstecher, könnten wir sie besser beobachten. Ich find es schön, wenn sie plötzlich auffligen und rund um den Turm jagen, ohne sich gegenseitig im Weg zu sein.«

»Ob sie ihre Nester da haben?«, fragte Anne.

Richard nickte. »Bestimmt.«

»Wenn Georg hier ist, gehen wir rein. Der Eintritt kostet nur wenig und ich finde altes Gemäuer interessant.«

»Ich auch«, sagte Julius. »Hoffentlich bringt Georg ihr Fernglas mit. Dann können wir von dort oben aus meilenweit sehen.«

Anne stand auf. »Ihr könnt mir jetzt helfen abzuwaschen und die Wagen aufzuräumen, bevor Georg kommt.«

»Du glaubst doch nicht im Ernst, dass sie überhaupt bemerkt, ob sauber gemacht worden ist oder nicht!«, rief Richard. »Reine Zeitverschwendung, weiter nichts.«

Aber Anne hatte viel zu viel Spaß daran, alles hübsch zu Ehren des Besuches zu machen. Sie lief hinüber zur Hecke und pflückte einen Strauß Primeln, teilte ihn und stellte die eine Hälfte in einen kleinen blauen Krug und die andere in eine violette Glasvase.

»Passt gut zu den grünen Vorhängen«, murmelte sie und begann zu fegen und Staub zu wischen. Richard schickte sie zum Fluss, um dort abzuwaschen. »Gib aber ja Acht«, sagte sie, denn er war nicht gerade vorsichtig im Umgang mit zerbrechlichem Geschirr. Es gehörte nicht einmal ihnen, sondern den Besitzern der Wagen.

Es war halb zwölf. Anne legte die Bettwäsche für Georg heraus und lobte Richard, der gerade mit dem sauberen Geschirr zurückkam. »Nichts kaputt?«, fragte sie.

»Nichts«, antwortete Julius, »ich hab ihn nämlich beraten.«

»Das sind Ferien, wie ich sie mag!«, rief Anne. »Draußen leben zwischen den Feldern und Hügeln, friedlich und ohne jede Aufregung.«

»Hast du das gehört?«, fragte Richard seinen Bruder. »Hatten wir eigentlich schon mal Ferien ohne Aufregung?«

»Soweit ich mich erinnern kann, nicht«, antwortete Julius.

»Hör bloß auf, Aufregungen herbeizureden. Es müsste doch einmal auch ohne Abenteuer gehen.«

Richard grinste noch mehr. »Man kann nie wissen. Bist du fertig? Wir wollen Georg abholen.«

Einen Augenblick später sprang Anne die Stufen hinunter.

»Wir schließen die Wagen lieber ab«, sagte Richard. »Ich hab's schon gemacht.«

Er steckte den Schlüssel in die Tasche, und dann liefen die drei über den Abhang bis zu dem Weg, der ins Dorf führte.

»Ich freue mich ganz toll, das ich jetzt zusammen mit Georg im Wagen wohne, und auf den guten Tim auch«, gestand Anne. »Nicht, weil ich mich nachts allein fürchte, aber es ist gemütlicher so, besonders, wenn Tim im Traum grunzt und schnarcht.«

»Wenn du Schnarchen so gern hörst, empfehle ich dir, mit Richard zusammen zu schlafen«, schlug Julius vor. »Was träumst du eigentlich immer, Richard?«

»Ich schnarche niemals«, sagte Richard entrüstet, »aber dich solltest du mal hören, du …«

»Ist das dahinten nicht der Zug?«, rief Anne plötzlich. »Ja, ja, das muss er sein. Es kommt vormittags nur der eine. Los, beeilt euch!«

Sie begannen zu laufen, und der Zug fuhr in dem Augenblick ein, als sie atemlos am Bahnsteig ankamen. An einem der Fenster entdeckten sie ein Mädchen mit kurz geschnittenem lockigem Haar und Anne schrie: »Georg, Georg, Tim!«

»Hallo!«, schrie Georg zurück und fiel beim Aussteigen beinahe aus der Tür.

»Wuff«, machte Tim und war mit einem Satz auf dem Bahnsteig. Hinter ihm stand Georg mit leuchtenden Augen.

Sie umarmte Anne und versetzte Richard und Julius einen freundschaftlichen Rippenstoß. »Da bin ich. Ich hab's nicht ausgehalten bei dem Gedanken, dass ihr hier ohne mich seid. Ich glaube, ich habe meiner Mutter ein paar eklige Tage bereitet.«

»Kann ich mir lebhaft vorstellen«, fand Julius und hakte sich bei ihr ein. »Gib mir deinen Koffer. Wir gehen erst mal ins Dorf, da gibt es einen Laden, in dem man ein super Eis bekommt.«

»Wunderbar, mir ist sehr nach Eis zu Mute«, sagte Georg glücklich. »Tim hat auch Appetit darauf. Er kennt viele Wörter, aber das Wort Eis mag er besonders gern. Seht ihr, er lässt schon die Zunge heraushängen. Ja, ja, mein Guter, du bekommst natürlich auch eins.«

»Wuff«, machte Tim wieder und leckte einem nach dem anderen die Hand.

»Ich werde mir nächstens immer einen Waschlappen mitnehmen, wenn ich ihn treffe.« Anne lachte. »Lass Tim, ist ja schon gut.«

»Klasse, Georg hat ihr Fernglas mitgebracht!«, rief Richard plötzlich, der entdeckt hatte, dass der lange Lederriemen, der über ihrer Schulter hing, nicht zum Fotoapparat gehörte. »Prima, jetzt können wir die Raben beobachten und die Reiher im Sumpf.«

»Klar habe ich es mitgebracht«, sagte Georg. »Es sind die ersten Ferien, in denen ich dieses neue dabeihabe. Sagt mal, der Eisladen ist wohl am Ende der Welt, was? Wie lange müssen wir denn noch laufen?«

»Schon da, hier im Milchgeschäft gibt's welches«, verkündete Julius und schob sie vor sich her durch die Tür. »Ich würde dir raten, mit Vanille anzufangen, dann Erdbeer zu probieren und als würdigen Abschluss Zitrone zu nehmen.«

»Nicht schlecht. Hoffentlich hast du genügend Geld bei dir. Mir hat meine Mutter nicht allzu viel mitgegeben.«

Sie setzten sich an eines der Tischchen und bestellten. Die kleine rundliche Frau lachte sie freundlich an. »Ihr habt Glück mit dem Wetter, das muss man sagen. Sind viele Wohnwagen auf der Wiese da oben?«

»Nein, nicht sehr viele«, sagte Julius.

»Wartet's nur ab, ihr werdet bald genug Gesellschaft haben. Es sollen demnächst Zirkusleute kommen und die schlagen ihre Zelte meistens dort auf. Das wird euch sicher Spaß machen.«

»Prima«, rief Richard, »vielleicht können wir uns mit ihnen anfreunden! Wir mögen Zirkusleute, nicht wahr, Tim?«

Ein interessanter Zeitungsartikel

»Geben sie hier Vorstellungen?«, fragte Georg und machte sich über das Erdbeereis her. »Wissen Sie, was sie bringen?«

»Ach, alles Mögliche«, sagte die Frau. »Sie haben einen Feuerschlucker, der bringt die Dörfler auf die Beine, eher als jeder andere, das könnt ihr mir glauben. Ein Feuerschlucker – habt ihr davon schon gehört? Ich wundere mich nur, dass jemand damit seinen Lebensunterhalt verdienen kann.«

»Und was noch?«, fragte Anne eifrig, die sich kaum vorstellen konnte, dass ein Mensch Feuer schluckte.

»Ja, da ist noch einer, ein Entfesselungskünstler. Der befreit sich im Handumdrehen von allen Stricken und Fesseln. Ein wahres Wunder, das muss man sagen. Und dann nennt sich einer Kautschuk. Er schlängelt sich durch Rohre und zwängt sich durch Fenster, die nur einen Spaltbreit offen sind.«

»Tatsächlich? Der gäbe einen guten Dieb ab«, sagte Georg. »Wäre schön, ich könnte das auch.«

Alle lachten und dann fragte Anne: »Gibt's noch mehr zu sehen? Bis jetzt klingt alles sehr aufregend.«

Die dicke Frau nickte und schüttelte sich. »Dann ist da noch ein Schlangenbändiger. Stellt euch das vor! Ich hätte Angst, dass die Biester mich beißen. Kilometerweit würde ich rennen, wenn mir eine begegnet.«

»Ob sie giftig sind?«, fragte Richard. »Wäre kein angenehmes Gefühl, wenn in der Nachbarschaft ein paar von dieser Sorte rumkriechen.«

»Bloß nicht!«, rief Anne entsetzt. »Dann bleibe ich keinen Tag länger hier.«

Ein Kunde betrat den Laden und die Frau ging ihn bedienen. Die vier waren aufgeregt und neugierig. Was für ein Glück sie hatten, dass die Zirkusleute gerade jetzt hierher kamen!

»Ein Feuerschlucker«, murmelte Richard. »Ich wollte schon immer mal einen sehen. Ich wette, es ist ein Trick dabei. Sonst würde er sich den Mund ganz schön verbrennen.«

Julius lachte und stand auf. »Hauptsache, *du* verbrennst ihn dir nicht. Seid ihr fertig? Dann gehen wir und zeigen Georg unsere Wohnwagen. Sie sind übrigens ganz anders als die, mit denen wir damals unterwegs waren. Sie sind altmodisch und wirklich sehr bunt.«

»Und wer hat sie euch geliehen?«, fragte Georg, als sie den Laden verließen. »Ein Schulfreund?«

Julius nickte. »Meistens ist er mit seinen Eltern in den Ferien damit auf Fahrt, aber dieses Mal sind sie nach Frankreich gefahren, und da mochten sie die alten Dinger nicht mitnehmen. Da haben wir aber Glück gehabt, was?«

Sie stiegen den grünen Hang hinauf bis zur Wiese und Georg betrachtete eingehend die Burg.

»Burg Rabenstein«, sagte sie, »uralt, nicht wahr? Ich möchte wissen, was die schon alles erlebt hat. Ich bin dafür, wir sehen sie uns einmal genau an.«

»Machen wir, der Eintritt kostet nur wenig«, sagte Richard. »Das Geld können wir opfern. Ob es da alte Verliese gibt?«

Als sie vor den Wagen standen, stieß Georg einen Begeisterungsschrei aus. »Oh, sind die hübsch, richtig altmodisch …«

»Der rote ist unserer«, erklärte Richard, »und in dem blauen wohnt ihr beide.«

»Wuff«, machte Tim, um sich in Erinnerung zu bringen.

»Oh, entschuldige«, sagte Richard, »natürlich wohnst du auch da.« Die anderen lachten, denn es wirkte zu komisch, dass Tim durch sein Bellen immer den Anschein erweckte, als habe er alles verstanden. Sein Frauchen war übrigens fest davon überzeugt.

Die beiden Wagen standen auf hohen Rädern, besaßen auf jeder Seite ein Fenster, und zu der Tür an der Rückfront führten ein paar Stufen hinauf. Unter dem Dach zog sich eine geschnitzte Kante entlang.

»Sie sind frisch gestrichen worden und innen sind sie richtig komfortabel«, sagte Julius. »Zwei Klappbetten, ein Waschbecken, eins zum Abwaschen, obwohl wir das meistens am Fluss besorgen, denn dann sparen wir uns das Wasserschleppen, eine Speisekammer, eingebaute Schränke und Regale, Korkfußboden und hübsche Läufer drauf.«

»Du tust ja gerade so, als ob du sie mir verkaufen möchtest«, sagte Georg lachend. »Ich finde sie übrigens wunderbar, viel schöner als die modernen.«

»Finde ich auch. Die anderen haben zwar mehr Platz, aber den brauchen wir gar nicht. Wir sind ja meistens draußen.«

»Machen wir auch mal ein Lagefeuer?«, fragte Georg. »Oh, ich seh schon, da ist die Stelle, wo ihr eins hattet. Julius, heute Abend machen wir eins!«

»Und die Mücken stechen uns, die Fledermäuse fliegen um unsere Köpfe, und im Gras piksen die Ameisen«, sagte Richard. »Aber sonst ist es ganz gemütlich. Na, komm rein.«

»Zuerst in unseren«, sagte Anne und schob Georg die Stufen hinauf. Georg war entzückt und glücklich, zwei lange Wochen mit den anderen verleben zu können. Sie sah in die Speisekammer, öffnete die Schranktüren und probierte das Bett aus. Dann ging sie in den Wagen der Jungen.

»Wie sauber und ordentlich!«, sagte sie ganz überwältigt. »Bei Anne ist das selbstverständlich, aber bei euch hätte ich eher Kraut und Rüben erwartet. Das heißt doch hoffentlich nicht, dass ihr euch inzwischen zu Musterknaben entwickelt habt?«

Richard lachte. »Bilde dir keine Falschheiten ein! Das hier ist Annes Werk. Du weißt, sie flippt aus, wenn sie Unordnung wittert. Wenn sie da ist, brauchen wir uns um nichts zu kümmern.«

»Aber Georg muss mir helfen«, sagte Anne. »Bei euch

Jungens ist das etwas anderes, ihr seid schlampig und sowieso nicht mehr besserungsfähig.«

»Wenn ich nur auch nicht aufräumen müsste.« Georg stöhnte. »Aber keine Angst, ich werde schon was tun, wenigstens manchmal. Viel Platz für Tim ist wohl nicht in meinem Bett, was?«

»Er kann ja auf einer Decke am Boden schlafen«, schlug Anne vor.

»Wuff«, machte Tim, aber diesmal wedelte er nicht mit dem Schwanz und sah sehr unzufrieden aus.

»Da hast du's. Er denkt nicht im Traum daran. Er schläft doch immer an meinen Füßen.«

Sie gingen wieder hinaus. Es war ein herrlicher Tag. Unmengen von Himmelschlüsseln blühten und plötzlich begann eine Schwarzdrossel zu singen.

»Hat einer von euch eine Zeitung im Dorf gekauft?«, fragte Richard. »Du, Julius? Prima! Ich möchte nämlich gern die Wettervorhersage lesen. Bleibt es schön, können wir nachmittags einen Spaziergang machen. Zum Meer ist es ja nicht weit.«

Julius nahm die zusammengefaltete Zeitung aus der Tasche, warf sie ihm zu, und Richard setzte sich auf die Stufen des Wohnwagens.

Er suchte nach der Vorhersage, als sein Blick auf eine fett gedruckte Überschrift fiel.

»He«, rief er, »hier steht wieder was über die verschwundenen Wissenschaftler!«

»O gut«, sagte Georg, die sich an Julius' Telefongespräch erinnerte. »Wie bist du eigentlich darauf gekom-

men zu denken, dass mein Vater einer der Verschwundenen sein könnte? Als ob er jemals wichtige Geheimnisse verraten würde.«

Julius war entrüstet. »Das habe ich nicht gedacht! Niemals würde ich so etwas von Onkel Quentin denken! Ich habe in der Zeitung von dem Verschwinden der beiden gelesen und geglaubt, sie seien vielleicht entführt worden. Und weil Onkel Quentin so berühmt ist, wollte ich doch lieber sicher gehen.«

»Meine Mutter war sehr erstaunt. Ich glaube, du hast sie erschreckt, und sie hatte auch noch nicht die Zeitung gelesen. Außerdem gab's gerade wieder Krach, weil mein Vater wieder mal was gesucht hat.«

»Wahrscheinlich hatte er es in der Jackentasche, wie meistens«, sagte Richard und grinste. »Aber hört zu, das klingt ja wirklich so, als ob die beiden mit geheimen Papieren auf und davon sind. So eine Gemeinheit!« Er begann den Artikel vorzulesen:

»Seit zwei Tagen werden Professor Kant und Dr. Pott vermisst. Zum letzten Mal wurden sie beim Verlassen des Hauses eines gemeinsamen Kollegen gesehen. Seitdem fehlt jegliche Spur von ihnen. Es wurde inzwischen festgestellt, dass Kant einen Flug nach Paris gebucht hatte. Von seiner Ankunft dort ist allerdings nichts bekannt.«

»Das ist genau das, was ich meiner Mutter gleich gesagt habe!«, rief Georg. »Sie verkaufen dem Ausland geheime Pläne.«

»Onkel Quentin wird nicht sehr begeistert sein«, sagte Julius. »Hat er nicht eine Zeit lang mit Professor Kant zusammengearbeitet?«

»Ja, ich glaube schon. Ich bin nur froh, dass ich jetzt nicht zu Hause bin. Mein Vater wird außer sich sein und Mutter dauernd vorbeten, was er von Verrätern hält.«

»Bestimmt.« Julius nickte. »Könnte mich übrigens auch aufregen. Sein Land verraten, nee. Nur, um mehr Zaster zu haben. Ich versteh das nicht! Na, reden wir von etwas anderem. Wie steht's mit dem Mittagessen? Was soll's geben, Anne?«

»Bratwurst und Kartoffelbrei, hinterher Birnenkompott aus der Dose, und dazu koche ich einen Vanillepudding.«

»Ich mache den Herd an und brate die Wurst«, erbot sich Richard. »Hat jemand noch besondere Wünsche?«

»Ich mag die Wurst schön braun und knusprig«, sagte Georg prompt. »Und wie viele bekommt jeder? Ich habe nämlich seit dem Frühstück nur das Eis gegessen.«

»Zwölf sind im Ganzen da«, sagte Anne. »Das sind drei für jeden. Tim kann leider keine bekommen, aber ich habe Fleischknochen für ihn. Julius, du bist mit Wasserholen dran. Da drüben steht der Eimer. Ich werde jetzt Kartoffeln schälen, und Georg, du machst die Dose auf, ja? Aber sei vorsichtig, dass du dich nicht schneidest.«

»Klar!«, sagte Georg und grinste. Ach, es war herrlich wie immer. Gute Freunde und eine wunderbare Zeit vor sich!

Tim bekommt einen Schrecken

Sie genossen den ersten Tag, an dem sie wieder zusammen waren, besonders Georg. Sie hatte sich zu Hause gelangweilt. Auch Tim war außer sich vor Freude, jagte Kaninchen, raste die Wiese entlang, hinein in die Hecken und wieder heraus, so lange, bis er müde war.

Dann kam er zurück und ließ sich neben den Kindern ins Gras plumpsen, keuchte wie ein Langstreckenläufer, der eben einen Weltrekord aufgestellt hatte, und konnte nicht damit aufhören.

»Mir wird schon heiß, wenn ich dich nur ansehe«, sagte Anne. »Tim, gib bloß Acht, dass dir die Zunge nicht aus dem Maul fällt. Pass auf, Georg, er schwitzt fürchterlich. Ich glaube, er sollte schön draußen bleiben.«

Am Nachmittag machten sie einen langen Spaziergang, aber sie kamen nicht bis zum Meer. Von einem Hügel aus sahen sie es blau und glitzernd im Sonnenschein liegen. Kleine weiße Boote schaukelten auf dem Wasser. In einem Bauernhaus tranken sie Milch, während eine Schar Kinder sie verlegen mit großen Augen beobachtete.

»Wollt ihr gute selbst eingekochte Marmelade mitnehmen?«, fragte die freundliche Bäuerin, als sie ihre Milch bezahlten.

»Gern«, sagte Richard. »Könnten Sie uns vielleicht auch von dem Obstkuchen etwas abgeben? Unsere Wohnwagen stehen auf der Wiese gegenüber der Burg. Dann brauchen wir nicht ins Dorf zu gehen, um einzukaufen.«

»Ihr könnt den ganzen Kuchen mitnehmen«, sagte die Frau. »Ich hab gestern gebacken und noch genug übrig. Und wie ist es mit Schinken und eingemachten Zwiebeln?«

Das war großartig. Sie kauften billig ein und trugen alles zufrieden zu ihren Wagen. Richard nahm unterwegs den Deckel vom Zwiebelglas.

»Das Beste, was ich je gerochen habe«, sagte er. »Riech mal, Georg. *Das* Mittel gegen Mundgeruch!«

Dabei blieb es natürlich nicht, jeder wollte probieren. Nur Tim rümpfte die Schnauze, Zwiebeln gehörten zu den wenigen Dingen, die er nicht mochte.

»Vielleicht trägt doch lieber ein anderer das Glas«, sagte Anne und sah ihren Bruder von der Seite an. »Der leert es glatt, bis wir zu Hause sind.«

Als sie über das Gatter kletterten, ging die Sonne unter, und der Abendstern stand blass am Himmel. Plötzlich blieb Julius stehen.

»Da, zwei neue Wohnwagen. Sie sehen so ähnlich aus wie unsere. Ob die Zirkusleute schon angekommen sind?«

»Und dort kommt noch einer!«, rief Richard. »Dort drüben, er fährt auf der anderen Seite den Weg herauf.«

»Na, dann werden wir ja bald interessante Nachbarschaft haben«, sagte Anne.

Sie gingen weiter und sahen zu dem Wagen hinüber, der ganz in der Nähe von ihren stand. Er war gelb und blau lackiert und hätte einen neuen Anstrich vertragen können.

Niemand war zu sehen, Fenster und Türen waren verschlossen. Nur ein paar Kinder starrten die fünf Freunde neugierig an.

»Da steht ein großer Kasten neben dem einen Wagen«, stellte Julius fest. »Was ist da wohl drin?«

Der Kasten war lang und breit, mit runden Löchern in kurzen Abständen an den Seiten.

Georg bückte sich, um zu hören, ob vielleicht etwas Lebendes darin war.

Wie immer war Tim bei ihr und schnupperte eifrig an den Öffnungen.

Plötzlich wich er zurück und bellte laut. Georg fasste an sein Halsband, um ihn fortzuziehen, aber er stemmte sich dagegen und bellte immer aufgeregter, ohne aufzuhören.

Ein leises Rascheln kam aus dem Kasten und Tims Bellen wurde wilder.

»Hör auf!«, rief Georg und versuchte vergeblich ihn zurückzuziehen. »Julius, komm, hilf mir, irgendetwas ist da, was Tim nicht kennt. Weiß der Himmel, was. Er benimmt sich wie ein Verrückter.«

»He, ihr da!«, schrie plötzlich jemand von der Wiese herauf. »He, ihr, verschwindet gefälligst mit dem Hund, aber ein bisschen dalli! Seid ihr verrückt, meine Schlangen so aufzuregen?«

»Ii, Schlangen«, flüsterte Anne und wich entsetzt zurück. »Nimm Tim bloß weg!«

Mit vereinten Kräften gelang es Julius und Georg endlich ihn fortzuzerren. Das Halsband schnürte ihm beinahe die Kehle zu, aber er war so außer sich, dass er es nicht einmal zu merken schien.

Der Mann, der so wütend gerufen hatte, stand jetzt dicht hinter ihnen. Georg drehte sich um und sah einen kleinen, wütenden Kerl vor sich, der sich kaum beherrschen konnte. Drohend hob er die Faust und schüttelte sie. Er wirkte jedoch nicht so beängstigend, wie er gern gewollt hätte.

»Entschuldigen Sie«, sagte Georg und hielt Tim fest am Halsband. »Und brüllen Sie nicht so, sonst geht mein Hund auf Sie los.«

»Auf mich will er losgehen? Auf mich? Du hast ein gefährliches Tier, das meine Schlangen bedroht, und nun will es sich auch noch auf mich stürzen?« Der kleine Mann schrie und tänzelte dabei hin und her wie ein Boxer im Ring. »Oh, ich kann auch andere Seiten aufziehen, ich werde meine Schlangen freilassen, und dein Hund wird rennen, rennen und rennen, und du kriegst ihn nie wieder zu sehen!«

Das war eine entsetzliche Drohung. Georg amtete erleichtert auf, als sie endlich mit Richards und Julius' Hilfe Tim zu ihrem Wohnwagen schleifen konnte. Anne versuchte ihn zu beruhigen, während die anderen zu dem wütenden Mann zurückkehrten.

Der hatte inzwischen den großen Kasten geöffnet.

Voller Spannung beobachteten ihn die drei. Was für Schlangen waren wohl drin? Klapperschlangen? Kobras? Alle waren auf dem Sprung davonzulaufen, falls die Tier ebenso angriffslustig sein sollten wie ihr Besitzer.

Plötzlich schob sich ein großer Kopf langsam über den Kistenrand und schwankte hin und her, von einer Seite zur anderen. Die schwarzen Augen glänzten. Dann kam der lange Körper heraus, glitt an den Beinen des Mannes empor, legte sich um seine Brust und um seinen Nacken. Er tätschelte die Schlange und sprach leise und zärtlich mit ihr.

Georg schauderte, Julius und Richard staunten.

»Es ist eine Python«, erklärte Julius leise. »Was für ein Riesenbiest! So nahe habe ich noch nie eine gesehen. Sie könnte ihn glatt erdrücken.«

»Er hält sie am Schwanz fest«, sagte Richard. »Da, da ist noch eine!«

Wahrhaftig, eine zweite glitt aus dem Kasten, ebenso geschmeidig und glänzend. Auch sie wand sich um den Mann und zischte dabei.

Anne beobachtete alles vom Fenster des Wohnwagens aus, glaubte ihren Augen kaum trauen zu können und wünschte sich meilenweit fort von hier.

Endlich hatte der jähzornige Mann seine Tiere beruhigt. Von ihm selber war beinahe nichts mehr zu sehen – über jeder seiner Schultern ragte ein Schlangenkopf.

Tim beobachtete dieses außergewöhnliche Geschehen neben Anne vom Fenster aus. Er schien sich nicht auszukennen. Sein Fell sträubte sich. Er war das reine Borstentier. Irgendwie aber sagte ihm sein Instinkt, dass keine Gefahr mehr bestand. Deshalb ließ er von der Schlangenbetrachtung ab und verzog sich unter den Tisch.

Der Mann tätschelte seine Tiere und sprach leise und beruhigend auf sie ein, dabei tat er sie zurück in den Kasten. Sie glitten ein Stück hinein und rollten sich zusammen. Der Mann schloss den Deckel und drehte den Schlüssel um.

Dann wandte er sich den Kindern zu. »Habt ihr gesehen, wie ihr sie in Aufregung gebracht habt? Und nun lasst euch hier nicht wieder blicken, verstanden? Vor allen Dingen mit dem Hund nicht. Diese Kinder! Stecken ihre Nase in alles, stehen da und gaffen. Also verschwindet, verstanden?«

Er schrie die letzten Worte derartig laut, dass die drei zusammenfuhren. »Hören Sie«, sagte Julius, »wir sind doch nur gekommen, um Ihnen zu sagen, dass es uns Leid tut, dass der Hund so laut gebellt hat. Außerdem sind wir und der Hund nicht gewohnt, dass man mit uns so herumbrüllt.«

»Ich mag Hunde nicht«, sagte der Mann schroff und ging auf seinen Wohnwagen zu. »Ich will ihn nicht mehr hier sehen, sonst könnte es passieren, dass meine Schlangen ihn fest an sich drücken.«

Er verschwand im Innern des Wagens und knallte die Tür hinter sich zu.

»Schade.« Julius seufzte. »Und ich hatte gehofft, dass

wir uns mit den Zirkusleuten anfreunden werden und dass sie uns vielleicht etwas von ihren Tricks erzählen.«

»Ein grässlicher Kerl«, sagte Georg beunruhigt. »Wenn eines von den Biestern sich um Tim wickelt, dann ist das sein Ende. Ich darf ihn von jetzt an nicht mehr aus den Augen lassen, besonders wenn der Mann seine Schlangen herauslässt. Er scheint sie übrigens sehr zu lieben, findest du nicht auch?«

Julius nickte. »Bestimmt. Ich hätte gern gewusst, wer in den anderen Wagen wohnt, aber ich traue mich nicht so nah ran. Möglicherweise gibt es da Gorillas oder Elefanten oder Nashörner oder …«

»Du bist ein Idiot«, sagte Georg. »Kommt, es wird dunkel. Seht mal, da ist der Wagen, den wir vorhin unten am Gatter gesehen haben.«

Langsam holperte der den Hügel herauf. Auf der einen Seite stand in großen roten Buchstaben »Kautschuk«.

»Ach, der Schlangenmensch!«, rief Georg. »Ob es der auf dem Bock ist, Richard? Was glaubst du?«

Alle starrten den Kutscher an. Er war lang, dünn und sah trübsinnig drein, als wolle er jeden Augenblick in Tränen ausbrechen. Sein Pferd stand ihm in nichts nach.

Julius nickte. »Das könnte er sein. Nur scheint er nicht gerade gute Laune zu haben. Da, er springt ab.«

Mit einem Satz landete der Mann auf dem Boden, spannte das Pferd aus und ließ es laufen. Es trottete über die Wiese und zupfte hier und dort ein paar Halme und wirkte beinahe noch trübsinniger als vorher.

»Buffalo!«, rief der Mann plötzlich. »Bist du drin?«

Die Tür des zweiten Wohnwagens öffnete sich, und ein junger Mann erschien, ein großer Mann mit einem Wust blonder Haare. Er trug ein knallrotes Hemd und zeigte beim Lachen sein strahlendes Gebiss.

»He, Kautschuk, wir waren die Ersten. Komm rein. Skippy hat was für die Beißerchen!«

Kautschuk folgte dieser Einladung und ging mit bedächtigen Schritten auf den jungen Kraftmenschen zu.

Richard sagte: »Aufregend, was? Ein Schlangenmensch und ein Mensch mit Schlangen. Und wer kommt noch dazu?«

Die anderen lachten und Anne rief: »Beeilt euch, Tim winselt die ganze Zeit!«

Sie liefen die Stufen hinauf und fanden einen gedeckten Tisch vor. Für jeden gab es ein paar Schinkenbrötchen, ein Stück Obstkuchen und eine Apfelsine.

»Gib mir bitte eine Zwiebel, Anne«, sagte Richard. »Ich werde sie mir zerschneiden und auf den Schinken legen, das schmeckt bestimmt gut. Auf so etwas versteh ich mich.«

Ein Feuerschlucker muss groß und dick sein

Sie sprachen von nichts anderem als von den Zirkusleuten. Tim saß dicht an Georg gedrängt und versuchte ihr begreiflich zu machen, wie Leid es ihm tat, dass er so viel Unruhe gestiftet hatte. Sie streichelte ihn zärtlich und redete ihm dabei noch einmal ins Gewissen.

»Ich verstehe ja, dass Schlangen dir nicht sympathisch sind, aber wenn ich dich rufe, dann musst du gehorchen. Kapiert, Alter?«

Tim zog den Schwanz ein und legte seinen schweren Kopf auf Georgs Knie. Dabei winselte er leise.

»Ich glaube, er wird sich nie wieder in die Nähe des Kastens wagen«, meinte Anne. »Ihm sind die Schlangen unheimlich. Für ihn bestehen die Dinger sicher nur aus Kopf und Schwanz. Und mit dem Schwanz wedeln sie nicht.«

»Ziemliches Pech, dass wir gleich Ärger mit den Zirkusleuten gehabt haben«, murmelte Julius. »Aber ich kann mir schon denken, dass sie Kinder nicht mögen, weil die ja oft Dummheiten machen.«

»Seid mal still«, sagte Georg und lauschte. »Ich glaube, es kommen noch mehr Wagen.« Auch Tim hatte die Ohren aufgestellt und knurrte leise.

Richard lief ans Fenster und blickte in die Dämmerung

hinaus. Er sah Umrisse einiger Wagen und davor ein Holzfeuer, über das sich ein Mann beugte.

»Die Brötchen waren sehr gut«, sagte er. »Wie wär's mit noch einer Zwiebel für jeden?«

»Nein«, erwiderte Anne, »du hast ja kein Brötchen mehr.«

»Ach, ich kann sie auch ohne was essen. Das macht mir nichts aus. Gib bitte das Glas rüber, Anne.«

»Ich habe es schon versteckt. Morgen willst du auch noch was haben. Sei nicht so gefräßig. Und wenn du Hunger hast, kannst du ja noch ein Brötchen essen.«

»Eigentlich wollten wir ja draußen ein Lagerfeuer machen«, sagte Georg plötzlich, »aber ich glaube, ich bin zu müde. Ich würde glatt davor einschlafen.«

Anne nickte. »Ich bin auch müde. Wir räumen ab und gehen am besten ins Bett. Die Jungen können in ihrem Wagen noch lesen oder Karten spielen, wenn sie wollen.«

Richard grinste. »Vielleicht lese ich noch ein bisschen. Hoffentlich hast du genug Wasser. Ich habe nämlich nicht den heißen Wunsch, in der Dunkelheit noch mal zum Fluss zu stolpern und über Schlangen oder sonst was zu fallen. Mir sind die Zirkusleute bei Tageslicht lieber.«

»Du glaubst doch nicht wirklich, dass sie die Schlangen draußen herumkriechen lassen?«, fragte Anne ängstlich.

»Natürlich nicht«, beruhigte Julius sie. »Außerdem würde Tim wie wild bellen. Der meldet ja schon, wenn nur ein Igel vorbeiläuft. Du brauchst also keine Angst zu haben.«

Die Jungen sagten Gute Nacht, gingen in ihren Wagen hinüber, und Anne und Georg sahen, wie sich ihre Schatten hinter den Vorhängen bewegten.

Auch sie zündeten nun die Lampe an und machten ihre Betten.

»Gibt es keine Kopfkissen?«, fragte Georg. »O, wie praktisch, wir nehmen die Kissen, die tagsüber auf den Stühlen liegen.«

»Ja, wir ziehen nur die weißen Bezüge drüber, das ist alles.«

Dann wuschen und kämmten sie sich und putzten sich die Zähne.

Als sie das Wasser aus dem Becken abließen, lief es gurgelnd durch den Abfluss, und sie hörten, wie es in die Blechwanne unter dem Wagen platschte. Tim stellte die Ohren auf. Er hatte schon herausgefunden, dass er sich hier an allerhand neue Geräusche gewöhnen musste.

»Hast du eine Taschenlampe dabei, Georg?«, fragte Anne, als sie beide in ihren Betten lagen. »Wenn du nachts Licht brauchst, musst du sie nehmen. Da, sieh dir Tim an! Wie erwartungsvoll er auf dem Boden sitzt. Er scheint noch nicht begriffen zu haben, dass wir zu Bett gegangen sind. Wartest du, dass wir raufgehen?«

Tim schlug mit dem Schwanz auf den Boden. Genau das war es, worauf er wartete. Wenn sein Frauchen schlafen ging, ging es immer die Treppe hinauf. Hier hatte er zwar noch keine entdeckt, aber sein Frauchen würde schon wissen, wo es eine gab.

Es dauerte ein paar Minuten, ehe er begriffen hatte, dass Georg in dieser Nacht hier bleiben wollte. Und dann landete er mit einem Satz auf ihren Beinen und sie stöhnte.

»He, Tim, bist du grob! Geh runter, leg dich in meine Kniekehlen.« Tim fand das schmale Bett ziemlich unbequem, aber er befolgte den Rat, und endlich gelang es ihm sich zusammenzurollen. Er legte seinen Kopf auf Georgs Knie, stieß einen tiefen Seufzer aus und schlief ein.

Georg wachte davon auf, als Tim gegen ihren Bauch trat.

Zunächst wusste sie nicht, wo sie war, doch dann erinnerte sie sich, und ein Strahlen ging über ihr Gesicht. Wie eine Drossel ihr Lied schmetterte! In der Ferne muhten Kühe und das erste Tageslicht fiel durch das Fenster auf die Uhr und den Krug mit den Primeln.

Tim legte sich wieder zurecht. Wenn sein Frauchen noch nicht aufstand, musste er auch nicht aus den Federn. Georg schloss tatsächlich die Augen und schlief noch einmal ein. Draußen im Lager der Zirkusleute begann es lebendig zu werden. Wagentüren öffneten sich, Rauch stieg auf, einer ging zum Fluss, um Wasser zu holen.

Bald darauf kamen die Jungen und schlugen gegen die Tür. »Aufstehen, ihr Schlafmützen! Es ist halb acht und uns knurrt der Magen.«

»Du lieber Himmel«, rief Anne und fuhr hoch. »Georg, wach auf!«

Es dauerte nicht lange und sie saßen um ein kleines Feuer herum. Richard machte sich sofort daran Schinken und Eier zu braten. Der Duft, der aus der Pfanne stieg, machte sie noch hungriger, als sie schon waren. Anne hatte auf dem kleinen Herd den Tee zubereitet und kam mit dem Tablett die Stufen herunter.

»Komm, Anne!«, rief Richard. »Julius, gib deinen Teller her. Tim, steck deine Nase nicht in die Pfanne. Du wirst dich am heißen Fett verbrennen. Georg, pass gefälligst auf ihn auf, eine Scheibe Schinken hat er schon stibitzt.«

»Dann brauchst du sie wenigstens nicht mehr zu braten«, war die seelenruhige Antwort. »Seht euch nur die Menge Wagen an. Alle in der letzten Nacht gekommen.«

Die vier Kinder sahen hinüber. Neben den drei ersten – dem des Mannes mit den Schlangen, dem des Rothemdes Buffalo und dem Kautschuks – standen jetzt fünf weitere Wagen.

Einer interessierte die Kinder besonders. Er war leuchtend gelb gestrichen, mit roten Flammen verziert, und in großen Buchstaben stand darauf: »Alfredo, der Feuerschlucker«.

»Den stelle ich mir groß und dick vor«, sagte Richard. »Ein richtiger Feuerschlucker muss groß und dick sein, immer laut schreien und viel Wirbel machen.«

»Wahrscheinlich ist er klein und dünn und trippelt wie ein Pony«, wandte Julius ein. »Wetten?«

»Da kommt jemand aus dem Wagen!«, rief Georg.

»Eine Frau«, stellte Anne fest. »Vielleicht seine. Wie klein und schmal sie ist, richtig zerbrechlich. Sieht aus, als ob sie eine Abmagerungskur hinter sich hätte.«

»Und das muss der Feuerschlucker sein, der Mann hinter ihr«, flüsterte Georg. »Bestimmt. Und er sieht genauso aus, wie du ihn dir vorgestellt hast. Richard, du bist ein kluges Kind.«

Ein großer, starker Mann kam hinter der kleinen Frau die Stufen herunter. Er wirkte tatsächlich Furcht erregend mit der schwarz gelockten Mähne, dem roten Gesicht und den dunklen Augen. Mit Riesenschritten ging

er neben seiner Frau her, die laufen musste, um mitzukommen.

»Na also«, Richard grinste, »so und nicht anders muss ein Feuerschlucker aussehen. Ich glaube, wir gehen ihm lieber aus dem Weg. Vielleicht hat er genauso wenig für Kinder übrig wie der Mann mit den Pythons. Die arme kleine Frau. Ich wette, er jagt sie überall herum und lässt sich von ihr bedienen.«

»Immerhin holt er das Wasser für sie aus dem Fluss«, sagte Anne, »zwei große Eimer voll.«

»Da ist noch jemand«, sagte Julius. »Wer könnte das sein? Er hat einen Gang wie ein Tiger.«

»Wahrscheinlich der Mann, der sich von den stärksten

Fesseln befreien kann«, sagte Anne. »Bestimmt ist er's.«

Es war interessant die Neuangekommenen zu beobachten. Sie kannten einander alle, blieben stehen und unterhielten sich lachend und besuchten sich gegenseitig in ihren Wohnwagen. Und dann machten sich drei Frauen auf den Weg ins Dorf, um einzukaufen.

»Genau das müssen wir jetzt auch tun«, sagte Anne. »Kommst du mit, Georg? In zehn Minuten fährt ein Bus. Damit sind wir schneller dort.«

Georg nickte und stand auf. »Und was machen die beiden Jungen, während wir weg sind?«

»Ach, die können noch Wasser holen, Feuerholz sammeln und ihre Betten in Ordnung bringen.«

»Meinst du?« Richard grinste. »Vielleicht, vielleicht auch nicht. Hauptsache, ihr besorgt was zu mampfen. Unser Vorrat schrumpft bedenklich zusammen, ein äußerst unangenehmer Zustand. Ich brauche noch Zahnpasta, und wenn sie in dem Milchgeschäft Krapfen haben, bring bitte zwölf Stück mit.«

»Ja, und eine Dose Ananas, und vergiss nicht, Milch brauchen wir auch noch.«

»Wenn ihr noch mehr Wünsche habt, müsst ihr mitkommen und tragen helfen.«

»Und vergesst nicht, in der Post nachzufragen, ob etwas für uns da ist, und kauft eine Zeitung, damit wir wissen, was in der Welt vorgeht.«

Anne nickte lachend. »Komm, Georg, sonst verpassen wir den Bus.« Gleich darauf liefen sie davon, Tim dicht auf ihren Fersen.

Du Bösewicht

Als die Mädchen verschwunden waren, holten Julius und Richard zunächst Wasser. Danach sammelten sie Holz und machten sogar ihre Betten.

Das war eine sehr einfache Sache. Sie zogen die Bezüge ab, rollten sie zusammen und legten sie in einen Schrank. Dann hatten sie eigentlich nichts mehr zu tun, als auf Anne und Georg zu warten. Sie schlenderte um die Wiese herum und achteten sehr darauf, dem Wagen mit den Schlangen nicht zu nahe zu kommen. Besonders, da der Mann mit einer seiner Pythons intensiv beschäftigt war.

»Was macht er bloß?«, fragte Julius. »Es sieht fast so aus, als ob er sie auf Hochglanz bringen möchte, aber das kann wohl nicht sein. Ich würde gern ein bisschen näher rangehen, aber dieser Giftzwerg ist so jähzornig, dass er es glatt fertig bringt, eins von den Biestern auf uns zu hetzen.«

Der Mann saß auf einer Kiste, die Schlange über den Knien. Den Schwanz hatte sie um sein rechtes Bein geschlungen, der Kopf ragte unter seinem Arm hervor. Er rieb das Tier gründlich ab, und wie es aussah, fühlte sich die Schlange dabei sehr wohl.

Blondschopf Buffalo übte mit der Peitsche. Der Stiel

war prächtig mit Halbedelsteinen besetzt, die in der Sonne funkelten.

»Sieh dir die Schnur an«, sagte Julius, »wie lang sie ist. Mir macht es Spaß ihm zuzusehen.«

Als habe Buffalo diese Worte gehört, hob er jetzt die Peitsche, schwang sie, und einen Augenblick später gab es einen Knall wie ein Pistolenschuss. Die beiden Jungen fuhren zusammen.

Buffalo wiederholte das Spiel, dann pfiff er und eine kleine dicke Frau erschien auf der obersten Stufe seines Wohnwagens.

»Oh«, rief sie, »ist sie wieder in Ordnung?«

»Das wirst du gleich sehen«, sagte Buffalo. »Gib mir eine Zigarette, Skippy.«

Skippy verschwand für einen Augenblick und erschien gleich darauf wieder mit einem Päckchen in der Hand. Auf der obersten Stufe blieb sie stehen und hielt eine Zigarette zwischen Daumen und Zeigefinger in die Höhe.

Buffalo schwang die Peitsche, sie knallte, und die Zigarette war verschwunden. Julius und Richard staunten, dass Buffalo mit der Peitsche so präzise treffen konnte.

»Da liegt sie«, sagte Buffalo und zeigte auf die Erde. »Noch einmal, Skippy.« Sie hob die Zigarette auf und steckte sie in den Mund.

»Lieber nicht«, sagte er, »ich bin nicht sicher, ob die Schnur wieder ganz in Ordnung ist. Halte sie hoch wie eben.«

Die Frau nahm die Zigarette aus dem Mund und hielt sie wieder in die Höhe.

Erneut schwirrte die Schnur durch die Luft, wieder knallte es wie ein Pistolenschuss, und wieder war die Zigarette verschwunden.

»Oh, jetzt hast du sie zerbrochen«, sagte Skippy bedauernd und zeigte dorthin, wo sie wie mit einem Messer zerschnitten am Boden lag. »Du hättest besser aufpassen müssen.«

Buffalo antwortete nicht. Schweigend begann er an der Schnur zu arbeiten und die Jungen gingen vorsichtig ein wenig näher heran.

Aber er musste sie gehört haben. »Verschwindet«, sagte er über die Schulter, ohne die Stimme zu heben. »Wir können hier Kinder nicht brauchen. Verschwindet oder ich werde euch mit meiner Peitsche die Haare abrasieren.«

Julius und Richard waren davon überzeugt, dass er seine Drohung wahr machen würde. Sie machten kehrt, als hätten sie dies ohnehin im Sinn gehabt.

»Wahrscheinlich hat unser ganz spezieller Freund ihm von Tim und dem Wirbel mit den Schlangen erzählt«, sagte Richard. »Verdammt, diese blöde Geschichte hat alles verdorben. Gestern war er noch freundlich.«

Sie gingen weiter, trafen unterwegs Kautschuk, den Schlangenmenschen, und konnten es trotz allem nicht lassen, ihn anzustarren.

Er betrachtete sie stirnrunzelnd und brummte: »Verschwindet, Kinder haben auf unserer Wiese nichts zu suchen.«

Julius wurde es allmählich zu viel. »Es ist ebenso gut

unsere wie Ihre Wiese«, sagte er kühl. »Dort drüben stehen unsere beiden Wohnwagen.«

»Das ist immer unsere gewesen«, brummte der Schlangenmensch. »Fahrt auf eine andere, es gibt genügend Wiesen hier.«

»Selbst wenn wir wollten, könnten wir das nicht«, sagte Julius wütend. »Wir haben nämlich keine Pferde. Warum sind Sie eigentlich so unfreundlich zu uns? Wir haben keinen Unfug vor, bestimmt nicht.«

»Ihr und wir sollten uns aus dem Weg gehen«, sagte der Mann. »Wir können euch hier nicht brauchen und die dort drüben auch nicht.« Er zeigte auf die drei modernen Wagen am anderen Ende der Wiese.

»Wozu streiten wir uns?« Richard versuchte einzulenken. »Mich interessiert viel mehr, ob es wahr ist, dass Sie sich durch Rohre zwängen können und …«

Er konnte den Satz nicht beenden, denn der Mann hatte sich blitzschnell auf den Boden geworfen, schlängelte sich mit ein paar Drehungen und Wendungen zwischen die Beine der Jungen, und da lagen sie schon im Gras. Und Kautschuk ging mit einem zufriedenen Lachen davon.

»Verdammt!«, schimpfte Richard, der sich überrumpelt fühlte. »Ich hab versucht seine Beine zu erwischen, aber er scheint tatsächlich aus Gummi zu sein. Ein Jammer, dass sie uns nicht mögen. Es ist nicht gerade die feine englische Art, dass sie so geschlossen Front gegen uns machen. Sind wohl mit dem Düsenjäger durch die Kinderstube gerast.«

»Wahrscheinlich mögen sie keine Leute, die nicht zu ihnen gehören«, sagte Julius. »Ich finde es ziemlich blöde, was ist da schon der Unterschied? Außerdem sind wir bis jetzt immer gut mit Zirkusleuten ausgekommen.«

Sie wagten es nicht, sich dem Wagen Alfredos zu nähern, den sie sich gern genauer angesehen hätten.

»Er sieht tatsächlich so aus, wie man sich einen Feuerschlucker vorstellt«, sagte Richard. »Und er ist wahrscheinlich der Chef der Truppe. Das heißt, wenn sie überhaupt einen haben.«

»Da kommt er«, sagte Julius leise und stieß seinen Bruder an. Hinter einem Wagen kam Alfredo hervorgerannt und schoss auf die Jungen zu. Julius erwartete, dass Alfredo sich auf sie stürzen wollte. Er hatte zwar nicht die Absicht vor dem Mann davonzulaufen, aber sehr angenehm fand er es nicht, den großen, starken Kerl auf sich zurasen zu sehen.

Doch dann begriffen sie, warum Alfredo so rannte. Hinter ihm her kam seine kleine schwarzhaarige Frau, schrie ihm etwas nach und schwang eine Bratpfanne.

Hochrot im Gesicht und mit weit aufgerissenen Augen schoss Alfredo an ihnen vorüber, raste zum Gatter hinunter, setzte darüber und lief zum Dorf.

Die kleine Frau blieb plötzlich stehen, und als er sich während seiner Flucht einmal umsah, schüttelte sie die Pfanne in der Luft.

»Du Blödmann«, schrie sie, »hast Frühstück verbrannt! Du immer verbrennst Frühstück, immer wieder.

ALFREDO

Ich komme mit Bratpfanne, du Blödmann! Komm sofort zurück, Alfredo!«

Diese Absicht schien Alfredo nicht zu haben. Die Frau wandte sich an die Jungen. »Er hat Frühstück verbrannt, er nicht aufgepasst.«

»Komisch, dass ausgerechnet ein Feuerschlucker das Frühstück anbrennen lässt«, sagte Julius.

»Pah, Feuerschlucker, das ist gar nichts!«, rief die aufgeregte Frau. »Kochen ist schwer. Man braucht Verstand, Augen und Hände. Aber er keinen Verstand und seine Hände ungeschickt. Er nur Feuerschlucken, wozu ist das gut?«

»Na«, sagte Richard amüsiert, »ich nehme an, er verdient Geld damit.«

»Bösewicht!«, rief die Frau und wandte sich zum Gehen, drehte sich aber noch einmal um. Ein Lächeln huschte über ihr Gesicht. »Aber sonst sehr guter Mann.«

Sie ging zurück und verschwand im Wagen. Die Brüder grinsten sich an. »Armer Alfredo«, murmelte Richard. »Sieht aus wie ein Löwe und hat Angst wie eine Maus.«

»Na, ich weiß nicht, ob ich nicht auch rennen würde, wenn sie mit der Bratpfanne hinter mir her wäre.« Julius lachte. »Da, sieh mal, was ist das?«

Es war der Mann, von dem sie glaubten, es sei der Entfesselungskünstler. Mit leichten, weit ausholenden Schritten kam er den Hügel herauf. Julius betrachtete verstohlen die Hände des Mannes. Sie waren schmal, aber kräftig, und Julius konnte sich sehr gut vorstellen, dass er sehr geschickt war. Die beiden Jungen starrten ihn neugierig an.

»Wir können Kinder hier nicht brauchen«, murmelte er und blieb neben ihnen stehen.

»Tut uns Leid«, sagte Richard sehr höflich, doch bestimmt, »aber wir haben unsere Wagen hier. Sind Sie der Entfesselungskünstler?«

»Kann schon sein«, antwortete der Mann und ging weiter. Aber plötzlich drehte er sich um. »Soll ich euch einmal fesseln, ja? Ich hätte gute Lust dazu. Also, verschwindet.«

»Du lieber Himmel«, Julius stöhnte, »ich bin allmählich davon überzeugt, dass wir an die nie rankommen.«

Richard nickte zustimmend. »Ich glaube, wir müssen vorsichtig sein. Die könnten uns vielleicht wirklich eins auswischen. Wir wollen uns lieber verkrümeln und nicht so oft aufkreuzen, wenigstens so lange nicht, bis sie sich etwas an uns gewöhnt haben.«

Sie schwiegen eine Weile und dann sagte Julius: »Wir sollten den Mädchen entgegengehen.«

So gingen sie zur Autobushaltestelle hinunter. Der Bus kam gerade den Hügel heraufgekrochen. Die Mädchen stiegen aus, mit ihnen drei Frauen vom Zirkus.

»Wir haben eine Menge eingekauft!«, rief Anne. »Unsere Körbe sind furchtbar schwer. Willst du vielleicht meinen tragen, Julius, und Richard den von Georg? Habt ihr die drei Frauen gesehen?«

»Ja, warum?«

»Wir wollten uns mit ihnen unterhalten, aber sie

waren sehr unfreundlich. Es war richtig ungemütlich, besonders weil Tim auch noch anfing zu knurren.«

»Uns ist es nicht besser ergangen«, teilte Julius mit. »Die unfreundlichste Bande, die du dir vorstellen kannst.«

»Schade«, sagte Anne und gab ihm die Zeitung. »Übrigens war von Georgs Mutter ein Brief auf der Post. Er ist an uns alle adressiert und wir lesen ihn nachher zusammen.«

»Und wie ist es mit Mittagessen?«, fragte Georg. »He, Tim, was hältst du davon?«

Tim hielt sehr viel davon und stieß ein Freudengeheul aus. Sein Frauchen hatte doch immer die besten Ideen!

Wo sind die Wohnwagen?

Nach dem Essen, als sie alle faul in der Sonne saßen, öffnete Georg den Brief ihrer Mutter, strich den Bogen glatt und las ihn vor.

»Liebe Georg, und Anne, lieber Julius und Richard! Ich hoffe, Georg ist gut bei euch angekommen. Ich schreibe hauptsächlich, um sie daran zu erinnern, dass Großmutter am Sonnabend Geburtstag hat und sie nicht vergisst, ihr zu gratulieren. Übrigens regt Vater sich sehr über das Verschwinden der beiden Wissenschaftler auf. Er kennt Kant sehr gut, hat eine Zeit lang mit ihm zusammengearbeitet und ist fest davon überzeugt, dass er und wahrscheinlich auch Pott entführt worden sind. Du kannst zufrieden sein, liebe Georg, dass du nicht hier bist, denn dein Vater läuft schon den ganzen Nachmittag wie ein gefangener Tiger durchs Haus und schlägt jede Tür lautstark hinter sich zu. Wenn du schreibst, erwähne bitte nichts von dieser Geschichte, denn ich hoffe, Vater wird sich bald beruhigen. Im Augenblick ist er aber noch außer sich, schüttelt den Kopf und stöhnt ein über das andere Mal: ›Wohin soll das noch führen?‹

Verlebt eine schöne Zeit, und du, Georg, vergiss nicht, Großmutter einen netten Brief zu schreiben. Deine dich liebende Mutter, Eure Tante Fanny.«

»Ha«, rief Georg, »ich sehe Vater vor mir, wie er durchs Haus läuft, wie ein, wie ein ...«

»... Feuerschlucker«, vollendete Julius grinsend den Satz. »Er wird Tante Fanny auch noch dazu bringen, mit einer Bratpfanne hinter ihm herzujagen. Aber die Geschichte mit Kant und Pott ist doch ein bisschen komisch. Immerhin wollte Kant mit dem Flugzeug nach Paris und Onkel Quentin traut ihm dennoch nichts Schlechtes zu. Ich finde die Sache jedenfalls sehr seltsam.«

»Vielleicht steht irgendetwas in der Zeitung darüber«, murmelte Richard und schlug sie auf. »Tatsache, da ist schon was!« Er las laut vor: »›Inzwischen hat sich der Verdacht bestätigt, dass Pott und Kant im Auftrag einer fremden Macht arbeiten. Es wird angenommen, dass sie sich schon im Ausland befinden.‹«

Alle schwiegen eine Weile und dann sagte Julius: »Also doch. Da sind übrigens zwei Fotos von ihnen.«

Die vier beugten sich tief über die Zeitung und starrten auf die Gesichter der beiden Männer. »Dieser Kant ist nicht zu verwechseln«, sagte Anne endlich. »Diese dicken, geschwungenen Augenbrauen und die breite Stirn. Wenn ich jemanden mit solchen Augenbrauen sähe, würde ich ihn sofort daran erkennen.«

»Er kann sie abrasieren«, sagte Richard. »Dann sieht er bestimmt ganz anders aus. Und außerdem könnte er sich einen Schnurrbart ankleben.«

»Du bist ja zu albern.« Georg lachte. »Der andere sieht übrigens ganz alltäglich aus, bis auf die hohe Stirn.

Schade, dass keiner von uns so eine hohe Stirn hat. Wir scheinen ziemlich dumm zu sein.«

»Na hör mal«, empörte sich Julius. »Darauf allein kommt es ja schließlich auch nicht an.«

»Wollen wir vielleicht einen kleinen Spaziergang machen?«, fragte Anne und gähnte. »Wenn ich noch länger hier sitze, schlafe ich ein. In der Sonne wird man richtig faul.«

Julius nickte und stand auf. »Wollen wir zur Burg?«

»Lieber nicht«, sagte Anne. »Ich fühle mich jedenfalls nicht mehr im Stande, da raufzukraxeln.«

Eine Weile später verschlossen sie die Wagen, schlenderten davon, und Julius drehte sich noch einmal um. Ganz in der Nähe saß eine Gruppe Zirkusleute beim Essen. Schweigend starrten sie den Kindern nach.

»Wirklich kein angenehmes Gefühl, wenn einem jemand nicht aufs Fell gucken kann«, meinte Richard bedrückt. »Tim, an deiner Stelle, würde ich von denen da auf keinen Fall etwas annehmen, hörst du?«

»Oh«, rief Georg entsetzt, »du glaubst doch nicht etwa, dass sie ihm etwas tun?«

»Wahrscheinlich nicht«, beruhigte er sie, »aber man kann ja vorsichtig sein, nicht wahr?«

»Ich werde Tim nicht mehr aus den Augen lassen«, sagte Georg schnell. »Hierher, mein Alter, hier bei Fuß.«

»Wuff«, machte Tim und lief so neben seinem Frauchen her, dass er mit seiner rechten Schulter ihr linkes Knie berührte.

Sie entschieden sich dafür, den Bus nach Stegen zu nehmen und von dort aus hinunter zum Meer zu gehen. Um bis zum Einbruch der Dunkelheit zurück zu sein, blieb ihnen noch genügend Zeit.

Stegen war ein hübsches kleines Dorf, drei Kilometer entfernt, mit freundlichen Gärten und einem Teich, auf dem viele Enten schwammen.

»Wir könnten erst mal ein Eis essen«, schlug Richard vor, als sie an einer Konditorei vorüberkamen.

Aber Julius schüttelte den Kopf. »Dann sitzen wir den halben Nachmittag hier und kommen bestimmt nicht mehr zum Strand.«

Es wurde ein schöner Spaziergang. Am Wegrand blühten Veilchen und in den Senken Himmelsschlüssel, dazwischen sogar ein paar sehr frühe Glockenblumen.

»Da ist das Meer!«, rief Anne plötzlich. »Wie blau es ist, so blau wie Kornblumen! Ob man schon baden kann?«

»Du würdest dich schön wundern, es ist garantiert eiskalt«, sagte Julius.

Sie stiegen hinab zu der von der Sonne erwärmten Steinmole und begannen ein Gespräch mit einem Fischer, der mit einigen anderen dort saß, Netze flickte und sich gern ein wenig mit ihnen unterhielt.

»Das ist ein Unterschied zu der ewigen Unfreundlichkeit der Zirkusleute«, flüsterte Richard seinem Bruder zu und der nickte.

Einer der Fischer zeigte ihnen sein Boot und erklärte ihnen alles genau. Es tat gut, bei ihm zu sitzen und aufzunehmen, was er bedächtig, aber wortgewaltig berichtete.

»Ob man einmal ein Boot mieten kann?«, fragte Julius. »Ein nicht zu großes, mit dem wir allein fertig werden. Wir können nämlich ganz gut segeln.«

»Der alte Josef hat eins«, sagte der Fischer, »das leiht er manchmal aus, und er gibt es euch sicher, wenn ihr damit umgehen könnt.«

»Danke«, sagte Julius erfreut, »wir fragen ihn nachher. Aber jetzt wollen wir erst einmal irgendwo Tee trinken. Bevor es dunkel wird, möchten wir wieder zu Hause sein, das heißt, in unseren Wohnwagen. Sie stehen auf der Wiese gegenüber von Burg Rabenstein.«

»Ah, da habt ihr ja jetzt die Zirkusleute als Nachbarn. Vor zwei Wochen waren sie hier. Dieser Feuerschlucker! Er ist ein wahres Wunder. Und der Entfesselungskünstler erst! Ich hab ihn selbst gefesselt, mit dem starken Tau dort im Boot. Ich habe ihn gefesselt mit sämtlichen Knoten, die ich kenne, und ich kenne eine Menge. Aber nach einer Minute steht er auf, und das Tau fällt an ihm runter, als hätt ich es ihm nur umgehängt. Ja, ja.«

»Stimmt genau«, bestätigte ein anderer. »Er ist ein Wunder. Und erst der Schlangenmensch! Der lässt sich in ein Rohr stecken, nicht dicker als das, was da drüben liegt, und er schlängelt sich ohne Schwierigkeiten durch wie ein Aal. Als er am anderen Ende rauskam, hab ich meinen Augen nicht getraut.«

»Wir sehen uns gleich die erste Vorstellung an«, sagte Julius. »Im Augenblick sind sie leider nicht sehr freundlich zu uns. Sie wollen nicht, dass wir mit ihnen auf derselben Wiese wohnen.«

Der alte Fischer nickte. »Ja, ja, sie sind lieber für sich. Sie haben viel Ärger an dem Ort gehabt, an dem sie waren, bevor sie zu uns gekommen sind. Irgendjemand hat ihnen die Polizei auf den Hals gehetzt. Deshalb sind sie jetzt sehr misstrauisch.«

»Ich glaube, wir müssen gehen«, sagte Julius und sie verabschiedeten sich von den freundlichen Männern.

In einer Teestube tranken sie Tee und begaben sich danach auf den Heimweg. »Wollen wir mit dem Bus fahren?«, fragte Julius. »Wir können auch laufen, so weit ist es gar nicht, aber vielleicht seid ihr Mädchen zu müde? Na, wie ihr wollt.«

»Hast du schon einmal gehört, dass ich zu etwas zu müde war?«, fragte Georg ärgerlich.

»Schon gut, schon gut. War nur ein gut gemeinter Vorschlag. Also, gehen wir.«

Der Weg war weiter, als sie geglaubt hatten, und es war schon dämmrig, als sie an das Gatter gelangten und den Hügel hinaufstiegen.

Plötzlich blieben sie wie angewurzelt stehen. Ihre Wohnwagen waren verschwunden!

Nur die Radspuren waren im Gras und Erdreich zu erkennen.

»Das darf doch nicht wahr sein«, flüsterte Julius endlich. Sein Gesicht war wachsbleich. »Mensch, wir träumen doch nicht?«

»Das kannst du schriftlich haben«, sagte Anne hilflos, »wir träumen nicht. Aber wo sind die Wagen hingekommen? Die können doch nicht von allein weggefahren sein oder sich in Luft aufgelöst haben.«

Schweigend standen die vier da und plötzlich sagte Richard: »Die Spuren führen den Hügel hinunter.«

Sie gingen ihnen nach, und Julius drehte sich um, weil er das unangenehme Gefühl hatte, beobachtet zu werden. Aber keiner der Zirkusleute war zu sehen. Wahrscheinlich stehen sie jetzt hinter den Gardinen und begaffen uns, dachte er und fühlte sich bei diesem Gedanken sehr ungemütlich.

Die Radspuren führten bis zu einem Tor in der Hecke,

das fest geschlossen war, und verloren sich dann auf dem Weg.

»Und was machen wir jetzt?«, fragte Anne ängstlich. »Wo sollen wir schlafen? Oh, Julius, was sollen wir bloß tun?«

Das werden noch tolle Ferien

Ja, was sollten sie tun? Auch Julius wusste es nicht auf Anhieb. Es sah ja beinahe so aus, als habe man ihre Wohnwagen gestohlen.

»Wir müssen wohl die Polizei anrufen«, sagte er endlich. »Die wird die Wagen am schnellsten finden und die Diebe festnehmen. Aber das hilft uns heute Abend natürlich nicht mehr. Wir müssen überlegen, wo wir einen Platz zum Schlafen finden.«

Richard runzelte die Stirn. »Ich finde, wir sollten erst mal mit einem der Zirkusleute reden. Vielleicht haben sie nichts mit der Sache zu tun, aber irgendetwas gesehen.«

»Wir können es ja versuchen«, meinte Julius. »Georg und Anne, ihr bleibt hier, falls die Leute eklig werden. Tim nehmen wir lieber mit.«

Die Jungen gingen zu den anderen Wagen und die Mädchen sahen ihnen nach.

»Zu dem Mann mit den Schlangen gehen wir auf keinen Fall«, sagte Richard. Julius nickte.

»Da sitzt jemand am Feuer, ich glaube, es ist Buffalo, nein, Alfredo. Na schön, der ist wenigstens nicht so wild, wie er aussieht.«

Sie gingen auf den Feuerschlucker zu, der im Gras

hockte und rauchte. Er hörte sie nicht kommen und fuhr zusammen, als Julius ihn ansprach.

»Herr Alfredo«, begann er höflich, »können Sie uns bitte sagen, wo unsere Wohnwagen geblieben sind?«

»Fragt Buffalo«, brummte Alfredo, ohne aufzusehen.

»Aber Sie müssen es doch auch wissen.« Julius gab sich nicht so schnell geschlagen.

»Fragt Buffalo«, wiederholte Alfredo und blies dicke Rauchwolken in die Luft.

Die Jungen wandten sich ärgerlich ab und gingen zum nächsten Wagen. Die Tür war verschlossen, und auf ihr Klopfen hin erschien Buffalo, wie immer mit wirrem Haar.

»Guten Abend«, sagte Julius höflich. »Herr Alfredo riet uns, wir sollten Sie wegen unserer Wohnwagen fragen. Die sind nämlich plötzlich verschwunden.«

»Fragt Kautschuk«, sagte Buffalo und warf die Tür zu. Julius klopfte wütend von neuem.

Ein Fenster wurde geöffnet und Skippy rief: »Geht und fragt Kautschuk.« Und als sie das Fenster schloss, bemerkten die Brüder, dass sie sich ein Lachen nicht verkneifen konnte.

»Die wollen uns wohl an der Nase herumführen«, sagte Richard böse.

»Sieht so aus«, murmelte Julius. »Na, trotzdem müssen wir es noch bei dem Schlangenmenschen versuchen. Aber der ist der Letzte, das sag ich dir!«

Dieses Mal klopften sie laut und energisch und hörten gleich darauf eine Stimme: »Wer ist da?«

»Kommen Sie bitte raus, wir hätten gern eine Auskunft von Ihnen!«

»Wer ist da?«, fragte Kautschuk wieder.

»Sie wissen sehr gut, wer wir sind«, sagte Julius laut. »Unsere Wohnwagen sind gestohlen worden, und wir wollen gern wissen, wer sie gestohlen hat. Wenn Sie es uns nicht sagen, gehen wir sofort zur Polizei.«

Die Tür öffnete sich, der Schlangenmensch trat auf die oberste Treppenstufe und sah auf die Jungen herunter.

»Niemand hat sie gestohlen. Wenn ihr mehr erfahren wollt, geht und fragt den Mann mit den Schlangen.«

»Wenn Sie denken, wir lassen uns wie Deppen von einem zum anderen schicken, dann haben Sie sich geirrt«, sagte Julius. »Ich hole die Polizei nicht gern, und wir haben bestimmt nichts gegen Zirkusleute, aber das hier wird uns doch langsam zu dumm.«

»Eure Wagen sind nicht gestohlen worden«, wiederholte der Mann. »Ich werde euch zeigen, wo sie sind.«

Leichtfüßig kam er die Stufen herunter und ging vor den beiden her über den Abhang zu ihrem Lagerplatz.

»Wohin wollen Sie denn?«, fragte Julius. »Hier sind die Wagen nicht mehr. Versuchen Sie nicht uns zum Narren zu halten. Wir haben es nämlich satt.«

Ohne etwas zu entgegnen, ging Kautschuk weiter, und die Jungen konnten nichts anderes tun, als ihm zu folgen.

Tim knurrte dumpf und anhaltend, aber der Schlangenmensch nahm keine Notiz von ihm. Julius überlegte allen Ernstes, ob er keine Angst vor Hunden kannte, weil er wusste, dass sie nicht in Gummi beißen konnten.

Kautschuk ging immer weiter bis zur Hecke und Julius wurde unruhig. Er wusste doch genau, dass die Radspuren zum Weg hinunterführten, und dieser Kerl lief in die entgegengesetzte Richtung!

Da, jetzt zwängte er sich durch die Hecke und Julius und Richard schlüpften hinter ihm her. Und dort, auf der anderen Seite, sahen sie zwei große dunkle Schatten – die Wohnwagen!

»Na endlich.« Julius seufzte. »Und warum haben Sie sie hierher gebracht?«

»Ihr und wir, wir passen eben nicht zusammen«, war die mürrische Antwort. »Und Kinder können wir nun einmal nicht brauchen. Vor drei Wochen war noch ein Mann bei uns, einer mit Kanarienvögeln, über hundert waren es. Aber eines Nachts öffneten ein paar Kinder sämtliche Käfige und ließen die Vögel fliegen.«

»Das ist eine Gemeinheit, und Sie wissen genau, so etwas würden *wir* nie tun.«

»Das ist uns egal, wir wollen keine Kinder mehr in der Nähe haben«, sagte Kautschuk energisch, »und deshalb haben wir Pferde vor eure Wagen gespannt und sie hierher gebracht. Wir dachten, ihr würdet zurückkommen, solange es noch hell ist, und sie sehen. Außerdem ist der Transport umsonst.«

Julius grinste schwach. »Nett, dass Sie wenigstens ein bisschen gesprächiger werden. Knurr nicht mehr, Tim, es ist gut. Wir haben unsere Wagen wieder.«

Ohne ein weiteres Wort verschwand der Schlangenmensch und Julius schloss die Tür auf. Im Dunkeln suchte er nach der Taschenlampe, knipste sie an und sah sich um. Nichts war verändert.

»So, das wär's erst mal«, murmelte er. »Ein bisschen primitiv, was die da veranstaltet haben, um uns für das zu bestrafen, was andere Kinder mit den Kanarienvögeln gemacht haben. Wenn das auch eine bodenlose Gemeinheit war!«

Richard nickte und dann rannten sie den Hügel hinunter. Einen Augenblick später stieß Julius einen kurzen Pfiff aus.

Georg antwortete sofort. »Hier sind wir, was ist los?«

»Wir haben die Wagen!«, schrie Julius. Gleich darauf erzählten sie den Mädchen alles, auch von dem Hass der Zirkusleute auf Kinder und woher er kam.

»Wahrscheinlich hat der Mann mit den Schlangen Angst, wir könnten seine Lieblinge aus dem Kasten lassen«, vermutete Richard. »Ich bin nur froh, dass wir die Wagen wiederhaben. Ich hab uns schon unter dem Sternenzelt kampieren sehen.«

»Hätte mir nichts ausgemacht«, rief Georg, »wäre ja nicht das erste Mal gewesen!«

»Aber nicht um diese Jahreszeit. Die Nächte sind noch kühl. Jetzt wollen wir erst mal was essen«, schlug Julius vor. »Ich habe furchtbaren Hunger nach all der Aufregung.«

Anne schüttelte den Kopf. »Ich nicht, ich finde es scheußlich, dass die Zirkusleute sich so benommen haben. Mir ist der Appetit vergangen.«

»Das stimmt, denn eine Gemeinheit bleibt es, was sie getan haben«, fand Georg. Sie sah zu, wie Richard schnell und geschickt den Herd anmachte. »Es wäre nett gewesen, gut Freund mit ihnen zu sein. Glaubt ihr übrigens, dass der Bauer, dem diese Wiese gehört, uns erlaubt hier zu bleiben?«

»Verdammt, daran habe ich nicht gedacht«, sagte Julius. »Hoffentlich bekommen wir mit dem nicht auch noch Ärger.«

»Und außerdem sind wir hier so weit vom Fluss weg.« Anne seufzte. »Dabei brauchen wir doch immer Wasser.«

»Heute Abend muss es eben so gehen«, sagte Richard. »Ich habe keine Lust, mir von Buffalo die Haare abrasieren zu lassen oder eine Schlange hinter mir herschleichen zu hören. Ich wette, die warten nur darauf, uns dort drüben zu erwischen. Kinder, Kinder, Zustände sind das. Wie im alten Rom!«

Während des Essens schwiegen sie. Plötzlich war alles so kompliziert geworden. Zur Polizei mochten sie noch nicht gehen, aber wenn der Bauer sie verjagte, was dann?

»Wir überschlafen die Geschichte erst einmal«, sagte Julius. »Macht euch nicht so viele Gedanken. Irgendein Ausweg wird sich finden, schließlich sind wir schon mit viel größeren Schwierigkeiten fertig geworden.«

»Wuff«, machte Tim und Georg streichelte ihn.

»Lass ihn in Ruhe«, Julius lachte, »er hat bestimmt gerade von ein paar fetten Kaninchen geträumt. Wenn du ihn weckst, sind alle Kaninchen sofort weg.«

»Du redest so viel vom Träumen.« Richard gähnte. »Wie wär's, wenn wir in die Falle gingen? Wir haben einen ganz schön langen Marsch hinter uns. Ich für meinen Teil leg mich hin und lese noch ein paar Zeilen.«

Alle waren einverstanden. Sie räumten das Geschirr fort und dann sagten die Mädchen Gute Nacht und gingen mit Tim in ihren Wagen.

»Hoffentlich geht das nicht so weiter und unsere Ferien werden von Anfang bis Ende ein Flop«, sagte Anne, als sie in ihrem Bett lag. Georg schnaubte verächtlich durch die Nase.

»Ein Flop? Wart's nur ab. Ich hab das Gefühl, sie werden noch toll!«

Hallo, Jo!

Am nächsten Morgen schien es allerdings nicht so, als sei Georgs Optimismus berechtigt gewesen. Die Jungen wurden in aller Frühe durch lautes Klopfen an der Wohnwagentür geweckt.

Und gleich darauf erschien das zornrote Gesicht eines Mannes am Fenster. Julius starrte ihn erschrocken an.

»Wer hat euch erlaubt, auf meiner Wiese zu kampieren?«, schrie der Mann in einem Ton, der nichts Gutes verhieß.

Julius sprang aus dem Bett und öffnete. »Sie sind der Besitzer?«, fragte er höflich. »Unsere Wagen standen zuerst dort drüben und …«

»Richtig«, unterbrach der Mann ihn, »dort ist es auch erlaubt, hier nicht!«

»Das wissen wir«, begann Julius wieder, »aber die Zirkusleute haben gestern, während wir fort waren, unsere Wagen hierher gebracht. Und weil wir keine Pferde haben, blieb uns nichts anders übrig, als zu bleiben.«

»Das könnt ihr eben nicht«, sagte der Bauer kurz angebunden. »Hier weiden meine Kühe, und ihr müsst noch heute verschwinden, sonst fahre ich euch auf die Straße. Regelt euren Streit mit den Zirkusleuten.«

»Aber Sie müssen doch begreifen ...« Julius brach ab, denn der Bauer war gegangen. Die Mädchen, die im geöffneten Fenster lehnten, riefen: »Was sollen wir jetzt machen?«

»Erst mal frühstücken«, sagte Julius. »Und dann gehen Richard und ich zu den Zirkusleuten. Sie werden uns zwei Pferde geben, damit wir wieder auf unseren alten Platz zurückkönnen. Wenn nicht, müssen wir eben doch die Polizei benachrichtigen.«

»Das wäre eklig«, sagte Anne. »Und es war so schön, bevor die Zirkusleute kamen. Ich glaube nicht, dass wir mit denen zurechtkommen.«

»Wahrscheinlich nicht«, sagte Julius. »Außerdem ist mir die Lust vergangen, mit denen noch zu tun zu haben. Am liebsten würde ich nach Hause fahren.«

Sie frühstückten genauso schweigend, wie sie zu Abend gegessen hatten, und endlich sagte Georg: »Ihr müsst Tim mitnehmen.«

Bald darauf machten sich Julius und Richard mit Tim zusammen auf den Weg. Überall vor den Wohnwagen der Zirkusleute stieg der Rauch der Feuer in die Morgenluft.

Julius hatte beschlossen mit dem Feuerschlucker zu sprechen. Und nachdem er geklopft hatte, näherten sich die anderen, schlossen einen Kreis um Richard und ihn, und Tim zeigte die Zähne und knurrte leise.

»Herr Alfredo«, begann Julius, »der Bauer erlaubt uns nicht, auf seiner Wiese zu bleiben. Wir müssen hierher zurück. Bitte geben Sie uns Pferde für die Wagen.«

Ringsumher erhob sich Gelächter und Alfredo antwortete mit breitem Grinsen: »Es tut mir aufrichtig Leid, aber wir verleihen keine Pferde.«

»Ich will auch keine leihen«, sagte Julius ruhig. »Wir müssen nur die Wagen zurückbringen, sonst bleibt uns nichts anders übrig, als die Polizei um Hilfe zu bitten. Sie wissen genau, dass Sie unsere Wagen nicht wegbringen durften.«

Ein ärgerliches Murmeln entstand unter den Zuhörern. Tim knurrte lauter und ein paar Zirkusleute wichen vor ihm zurück.

Plötzlich ließ das Knallen einer Peitsche die Jungen

herumfahren und Buffalo stand ihnen gegenüber. Er ließ die Peitschenschnur durch die Luft schwirren.

Wieder knallte es, und Julius tat einen erschrockenen Sprung, denn das Ende der Schnur hatte die Spitzen seiner Haare mitgenommen.

Die Menge lachte schallend und Tim zeigte die Zähne und knurrte wild und drohend. Richard hielt ihn am Halsband. »Tun Sie das nicht noch einmal«, rief er, »sonst kann ich den Hund nicht mehr halten!«

Julius stand noch immer unbeweglich da und brachte vor Wut kein Wort hervor.

Dann geschah etwas völlig Unerwartetes.

Jemand kam den Hügel heraufgerannt, eine kleine Gestalt mit kurz geschnittenem dunklem Haar und einem kurzen grauen Rock.

»Richard«, schrie sie im Heranstürmen, »Richard, hallo, Richard!«

Er drehte sich um und starrte sie fassungslos an. »Das ist ja Jo!«, rief er. »Julius, das ist ja Jo!«

Kein Zweifel, sie war es. Sie stürzte auf die beiden zu, mit glühendem Gesicht und atemlos, schüttelte Richards Hand, den sie immer am liebsten gemocht hatte, und strahlte sie an. »Ich habe nicht gewusst, dass du hier bist! Julius, Tim, ach, es ist zu schön, um wahr zu sein!«

»Und woher kommst du?«, fragte Richard.

»Ganz einfach«, sagte sie, »ich habe genau wie ihr Ferien und da wollte ich euch zu Hause besuchen. Aber ihr wart nicht da. Das war gestern.«

»Und?«, sagte er.

»Na, nach Hause wollte ich natürlich nicht wieder. Und da hab ich mir gedacht, ich könnte ja mal meinen Onkel besuchen. Er ist Mutters Bruder, und ich wusste, dass er hier ist. Und da bin ich per Anhalter den ganzen Tag gefahren.«

»Ich bin platt«, sagte Julius. »Und darf ich fragen, wer dein Onkel ist?«

»Na, Alfredo, der Feuerschlucker«, sagte Jo, erstaunt über die Unwissenheit ihrer Freunde.

»Wusstet ihr das denn nicht? Julius, Richard, darf ich bei euch bleiben? Sagt ja, bitte, ihr habt mich doch nicht vergessen?«

»Wie könnte ich das!«, rief Richard und grinste. Niemand konnte die wilde Jo, die Georg so ähnlich war mit ihren verrückten Einfällen und ihrer großen Anhänglichkeit, vergessen.

Plötzlich merkte Jo, dass etwas nicht stimmte. Warum standen die Zirkusleute im Kreis um Richard und Julius herum?«

Sie warf einen prüfenden Blick in die Runde und spürte, dass die Männer nicht besonders nett zu ihren Freunden gewesen sein mussten, obwohl deren Gesichter nichts als Erstaunen zeigten.

Woher kennt Jo diese Kinder?, mochten sie denken. Und warum ist sie so freundlich zu ihnen? Sie waren sehr verwirrt.

»Onkel Alfredo, wo bist du?«, rief Jo. »Aha, da. Onkel, das hier sind meine allerbesten Freunde. Ich werde dir und den anderen alles von ihnen und den Mädchen erzählen. Ihr könnt euch nicht vorstellen, wie nett sie zu mir waren!«

»Schon gut«, sagte Julius hastig, der fürchtete, die nun mit Sicherheit folgenden Lobeshymnen mit anhören zu müssen. »Wir laufen zu Georg und Anne und sagen ihnen, dass du da bist. Die werden Augen machen.«

Er und Richard wandten sich zum Gehen, die Zirkusleute traten zurück und ließen sie schweigend vorbei. Dann schloss sich der Kreis von neuem, dieses Mal um Jo, deren hohe, erregte Stimme sie noch lange hören konnten.

»Ist doch kaum zu glauben!«, rief Richard, als sie sich durch die Hecke zwängten. »Was für ein Zufall. Ich hab meinen Augen nicht getraut, als sie plötzlich aufkreuzte. Hoffentlich ist Georg nicht brummig. Sie ist ja immer ein bisschen eifersüchtig auf Jo gewesen und auf das, was sie alles kann.«

Auch die Mädchen waren überrascht und Anne war restlos glücklich. Aber Georg nahm die gute Nachricht mit etwas gemischten Gefühlen auf. Sie bewunderte Jo, ob sie wollte oder nicht. Nur, eigentlich wollte sie nicht. Sie waren einander zu ähnlich, als dass sie wirklich befreundet hätten sein können.

»Stell dir vor«, sagte Anne aufgeregt, »Jo ist da. Gerade im richtigen Augenblick. Ich hatte schon Angst, dass Buffalo Julius' neuer Friseur wird.«

»Waren ja nur ein paar Haare, die er erwischt hat.« Julius lachte. »Nur erschrocken bin ich. Aber die Zirkusleute haben auch einen Schreck bekommen, als Jo überraschend aufgetaucht ist und sich auf Richard stürzte. Sie hat ihn beinahe über den Haufen gerannt.«

»Sie überlegt nie, was sie tut«, entschuldigte Richard sie, »und ich würde mich nicht wundern, wenn sie zu Hause gar nicht gesagt hat, wohin sie geht, und einfach ohne ein Wort verschwunden ist.«

»Wie Kant und Pott«, sagte Julius und grinste. »Ich kann es immer noch nicht begreifen, dass sie da ist. Sie ist die Allerletzte, die ich hier erwartet hätte!«

»Warum eigentlich?«, sagte Anne. »Ihre Mutter war doch beim Zirkus. Warum sollte sie also nicht Verwandte unter den Leuten hier haben. Stellt euch vor, ihr Onkel ist der Feuerschlucker!«

Julius lachte. »Wer weiß, vielleicht hat sie noch viel tollere Verwandtschaft. Ich möchte nur wissen, was sie jetzt da drüben alles über uns erzählt.«

»Vor allem wird sie Loblieder auf Richard singen«, sagte Georg. »Na, vielleicht hat sie ein bisschen Stimmung für uns gemacht.«

»Aber wie sollen wir mit den Wagen ohne Pferde zurückkommen? Höchstens, dass wir uns von dem Bauern welche leihen«, überlegte Anne.

»Dann müssen wir Geld dafür berappen und das seh ich nicht ein«, sagte Julius. »Wer die Wagen hierher gebracht hat, muss sie wieder zurückbringen.«

»Keiner will uns haben«, sagte Anne betrübt.

Richard lachte. »Kopf hoch, es wird schon alles schief gehen.«

»Da, seht«, rief Georg plötzlich, »da kommt jemand den Hügel herauf. Es ist Jo!«

»Tatsächlich!«, schrie Richard. »Und sie bringt zwei Pferde mit. Ich sag ja, Jo ist ein patentes Mädchen. Sie kommt mit Alfredos Pferden!«

Julius irrt sich

Die vier rannten Jo entgegen und sie strahlte alle an.

»Hallo, Anne, hallo, Georg! Da staunt ihr, was?«

»Wie hast du denn die Pferde gekriegt?«, fragte Richard und nahm eins am Zügel.

»Ganz einfach«, antwortete sie. »Ich habe Onkel Fredo erzählt, was für Wundertiere ihr seid und was ihr alles für mich getan habt. Und als er mir kleinlaut gestanden hat, dass er euch verjagt hat, na, da hab ich vielleicht losgelegt. Ich habe ihm gesagt, was ich von einem solchen Benehmen halte.«

»Wirklich?«, fragte Georg.

»Habt ihr mich nicht gehört?« Sie lachte. »Ich habe ihm Bescheid gesagt, und dann hat Tante Anita ihm Bescheid gesagt, und dann haben wir beide den anderen auch noch Bescheid gesagt.«

»Donnerwetter«, rief Julius anerkennend, »das muss ein Geschrei gewesen sein! Und das Resultat war, dass du die Pferde für uns bekommen hast?«

Sie nickte. »Als mir Tante Anita erzählte, dass sie eure Wagen einfach auf einer anderen Wiese abgestellt haben, da habe ich ihnen noch einmal allerhand geflüstert. Was, das braucht ihr nicht zu wissen. Ich glaube, ich war nicht sehr höflich.«

»Das kann ich mir denken«, sagte Richard.

»Und als ich ihnen erzählte, dass ihr mich bei den netten Leuten untergebracht habt, nachdem mein Vater ins Gefängnis musste, da hat sich Onkel Alfredo sehr geschämt. Und dann habe ich ihm gesagt, dass ich jetzt die Pferde nehme und die Wagen zurückbringe.«

»Und das haben die Zirkusleute zugelassen?«, fragte Julius.

»Klar! Und jetzt wird angespannt. Kommt da nicht der Bauer? Der sieht aber sauer aus.«

Er war es und Julius begann hastig das eine Pferd anzuschirren und Richard das andere. Der Bauer blieb stehen und sah ihnen zu.

»Na also«, sagte er, »jetzt geht's ja auf einmal. Hab's mir doch gleich gedacht, waren alles nur faule Ausreden.«

Tim knurrte, und das war die einzige Antwort, die der Mann bekam.

»Hü!«, schrie Jo und nahm die Zügel des Pferdes, das vor den Wagen der Mädchen gespannt war, »hüa hott!«

Das Pferd zog an, und Jo brachte es so nahe an den Bauern heran, dass der erschrocken beiseite sprang. Wütend knurrte er hinter Jo her und Tim knurrte zurück.

Die Wagen rollten davon, den Abhang hinunter, weiter durch das Tor in der Hecke und dann den Weg entlang. Sie gelangten zu dem Gatter, Anne öffnete es, und nun ging es langsam den Hügel hinauf.

Endlich hatten sie ihren alten Lagerplatz erreicht. Julius spannte die Pferde aus und warf Richard die Zügel zu. »Wir wollen sie selber zurückbringen.«

Alfredo war damit beschäftigt Wäsche aufzuhängen. Im Grunde genommen war er ein guter Mann, der einsah, dass seine Frau viel mehr Arbeit hatte als er.

»Danke, dass Sie sie uns geliehen haben«, sagte Julius.

Alfredo drehte sich um und nahm zwei Klammern, die er zwischen den Zähnen hielt, aus dem Mund. Er sah verlegen drein. »Wir wussten nicht ... wir wussten nicht«, begann er stockend, »ja, wir wussten wirklich nicht, dass ihr Freunde von meiner Nichte seid. Ihr hättet uns sagen sollen, dass ihr sie kennt.«

»Und wie hätten sie das machen sollen, wenn sie nicht wussten, dass Jo deine Nichte ist?«, rief seine Frau vom Wohnwagen her. »Fredo, du keinen Funken Verstand. Oh, meine Bluse, meine beste Bluse!«

Sie kam die Stufen heruntergerannt und schoss auf den Erschrockenen zu. Glücklicherweise hatte sie dieses Mal keine Bratpfanne in der Hand.

»Es tut ihm sehr Leid, es tut ihm alles sehr Leid, nicht wahr, Fredo?«

»Ja, aber du warst es doch ...«

Aber sie ließ ihn nicht aussprechen und gab ihm einen Stoß in die Seite. »Hört gar nicht auf ihn«, sagte sie zu den jungen Leuten gewandt, »er keinen Verstand, er nur Feuerschlucken, und das ist nicht viel. Jo, die Verstand. Jo ist wild, ich weiß, aber Verstand!«

»Wir hätten uns sehr gefreut, wenn Sie gleich so nett zu uns gewesen wären«, sagte Julius. »Ich glaube nicht, dass wir noch länger hier bleiben.«

»Da siehst du, Fredo«, keifte die Frau, »da siehst du.

Du diese netten Kinder verjagt! Die haben Manieren, aber du keine! Du von ihnen lernen, Fredo, du könntest ...«

Alfredo griff nach einer Klammer zwischen seinen Zähnen, wahrscheinlich, um etwas zu erwidern, als seine Frau plötzlich aufschrie und zum Wagen stürzte. »Da brennt an!«, schrie sie. »Da brennt!«

Ihr Mann brach in ein so lautes Lachen aus, dass die Jungen ihn erstaunt ansahen. »Ha, ha, ha, sie backt heute und hat den Kuchen verbrennen lassen, ha, ha, ha. Sie hat keinen Verstand, diese Frau!«

Julius und Richard wandten sich zum Gehen, aber der Feuerschlucker hielt Julius fest. »Ihr könnt ruhig hier bleiben. Ihr seid Jos Freunde, das genügt uns.«

»Mag sein, aber ich fürchte, uns nicht. Wir werden morgen abfahren.«

Sie gingen schnell zu ihren Wohnwagen zurück. Jo saß zusammen mit Georg und Anne im Gras und erzählte von ihrem Leben bei der netten Familie. »Nur eins ist blöd«, sie seufzte, »sie wollen mich keine Shorts tragen lassen. Ein bisschen rückständig, versteht ihr. Deshalb hab ich diesen grässlichen Rock an. Kannst du mir nicht Shorts borgen, Georg?«

»Nein«, sagte Georg. Jo war ihr auch ohne Shorts schon ähnlich genug. »Wie ist es eigentlich, kannst du jetzt lesen und schreiben?«

»Es geht.« Jo nickte und sah zur Seite. Sie fand den Unterricht etwas langweilig. Auch die Schule fand sie etwas rückständig, denn auch dort mussten die Mädchen

Röcke tragen. Aber dann sah sie wieder mit strahlenden Augen von einem zum anderen. »Darf ich bei euch bleiben? Meine Pflegemutter würde es bestimmt erlauben, wenn sie wüsste, dass ich mit euch zusammen bin.«

»Du hast also nicht gesagt, wohin du gegangen bist«, sagte Richard vorwurfsvoll und schüttelte den Kopf. »Das war nicht fair von dir.«

»Ich hab nicht dran gedacht. Schreib du ihr eine Karte für mich, ja?«

»Schreib doch selber«, sagte Georg. »Du kannst doch jetzt schreiben.«

Es schien, als habe Jo diese Bemerkung nicht gehört. »Ich darf also bei euch bleiben«, sagte sie, als hätten die anderen schon zugestimmt. »Fein, ich schlafe unter Annes und Georgs Wagen. Früher, als ich noch mit meinem Vater herumzog, hab ich das immer getan, wenn das Wetter gut war. In einem Haus ist es ganz schön, aber ich glaube, schlafen werde ich immer am liebsten draußen.«

»Du könntest natürlich hier bleiben«, sagte Julius. »Aber ich habe keine große Lust mehr dazu, seitdem die Zirkusleute sich so benommen haben.«

»Ich sorge dafür, dass alles anders wird!«, rief Jo und sprang auf. »Bestimmt!«

Aber Richard hielt sie am Arm fest. »Setz dich, wir bleiben erst noch einmal einen Tag und eine Nacht. Morgen überlegen wir. Was sagst du dazu, Julius?«

»Gut«, Julius nickte und sah auf seine Uhr, »lass uns jetzt erst mal Jos Ankunft mit ein paar Eis feiern. Ihr

Mädchen werdet sowieso ins Dorf wollen, um einzukaufen.«

»Ja«, sagte Anne und holte ihren Einkaufskorb. Als sie zusammen mit Tim den Abhang hinunterliefen und an dem Mann mit den Schlangen vorüberkamen, rief er ihnen freundlich zu: »Schöner Tag heute, was?«

Nach all dem Vorhergegangenen kam das sehr überraschend. Anne lächelte, aber die Jungen und Georg nickten nur, ohne eine Miene zu verziehen. Sie waren nicht so schnell umzustimmen wie die sanfte Anne.

Als Nächsten trafen sie Kautschuk und dann den Entfesselungskünstler. Auch die nickten ihnen zu und der immer so trübsinnig aussehende Schlangenmensch verzog sein Gesicht zu einem Grinsen.

Schließlich begegneten sie Buffalo, der wie immer übte. Er kam zu ihnen herüber und sagte: »Wenn du es einmal mit der Peitsche versuchen willst, du darfst es jederzeit.«

Julius bedankte sich zurückhaltend. »Wir haben keine Lust mehr hier noch länger zu bleiben.«

Buffalo grinste verlegen. »Bleibt doch noch. Ich leih dir meine Peitsche, sooft du willst.«

»Leider kein Bedarf«, sagte Julius, grüßte und ging mit den anderen weiter.

»Ich hab eigentlich doch Lust hier zu bleiben«, sagte Georg nach einer Weile. »Es ist ein großer Unterschied, ob die Leute freundlich zu einem sind oder nicht.«

Julius schüttelte den Kopf. »Ich vergesse nicht so schnell, wie die uns behandelt haben. Noch heute Mor-

gen waren wir beide Dreck für sie. Denk dran, wie blöd wir dastehen würden, wäre Jo nicht aufgetaucht.«

»Ein guter Eisbecher wird deinen Zorn abkühlen«, sagte Anne. »Auf ins Dorf!«

Sie verbrachten einen schönen Vormittag. Nach einem Bummel durchs Dorf und dem Genuss mehrerer Portionen Eis gab es ein besonders gutes Mittagessen in der Sonne im Gras vor den Wohnwagen. Überraschend erschien plötzlich Jos Tante und brachte ihnen eine verlockend aussehende selbst gebackene Torte. Anne bedankte sich besonders herzlich, um die eisige Zurückhaltung der Brüder gutzumachen.

»Ihr hättet ruhig ein bisschen gesprächiger sein können«, sagte sie missbilligend, als Jos Tante gegangen war. »Sie ist wirklich eine nette Frau, ich würde gern hier bleiben.«

Julius wollte sich nicht besänftigen lassen. »Wir fahren morgen«, sagte er. »Es müsste schon etwas ganz Tolles passieren, um meine Meinung zu ändern, aber daran glaube ich nicht.«

Dieses Mal irrte er sich. Es geschah etwas Unerwartetes, etwas sehr Seltsames!

Ein Gesicht am Fenster

Das Unerwartete geschah noch am selben Tag nach dem Tee. Sie hatten ihn sehr spät getrunken und die mit Schokoladencreme gefüllte Torte von Jos Tante dazu gegessen.

»Ich kann nicht mehr«, sagte Georg und stöhnte herzzerreissend. »Diese Torte war einfach zu gut, besonders die Creme! Verlangt jetzt nur nicht von mir, dass ich aufstehe und abwasche.«

»Das ist nicht nötig«, beruhigte Anne sie lachend, »wir haben genug Zeit. Es ist ein so herrlicher Abend. Bleiben wir lieber noch ein bisschen vor den Wagen sitzen. Hört, die Drossel singt wieder, und jedes Mal ist es eine andere Melodie.«

»Stimmt«, sagte Richard träge, »Drosseln sind wahre Komponisten. Sie klauen auch Melodien bei anderen. Ganz im Gegensatz zu den Buchfinken, die singen immer dasselbe, fünfzigmal hintereinander.«

In diesem Augenblick begann einer der Buchfinken in der Hecke sein Lied.

»Da ist er schon«, sagte Richard, »dort drüben.«

Er hatte Recht. Und alle schwiegen und beobachteten den kleinen Vogel, aber plötzlich flog er davon. Tim hatte ihn angeknurrt.

»Du bist ein Schaf«, schimpfte Georg lachend. »Eifersüchtig auf einen Vogel zu sein! Richard, sind das nicht Reiher über dem Sumpf?«

Richard nickte und richtete sich auf. »Wo hast du dein Fernglas? Wir könnten sie wunderbar beobachten.«

Einen Augenblick später gab sie es ihm, er stellte es scharf ein und rief: »Tatsächlich, vier Reiher! Donnerwetter, was für lange Beine die haben. Da, jetzt steckt einer seinen Schnabel ins Wasser. Er hat was gefangen! Einen Frosch! Ich sehe die Hinterbeine zappeln.«

»Blödsinn«, sagte Georg ungläubig und nahm ihm das Glas aus der Hand. »Was für ein Blödsinn. So stark ist das Glas bestimmt nicht, dass man zwei Froschbeine auf diese Entfernung sehen kann.«

Aber es war tatsächlich so. Sie hatte ein phantastisches Fernglas und wusste es nicht. Es war eigentlich viel zu kostbar für sie, denn besonders gut ging sie mit ihren Sachen nicht um.

Sie sah eben noch die Froschbeine im Schnabel des Reihers verschwinden. Doch dann musste etwas die Tiere erschreckt haben, denn sie flogen plötzlich auf, ohne dass Anne und Julius sie noch bewundern konnten.

»Wie langsam sie mit den Flügeln schlagen«, sagte Richard, »fast wie in Zeitlupe. Gib mir das Glas, ich möchte mir die Raben genauer ansehen. Es müssen Tausende sein, ohne Übertreibung!«

Interessiert beobachtete er die unaufhörlich kreisenden Vögel. Ihr Krächzen klang durch die klare Abendluft bis zu ihnen herüber.

Richard sah, wie ein paar zu dem einzigen noch erhaltenen Turm der Burg flogen, sah, wie sich einer von ihnen auf ein schmales Fenstersims setzte. Dort saß er einen Augenblick, flog dann aber so unerwartet auf, als habe ihn etwas erschreckt.

Jetzt entdeckte Richard etwas, was sein Herz schneller schlagen ließ, etwas Außergewöhnliches!

Er starrte angestrengt hinüber und dann sagte er schnell zu Julius: »Guck dir das Fenster im Turm an und sag mir, was du siehst. Aber beeil dich.«

Julius griff sofort nach dem Glas, ohne die verständnislosen Mädchen zu bemerken. Was konnte dort schon Besonderes sein?

»Ja, ich sehe etwas«, meldete Julius. »Es muss ein Lichtreflex sein.«

Anne und Georg brannten darauf zu erfahren, was die Jungen entdeckt hatten, und die ungeduldige Georg entriss Julius das Glas. »Lass mich mal sehen«, sagte sie aufgeregt und starrte hinüber zum Turm. »Ihr seid blöd«, murmelte sie dann enttäuscht. »Ich sehe nichts als ein ganz gewöhnliches Fenster!«

Auch Anne konnte nichts entdecken und gab Richard das Glas zurück. Der richtete es von neuem auf das Fenster und murmelte endlich: »Tatsächlich, nichts mehr zu sehen.«

»Wenn du mir nicht sofort sagst, was da drüben los ist, werfe ich dich den Hügel hinunter!«, rief Georg wütend. »Wollt ihr uns vielleicht auf den Arm nehmen?«

»Also«, begann Richard langsam und sah seinen Bruder an, »also, ich habe ein Gesicht gesehen. Und du?«

»Ich auch«, sagte Julius.

»Ein Gesicht?«, riefen Georg, Anne und Jo entgeistert.

»Kein Mensch wohnt in der Burg, es ist doch eine

Ruine«, sagte Georg. »Es könnte höchstens ein Besucher gewesen sein.«

Julius sah auf seine Uhr. »Unmöglich! Ich weiß genau, dass um halb sechs geschlossen wird, und jetzt ist es gleich halb sieben. Und dann hat es so ausgesehen, als wäre der da drüben sehr verzweifelt. Hast du das auch bemerkt?«

»Ja«, sagte Richard, »es kam mir auch so vor. Seltsam. Vielleicht gibt es eine ganz einfache Erklärung, aber ich habe ein komisches Gefühl.«

»War es ein Mann?«, fragte Georg.

»Ich denke schon, es war das Gesicht eines Mannes. Viel habe ich natürlich nicht gegen den dunklen Hintergrund erkennen können. Hast du übrigens die Augenbrauen gesehen, Julius?«

»Ja, sie waren sehr auffallend.«

»Auffallende Augenbrauen?«, wiederholte Georg langsam. »Die Augenbrauen von Professor Kant waren auch auffallend, erinnert ihr euch?«

»Ja«, sagte Richard und sah Julius an. Aber der schüttelte den Kopf.

»Ähnlichkeit habe ich keine gefunden, aber das ist ja auch bei der Entfernung zu viel verlangt. Übrigens, wenn das Glas nicht so gut wäre, hätten wir nie etwas entdeckt.«

»Und ich habe nichts gesehen.« Georg seufzte. »Dabei ist es doch meins!«

»Du kannst es ja noch einmal versuchen«, sagte Richard und gab es ihr. »Vielleicht kommt er noch einmal ans Fenster.«

Die Mädchen starrten abwechselnd zum Turm, aber sie konnten nichts entdecken. Dann wurde es zu dunkel.

»Wisst ihr was«, sagte Julius, »wir besichtigen morgen die Burg. Vielleicht kriegen wir was raus.«

»Ich denke, wir sind morgen nicht mehr hier?«, meinte Richard.

»Ach ja, stimmt.« Daran hatte Julius in seiner Aufregung nicht gedacht. »Aber die Burg möchte ich mir doch noch ansehen«, fügte er schnell hinzu. »Ich möchte unbedingt herauskriegen, was da los ist.«

»Natürlich müssen wir das!«, rief Georg, der es unvorstellbar erschien abzureisen, ohne sich um diese seltsame Angelegenheit gekümmert zu haben.

»Ich bleibe auf jeden Fall«, erklärte Jo. »Ich kann bei Onkel Fredo wohnen, und ich schreibe euch dann gleich, wenn ich das Gesicht gesehen habe. Nur, Georg müsste mir ihr Fernglas hier lassen.«

»Kommt nicht in Frage. Von dem trenne ich mich nicht. Außerdem bleibe ich auch. Und du, Julius, du hast es dir doch auch anders überlegt, oder nicht?«

»Gut«, sagte er nach einigem Zögern, »wir bleiben und sehen, ob wir etwas herausbekommen. Hallo, wer kommt denn da?«

Es war Alfredo, der Feuerschlucker. »Jo, bist du hier?«, fragte er. »Deine Tante lädt dich und deine Freunde zum Abendessen ein.«

Eine Pause entstand, Anne sah zu Julius hinüber. Würde er annehmen? Sie hoffte es.

»Danke«, sagte Julius endlich, »wir kommen gern.«
»Das wäre nett«, sagte Alfredo mit einer kleinen Verbeugung. »Ich kann auch für euch Feuer schlucken, wenn ihr es wünscht.«

Diesem Angebot konnten sie nicht widerstehen. Alle standen auf und folgten ihm. Vor seinem Wohnwagen brannte ein helles Feuer, und darüber hing ein großer Kessel, dem ein köstlicher Duft entstieg.

»Es ist noch nicht ganz soweit«, entschuldigte sich Alfredo. »Und keine Angst, es wird nichts anbrennen, ha, ha.« Die Kinder atmeten heimlich auf, denn sie waren noch zu satt von der guten Torte.

»Wollen Sie uns wirklich eine Extravorstellung geben?«, fragte Anne. »Wie machen Sie das überhaupt? Es ist doch sicher sehr schwer.«

»Sehr, sehr schwierig«, bestätigte Alfredo. »Ich tue es nur, wenn ihr mir versprecht, dass ihr es hinterher nicht auch versucht. Ihr würdet euch schön verbrennen.«

Alle versprachen es und Anne sagte: »Aber Sie dürfen sich auch nicht verbrennen!«

Er wehrte entsetzt ab. »Ich bin ein sehr guter Feuerschlucker und denen passiert so etwas nie! Und nun passt auf, jetzt hole ich meine Fackeln.«

Noch jemand gesellte sich zu ihnen. Es war Buffalo, der sie verlegen angrinste. Nach ihm erschienen Skippy und schließlich noch der Mann mit den Schlangen.

Alfredo kam mit seinem Handwerkszeug zurück. »Da ist ja die ganze Familie versammelt«, sagte er. »Passt auf, gleich geht's los!«

Geh weg, du dummes Pferd!

Alfredo setzte sich ein Stück vom Wohnwagenfenster entfernt ins Gras und stellte eine Metallschüssel vor sich hin, aus der es nach Petroleum roch. In jeder Hand hielt er Stäbe und zeigte sie.

»Fackeln«, erklärte seine Frau stolz, und Alfredo rief dem Mann mit den Schlangen etwas zu, während er die Fackeln in die Schüssel tauchte.

Der Mann mit den Schlangen beugte sich vor, nahm einen brennenden Zweig vom Feuer, warf ihn in die Metallschüssel, aus der eine Stichflamme in den Abendhimmel schoss. Alfredo hielt erst die eine Fackel in das Feuer und dann die andere. Sie brannte sofort lichterloh. Alfredos Augen glitzerten in ihrem Schein.

Dann legte er den Kopf weit zurück, riss seinen Mund auf, steckte die eine Fackel hinein und schloss ihn, sodass seine Wangen in einem unwahrscheinlichen Rot erglühten.

Anne stieß einen kurzen Schrei aus und Georg und die beiden Jungen hielten den Atem an. Nur Jo blieb ungerührt. Sie hatte das schon oft gesehen.

Alfredo öffnete den Mund und ließ Flammen in die stille Luft steigen. Die zweite lodernde Fackel in der anderen Hand und vor sich die Schüssel mit dem brennen-

den Petroleum, bot er einen außergewöhnlichen Anblick.

Dann wiederholte er die Vorführung mit der anderen Fackel, schloss den Mund und schluckte, sah sich im Kreis um, öffnete ihn wieder, um zu zeigen, dass die Flammen erloschen waren, und lachte breit.

»Na, hat's euch gefallen?«, fragte er. Das Feuer in der kleinen Metallschale war erloschen. Der brennende Holzstoß unter dem Kessel erhellte die Dunkelheit.

»Es war toll!«, sagte Julius. »Wirklich ganz toll! Und Sie haben sich wirklich nicht verbrannt?«

»Ich? Niemals!« Alfredo lachte. »Am Anfang vielleicht einmal, das mag sein. Aber das ist viele, viele Jahre her. Jetzt würde ich das Feuerschlucken nie mehr an den Nagel hängen.«

»Ich kann auch Feuer schlucken«, verkündete Jo plötzlich. »Komm, Onkel, gib mir eine Fackel.«

»Du? Das wirst du schön bleiben lassen. Du verbrennst dich, und wie!«

»Würd ich nicht«, widersprach Jo, »würd ich überhaupt nicht. Ich habe dich genau beobachtet und weiß, wie es gemacht wird. Ich hab es sogar schon mal versucht.«

»Angeberin«, murmelte Georg.

»Nun hör mal gut zu«, begann Alfredo, »wenn du das versuchst, dann werde ich dich verhauen, verhauen werde ich dich, ich werde …«

»Nein«, rief seine Frau, »das nicht! Ich sorge schon dafür, dass sie keine Dummheiten macht. Und wenn hier noch einer Feuer schluckt, dann ich!«

»Das tust du nicht!«, schrie Alfredo entsetzt, der fürchtete, dass seine Frau diese Drohung wahr machen könnte.

In diesem Augenblick stieß Anne einen Schrei aus. Etwas Langes, Glänzendes glitt zwischen ihr und Julius über den Boden. Es war eine der Pythons, die der Mann mitgebracht hatte, von den Kindern unbemerkt. Jo griff nach ihr und hielt sie fest.

»Lass sie laufen«, sagte der Mann. »Sie will nur ein bisschen spazieren gehen und kommt von allein zu mir zurück.«

»Darf ich sie nicht ein bisschen halten?«, bettelte Jo. »Ich mag Schlangen gern.«

Julius streckte die Hand aus und berührte das Tier vorsichtig. Seltsamerweise fühlte es sich kühl und glatt an, obwohl es rauh und schuppig aussah.

Die Schlange kroch an Jo hinauf und ließ sich über ihren Rücken wieder hinabgleiten.

»Pass auf, dass sie den Schwanz nicht um dich legt«, warnte der Mann, »aber das weißt du ja.«

»Ich werde sie mir um den Oberkörper legen«, sagte Jo und begann den Leib des Tieres langsam weiterzubewegen, bis er ihr wie eine Pelzstola um den Körper hing. Georg bewunderte sie, wenn auch widerstrebend. Und auch die Jungen starrten die wilde Jo respektvoll an; nur Anne war so weit wie möglich zurückgewichen.

Skippy begann Gitarre zu spielen. Sie summte eine hübsche Melodie dazu, und alle stimmten in den Refrain ein, auch die anderen Bewohner des Lagers, die sich allmählich zu ihnen gesellt hatten.

Es war herrlich um das Feuer zu sitzen, Skippys leiser, klarer Stimme und den Klängen der Gitarre zu lauschen. Die Schlange schwankte leicht im Takt hin und her, ließ sich dann plötzlich von Jos Schulter herabfallen und bewegte sich langsam auf ihren Herrn zu.

»Oh, Liebling«, sagte der und ließ sie durch seine Hände gleiten. »Du magst Musik, nicht wahr, Liebling?«

»Er scheint richtig an ihr zu hängen«, flüsterte Anne ihrer Kusine zu. »Verstehst du das?«

Alfredos Frau stand auf. »Abendessen gibt's«, sagte sie. Alfredo nickte und rührte in dem eisernen Kessel über dem Feuer.

»Wo ist denn Tim?«, fragte Georg plötzlich. »Ich sehe ihn nirgends.«

»Der hat sich aus dem Staub gemacht, als die Python aufgetaucht ist«, sagte Jo. »Tim, komm, Tim, Tim!«

»Ich rufe ihn schon selber«, sagte Georg schnippisch, »schließlich ist es ja mein Hund.«

Endlich kam er mit eingezogenem Schwanz zurück. Die Mädchen streichelten ihn abwechselnd und er leckte einmal die Hand der einen und einmal die der anderen.

Das Abendbrot schmeckte wunderbar. »Was ist denn da alles drin?«, fragte Richard, als er sich einen Nachschlag geben ließ. »So etwas Gutes hab ich noch nie gegessen.«

»Hühnchen, Ente, Rindfleisch, Schinken, Kaninchen, Knoblauch, Hase, Zwiebeln, weiße Rüben ...«, zählte Alfredos Frau auf. »Alles, was ich gerade so habe. Kocht und ich rühre, ich rühre und kocht. Vielleicht kommt auch ein Rebhuhn hinein, wenn da, oder Fasan oder ...«

»Sei still«, unterbrach Alfredo sie, der sehr genau wusste, dass so mancher Bauer sich für den Inhalt dieses Topfes interessieren würde und höchstwahrscheinlich unangenehme Fragen gestellt hätte.

»Du verbietest mir Mund?«, rief seine Frau empört und fuchtelte wild mit dem Schöpflöffel in der Luft umher. »Du verbietest mir Mund?«

»Wuff«, machte Tim und leckte einen Tropfen ab, der ihm auf die Schnauze gespritzt war. Erwartungsvoll starrte er den Löffel an. Er war hungrig.

»Tante Anita«, rief Jo, »gib ihm auch was!« Tim bekam

eine ganze Schüssel voll. Er musste nur warten, bis der herrliche Eintopf etwas kühler war. Dann stürzte er sich jedoch auf die Schüssel und leerte sie im Handumdrehen.

»Vielen Dank für das gute Abendessen«, sagte Julius nach einer Weile, als er meinte, dass es nun an der Zeit sei zu gehen.

»Und vielen Dank für die Vorstellung, die Sie uns gegeben haben«, sagte Georg. »Ich bin nur froh, dass es Ihnen nicht den Appetit verschlagen hat.«

»Ha, ha, ha«, lachte Alfredo. »Danach bekomme ich erst richtig Hunger. Jo, bleibst du heute Nacht bei uns? Du weißt, du bist immer willkommen.«

»Habt ihr vielleicht eine Decke für mich?«, fragte sie. »Mehr brauche ich nicht, ich schlafe unter Georgs Wohnwagen.«

»Du kannst auch reinkommen«, sagte Georg, aber Jo schüttelte nur den Kopf.

Langsam gingen sie durch die Dunkelheit zurück. Die Sterne standen schon am Himmel, aber der Mond war noch nicht aufgegangen.

»Das war ein interessanter Abend«, sagte Richard. »Jetzt find ich deine Tante und deinen Onkel richtig nett.«

Darüber war Jo glücklich, denn sie freute sich, dass zwischen ihren Leuten und den Kindern wieder alles im Lot war. Zufrieden kroch sie unter den Wagen und wickelte sich in ihre Decke.

»Waschen und Zähneputzen hat sie natürlich vergessen«, murmelte Georg, die vor dem winzigen Spiegel ihr Haar bürstete.

»Morgen wird sie's nachholen«, sagte Anne.

»Möglich. Freust du dich auch, dass wir noch hier bleiben? Ich glaube bestimmt, dass die Zirkusleute jetzt immer nett zu uns sein werden.«

»Was wir Jo zu verdanken haben«, sagte Anne und Georg schwieg. Sie wurde nicht gern daran erinnert, dass sie Jo etwas zu verdanken hatte. Schweigend bürstete sie ihr Haar zu Ende und ging dann zu Bett. »Ich wollte, ich hätte das Gesicht auch gesehen«, sagte sie plötzlich, »und ich möchte zu gern wissen, wer es war und warum …«

»Ich habe eigentlich keine Lust, jetzt über so etwas zu reden«, unterbrach Anne sie und löschte das Licht. »Sprechen wir lieber über etwas anderes.«

So unterhielten sie sich noch ein paar Minuten über dies und das. Plötzlich hörte Georg draußen ein Geräusch. Was konnte es nur sein? Tim hob den Kopf und knurrte ein wenig.

Georg sah zum gegenüberliegenden Fenster. Sie sah einen einzelnen Stern und dann schob sich etwas vor diesen Stern und verdeckte ihn. Ein Schatten erschien an der Scheibe und Tim knurrte wieder leise. Kannte er den da draußen?

Georg knipste die Taschenlampe an, dann lachte sie leise und rief: »Schnell, Anne, da ist ein Gesicht am Fenster! Anne, wach auf!«

»Ich schlafe ja gar nicht«, murmelte Anne und fuhr erschrocken hoch. »Ein Gesicht? Was für ein Gesicht? Wo? Du willst mich nur an der Nase herumführen!«

»Nein, da, sieh doch!«, rief Georg und leuchtete auf das Fenster.

Anne schrie laut auf. Aber dann lachte auch sie. »Du Biest, das ist ja nur Alfredos Pferd! Oh, wie hast du mich erschreckt. Geh weg, du dummes Pferd!«

Hunde dürfen nicht mitgebracht werden

Am nächsten Morgen sprachen die Kinder wieder über das Gesicht am Turmfenster, und wieder sahen sie durch das Fernglas, aber sie konnten nichts entdecken.

»Wir gehen möglichst früh zur Burg, gleich wenn geöffnet wird«, sagte Richard. »Aber dort wird nicht von Gesichtern geredet, verstanden, Jo? Du kannst manchmal den Mund nicht halten.«

Jo fuhr auf. »Das ist nicht wahr! Ich kann ein Geheimnis für mich behalten, das weißt du genau!«

»Schon gut, du Feuerschluckerin«, lenkte er ein und sah auf seine Uhr. »Es ist noch zu früh, wir müssen noch ein bisschen warten.«

»Ich helfe Schleicher solange bei den Schlangen«, sagte Jo. »Kommt jemand mit?«

Richard grinste. »Schleicher, was für ein passender Name für einen Mann, der Schlangen hält. Ich komme mit und schau ein bisschen zu, das heißt, wenn sie nichts gegen mich haben.«

So gingen sie zu dem Mann mit den Schlangen, außer Anne, die erst aufräumen und abwaschen wollte und sich außerdem noch immer vor diesen Biestern fürchtete.

Herr Schleicher hatte die beiden Pythons aus dem Kasten geholt und Georg flüsterte: »Er scheint sie zu putzen, seht nur, wie glänzend ihre braune Haut wird.«

»Jo, du kannst Liebling abreiben«, sagte er. »Die Flasche steht da drüben. Sie hat wieder Milben. Reib sie tüchtig ein, dann ist sie sie bald wieder los.«

Jo schien Bescheid zu wissen. Sie nahm einen Lappen, tränkte ihn mit einer gelben Flüssigkeit aus der Flasche und begann die eine der Schlangen vorsichtig damit zu betupfen.

Georg, die nicht tatenlos zusehen wollte, bot ihre Hilfe an. »Du kannst die andere nehmen«, sagte Herr Schleicher, stand auf und legte sie ihr über die Knie. Das hatte Georg nicht erwartet und fühlte sich sehr unbehaglich, als die Schlange begann, sich um sie zu ringeln.

»Halt ihren Schwanz fest«, sagte Jo.

Richard und Julius wurde das Zusehen allmählich langweilig, und so gingen sie zu Buffalo, der damit beschäftigt war, mit einem Tau kunstvolle Ringe in die Luft zu schlagen. In rasender Geschwindigkeit folgte ein Ring dem anderen und Buffalo grinste die Brüder an.

»Wollt ihr es auch mal versuchen?«, fragte er. Aber keiner von beiden konnte mit dem Tau etwas anfangen.

»Zeigen Sie uns doch was mit Ihrer Peitsche«, bat Richard.

»Was soll ich treffen?«, fragte Buffalo bereitwillig. »Vielleicht die obersten Blätter des Busches da drüben?«

Richard nickte, und Buffalo kniff die Augen zusammen, schwang die Peitsche, hob sie und ließ sie durch die Luft sausen.

Im nächsten Augenblick waren die Blätter verschwunden. Die Jungen staunten.

»Und jetzt was anderes, ja?«, bat Julius.

»Vielleicht etwas Schwereres«, schlug Buffalo vor.

»Einer von euch muss einen Bleistift hochhalten, und ich werde ihn treffen, ohne seine Hände zu berühren.«

Julius zögerte, aber Richard hatte schon einen hervorgeholt und hielt ihn in die Höhe.

Wieder knallte die Peitsche, das Ende der Schnur wand sich um den Bleistift, er wurde aus Richards Hand gerissen, flog empor, und Buffalo fing ihn auf.

»Toll!«, sagte Richard anerkennend. »Dauert es lange, bis man so was kann?«

»Eine Angelegenheit von nur zwanzig Jahren«, gab Buffalo grinsend zurück. »Bis Mitte dreißig schaffst du es noch. Spaß beiseite, man fängt schon an, wenn man noch ein Dreikäsehoch ist. Mein Vater hat es mir beigebracht, und als ich es nicht schnell genug kapierte, hat er mir mit der Schnur ein Stück Haut von den Ohrläppchen heruntergeholt. Man lernt sehr schnell, wenn man weiß, dass einem so was passieren kann.«

Die Jungen starrten auf seine großen Ohren. Tatsächlich, sie schienen etwas rau an dieser Stelle.

»Ich kann auch Messerwerfen«, sagte er dann. »Skippy stellt sich an eine Wand und ich werfe ein Messer nach dem anderen dicht neben ihr in das Holz. Soll ich es euch einmal vormachen?«

Julius sah auf seine Uhr. »Ein andermal gern, aber jetzt haben wir leider keine Zeit mehr. Wir wollen nämlich die Burg besichtigen. Waren Sie schon mal drin?«

»Nein! Wer verschwendet für Mauerbruch schon seine Zeit?« Buffalo ging zurück zu seinem Wagen und begann wieder mit dem Tau zu arbeiten.

»Georg, Jo, wir müssen gehen!«, rief Julius. »Anne, bist du fertig?«

Herr Schleicher kam, nahm die Schlangen in Empfang und strich liebevoll über ihre glänzende Haut.

»Ich muss mir noch schnell die Hände waschen«, sagte Georg. »Komm mit, Jo.«

Jo fand das zwar nicht nötig, aber sie ging widerspruchslos mit zum Fluss, und beide wuschen sich sorgfältig die Hände. Georg trocknete sie an einem ziemlich schmutzigen Handtuch ab, Jo schwenkte ihre Hände in der Luft; dabei schielte sie neidvoll auf Georgs Shorts. Ein Elend, dass sie selber keine tragen durfte!

Sie verschlossen die Wohnwagen nicht, denn Julius meinte, das sei nicht mehr nötig, seit die Zirkusleute ihre Freunde geworden waren. Keiner von ihnen würde etwas stehlen.

Die fünf liefen den Abhang hinunter, Tim, mit der Aussicht auf einen langen Spaziergang, trabte selig voran. Sie kletterten über das Gatter, gingen ein Stück den Weg entlang, der hinter einem Holztor steil zur Burg hinaufführte, und stiegen bergan.

Es dauerte eine halbe Ewigkeit, bis sie einen kleinen Turm, den Eingang, erreichten. Eine alte Frau empfing sie nicht besonders freundlich. Ihr Blick hatte etwas Lauerndes. Da sie zahnlos war, konnten die vier ihr Gebrabbel nur schwer verstehen.

»Fünfmal, bitte«, sagte Julius und legte das Geld vor sie hin.

»Der darf nicht rein«, brummte die Alte. Als die Kinder sie nicht verstanden, wies sie auf Tim und schüttelte den Kopf.

»Er richtet bestimmt nichts an«, sagte Georg schnell. »Altes Gemäuer frisst er nicht.«

Doch die alte Frau zeigte auf ein Schild, auf dem in großen Buchstaben stand: »Hunde dürfen nicht mitgebracht werden!«

»Na gut«, murmelte Georg wütend, »dann lassen wir ihn eben draußen. Lächerlich, so eine Vorschrift. Bleib hier, mein Alter, es dauert nicht lange.«

Tim ließ die Ohren hängen. Er war nicht gerade begeistert, denn er begriff sehr wohl, dass er nicht mitdurfte. Mit einem tiefen Seufzer legte er sich in eine sonnige Ecke.

Die Kinder gingen durch das Drehkreuz und öffneten die dahinter liegende Tür.

»Wartet, ich will schnell noch einen Führer kaufen«, sagte Julius. »Wir müssen doch etwas über den Turm erfahren.«

Einen Augenblick später war er zurück und sie betraten den Burghof und guckten in das Heft.

Es enthielt die Geschichte und einen Plan von Burg Rabenstein. Julius betrachtete ihn interessiert. »Da, seht«, sagte er, »da unten sind die Kerker.«

»Aber nicht zu besichtigen«, brummte Richard enttäuscht, »schade.«

»Muss ein ziemlich stabiler Kasten gewesen sein«, meinte Julius. »Zweieinhalb Meter sind die Mauern dick.«

Die gewaltige Ruine beeindruckte die fünf Kinder derart, dass sie sie zunächst nur schweigend bewunderten. Trotz ihrer Stärke waren die Mauern an manchen Stellen eingefallen oder fehlten ganz.

»Übrigens ist die Treppe in dem einzigen erhaltenen Turm auch eingestürzt.« Julius beschäftigte sich wieder mit dem Plan.

»Dann ist es doch unmöglich, dass ihr dort oben am Fenster ein Gesicht gesehen habt«, sagte Georg. »Völlig unmöglich! Ihr müsst euch etwas eingebildet haben.«

»Hm«, machte Julius. »Wir wollen uns die Treppe ansehen. Vielleicht ist sie nur aus Sicherheitsgründen für die Besucher gesperrt. Vielleicht kann man doch noch hinauf.«

»Und wenn, wollen wir dann rauf?«, fragte Jo mit glänzenden Augen. »Und was machen wir, wenn wir da oben jemanden finden?«

»Abwarten«, sagte Julius, klappte das Heft zu und steckte es in die Tasche. »Wir machen erst einen Rundgang über den Hof.«

Das Pflaster war mit Gesteinsbrocken übersät, die von den Mauern der Burg herabgestürzt waren. An einer Stelle konnten sie durch einen Sprung in der Mauer in das dunkle Innere der Burg sehen.

Sie gelangten wieder an ihren Ausgangspunkt und Julius sagte: »Dann wollen wir den alten Kasten mal von innen besichtigen. Hoffentlich fällt uns kein Stein auf den Kopf.«

Sie betraten das Innere der Burg durch den hohen Torbogen und gingen über steinerne Fußböden von einem Raum in den anderen. Das durch schmale Fenster hereinfallende Tageslicht erhellte die trostlosen Räume nur spärlich.

»Damals dürften sie noch kein Glas gehabt haben«, vermutete Richard. »Ich wette, die Leute waren heilfroh, dass die Fenster so klein waren. Im Winter muss das kein sehr angenehmer Aufenthalt gewesen sein. So ganz ohne Zentralheizung.«

»Sie haben die Wände mit Teppichen verkleidet und auch die Fenster«, sagte Anne. »Du hast wohl wieder deine Blödelstunde. Aber wollten wir nicht zum Turm gehen? Kommt doch, ich muss unbedingt wissen, ob da jemand oben ist!«

Ein wichtiges Telefongespräch

Die Raben flogen um die Burg und die Kinder sahen zu ihnen hinauf. Sie standen in dem hohen Torbogen des Haupteinganges und beobachteten die unaufhörlich kreisenden, laut schreienden Tiere. Anne wurde ungeduldig. »Gehen wir doch endlich«, sagte sie.

Sie hatten gehofft, wenigstens Bruchstücke einer Treppe vorzufinden, aber da war nichts mehr. Sie konnten nicht einmal in den Turm hinaufsehen; eingestürzte Zwischenwände und heruntergekrachte Mauerbrocken versperrten den Weg.

Julius brauchte einige Zeit, bis er sich zurechtfand. Es war völlig klar, dass da niemand hinauf konnte. Noch war er sicher, dass er da oben im Fenster ein Gesicht gesehen hatte. Und Richard auch. War da einer von außen hinaufgelangt? Oder von oben herunter? War es überhaupt ein Gesicht gewesen?

Richard stellte sich dieselbe Frage. »Das ist ja komisch«, murmelte er. »Ich möchte beinahe sagen, verdammt komisch.«

»Ich werde die alte Frau fragen, ob es noch einen anderen Weg gibt«, schlug Julius plötzlich vor. »Vielleicht weiß sie etwas.«

Sie gingen zurück über den Hof. Die Alte saß neben dem Drehkreuz und strickte.

»Könnten Sie uns sagen, ob es eine Möglichkeit gibt, in den Turm hinaufzusteigen?«, fragte Julius.

Die Alte antwortete so undeutlich, dass niemand sie verstehen konnte, aber ihrem kräftigen Kopfschütteln entnahmen sie, dass es keine Möglichkeit gab.

»Gibt es vielleicht noch einen besseren Plan?«, fragte Julius wieder. »Einen von den Kerkern zum Beispiel?«

Die Alte sagte etwas, das wie »Gesellschaft zum Putzen alter Baudenkmäler« klang.

»Wie bitte?«, fragte Julius.

Aber die Frau wurde es allmählich leid, Rede und Antwort zu stehen.

Sie schlug ein dickes Buch auf, in das die tägliche Anzahl der Besucher und die Einnahmen eingetragen wurden, zeigte auf eine Stelle, und Julius las laut vor: »Gesellschaft zum Schutze alter Baudenkmäler. Oh, ist jemand von denen hier gewesen?«

Die Alte nickte. »Zwei Herren, letzten Donnerstag ...«

Sie hatte plötzlich ganz deutlich gesprochen, fiel aber nun in ihr unverständliches Brabbeln zurück. Julius zuckte die Schultern und wandte sich zum Gehen.

»Immerhin wissen wir jetzt, wo wir etwas erfahren können«, sagte er. »Wir rufen einfach diese Gesellschaft an und fragen, ob sie uns etwas Näheres über den Bau sagen können. Es könnte ja zum Beispiel Geheimgänge geben, die nicht in diesem Plan eingezeichnet sind.«

»Das wäre super!«, rief Georg aufgeregt. »Kommt, wir gehen noch mal zum Turm und sehen ihn uns von außen genau an. Vielleicht kann man da hochklettern.«

Sie gingen zurück, waren aber sofort davon überzeugt, dass ein solches Unternehmen aussichtslos war. Zwar gab es an der rauen, unebenen Mauer genügend Möglichkeiten, mit Händen und Füßen Halt zu finden, aber es wäre viel zu gefährlich gewesen, sogar für Jo, die wie eine Katze klettern konnte.

Trotzdem war sie sofort bereit es zu versuchen. »Vielleicht schaffe ich es«, sagte sie und zog einen ihrer Schuhe aus.

»Zieh ihn wieder an«, befahl Richard. »Da steigst du

nicht rauf. Wenn wenigstens Efeu da wäre, an dem du dich festhalten könntest.«

Mit finsterer Miene zog sie ihren Schuh wieder an und sah Georg nun noch ähnlicher als sonst. Sie öffnete den Mund, um zu schimpfen, dann klappte sie ihn überrascht zu. Tim kam lautlos angestürmt.

»Wo kommst denn du her?«, rief Georg. »Es gibt doch nur den einen Eingang durch das Drehkreuz und die Tür dahinter haben wir selber wieder zugemacht.«

Tim bellte, rannte zum Turm, sprang über ein paar große Steinbrocken und blieb vor einem schmalen Spalt stehen. »Wuff«, machte er.

»Da ist er hergekommen«, sagte Georg und versuchte einen der großen Steine zu bewegen, natürlich ohne den geringsten Erfolg. »Ich kapier nicht, wie er das geschafft hat. Von uns kann es bestimmt keiner.«

»Und wie ist er durch die äußere Mauer gekommen?« Julius runzelte die Stirn, um anzudeuten, dass er nachdachte. »Er muss dort auch so einen Spalt gefunden haben«, sagte er schließlich.

Richard nickte. »Trotzdem kann man es sich kaum vorstellen, die Mauer ist ja immerhin ihre zweieinhalb Meter dick.«

Das war sehr seltsam. Sie starrten alle Tim an, als erwarteten sie eine Erklärung von ihm. Der sprang jedoch immer wilder umher und bellte immer lauter.

Plötzlich öffnete sich die zum Burghof führende Tür und die alte Frau erschien. »Wie ist der Hund hier hereingekommen?«, rief sie. »Bringt ihn sofort hinaus!«

»Schreien kann sie ziemlich deutlich«, murmelte Georg und Richard sagte: »Vielleicht ist ein Loch in der Mauer.«

»Nicht ein einziges«, brummte die Alte. »Ihr habt ihn hereingeschmuggelt und jetzt verschwindet! Ihr seid lange genug hier gewesen.«

»Gut, gehen wir«, sagte Julius. »Wir haben alles gesehen, was zu sehen ist, oder besser gesagt, was wir sehen konnten. Ich wette, dass es noch einen Weg in den Turm gibt. Ich rufe dann gleich diese Gesellschaft an und versuche mit den Leuten zu sprechen, die hier waren. Das sind bestimmt Experten.«

»Ja«, sagte Richard, »die wissen bestimmt Bescheid.«

Sie nahmen Tim beim Halsband und gingen hinaus.

»Ich habe Appetit auf Krapfen und Limo«, sagte Georg. »Ihr auch?«

Sie gingen hinunter ins Dorf. »Bestellt ihr schon«, sagte Julius und lief weiter zur Post, um dort zu telefonieren. Die anderen verschwanden bald darauf in dem kleinen Milchgeschäft. Die rundliche Frau begrüßte sie mit dem gewinnenden Lächeln, mit dem sie besonders gute Kunden zu empfangen pflegte.

Sie hatten schon tüchtig reingehauen, als Julius zurückkam.

»Was erfahren?«, fragte Richard.

»Ja, etwas sehr Seltsames. Die Gesellschaft hat eine Zweigstelle etwa fünfzig Kilometer von hier. Ich fragte, ob sie eine neue gute Broschüre über die Burg hätten.« Er schwieg, trank seine Limo und biss in einen Krapfen.

»Jetzt sag schon, was du rausgekriegt hast!«, forderte Richard ihn auf.

»Sie sagten, sie hätten keine, und nun kommt es: Seit zwei Jahren ist niemand von ihnen in der Burg gewesen!«

»Das ist ein starkes Stück. Und was ist mit den beiden Männern, die in der letzten Woche da waren?«, fragte Georg.

»Das ist ja das Seltsame«, murmelte Julius und aß weiter. »Sie sagten, sie wüssten es wirklich sicher. Von ihnen wäre keiner dorthin geschickt worden!«

»Dann haben sich die beiden also in die Burg hineingemogelt.«

Julius nickte. »Stimmt, und ich gehe jede Wette ein, dass das Gesicht am Fenster und die beiden Männer etwas miteinander zu tun haben. Die beiden haben die Alte am Eingang reingelegt, die wollten nur den alten Kasten nach einem Versteck absuchen, das für ihre Zwecke geeignet war.«

Die anderen starrten ihn schweigend an. Anne plapperte aus, was sie dachte: »Also habt ihr doch ein Gesicht dort oben gesehen. Das heißt, es muss noch einen Weg in den Turm geben.«

Julius nickte wieder. »Ihr werdet mich vielleicht für verrückt halten, wenn ich jetzt sage, dass sich möglicherweise die beiden verschwundenen Wissenschaftler dort versteckt halten. Ich weiß nicht, ob ihr in der Zeitung gelesen habt, dass Pott ein Buch über berühmte Ruinen geschrieben hat. Er kennt Burg Rabenstein bestimmt. Und wenn sie irgendwo untertauchen wollten, bis sich der Wirbel um sie gelegt hat, dann …«

»… dann könnten sie sich in dem Turm verstecken!«, sagte Richard begeistert. »Und eines Nachts türmen sie mit einem Boot. Zum Meer ist es nicht weit, nur ein Katzensprung.«

»Ja, so werden sie's wohl machen. Ich glaube, ich rufe Onkel Quentin an, erzähle ihm alles und beschreibe ihm das Gesicht, das wir gesehen haben. Allein wollen wir uns lieber nicht mit dieser Sache befassen.«

»Das ist ja irre aufregend«, sagte Jo und ihre Augen glänzten. »Ich bin schon sehr froh, dass ich hergekommen bin!«

Wir müssen nachts gehen

Mit einem Schlag waren sie alle aufgeregt. Jeder hatte einen Vorschlag und hielt den seinen für den besten.

»Ich fahre lieber in die nächste Stadt«, überlegte Julius. »Das Gespräch könnte hier zu leicht abgehört werden. Ich werde in eine Telefonzelle gehen, das ist am sichersten.«

»Gut«, sagte Richard, »du fährst. Wir kaufen inzwischen noch ein und gehen dann zu unseren Wagen. Ich bin gespannt, was Onkel Quentin dazu sagt.«

Julius trabte in Richtung Bushaltestelle, die anderen gingen von einem der wenigen Läden des Dorfes in den nächsten und kauften ein: Tomaten, Salat, Wurst, Konserven und ein paar Liter Milch.

Unterwegs trafen sie ein paar Zirkusleute und jeder nickte ihnen freundlich zu.

Auch Alfredos Frau begegneten sie. Sie war mit einem mächtigen Henkelkorb bewaffnet, strahlte über das ganze Gesicht und rief: »Muss selber einkaufen, alles selber schleppen, großer böser Mann zu faul! Hat keinen Verstand! Sage ich, soll Fleisch bringen, er bringt Fisch. Er soll Kohl bringen, bringt er Salat, hat keinen Verstand!«

Die Kinder kugelten sich vor Lachen. Wie die kleine

zarte Frau von ihrem Muskelberg von Mann sprach, das war reif für ein lustiges Fernsehspiel!

»Es ist zu schön, dass sie alle so freundlich zu uns sind«, sagte Georg, als sie sich erholt hatten. »Hoffentlich bleibt es nun auch so. Da drüben kommt Herr Schleicher, diesmal ohne seine Pythons.«

Anne lachte. »Die Leute würden sich auch schön bedanken, wenn er mit seinen Schlangen von Laden zu Laden geht. Ob er für sie einkauft? Und wenn, was?«

»Sicher. Sie werden übrigens nur einmal alle vierzehn Tage gefüttert«, erklärte Jo. »Sie bekommen …«

»Ach nein«, unterbrach Anne sie hastig, »das will ich lieber nicht wissen. Seht, da ist Skippy.«

Skippy winkte ihnen genau wie alle anderen zu. Sie trug ein paar große Pakete. Anscheinend lebten die Zirkusleute nicht schlecht.

»Sie verdienen bestimmt eine Menge Geld, nicht wahr?«, fragte Anne.

Jo nickte. »Manchmal ja, und dann geben sie alles wieder aus, sparen tun sie nie. In der letzten Zeit haben sie ganz gut verdient und jetzt bringen sie es unter die Leute.«

Sie gingen zurück und verbrachten einen herrlichen Tag, denn die Zirkusleute wetteiferten darin, ihnen eine Freude zu machen. Alfredo haute richtig auf die Pauke und erzählte wilde Geschichten über gigantische Feuerschlucker. Kautschuk schlängelte sich durch die Speichen der Räder seines Wohnwagens. Es war atemberaubend, ihm dabei zuzusehen.

Er erbot sich sogar, Richard etwas von seiner Kunst beizubringen. Der gab allerdings nach ein paar missglückten Versuchen auf, obwohl er das sehr bedauerte, denn er hätte gern in der Schule mit einer Vorstellung geglänzt.

Mit Herrn Schleicher führten sie eine interessante Unterhaltung über Schlangen, und am Ende gab er ihnen eine kleine Lektion über giftige, die, wie er meinte, ihnen eines Tages von Nutzen sein könne.

»Ihr müsst auf ihre Zunge achten«, sagte er. »Ihr müsst aufpassen, ob sie züngelt. Wenn eine Giftschlange ihre Zunge steif macht, dann ist Vorsicht geboten, aber wenn ihre Zunge zittert, dann könnt ihr sie anfassen.«

»Großartig!«, rief Richard. »Wenn ich mal so einem Biest begegne, werd ich garantiert an Sie denken, Herr Schleicher.«

Schleicher lachte, aber Anne und Georg waren fest entschlossen, vor einer Klapperschlange oder Mamba davonzurennen, wenn es sein musste kilometerweit.

In der Zwischenzeit waren noch mehr Zirkusleute angekommen, die die Kinder noch nicht kannten. Dacca, ein Stepptänzer, der ihnen auf der obersten Stufe seines Wohnwagens eine Vorstellung gab, und Pinto, der auf dem Seil balancierte und waghalsige Saltos schlug.

Jo war in ihrem Element, hier gehörte sie hin. Die anderen begannen daran zu zweifeln, ob sie zu ihrer Pflegemutter zurückkehren würde.

»Sie ist eine von ihnen«, sagte Georg. »Sorglos und anspruchslos, großzügig und manchmal unüberlegt.«

Eine Weile später aßen sie zu Mittag, allerdings ohne Julius, denn er war immer noch nicht zurückgekommen. Warum blieb er nur so lange? Telefonieren dauerte doch keine Ewigkeit!

Endlich kam er. »Tut mir Leid, dass ihr warten musstet«, sagte er ganz außer Atem, »aber zuerst konnte ich niemanden erreichen. Ich habe also gewartet, etwas gegessen, noch mal angerufen und mit Tante Fanny gesprochen. Onkel Quentin ist verreist und kommt erst heute Abend wieder.«

»Verreist?«, rief Georg erstaunt. »Einfach so?«

»Anscheinend ist es wegen Kant. Er ist derart von dessen Unschuld überzeugt, dass es ihm keine Ruhe lässt.«

»Hast du Tante Fanny denn gesagt, was los ist?«, fragte Richard ungeduldig.

»Ja. Und sie will ihm alles erzählen. Ich habe sie gebeten, dass er uns gleich schreiben soll.«

Nach dem Tee saßen sie wieder auf dem Abhang des Hügels und sahen hinüber zum Turm.

»Hol dein Fernglas, Georg«, bat Julius. »Wir könnten das Fenster wieder ein bisschen aufs Korn nehmen. Gestern um die gleiche Zeit haben wir das Gesicht entdeckt.«

Georg stand auf und kam nach ein paar Sekunden zurück. Aber dieses Mal gab sie das Fernglas nicht Julius, sondern guckte selber hinüber zum Turm. Eine Weile sah sie nichts, aber dann schrie sie plötzlich laut auf, griff nach Julius' Arm und flüsterte. »Da, da ist es.«

Er entriss ihr das Fernglas und presste es vor die

Augen. Ja, da war es wieder, das Gesicht mit den starken Augenbrauen.

Und dann sah jeder durchs Glas.

Als Anne gerade hindurchstarrte, verschwand das Gesicht.

»Jedenfalls wissen wir jetzt, dass wir uns nichts eingebildet haben«, sagte Julius und atmete auf. »Habt ihr auch bemerkt, dass der da drüben ziemlich verzweifelt gewirkt hat?«

»Ja«, sagte Richard und die anderen nickten. »Ich habe es gestern schon gedacht. Glaubst du, dass er gefangen gehalten wird?«

Julius nickte. »Sieht beinahe so aus. Wenn man nur wüsste, wie er da oben hingekommen ist.«

»Hätten wir Georgs scharfes Fernglas nicht gehabt, wir hätten den nie gesehen«, sagte Richard. »Hört zu, wir gehen noch einmal zur Burg und versuchen zu ihm hinaufzurufen. Vielleicht hört er uns und wirft uns eine Nachricht runter.«

»Ja«, sagte Georg, die darauf brannte, irgendetwas zu unternehmen, »ja, wir könnten noch einmal raufgehen. Schließlich ist Tim reingekommen und das schaffen wir auch.«

»Keine schlechte Idee«, murmelte Julius und Georg sprang auf.

»Also los, gehen wir.«

»Doch nicht jetzt«, sagte Richard. »Jetzt ist es viel zu gefährlich. Nein, wir müssen nachts gehen, wenn der Mond aufgegangen ist.«

Aufgeregt hockten sie beisammen und beratschlagten und Tim schlug mit dem Schwanz auf den Boden.

Georg strich zärtlich über seinen Kopf. »Ja, ja, du kommst auch mit, mein Alter. Das ist besser, falls wir in Schwierigkeiten geraten.«

»In Schwierigkeiten werden wir nicht geraten«, sagte Julius bestimmt. »Wir sehen uns nur ein bisschen um. Ich glaube auch nicht, dass wir den Weg in den Turm finden. Trotzdem, kümmern müssen wir uns um diesen Fall.«

»Richtig«, sagte Georg. »Ich kann heute Nacht bestimmt nicht schlafen.«

Die Sonne ging unter und es wurde empfindlich kühl. Wenig später saßen sie alle im Wohnwagen der Jungen und spielten Karten; nur Jo sah lieber zu, den Arm um Tims Hals geschlungen.

Nachdem sie Abendbrot gegessen hatten, warteten sie noch eine Weile, und dann sagte Richard: »Ich glaube, es ist Zeit.«

Julius nickte. »Zieht euch warm an, dann gehen wir. Es ist dunkel genug!«

Seid leise!

Sie warteten, bis der Mond hinter einer Wolke verschwunden war, und rannten dann, so schnell sie konnten, den Abhang hinunter. Dann überkletterten sie das Gatter, liefen den Weg zur Burg hinauf, gelangten zu dem kleinen Turm und gingen an der hohen Mauer entlang.

Es war nicht einfach, denn der Hügel fiel steil ab. Tim aber lief, begeistert über diesen unerwarteten Spaziergang, vor ihnen her.

»Hör zu, du sollst uns zeigen, wie du da reingekommen bist«, sagte Georg leise. »Verstehst du mich? Such, Tim, such!«

Er wedelte mit dem Schwanz, hechelte und ließ die Zunge heraushängen, wie er es immer tat, wenn er zu allem bereit war. Dann lief er, die Schnauze dicht am Boden, voran.

Plötzlich blieb er stehen, drehte sich um und winselte.

Leider verschwand der Mond in diesem Augenblick hinter einer Wolke. Julius knipste seine Taschenlampe an und ließ ihren Schein auf Tim fallen, der sehr zufrieden wirkte.

»Kein Grund, sich zu freuen«, murmelte Julius. »Ich sehe keine Öffnung in diesem Gemäuer, keinen Spalt und kein Loch, und so was solltest du uns doch zeigen.«

Tim bellte kurz und sprang dann ganz unerwartet ein Stück über die Steinbrocken hinauf und verschwand.

»Wo ist er jetzt hin?«, fragte Julius aufgeregt und ließ den Strahl der Taschenlampe an der Mauer emporgleiten. »Da! Da oben fehlt ein Stein, ein großer!«

»Hier liegt er«, sagte Richard und deutete auf einen hellen, würfelförmigen Block. »Aber wenn der eine Stein auch fehlt, dahinter müssen noch andere sein, die Mauer ist doch wahnsinnig dick.«

Julius antwortete nicht, kletterte hinauf und leuchtete in die Öffnung. »Hier ist sie hohl!«, rief er keuchend.

Die anderen starrten schweigend zu ihm hinauf. »Können wir hinter Tim her?«, fragte Georg. »Ruf ihn doch endlich!«

Julius rief leise: »Tim, Tim, wo bist du?«

Gedämpft und von weit her kam sein Bellen. Wenig später sah Julius seine Augen in der Dunkelheit aufleuchten. »Er ist hier! Wisst ihr, was ich glaube? Ich glaube, wir haben – das heißt, eigentlich hat Tim einen geheimen Gang entdeckt, einen, der angelegt wurde, als sie die Mauer bauten. Wollen wir nachsehen?«

War das eine überflüssige Frage! Gleich darauf kletterte er hinunter und knipste die Taschenlampe wieder an. »Ihr könnt euch das Ding ansehen!«, rief er. »Es ist ein Gang. Sehr schmal und niedrig. Man kann nur gebückt gehen.«

»Bekommt man wenigstens Luft?«, erkundigte sich Richard.

»Riecht ein bisschen muffig«, war die Antwort, »aber

von irgendwoher gibt's frische Luft. Gib mir deine Hand, Anne. Jo kann als Nächste kommen, dann Georg und zum Schluss Richard.«

Bald waren sie alle in dem seltsamen Gang. Hier war es stockdunkel und trotz der Taschenlampen schwierig sich zu orientieren, denn sie mussten unablässig gebückt gehen.

Anne klammerte sich an Julius' Arm. Sie war die Einzige, die solche Unternehmungen nicht besonders liebte, aber zurückgeblieben wäre sie auf keinen Fall.

Plötzlich blieb Julius stehen und die Nachfolgenden stießen aufeinander. »Was ist denn los?«, fragte Richard.

»Stufen, so steil wie eine Leiter, seid vorsichtig! Ich werde lieber rückwärts gehen, das ist sicherer.«

Die Steinstufen führten ungefähr drei Meter tief hinunter. Anne folgte Julius mit einem flauen Gefühl im Magen.

»Noch ein Gang, aber breiter und höher«, sagte er unten. »Man sollte wissen, wohin er führt. Jetzt sind wir wahrscheinlich unter dem Burghof.«

»Ich wette, wir sind nicht weit vom Turm entfernt«, sagte Richard. »Stellt euch vor, wenn wir da raufkämen!«

Wieder ging es geradeaus, dann blieb Julius von neuem stehen.

»Stufen«, rief er zurück, »aber diesmal nach oben! Wahrscheinlich sind wir jetzt in der Mauer der Burg.«

Sie stiegen die Steintreppe hinauf, die in einen kleinen Raum führte, kaum größer als ein Schrank. Dicht aneinander gedrängt schauten sie sich um. Eine Bank stand an der einen Wand, darüber gab es ein Bord mit einem alten Krug, und auf der Bank lag ein schmaler, verrosteter Dolch.

»Seht euch den an«, sagte Georg. »Wie lange der hier wohl schon liegt?«

Richard ließ den Schein seiner Taschenlampe über den Boden gleiten und stieß gleich darauf einen überraschten Schrei aus.

»Was ist?«, fragte Julius.

Im Lichtkegel glänzte ein Stück blaurotes Papier und darunter glitzerte es silbern. »Schokoladenpapier«, sagte Richard, Fachmann in solchen Dingen.

Er nahm es auf und strich es glatt. »Klar, die Marke kennen wir doch, ist doch die Zarte, die zwischen Zunge und Gaumen zerschmilzt.«

Der Fund konnte nur eins bedeuten: Jemand war vor kurzem hier gewesen, jemand, der Schokolade gegessen, das Papier fortgeworfen und nicht damit gerechnet hatte, dass es jemals gefunden wurde.

Julius brach das betroffene Schweigen. »Eins ist klar, wir sind nicht die Einzigen, die diesen Weg kennen. Jetzt wette ich, dass er zum Turm führt.«

»Seid leise«, flüsterte Richard. »Vielleicht ist jemand in der Nähe.«

»Ja, vielleicht gehen wir lieber zurück«, schlug Julius vor.

»Nein«, protestierte Georg heftig, »nein, umkehren kommt überhaupt nicht in die Tüte.«

Sie schlichen vorsichtig weiter. Ein schmaler Gang führte aus dem kleinen Raum bis zu einer Wendeltreppe. Oben angekommen standen sie vor einer Tür. Ein großer eiserner Ring ersetzte die Klinke.

Julius zögerte. Sollte er oder sollte er nicht? Ein paar Sekunden vergingen, während er überlegte. Dann drehte er sich fragend nach den anderen um.

»Los«, flüsterte Richard, und Julius griff nach dem Ring, drehte ihn, und die Tür öffnete sich geräuschlos.

Er spähte durch den Spalt und sah auf eine schmale Galerie, die innen um den Turm lief. Der Mond schien durch ein Fenster und Julius konnte in dem schwachen Licht ein tiefer gelegenes Turmzimmer erkennen.

Es war totenstill. Er winkte den anderen und flüsterte: »Wahrscheinlich das dritte Stockwerk.«

Richard meinte: »Wir sind bestimmt schon ganz schön weit oben.« Er war nicht leise genug gewesen. Sie schreckten zusammen, als das Echo zu ihnen zurückkam.

»Und was nun?«, fragte Georg leise. »Siehst du eine Treppe?«

»Wir gehen rund um die Galerie und sehen nach«, sagte Julius. »Aber passt auf, dass ihr nicht stolpert, der Boden ist nicht gerade sehr eben.«

Er ging langsam voran, und endlich gelangten sie an eine Treppe, die hinunter in das Turmzimmer führte. Ihr gegenüber lag eine Tür, ähnlich der, durch die sie gekommen waren.

Auch sie besaß einen eisernen Ring, und Julius drehte

ihn langsam, doch die Tür öffnete sich nicht. Sie war verschlossen, ein riesiger Schlüssel steckte im Schloss. Auch ihn drehte Julius ohne den geringsten Erfolg. Dann bemerkte er, dass sie verriegelt war.

Also musste jemand hier eingesperrt sein! Ob es der Mann war, dessen Gesicht sie am Fenster gesehen hatten? Julius flüsterte Anne ins Ohr: »Vielleicht ist der Mann da drin. Georg soll mir Tim geben.«

Eine Sekunde später stupste Georg Tim nach vorn. Er zwängte sich an ihnen vorbei und blieb neben Julius stehen. Der schob leise den Riegel zurück, stieß langsam die Tür auf und lauschte, ehe er die Taschenlampe anknipste.

Eine Treppe führte steil hinauf, dort oben musste der Gefangene sein!

»Los«, sagte er, »aber seid leise.«

Jo ganz allein

Julius hielt Tim am Halsband fest, während er die enge Steintreppe hinaufstieg. Die anderen folgten schweigend.

Dann standen sie wieder vor einer Tür. Hinter ihr war ein seltsames, dumpfes Geräusch zu hören und Tim knurrte tief in der Kehle. Zuerst wusste Julius nicht, was für ein Geräusch es sein könnte, aber dann erkannte er es.

Jemand schnarchte! Also konnte er es wagen einen Blick hinter die Tür zu werfen. Vorsichtig öffnete er sie einen Spalt, eine Hand an Tims Halsband.

Das Licht des Mondes fiel durch ein schmales Fenster auf das Gesicht eines schlafenden Mannes. Julius betrachtete es mit wachsender Erregung. Ja, es war das Gesicht, das sie am Turmfenster gesehen hatten!

Das ist Professor Kant!, dachte er und bewegte sich lautlos durch den Raum. Er sieht genauso aus wie auf dem Bild in der Zeitung. Vielleicht ist der andere auch hier.

Vorsichtig sah er sich um, aber er entdeckte niemanden, die Schatten in den Ecken waren zu tief und dunkel. Er lauschte und dann knipste er die Taschenlampe an.

Nein, niemand war hier außer dem Schlafenden. Und nun sah er, dass der Mann an Händen und Füßen gefesselt war! Es war Kant, und Onkel Quentin hatte Recht gehabt – er war kein Verräter. Er musste entführt worden sein und wurde hier gefangen gehalten.

Alle standen jetzt um den Schlafenden herum und starrten auf ihn herunter.

»Willst du ihn wecken?«, fragte Georg.

Julius nickte, bückte sich und berührte die Schulter des Mannes.

Er erwachte sofort und sah Julius, der im vollen Licht des Mondes vor ihm stand, fassungslos an. Mühsam richtete er sich auf.

»Wer bist du?«, fragte er endlich. »Wie bist du hier hereingekommen? Und wer sind die anderen?«

»Sind Sie Professor Kant?«

»Ja, der bin ich. Aber wer bist du?«

»Unsere Wohnwagen stehen auf dem Hügel gegenüber der Burg«, sagte Julius. »Und mit dem Fernglas haben wir Sie zufällig am Fenster entdeckt. Deshalb haben wir versucht Sie zu finden.«

»Aber woher wisst ihr denn, wer ich bin?«, fragte der Mann erstaunt.

»Wir haben Ihr Bild in der Zeitung gesehen und wir haben Sie an Ihren starken Augenbrauen erkannt.«

»Könnt ihr erst mal die verdammten Stricke abmachen?«, fragte der Mann. »In der nächsten Nacht wollen mich die Kerle ins Ausland bringen. Sie wollen, dass ich ihnen die Ergebnisse meiner letzten Experimente ver-

kaufe. Das tue ich natürlich nicht, aber ich würde wohl kein angenehmes Leben mehr haben.«

Julius griff nach seinem Taschenmesser und begann die Fesseln zu zerschneiden. Tim stand daneben und beobachtete alles aufmerksam, bereit, sich auf den Fremden zu stürzen, falls es nötig sein sollte.

»Gott sei Dank«, sagte der Mann.

»Wie haben Sie es überhaupt fertig gebracht, bis ans Fenster zu kommen?«, fragte Julius, während Kant seine Hand- und Fußgelenke rieb.

»Jeden Abend bringt mir einer der Leute, die mich hier eingesperrt haben, etwas zu essen. Der Mann nimmt mir die Fesseln von den Händen, und solange ich esse, raucht er und kümmert sich nicht um mich. Dann schiebe ich mich bis zum Fenster, um etwas frische Luft zu schöpfen. Es sind immer nur ein paar Minuten, denn der Mann geht bald wieder. Nur eins kann ich nicht begreifen – dass ihr mich überhaupt erkennen konntet.«

»Es ist ein besonders scharfes Fernglas, ein ganz besonders gutes. Ein Glück, dass wir es haben. Es ist meines«, sagte Georg stolz.

»Ich höre etwas«, flüsterte Jo plötzlich.

»Woher?«, fragte Julius hastig.

»Von unten. Warte, ich sehe nach.«

Sie schlüpfte hinaus, schlich die schmale Treppe hinunter und gelangte an die Tür, die zur Galerie führte.

Ja, jemand kam! Jemand kam über die Galerie! Jo überlegte fieberhaft. Was sollte sie tun? Lief sie zurück, um die anderen zu warnen, und der Fremde kam herauf, dann waren sie alle gefangen. Nein, das ging nicht. So beschloss sie, sich auf der Galerie zu verstecken, neben der Tür, die zur Treppe führte.

Schritte hallten auf dem Steinfußboden, dann entdeckte der Fremde, dass die Tür nicht mehr verriegelt war, und blieb plötzlich stehen. Schweigend und ohne sich zu rühren stand er da und lauschte. Jo meinte, er müsse das laute Klopfen ihres Herzens hören. Sie wagte nicht zu rufen, um die anderen zu warnen. Sie würde dem Mann geradewegs in die Arme laufen.

In diesem Augenblick hörte sie Julius' rufen: »Jo, Jo, wo bist du?« Und dann hörte sie, wie er die Stufen herunterlief.

»Bleib oben«, rief sie leise, »bleib oben!«

Aber Julius reagierte nicht, er hatte wieder mal eine seiner blitzdummen Phasen. Die anderen kamen hinter ihm her.

Der Fremde glaubte zu träumen. Er schlug die Tür zu, schob den Riegel vor, und die Stimmen auf der Treppe verstummten.

»He, Jo, bist du's?«, fragte Julius, noch immer vollkommen vernagelt. »Mach doch auf!«

»Die Tür ist verriegelt«, sagte der Mann böse. »Wer seid ihr eigentlich?«

Einen Augenblick herrschte Stille, aber dann sagte Kant: »Ah, du bist's, Pott. Lass uns sofort raus!«

So ist das also. Julius hatte mit sehr langer Verzögerung begriffen. Das ist der andere. Er ist tatsächlich ein Verräter. Er hat Kant entführt. Aber was ist mit Jo und wo ist sie?

Der Mann stand unschlüssig da. Jo duckte sich noch tiefer in ihrem Versteck und lauschte angestrengt.

Und dann begann der Mann: »Wer hat dich herausgelassen? Wer ist bei dir?«

»Hör zu, Pott«, sagte Professor Kant, »ich habe jetzt

genug von dem Unsinn. Du musst verrückt sein. Mich zu betäuben und einzusperren! Wahrhaftig, du hast sie nicht mehr alle. Vier Kinder haben mich am Fenster gesehen und sind gekommen, um mich zu befreien.«

»Kinder?«, rief Pott. »Mitten in der Nacht? Wie haben sie denn den Weg gefunden? Ich bin der Einzige, der ihn kennt!«

»Mach auf!«, schrie Kant wütend.

»Geht nur wieder rauf, alle zusammen«, sagte Pott. »Ich muss mir jetzt neue Instruktionen holen. Wird uns wohl nichts anderes übrig bleiben, als die Kinder auch mitzunehmen. Wird denen noch Leid tun, dass sie sich eingemischt haben.«

Er drehte sich um und ging den Weg zurück, den er gekommen war.

Jo wartete so lange, bis sie glaubte, dass er sie nicht mehr hören konnte. Dann rannte sie zur Tür und schlug dagegen.

»Richard«, rief sie, »Julius!« Und gleich darauf kam jemand die Treppe heruntergelaufen.

»Jo, schieb den Riegel zurück, schnell!«

Sie tat es, aber die Tür war verschlossen!

»Schließ auf!«

»Der Schlüssel steckt nicht mehr!«, rief sie verzweifelt und rüttelte an der Klinke. »Er hat ihn mitgenommen. Wie soll ich euch nun rauskriegen?«

»Hol die Polizei«, sagte Richard. »Beeil dich, den Weg kennst du ja!«

»Ich habe keine Taschenlampe.«

Richard stöhnte. »Und wir können dir keine geben. Dann musst du eben bis morgen früh warten, sonst verläufst du dich vielleicht noch in den dunklen Gängen. Ja, warte lieber, bis es hell wird.«

»Die Gänge sind immer dunkel. Ich kann auch jetzt gehen.«

»Nein, warte bis morgen früh, vielleicht fällt doch etwas Licht von draußen herein«, sagte Julius, der fürchtete, sie würde sich verirren. Wer weiß, am Ende geriet sie in den tiefen Kerker. Ein schrecklicher Gedanke! Es genügte, dass er seine Leute in diese Situation gebracht hatte.

»Na gut«, sagte sie, »ich warte also und lege mich hier auf die Galerie.«

»Wird ziemlich ungemütlich sein«, sagte Richard. »Also, wir gehen jetzt wieder rauf. Wenn du etwas willst, dann ruf uns. Ein Glück, dass wenigstens du draußen bist!«

Jo rollte sich auf dem Steinboden zusammen, um zu schlafen, aber es gelang ihr nicht. Es war zu hart und zu kalt. Und plötzlich fiel ihr der kleine Raum ein, in dem sie das Schokoladenpapier gefunden hatten. Auf der Bank würde sie besser liegen.

Sie stand auf und überlegte, in welche Richtung sie gehen musste. Einfach die Galerie entlang bis zu der Tür, von der aus die Wendeltreppe hinunterführte.

Zögernd tastete sie sich voran, drehte den eisernen Ring, öffnete die Tür und setzte einen Fuß vor. War das die erste Stufe?

Ja, sie war es. Jo tastete sich weiter voran. Langsam stieg sie in der undurchdringlichen Finsternis hinab.

Himmel, nimmt diese Treppe denn kein Ende?, dachte sie. Am liebsten wäre sie umgekehrt, aber das konnte sie nicht, sie musste weitergehen!

Das hätten wir!

Endlich stand Jo am Fuß der Wendeltreppe und erinnerte sich daran, dass sie jetzt nur noch ein kurzer, schmaler Gang von dem kleinen Raum trennte. Gleich konnte sie sich hinlegen und schlafen.

Sie merkte erst, dass sie schon am Ziel war, als sie gegen eine Ecke der Bank stieß. Sie seufzte dankbar.

Aber dann durchfuhr sie ein eisiger Schreck. Kräftige Hände packten sie und hielten sie fest. Sie schrie und versuchte verzweifelt sich zu befreien.

Dann blendete sie der Strahl einer Taschenlampe und jemand sagte: »Aha, du wirst wohl Jo sein. Ich wusste, dass du hier irgendwo herumgeisterst, und nahm ganz richtig an, dass du diesen Weg kommen würdest. Da hat sich das Warten ja gelohnt.«

»Lassen Sie mich los!«, schrie Jo und kratzte und fauchte wie eine Katze. Aber der Mann hielt sie nur umso fester.

Plötzlich bückte sie sich und biss ihn in die Hand. Er schrie auf, lockerte den Griff, und sie war beinahe frei – als er wieder zupackte und sie wie einen Sack schüttelte. »Du kleines Biest, versuch das nicht noch mal!«

Aber Jo hörte nicht. Rasend vor Wut biss sie wieder zu. Der Mann stieß sie zu Boden und betrachtete seine

Hand. Jo kroch zum Ausgang, aber wieder war der Mann schneller, und wieder packte er sie.

»Ich werde dich wie ein Paket verschnüren«, zischte er. »Du verdammte Kröte, ich werde dich so verschnüren, dass du dich nicht rühren kannst, und dann kannst du hier im Dunkeln bleiben bis zum Jüngsten Tag.«

Er holte dicken Bindfaden aus seiner Tasche, begann ihr die Hände auf den Rücken zu fesseln und band ihre Beine an Knien und Fußgelenken zusammen. Hilflos rollte sie über den Boden und bedachte ihn mit allen Schimpfwörtern, die ihr einfielen. Es waren nicht wenige.

»So, jetzt bist du erst einmal sicher aufgehoben«, sagte der Mann zufrieden, »und nun gehe ich. Viel Vergnügen übrigens.«

Jo lauschte auf seine Schritte, die sich immer mehr entfernten. Sie hätte sich ohrfeigen mögen, dass sie nicht daran gedacht hatte, dass Pott ihr auflauern würde. Nun konnte sie den anderen nicht mehr helfen, ja, sie war sogar noch schlechter dran als die.

Und dann erinnerte sie sich plötzlich an den Entfesselungskünstler, der sich innerhalb von zwei Minuten von allen Stricken befreien konnte. Wie oft hatte sie ihm zugesehen. Ob einer seiner Tricks ihr helfen konnte? Sie versuchte es, wieder und wieder, aber vergeblich. Sie war nicht der Entfesselungskünstler, und nach einer Stunde war sie so erschöpft und außer Atem, dass sie wenig später einschlief.

Als sie aufwachte, fühlte sie sich etwas besser. Sie

schob sich an der Mauer hoch, bis sie saß, und dachte nach.

Wenn ich nur einen einzigen Knoten aufbekäme, dachte sie und erinnerte sich an die Worte des Entfesselungskünstlers: »Du musst den heraussuchen, der am wenigsten fest ist, und wenn du ihn gefunden hast, ist es nicht mehr schwierig sich zu befreien.«

Sie versuchte also den Knoten zu finden, der am lockersten war. Und endlich meinte sie, dass es der sei, der die Schnüre an ihrem linken Handgelenk zusammenhielt. Immer wieder versuchte sie ihn mit Daumen und Zeigefinger zu erreichen und endlich gelang es ihr. Sie zog und zerrte, bis er sich tatsächlich lockerte und sie die eine Hand etwas bewegen konnte. Wenn sie nur ein Messer gehabt hätte! Sicher hätte sie es dann fertig gebracht, ihn durchzuschneiden.

Plötzlich verlor sie die Geduld, warf sich gegen die Bank und riss wild an den Fesseln. Klirrend fiel etwas auf den Steinboden. Sie wusste sofort, was es war.

Der Dolch, der alte verrostete Dolch! Wenn sie an ihn herankam, konnte er ihr nützen.

Sie rollte sich über den Boden, bis sie ihn fand, versuchte immer wieder ihn zu greifen, und schließlich hielt sie ihn zwischen Daumen und Zeigefinger.

Wieder richtete sie sich auf, so lange, bis sie saß, beugte sich vor und bemühte sich ihn auf und ab zu bewegen, um die Schnur zu zerschneiden. Es schien beinahe unmöglich, denn ihre Hände waren noch immer zu fest zusammengebunden, aber sie gab nicht auf.

Sie war schließlich so müde, dass sie eine lange Pause einlegen musste. Dann versuchte sie es noch einmal und wieder musste sie sich danach ausruhen. Beim dritten Mal gab der Strick endlich nach und zerriss!

Frei war sie noch nicht, aber sie konnte die Hände besser bewegen, um den Knoten zu lösen. Es dauerte lange, bis es ihr gelang, denn sie zitterte zu sehr, und es fiel ihr schwer, sich auch noch von den Fesseln an den Beinen zu befreien.

Aber dann hatte sie auch das geschafft. Das hätten wir, dachte sie und seufzte erleichtert. Wie spät es wohl sein mochte? Jedes Zeitgefühl war ihr in der undurchdringlichen Finsternis verloren gegangen.

Jo stand auf, war erstaunt, dass ihre Beine sie kaum trugen, ging ein paar Schritte und setzte sich wieder. Aber bald darauf stellte sie befriedigt fest, dass das Zittern verschwunden war, und sie begann die Steintreppe hinunterzusteigen. Sie gelangte zu dem breiten Gang und wusste, dass sie sich nun unter dem Burghof befand. Und wieder kamen Steinstufen, die dieses Mal aber hinaufführten. Sie musste also auf dem richtigen Weg sein!

Und dann stand Jo endlich in dem niedrigen Gang, der durch die starke Außenmauer lief. Jetzt war sie bald am Ziel!

Kurz darauf nahm sie eine Strecke vor sich einen schwachen Schein wahr. Tageslicht!

Sie stolperte darauf zu, kroch durch die Öffnung und ließ sich auf einen Stein fallen. Zuerst war sie wie ge-

blendet, aber dann begriff sie plötzlich, dass es Nachmittag sein musste, denn die Sonne stand schon hoch.

Sie sprang auf und sah sich vorsichtig nach allen Seiten um. Pott konnte jeden Augenblick zurückkommen! Es war jedoch niemand zu sehen. So rannte sie den Abhang hinunter und den Weg entlang.

Gerade wollte sie über das Gatter klettern, als ihr einfiel, dass Richard gesagt hatte, sie solle sich an die Polizei wenden. Aber unter den Polizisten hatte sie keine Verwandten, unter den Zirkusleuten schon.

Sie lief den Hügel hinauf und sah mitten auf der Wiese

einen Fremden, der auf ein paar Zirkusleute einsprach. War das nicht Pott? Im schwachen Schein der Taschenlampe hatte sie ihn nicht genau erkennen können. Die Zirkusleute hörten zwar höflich zu, aber es schien, als hielten sie ihn für etwas übergeschnappt.

Vorsichtig schlich Jo näher und verstand gerade noch, dass er nach ihnen fragte. Als man ihm sagte, niemand wüsste, wo die Kinder seien, wurde er wütend.

Das ist bestimmt dieser Pott, dachte Jo und verschwand hinter einem Wohnwagen. Er will nur erfahren, ob wir etwas von dem Gesicht am Fenster erzählt haben. Sie wartete, bis der Mann, rot vor Ärger und mit der Drohung, die Polizei zu benachrichtigen, ein Stück den Abhang hinuntergelaufen war. Dann kam sie hervor und die Zirkusleute umringten sie aufgeregt.

»Wo bist du denn gewesen? Und wo stecken die anderen? Er wollte alles über euch wissen. Klang ein bisschen verrückt.«

»Er hat 'ne Menge Dreck am Stecken«, sagte sie schnell, »und meine Freunde müssen wir herausholen.«

Und dann berichtete sie wild durcheinander, begann mit dem Schluss, holte das Vergessene nach, flickte noch etwas dazwischen. Als sie fertig war, starrten die Zuhörer sie fassungslos an. Sie hatten nicht alles begriffen, aber doch so viel, dass sie ahnten: Es gab eine Menge zu tun.

»Du sagst, die Kinder sind in dem Turm dort drüben zusammen mit einem Spion eingesperrt?«, fragte Alfredo.

»Nein, nein, der im Turm ist keiner. Er ist ein Wissenschaftler und sehr, sehr klug.«

»Der Mann hat eben gesagt, er wäre auch einer«, murmelte Skippy.

»Ja«, sagte Jo, »aber er ist keiner, das heißt, er ist doch einer, aber er ist ein Verbrecher. Er hat den anderen entführt und will ihn ins Ausland bringen. Und mich hat er auch gefesselt, seht nur!«

Die Umstehenden starrten schweigend auf ihre geschwollenen Hand- und Fußgelenke. Da ließ Buffalo seine Peitsche durch die Luft sausen, sodass alle zusammenzuckten.

»Wir werden sie herausholen«, sagte er, »das ist nichts für die Polizei, das machen wir!«

»Da kommt der Mann wieder«, sagte Skippy warnend. Tatsächlich, eilig kam er den Hügel herauf, wahrscheinlich, um noch etwas zu fragen.

»Das werden wir gleich haben«, knurrte Buffalo, und die Zirkusleute warteten schweigend, bis er herangekommen war. Dann schloss sich der Kreis um ihn, bewegte sich mit ihm in der Mitte weiter, und er musste mitgehen, ob er wollte oder nicht. Hinter einem Wohnwagen wurde er vom Entfesselungskünstler kunstgerecht zu einem Musterpaket verschnürt.

»So«, sagte der befriedigt, »das hätten wir! Und nun holen wir die anderen!«

Jo gehorcht nicht

Der Wissenschaftler, wie Skippy ihn trotz allem nannte, wurde in einen leeren Wohnwagen gesperrt, denn er brüllte ohrenbetäubend. Als aber Herr Schleicher eine seiner Pythons für einen Augenblick in den Wagen hineingleiten ließ, schwieg er und lag ganz still. Sie hörten auch später nichts mehr von ihm.

Dann setzten sich die Zirkusleute zusammen und beratschlagten. Sie hatten keine Eile, denn es war beschlossen worden, erst bei Einbruch der Dunkelheit etwas zu unternehmen.

»Solange es hell ist, könnte die Polizei etwas merken und sich einmischen«, sagte Alfredo, »und sie würde uns kein Wort glauben, das tut die nie!«

»Ihr müsst durch die dunklen Gänge gehen«, sagte Skippy und schüttelte sich ein wenig.

»Das hat keinen Zweck«, rief Jo, »denn der Mann hat den Schlüssel mitgenommen!«

»Ah«, machte Buffalo und sprang auf. »Warum sagst du das nicht gleich. Er hat den Schlüssel? Den hol ich mir jetzt.«

»Daran hab ich nicht gedacht«, murmelte Jo und sah Buffalo nach, der schon die Stufen zum Wohnwagen hinauflief.

Gleich darauf kam er zurück. »Er hat keinen. Er sagt, er hätte ihn auch nie gehabt. Wir seien verrückt und er würde die Polizei holen.«

»Das wird ihm im Augenblick schwer fallen.« Alfredo grinste. »Wahrscheinlich hat er ihn weggeworfen oder einem seiner Komplizen gegeben.«

»Durch die Tür können wir also nicht«, stellte Herr Schleicher fest. »Gibt es noch eine andere Möglichkeit?«

»Nur durch das Fenster«, sagte Jo, »aber das liegt zu hoch für eine Leiter.«

»Ist es sehr schmal?«, fragte Buffalo und sah mit zusammengekniffenen Augen hinüber zum Turm.

»Nein, es ist breiter, als man denkt. Aber wie soll man da raufkommen?«

»Lässt sich machen. Kannst du mir ein langes Tau leihen, Jacky?«

Der Entfesselungskünstler nickte. »Ich habe eins mit eingeknüpften Holzsprossen.«

»Aber wie wollt ihr es denn da raufkriegen?«, fragte Jo erstaunt.

»Lässt sich machen«, sagte Buffalo wieder.

Jo merkte auf einmal, wie hungrig sie war, und ging, um bei Tante Anita etwas zu essen. Als sie wiederkam, schien alles genau verabredet zu sein.

»Wir gehen also heute Abend zur Burg«, sagte Alfredo, »aber du bleibst hier. Das ist nichts für Kinder.«

»Natürlich gehe ich mit«, widersprach sie entrüstet. »Es sind schließlich meine Freunde oder etwa nicht? Und deshalb komme ich auch mit.«

»Das wirst du nicht«, sagte Buffalo ruhig. In diesem Augenblick nahm sie sich vor zu verschwinden, ehe die anderen gingen. Dann steckte sie den Kopf durch den Türspalt, um bei den Vorbereitungen zuzusehen, doch man schickte sie fort.

»Damit hast du nichts mehr zu tun«, sagten sie. »Ab jetzt ist das unsere Sache.«

Als es dunkel wurde, machte sich die kleine Gruppe vom Lager aus auf den Weg. Sie hatten nach Jo gesucht, um sicher zu sein, dass sie nicht mitkam, aber sie war verschwunden.

Unter Buffalos Führung stiegen sie den Abhang hinunter. Er wirkte sehr dick, denn er hatte sich das Tau um den Leib geschlungen. Hinter ihm ging Herr Schleicher, eine seiner Pythons um sich geringelt. Den Schluss bildeten Kautschuk und Alfredo.

Buffalo hatte seine Peitsche dabei, keiner wusste wozu. Da er sich nie von ihr trennte, fragte ihn auch niemand.

In einigem Abstand schlich ihnen ein wieselflinkes Wesen nach. Jo! Während der letzten zwei Stunden hatte sie das Turmfenster beobachtet und, als es dunkel wurde, ein Licht in regelmäßigen Abständen dort oben aufblinken sehen.

»Das ist Richard oder Julius«, murmelte sie. »Sie geben Zeichen mit der Taschenlampe. Sie werden sich wundern, dass noch niemand gekommen ist, aber sie haben ja keine Ahnung, dass Pott mich erwischt hatte.«

Die Männer stiegen nun den Pfad zur Burg hinauf und

erreichten die Mauer. Kautschuk nahm einen Anlauf, zog sich empor und war gleich darauf drüben.

Buffalo grinste und dachte: Ist schon was wert, aus Gummi zu sein. Und als nun ein leiser Pfiff ertönte, griff er nach einer langen Schnur, an der ein Stein befestigt war, und warf sie hinüber.

Sie hörten den Stein auf dem Pflaster aufprallen und nun befestigte Buffalo das dicke Tau mit den Holzsprossen am Ende der Schnur.

Drüben begann Kautschuk zu ziehen und langsam glitt es an der Mauer hinauf.

Jo beobachtete das alles aus sicherer Entfernung. Gar nicht dumm, dachte sie, aber wie werden sie das Tau in das Turmfenster kriegen? Das ist doch unmöglich!

Wieder ertönte ein Pfiff und Buffalo prüfte das Tau. Ja, es hielt, Kautschuk hatte es gut befestigt.

Schnell und geschickt stieg nun einer nach dem anderen hinauf. Dies war keine große Sache für Zirkusleute.

Jo wartete, bis der Letzte verschwunden war, und kletterte dann leichtfüßig wie eine Katze hinterher.

Sie landete direkt neben Buffalo. Er starrte sie überrascht an, holte aus, aber sie duckte sich und huschte davon. Im Schatten verborgen beobachtete sie ihre Leute und wünschte sich brennend, irgendetwas zur Rettung ihrer Freunde beitragen zu können.

Die vier Männer standen beisammen, starrten zum Turm empor und flüsterten miteinander, während der Schlangenmensch die Schnur vom Tau löste und sie zu einem Knäuel aufrollte.

Plötzlich hörte Jo Motorengeräusch, ein Wagen näherte sich, sie hörte ihn halten und dann wenden.

Das Geräusch verstummte. Jo wandte ihre Aufmerksamkeit wieder ganz den Männern zu und dachte nicht mehr daran, bis plötzlich Stimmen, allerdings noch entfernt, zu ihr heraufdrangen.

Sie erschrak und lauschte. Sollten es vielleicht Potts Leute sein? Holten sie jetzt Kant und die Kinder ab? Sie musste sofort mit Onkel Alfredo sprechen. Aber sie waren alle böse auf sie und würden nicht zuhören, sondern sie davonjagen! Doch versuchen musste sie es.

Sie schlich zu den vieren hinüber und sah, wie Buffalo gerade ein dolchartiges Messer aus dem Gürtel zog und eine Schnur daran befestigte. Sie erriet sofort, was er vorhatte, und rannte zu ihm.

»Nein, nein, nicht! Nicht werfen, du könntest sie verletzen!«

»Verschwinde«, sagte er leise und hob von neuem die Hand. Jo duckte sich wieder und rannte weiter zu ihrem Onkel.

»Pass auf«, sagte sie beschwörend, »ich höre Stimmen, und ich glaube, ich glaube …«

Alfredo schob sie beiseite. »Willst du wohl machen, dass du fortkommst, oder es setzt was, verstanden!«

»Komm her, Jo«, rief Herr Schleicher. »Wenn du dich nützlich machen willst, nimm Liebling und halte sie!«

Er legte ihr die große Schlange um die Schultern und die begann sich sofort um sie zu winden. Ganz mechanisch nahm Jo ihren Schwanz und hielt ihn fest. Sie mochte Liebling sehr gern, aber in diesem Augenblick hätte sie die Schlange am liebsten zum Teufel gewünscht.

Sie trat ein paar Schritte zurück und beobachtete Buffalo, der im Begriff war, das Messer in das Fenster zu werfen. Niemand anderer als er hätte das versuchen dürfen.

Und wenn es ihm auch gelingt, dachte sie, es ist doch gefährlich, er kann jemanden verletzen.

Wieder hörte sie leise Stimmen, dieses Mal von der anderen Seite der Mauer. Die Männer mussten am Eingang des Geheimganges sein, sie wollten hinauf in den Turm! Und sie wusste, sie würden dort eher sein als Buffalo und die anderen!

Oh, lieber Himmel, dachte sie verzweifelt, ich muss irgendetwas tun, aber was?

Ein Messer fliegt ins Fenster

Und dann hatte sich Jo plötzlich entschlossen die anderen zu warnen. Irgendetwas würde sie schon tun können, um ihnen zu helfen. Sie lief zur Mauer, war im Handumdrehen mit Hilfe des Taus auf der anderen Seite und rannte zur Öffnung in den Gang. Ehe sie über die Mauer stieg, hatte sie sich der Schlange entledigt – das dachte sie aber nur.

Einen Augenblick lag die Schlange regungslos da, rollte sich erst zusammen und dann wieder auf. Dann folgte sie Jo.

Es war keine Schwierigkeit für die Schlange, sämtliche Hindernisse zu überwinden, und sie glitt lautlos hinter Jo her. Es war erstaunlich, welche Geschwindigkeit sie entwickeln konnte, wenn sie wollte!

Sie kam an die Öffnung, und der dunkle Gang schreckte sie nicht, denn sie liebte solche Verstecke. Und nach einer Weile erreichte sie Jo, richtete sich auf und begann sich um sie zu winden.

Jo stieß einen Schrei aus, begriff dann aber sofort. »Ach, du bist's, Liebling«, sagte sie und lachte leise. »Geh zurück, ich kann dich jetzt nicht brauchen.«

Aber die Python war kein Hund, sie gehorchte nicht, wie es Tim getan hätte.

»Also gut, dann komm mit. Dann brauche ich wenigstens nicht allein zu gehen. Aber sei still, hör auf zu zischen, es klingt ja so, als ob eine Lokomotive Dampf ablässt.«

Bald hatte Jo die erste Steintreppe erreicht und Liebling war sehr erstaunt über den plötzlichen Abstieg. Sie gelangten in den breiten Gang, gingen wieder Stufen hinauf, und dann ließ ein schwacher Lichtschein in der Ferne Jo plötzlich stehen bleiben. Sie lauschte angestrengt, hörte aber nichts. Vorsichtig schlich sie weiter und fand in dem kleinen Raum eine wahrscheinlich von den Männern zurückgelassene Laterne. Sie sah den verrosteten Dolch und die Schnüre auf dem Boden und grinste.

Sie schlich weiter bis zur Wendeltreppe und nun glaubte sie etwas zu hören. Vorsichtig stieg sie die Stufen hinauf und wäre beinahe über Liebling gestolpert und kopfüber hinuntergestürzt. Dann stand sie vor der Tür, die zur Galerie führte. Konnte sie es wagen sie zu öffnen?

Langsam zog sie die Tür auf. Dahinter herrschte undurchdringliche Finsternis, aber sie kannte ja den Weg. Plötzlich glitt die Schlange an ihr empor und ringelte sich um sie.

Sie konnte sich nicht wieder von ihr befreien und so begann sie sich mit ihr zusammen weiterzutasten. Auf einmal hörte sie Stimmen. Buffalos erregte konnte sie deutlich heraushören. Und da – war das nicht ein Schuss?

Als Jo mit Liebling über die Mauer verschwunden war, hatte es keiner der Männer bemerkt. Sie waren viel zu beschäftigt, denn Buffalo war im Begriff sein Messer durch das Fenster im Turm zu werfen.

Er stand dort unten, die Augen halb geschlossen, und zielte. Eine Wolke schob sich vor den Mond und er ließ die Hand sinken.

Der Mond kam wieder hervor und Buffalo hob erneut den Arm. Wieder wurden seine Augen schmal. Er maß die Entfernung, zielte und warf.

Das Messer prallte gegen das Sims und fiel zurück. Im Mondlicht konnte man erkennen, dass seine Spitze abgeplattet war. Jo hätte sich also nicht zu sorgen brauchen, dass es jemanden verletzen würde.

Wieder zielte Buffalo, wieder flog das Messer an der Schnur hoch hinauf, und dieses Mal verfehlte es sein Ziel nicht. Es glitt über die Mauerbrüstung und fiel drinnen zu Boden.

Professor Kant und die Kinder saßen dicht gedrängt in einer Ecke, hungrig und frierend. Niemand hatte ihnen etwas zu essen gebracht und sie hatten nur eine einzige Decke.

Den ganzen Tag hatten sie am Fenster gestanden, hinausgesehen und sich heiser geschrien. Aber niemand sah oder hörte sie. Sie hatten die Zirkusleute drüben auf dem Hügel gesehen, klein wie Punkte. Ob Jo bei ihnen war, das konnten sie von hier aus nicht erkennen.

Später, als es dunkel geworden war, hatte Julius Blinkzeichen mit seiner Taschenlampe gegeben, in der Hoffnung, dass wenigstens die bemerkt wurden.

»Tim ist durstig«, sagte Georg jetzt, »er leckt sich immerzu die Schnauze.«

»Ich auch«, flüsterte Richard erschöpft, »ich bin auch durstig.«

Sie schliefen halb, als plötzlich etwas zum Fenster hereinflog und klirrend zu Boden fiel. Alle fuhren zusammen, und Tim begann wild zu bellen, während er vor dem Messer stand, das in einem Streifen hereinfallenden Mondlichts glänzte.

»Ein Messer«, sagte Georg staunend. »Und eine Schnur ist daran befestigt!«

»Es ist stumpf«, stellte Julius fest und hob es auf. »Die Spitze ist abgefeilt. Was bedeutet das?«

»Pass auf, falls noch eins geworfen wird«, warnte Kant.

Julius schüttelte den Kopf. »Da kommt keins mehr, das hat etwas mit Jo zu tun. Sie wird nicht zur Polizei gegangen sein, sondern zu ihren Leuten. Ich wette, das ist Buffalos Messer!«

Alle umringten ihn neugierig und starrten auf das blitzende Metall in seiner Hand. »Ich will mal runtersehen«, sagte er plötzlich. »Halt meine Beine fest, Richard.«

Er stieg auf das Sims, schob sich vorsichtig bis an das äußerste Ende und sah in den Burghof hinunter. Richard hielt ihn krampfhaft fest und ängstigte sich, dass das Sims abbröckeln könnte.

»Da unten stehen vier Männer«, sagte Julius atemlos. »Alfredo, Buffalo, die anderen kann ich nicht erkennen. Hallo, hallo!«, schrie er.

Die Männer entdeckten ihn sofort und winkten.

»Zieh die Schnur rauf!«, schrie Buffalo zurück. Er hatte inzwischen wieder das Tau daran befestigt, und die drei anderen hoben es an, damit es ohne Schwierigkeit die Mauer hinaufgleiten konnte.

Julius sprang ins Zimmer und sagte hastig: »Ich ziehe jetzt eine Strickleiter hoch und dann können wir runterklettern!«

Wenig später hielten sie den Anfang der Strickleiter in der Hand. »Ah«, sagte Professor Kant, »diese Art von Leitern benutzen Zirkusleute gern. Sie ist leichter als eine richtige. Und jetzt müssen wir sie irgendwo befestigen, und zwar sehr sorgfältig, damit sie hält.«

Schlagartig waren alle glücklich und hoffnungsfroh. Endlich kam die lang ersehnte Rettung! Nur Anne hatte bei dem Gedanken, auf diese Art in die Tiefe steigen zu müssen, ein fürchterliches Kribbeln im Bauch.

Während die Kinder noch am Fenster standen, begab sich Kant auf die Suche nach etwas, woran er das Tau befestigen konnte. An der einen Wand fand er einen starken eisernen Ring. Wozu er früher gedient haben mochte, konnte er sich nicht vorstellen, doch jetzt war er ihnen jedenfalls sehr nützlich.

Sie zogen das Tau durch den Ring, bis die erste Holzsprosse quer davor lag, und machten dann so viele Knoten hinein, dass es nicht herausrutschen konnte.

Julius ergriff eine Sprosse, lehnte sich weit zurück und zog mit aller Kraft. »Jetzt können gleich ein dutzend auf einmal runterklettern, die hält trotzdem. Soll ich zuerst gehen?«

»Und was wird aus Tim?«, fragte Georg.

»Wir packen ihn in die Decke und lassen ihn an der dicken Schnur herunter. Die ist stark genug, beinahe wie ein Strick«, sagte Richard.

»Also ich gehe jetzt«, verkündete Julius, und dann schwieg er plötzlich, denn in diesem Augenblick wurden Schritte auf der Steintreppe hörbar, und gleich darauf blieb jemand vor der Tür stehen!

Ein Revolver wirbelt durch die Luft

Die Tür flog auf, ein Mann stand auf der Schwelle und hinter ihm drei andere.

»Pott«, sagte Kant, »da bist du also wieder!«

Pott grinste. »Wie du siehst«, sagte er nur.

Tim begann zu bellen, versuchte sich von dem Griff Georgs an sein Halsband loszumachen, fletschte die Zähne und sein Fell sträubte sich. Er sah sehr gefährlich aus.

Pott wich zurück. »Wenn du den Hund loslässt, erschieße ich ihn«, sagte er und plötzlich hielt er einen Revolver in der Hand.

Erschrocken versuchte Georg ihren Liebling in eine Ecke zu zerren. »Hilf mir doch, Julius«, bat sie, »halt ihn fest, ich kann nicht mehr.«

Zusammen zogen sie Tim ein Stück weiter und Georg beruhigte ihn durch leises Zureden.

»Sei vernünftig, Pott«, begann Professor Kant. »Reite dich nicht noch tiefer hinein.«

»Wir haben keine Zeit zu verlieren. Du kommst mit und dann noch eins der Kinder. Es wird uns von Nutzen sein, falls man uns Schwierigkeiten macht. Wir nehmen den da.« Er griff nach Richard. Der versetzte ihm einen Kinnhaken, dankbar dafür, dass er in der Schule Boxen

gelernt hatte. Aber gleich darauf lag er fast groggy am Boden, die Männer ließen nicht mit sich spaßen.

»Kümmert euch um ihn«, befahl Pott. Richard wurde von einem der Männer hochgerissen, ein anderer nahm sich Kants an.

»Was wird aus den Übrigen?«, fragte der dritte. »Sie können doch nicht hier oben allein bleiben.«

»Was sonst«, sagte Pott. »Wir hinterlassen für die Alte an der Kasse eine Nachricht, dann kann sie noch immer die Polizei holen.«

»Du warst schon immer ein Aas ...«, begann Kant verächtlich. Er musste sich ducken, um einem ihm zugedachten Schlag zu entgehen.

Tim bellte wie verrückt und hängte sich beinahe an seinem Halsband auf. Als er sah, wie schlecht Richard behandelt wurde, kannte er sich nicht mehr vor Wut.

»Runter mit ihnen!«, befahl Pott. »Los, beeilt euch!«

Die drei Männer stießen den wild um sich schlagenden Richard und Professor Kant zur Tür und fuhren plötzlich gleichzeitig herum.

Mitten im Raum stand Buffalo! Er hatte unten gewartet und war, als niemand die Strickleiter herunterkam, unruhig geworden.

»Was ist denn hier los?«, schrie er und machte einen Schritt auf die Männer zu. Er bot einen seltsamen Anblick: Die nach allen Seiten abstehenden blonden Haare, das bunt karierte Hemd und die Peitsche in der Hand.

»Buffalo!«, schrien die Kinder und Kant starrte ihn fassungslos an.

»Wer ist denn das?«, rief Pott. »Und wo kommt er her?«

Buffalo warf einen Blick auf den Revolver in dessen Hand und ließ die Peitsche durch die Luft schwirren. »Lassen Sie das Ding da fallen«, sagte er leise. »Sie sollten eigentlich wissen, dass man mit so was nicht vor Kindern herumfuchtelt. Fallen lassen, sag ich!«

Wieder knallte die Peitsche und Pott richtete den Lauf der Waffe auf ihn.

Und dann geschah etwas Außerordentliches. Der Revolver verschwand aus Potts Hand, wirbelte durch die Luft und wurde von Buffalo aufgegangen.

Pott schrie vor Schmerz auf, denn der Hieb hatte auch seine Finger getroffen. Staunend hatte Kant die ungewöhnliche Entwaffnung verfolgt. Was für eine großartige Leistung! Jetzt hatte sich das Blatt gewendet, jetzt hielt Buffalo die blass gewordenen Männer in Schach!

»Lasst sie los«, befahl der nun, zeigte auf Richard und den Professor, und die Männer gehorchten sofort. »Sieht so aus, als ob wir die Polizei nun doch noch in Anspruch nehmen müssen«, sagte er langsam. »Julius, du kannst den Hund jetzt loslassen, das schadet nichts.«

»Nein!«, schrie Pott entsetzt. In diesem Augenblick verschwand der Mond hinter einer Wolke, und es wurde dunkel bis auf das schwache Licht der Laterne, die einer der Männer auf den Boden gestellt hatte.

Pott erkannte seine Chance sofort und trat nach ihr. Sie fiel um und erlosch, und Buffalo wagte nicht zu schießen, aus Furcht, den Falschen zu treffen.

»Hetzt den Hund auf sie!«, schrie er. Aber es war zu spät. Die Tür wurde zugeschlagen, der Riegel vorgeschoben, dann polterten die Schritte der Männer auf der Treppe und entfernten sich schnell.

Der Mond war wieder hervorgekommen und Buffalo sah in die enttäuschten Gesichter der anderen. »Die sind weg«, murmelte er endlich.

Kant nickte. »Ja, es ist ein Jammer, aber sie sind wenigstens ohne uns auf und davon, und wir müssen doch über diese Strickleiter hinuntersteigen.«

»Und das sofort«, sagte Julius, »ehe wieder was dazwischenkommt.« Gleich darauf ließ er sich über den Rand des Simses gleiten und ergriff das Tau. Es war ganz einfach, nur durfte man besser nicht hinunter in den Burghof sehen. Er schien so unendlich weit entfernt zu sein.

Anne war die Nächste, zwar voller Angst, doch ohne sie zu zeigen. Sie konnte gut klettern und so ging alles glatt.

Dann kam Georg und schrie schon von weitem: »Ich glaube, Pott und die drei anderen sind verrückt geworden. Sie rennen dauernd auf der Galerie hin und her und schreien, ohne aufzuhören. Die sind total übergeschnappt!«

»Lass sie doch.« Julius grinste. »Wenn sie das lange genug machen, können wir sie vielleicht noch an der Öffnung in der Mauer in Empfang nehmen.«

»Achtung, jetzt kommt Tim!«, rief Georg. »Wir haben ihn zu einem Paket verschnürt und das Seil doppelt genommen. Da, da kommt er. Tim, Tim! Er weiß gar nicht, was mit ihm geschieht.«

Langsam schwebte er herab, leicht hin und her schwingend, und die Kinder beobachteten ihn aufmerksam. Auch Kautschuk und Herr Schleicher verfolgten das Unternehmen mit Spannung, obwohl sie noch immer etwas benommen von dem Bericht über die Vorgänge im Turmzimmer waren. Zu Herrn Schleichers Benommenheit gesellte sich übrigens noch die Sorge um seine Schlange. Er vermisste sie schon eine ganze Weile und hatte sie überall vergeblich gesucht.

Um Jo machte er sich weiter keine Sorgen, umso mehr aber um seine kostbare, geliebte Python. »Wenn Jo sie, ohne etwas zu sagen, mit ins Lager zurückgenommen hat, dann ziehe ich ihr die Ohren lang«, hatte er verkündet.

Nun erschienen Richard und Professor Kant und als Letzter Buffalo, der sich einfach am Tau herabgleiten ließ, ohne die Sprossen zu benutzen. Mit einem Sprung landete er neben den anderen und grinste in die Runde.

»Die da oben scheinen ganz schön aufgeregt zu sein«, sagte er. »Schreien und rennen auf der Galerie und den Treppen herum. Ich möchte nur wissen, was da los ist. Sie laufen uns in die Arme, wenn wir uns jetzt vor dem Eingang in der Mauer aufstellen. Also, kommt, gehen wir!«

Liebling greift ein

Pott und seine drei Freunde rannten inzwischen tatsächlich unaufhörlich durch die Dunkelheit und zwar in panischer Angst. Nachdem sie die Tür des Turmzimmers hinter sich zugeschlagen und verriegelt hatten, waren sie die Treppe zur Galerie hinuntergelaufen. Und hier trat Pott, als er sich an der Wand entlangtastete, plötzlich auf etwas. Das Etwas zischte und begann sich um seine Beine zu winden. Er schrie laut auf und schlug danach. Zuerst glaubte er, irgendjemand läge auf der Lauer und umklammere ihn. Aber dann begriff er, dass dies kein Mensch sein konnte. Ein Mensch zischte nicht in dieser Art.

Einer der Männer ließ seine Taschenlampe aufleuchten und stieß einen gellenden Schrei aus.

»Eine Schlange!«

»Hilfe!«, brüllte Pott und schlug wie ein Wahnsinniger nach ihr.

Die drei anderen stürzten sich auf Liebling und versuchten sie fortzuziehen. Plötzlich ließ sie ihr Opfer los und verschwand im Dunkeln.

»Wo ist das Biest?«, fragte Pott keuchend. »Schnell weg, ehe es wiederkommt!«

Sie liefen ein paar Schritte, aber Liebling erwartete sie

schon. Sie glitt zwischen ihren Beinen hindurch, sodass sie stolperten und fielen, und wieder begann sie sich um einen von ihnen zu ringeln.

Und nun schrien und jammerten sie alle ohne Unterlass in Todesangst. In welche Richtung sie sich auch wandten, die Schlange war da. Zischend glitt sie an ihnen empor und wand sich um den einen, dann wieder um den anderen. Sie hatte immense Kraft.

Das war Jos Werk. Jo hatte die Python auf sie gehetzt, Jo, die während der aufregenden Minuten im Turmzimmer draußen in der Dunkelheit gestanden und nicht gewusst hatte, was vorging und was sie tun sollte.

Später, als sie hörte, wie die Männer die Treppe herunterkamen, hatte sie leise zu Liebling gesagt: »Jetzt musst du etwas tun.«

Mit diesen Worten nahm sie die Schlange von ihren Schultern, und Liebling glitt mit einer einzigen geschmeidigen Bewegung zu Boden und auf die Männer zu, die gerade die Galerie entlangkamen. Und das, was nun geschah, war das Komischste, was Jo bis jetzt erlebt hatte. Und je mehr die Männer schrien, desto komischer wurde das Schauspiel.

Sie lachte Tränen, denn sie wusste, dass die Schlange im Grunde genommen harmlos war, aber sie brachte diese Kerle ganz schön durcheinander. Bravo, Liebling! Du und ich, wir haben unseren Spaß. Ach, ich lach mich noch halb tot!

Die Männer aber fanden es gar nicht spaßig und am Ende wussten sie sich keinen Rat mehr. Pott schrie verzweifelt: »Zurück ins Turmzimmer, durch die Gänge kommen wir niemals! Es müssen dutzende von Schlangen hier sein!«

Jo bog sich vor Lachen. Wirklich, Liebling ersetzte eine ganze Kompanie ihrer Artgenossen. Sie hatte ihre Sache gut gemacht.

Irgendwie gelang es den Männern, in das Turmzimmer zu entkommen, und auch Liebling hatte nun genug von dem Spiel und kam zurück, als Jo sie rief. Jo wand sie sich um die Schultern und lauschte.

Nachdem sie die Tür hatte zuschlagen hören, schlich sie die Stufen hinauf, tastete nach dem Riegel und schob ihn leise vor. Nun waren die Burschen, falls sie nicht den Abstieg über die Strickleiter wagten, sicher aufgehoben. Und wenn sie es doch wagten, dann wurden sie dort unten von ihren Leuten in Empfang genommen.

»Wir beide gehen jetzt, Liebling«, flüsterte sie und wünschte sehnlichst eine Taschenlampe zu haben. Dann aber erinnerte sie sich an die Laterne in dem kleinen Raum und dieser Gedanke beruhigte sie sehr. Nun brauchte sie nicht ohne Licht durch die dunklen Gänge zu tappen.

Liebling, die den Weg genau kannte, glitt vor ihr her. Sie gelangten in den kleinen Raum, Jo nahm die Laterne, und die Schlange starrte mit ihren glänzenden Augen zu ihr auf.

»Wenn du ein bisschen kleiner wärst, könnten wir beide ganz gut zusammenbleiben«, murmelte Jo. »Ich verstehe nicht, warum die Leute Schlangen nicht mögen.«

Die Laterne in der hoch erhobenen Hand, ging sie weiter bis zur Öffnung in der Mauer, wo Liebling sie erwartete. Sie hatte ein Geräusch gehört.

Jo kletterte hinaus und erschrak furchtbar, als jemand sie packte und festhielt. Sie schrie, kratzte und biss schließlich den, der sie nicht loslassen wollte.

Und dann fiel plötzlich der Strahl einer Taschenlampe auf sie und jemand rief: »Jo! Wo bist du denn gewesen? Sieh nur, wie du mich gebissen hast, du kleine Hexe!«

»Es tut mir Leid, Buffalo«, sagte sie außer Atem, »aber warum hast du mich auch so erschreckt?«

Der Mond kam plötzlich hinter den Wolken hervor und sie sah die anderen eilig herankommen.

»Jo«, rief Alfredo, »ist dir auch nichts zugestoßen? Wir haben dich überall gesucht!«

Aber sie antwortete nicht und stürzte an ihnen vorbei auf Richard zu. »Seid ihr die Strickleiter runtergestiegen?«, fragte sie ihn.

»Keine Zeit für lange Reden«, sagte Buffalo, der den Eingang in der Mauer nicht aus den Augen ließ. »Wo stecken diese Kerle überhaupt? Wir warten schon eine ganze Weile auf sie. Hast du sie gesehen?«

»Natürlich, ich bin hinter ihnen her, oh, es war zu komisch.« Sie gluckste ein paar Mal. Buffalo schüttelte sie leicht, aber sie konnte vor Lachen einfach nicht weitersprechen. Und in diesem Augenblick erschien Liebling in der Öffnung.

Herr Schleicher stieß einen Freudenschrei aus. »Liebling! Jo, du hast sie mitgenommen, du böses Mädchen. Komm zu mir, Liebling!«

Die Schlange glitt zu ihm hinüber und begann sich liebevoll um ihn zu winden.

Jo sagte wütend: »Ich bin kein böses Mädchen. Sie ist einfach hinter mir hergekommen und dann hat sie den Männern einen gehörigen Schrecken eingejagt. Ihr hättet es sehen sollen.« Wieder lachte sie. Die Kinder grinsten und Alfredo brummte: »Nun sag schon, was los ist. Kommen die Kerle nun oder kommen sie nicht? Wo bleiben sie überhaupt?«

»Ach die«, sagte Jo und bemühte sich das Lachen zu unterdrücken, »die sind gut aufgehoben. Liebling hat sie ins Turmzimmer zurückgejagt und ich habe den Riegel vor die Tür geschoben. Und da sind sie noch, wenn sie nicht an dem Tau hinunterklettern. Aber ich wette, dazu sind sie zu feige.«

Buffalo lachte. »Sehr gut!« Er rief Alfredo und Kautschuk etwas zu, und die beiden gingen augenblicklich zurück, um am Turm Wache zu halten.

»Ich glaube, es wäre das Beste, jetzt die Polizei zu benachrichtigen«, sagte Professor Kant, dem es noch immer schien, als träume er einen ziemlich unwahrscheinlichen Traum, in dem Strickleitern, Peitschen, Messer und Riesenschlangen eine bedeutende Rolle spielten. »Dieser Pott muss sofort festgesetzt werden.«

»Gut«, sagte Buffalo. »Übrigens haben wir noch so einen Kerl eingesperrt. Er sitzt in einem leeren Wohnwagen bei uns. Hat sich fürchterlich aufgeregt, der Bursche.«

»Noch einen?«, fragte Kant verwundert. »Wer sollte denn das sein?«

»Das werden wir gleich herausbekommen. Wir gehen. Es ist sehr spät und die Kinder müssen ja halb tot vor Hunger sein. Und ich möchte, offen gestanden, auch zurück.«

Herr Schleicher nickte, während er Liebling streichelte. »Die Wache am Turm genügt vollkommen. Warum sollten wir noch länger bleiben.«

Sie gingen den Hügel hinunter und die Kinder erzählten unablässig von ihren Erlebnissen. Nach einer Weile trennte sich Kant von ihnen, um zum Polizeirevier zu gehen, und es dauerte nicht lange, da schwiegen alle, denn sie waren jetzt so hungrig, dass sie an nichts anderes mehr denken konnten als ans Essen.

»Aber zuerst wollen wir einmal feststellen, ob einer von euch den Mann kennt, den wir eingesperrt haben«, sagte Buffalo. »Das wäre das Einzige, was an dieser Sache noch zu klären ist.«

Er schloss den Wagen auf und einen Augenblick später erschien er mit einem Mann auf der Schwelle.

Ein paar Sekunden lang war es totenstill, dann schrien Julius, Richard und Anne: »Onkel Quentin!«

Und Georg rief: »Vater! Vater, was machst du denn hier?«

Es ist herrlich hier!

»Julius«, sagte Onkel Quentin würdevoll, doch mit bebender Stimme, »Julius, ich möchte dich bitten, sofort die Polizei zu verständigen. Ich bin ohne jeden Grund überwältigt und eingeschlossen worden. Das ist Freiheitsberaubung.«

Buffalo sah sehr betreten aus und wandte sich an Jo. »Warum hast du uns denn nicht gesagt, dass es der Vater deiner Freundin ist?«

»Ich wusste doch nicht, dass er es war«, verteidigte sie sich. »Ich habe ihn noch nie gesehen und ich dachte doch nur …«

»Es ist mir völlig gleichgültig, wer was gedacht hat«, unterbrach Onkel Quentin sie, »und es ist auch völlig unwichtig. Wichtig allein ist die Tatsache, dass ich hier überwältigt, bedroht und eingeschlossen wurde. Die Polizei muss benachrichtigt werden.«

»Aber das war doch nur ein Missverständnis«, beruhigte Julius seinen Onkel. »Außerdem holt Professor Kant die Polizei schon.«

Sein Onkel starrte ihn an, als höre er nicht richtig. »Kant? Wo ist er? Ist er gefunden worden?«

»Ja, aber das ist eine lange Geschichte. Sie fing damit an, dass wir ein Gesicht am Turmfenster sahen. Ich habe

Tante Fanny am Telefon schon davon erzählt, und sie wollte dir alles sagen, wenn du von deiner Reise zurückkehrst. Ja, wir haben also ein Gesicht gesehen und es war wirklich Professor Kant.«

»Ich dachte es mir«, sagte Onkel Quentin hastig, »ich dachte es mir. Und deshalb bin ich auch gekommen. Aber ihr wart nicht hier. Wo habt ihr denn gesteckt?«

»Das ist auch ein Teil der Geschichte«, sagte Julius geduldig, »aber entschuldige, würde es dir etwas ausmachen, wenn wir erst ein bisschen was essen? Wir sind nämlich halb verhungert und haben seit gestern nichts mehr zwischen den Beißerchen gehabt.«

So war die Unterhaltung vorläufig beendet. Alfredos Frau hastete davon, und bald darauf saßen die hungrigen Kinder vor gefüllten Tellern um das Feuer und aßen und aßen, als wollten sie nie wieder aufhören.

Sie leerten den großen eisernen Kessel bis auf den letzten Rest und auch Tim wurde nicht vergessen. Er saß inmitten von Knochen und guten Happen, die ihm von allen Seiten zugeschoben wurden.

Endlich begann Julius zu erzählen, und dann löste Richard ihn ab, und Georg passte auf, dass sie nichts vergaßen. Nur Anne sagte kein Wort; sie war, an ihren Onkel gelehnt, fest eingeschlafen.

»So etwas habe ich noch nie gehört«, murmelte der immer wieder. »Noch nie! Dieser Pott! Aber dass Kant einen tadellosen Charakter hat, habe ich immer gewusst. Übrigens war mir Pott nie sehr sympathisch. Nie! Erzählt weiter.«

Auch die Zirkusleute hörten staunend zu und rückten näher und näher, als die Kinder von den finsteren Gängen, dem kleinen geheimen Raum und den vielen Steintreppen sprachen.

Als sie hörten, wie Buffalo im Turmzimmer erschienen war und wie er diesem Kerl mit seiner Peitsche den Revolver aus der Hand geschlagen hatte, waren sie sehr stolz auf ihn. Onkel Quentin aber legte den Kopf zurück und lachte aus vollem Halse. »Großartig, ich hätte Pott sehen mögen!«

Und dann kam die Reihe an Jo. Als sie von den Heldentaten Lieblings berichtete, amüsierten sich die Zirkusleute königlich und schüttelten sich vor Lachen.

Nur Onkel Quentin befiel bei diesem Teil der Geschichte ein unangenehmes Gefühl. Er erinnerte sich nur allzu gut daran, wie ihm zu Mute gewesen war, als man die Schlange zu ihm in den Wagen ließ. Und als Jo nun zu allem Überfluss bat: »Herr Schleicher, bitte holen Sie Liebling, heute muss sie dabei sein«, verstärkte sich das unangenehme Gefühl in beträchtlichem Maß.

Gleich darauf fühlte er sich noch viel ungemütlicher, denn Herr Schleicher kehrte sogar mit zwei Schlangen zurück. Es wurde viel Aufhebens um die beiden gemacht, alle streichelten sie.

»Geben Sie mir Liebling«, bettelte Jo nun und hängte sie sich um den Hals wie eine Pelzstola. Onkel Quentin schüttelte sich bei diesem Anblick, er wäre sehr gern aufgestanden, hätte nicht Anne schlafend an seiner Schulter gelehnt.

Was für seltsame Freunde meine Tochter hat, dachte er. Sind zwar nett, aber doch sehr seltsam.

»Da kommt jemand«, sagte Georg plötzlich. »Professor Kant und drei Polizisten!«

Im nächsten Augenblick war der größte Teil der Zirkusleute verschwunden. Sie wussten genau, dass man nichts von ihnen wollte, aber Polizisten waren nun mal nicht ihre besten Freunde.

Onkel Quentin sprang nun doch auf, lief auf Kant zu und ergriff dessen Hände. »Ich bin sehr glücklich. Ich war von Anfang an davon überzeugt, dass man Sie grundlos verdächtigte. Ich kann Ihnen gar nicht sagen, wie glücklich ich bin, Sie in Sicherheit zu wissen.«

»Das habe ich den Kindern zu verdanken«, sagte Professor Kant, der sehr mitgenommen aussah. »Ich nehme an, Sie haben die Geschichte schon erfahren.«

Onkel Quentin nickte. »Es klingt beinahe unglaublich. Doch es ist besser, wir sprechen später über alles. Vorerst brauchen Sie Ruhe und müssen schlafen.«

»Nicht, ehe dieser Pott hinter Schloss und Riegel sitzt«, sagte Kant. »Ich werde sofort mit den Polizisten zur Burg gehen, und es wäre mir sehr lieb, wenn eines der Kinder uns begleitete, um uns durch die Gänge zu führen.«

»Sind Sie denn nicht auf diesem Weg in den Turm gebracht worden?«, fragte Richard verwundert.

»Höchstwahrscheinlich. Aber man hatte mir die Augen verbunden, und außerdem war ich noch halb betäubt von irgendeinem Schlafmittel, das man mir gegeben hatte.«

»Ich werde Sie führen«, erbot sich Jo eifrig. »Ich habe mich heute lange genug da rumgetrieben, ich kenne mich genau aus.«

»Ja«, sagte Buffalo, »geh du.«

»Nimm Tim mit«, schlug Georg in einem Anfall von Großmut vor.

»Oder vielleicht Liebling«, meinte Richard und grinste breit.

»Ich brauche keine Begleitung, die drei Polizisten genügen mir«, sagte Jo und lachte. »Solange sie nicht hinter mir her sind, finde ich sie sogar sehr nett.«

Gleich darauf machte sie sich mit ihnen und Professor Kant auf den Weg.

Die anderen aber wollten endlich schlafen, denn sie waren zum Umfallen müde. Nur Onkel Quentin blieb am Feuer zurück, um auf die Rückkehr seines Kollegen Kant zu warten.

»Gute Nacht«, sagte Julius zu den Mädchen. »Ich wäre ja gern dabei gewesen, wenn sie Pott und seine Freunde abführen, aber ich kann mich nicht mehr auf den Beinen halten. Übrigens war das Essen einfach großartig, findet ihr nicht auch?«

»Super! Also dann bis morgen!«

Sie schliefen bis in den nächsten Vormittag hinein, und Jo wartete ungeduldig, um ihnen von der Verhaftung Potts erzählen zu können. Und hätte Tante Anita sie nicht daran gehindert, sie hätte alle geweckt.

Endlich wachten sie dann doch auf, sprangen, als sie sich an den vorhergehenden Tag erinnerten, aus den Betten und rannten hinaus, um die letzten Neuigkeiten zu erfahren.

»Hallo, Vater!«, schrie Georg. »Hallo, Onkel Quentin!«, riefen die anderen. »Hallo, Jo!«

Und dann hörten sie ihr atemlos zu, als sie ihnen das Ende der Geschichte erzählte.

»Sie haben sich gar nicht gewehrt«, sagte Jo etwas enttäuscht. »Ich glaube, Liebling hat sie so zahm gemacht. Sie haben aufgegeben, ohne ein Wort zu sagen.«

»Kinder«, rief Alfredos Frau, »ich hab kleines Frühstück für euch, wollt ihr kommen?«

Und ob sie wollten! Sogar Jo konnte dieser Einladung nicht widerstehen, obwohl sie schon gefrühstückt hatte. Und Onkel Quentin leistete ihnen Gesellschaft und sah staunend auf das Treiben ringsumher.

Buffalo übte mit dem Seil und der Peitsche, Kautschuk schlängelte sich durch die Speichen der Wagenräder, Herr Schleicher putzte seine Schlangen, Pinto steppte auf einer Treppenstufe seines Wohnwagens, und Alfredo kam mit den beiden Fackeln und dem Metallschälchen. »Ich werde für Sie jetzt eine Vorstellung geben«, verkündete er Onkel Quentin.

Der starrte den großen Mann verständnislos an.

»Er ist ein Feuerschlucker«, erklärte Richard.

»O nein, danke, mein Lieber«, sagte Georgs Vater, »Aufregungen habe ich in der letzten Zeit genug gehabt.«

Alfredo war sehr enttäuscht. Er hatte gehofft, durch eine kleine Extravorstellung die versehentliche Festnahme wieder gutmachen zu können. Niedergeschlagen ging er davon und seine Frau rief ihm nach: »Du dummer Mann. Wer will schon sehen Feuerschlucken. Du kein klein bisschen Verstand, du großer dummer Mann!« Sie schien trotzdem sehr glücklich zu sein, einen großen, dummen Mann zu haben, verschwand lachend im Wohnwagen, und Onkel Quentin sah ihr, erstaunt über diesen plötzlichen Ausbruch, nach.

»Ein wirklich außerordentlich seltsames Völkchen«, murmelte er kopfschüttelnd, »außerordentlich seltsam! Ich werde übrigens heute nach Hause fahren, Georg. Wie ist es, wollt ihr nicht alle den Rest eurer Ferien im Felsenhaus verbringen?«

»O nein, Vater!«, rief sie entsetzt. »Auf keinen Fall! Keiner von uns will fort, nicht wahr, Julius?« Sie sah ihn beschwörend an.

»Sie hat Recht«, sagte der. »Wir haben uns gerade eingelebt. Ich glaube, wir sind alle einer Meinung.«

»Stimmt!«, schrien sie im Chor und Tim klopfte mit dem Schwanz zustimmend auf den Boden.

»Also gut, wie ihr wollt.« Onkel Quentin stand auf. »Ich muss jetzt gehen, ich möchte den Bus noch erreichen. Ihr könnt mich ein Stück begleiten.«

Sie brachten ihn zur Haltestelle. Der Bus war pünktlich, und als Georgs Vater einstieg, fragte er: »Soll ich Mutter etwas von euch bestellen?«

»Ja«, schrien sie, »sag ihr, es ist herrlich hier! Auf Wiedersehen, Vater. Auf Wiedersehen, Onkel Quentin!«

Fünf Freunde

und der Zauberer Wu

Ferien!

»Kannst du nicht mal eine Minute still sitzen, Georg?«, brummelte Julius ärgerlich. »Schlimm genug, dass der Zug so schlingert und alles durcheinander rüttelt. Da musst du mir nicht noch dauernd auf die Füße treten, weil du immer aus einem anderen Fenster rausschauen willst!«

»Na, so kurz vor Felsenburg und wo wir schon beinahe daheim sind!«, verteidigte sich Georg. »Wie soll ich da nicht aufgeregt sein? Das ganze Semester hindurch habe ich meinen guten Tim soo vermisst, da kann ich's einfach nicht mehr erwarten, bis ich ihn endlich wieder sehe. Außerdem macht es einen Riesenspaß zu sehen, wie wir meinem Zuhause immer näher kommen – Meint ihr, Tim ist an der Bahn und begrüßt uns?«

»Red nicht so dämlich daher«, antwortete Richard. »Er mag ja ein recht schlauer Hund sein, aber so gescheit, dass er Fahrpläne liest, ist er nun doch wieder nicht.«

»Wozu braucht der einen Fahrplan? Er merkt ganz von selbst, *wann* ich komme!«, verteidigte Georg ihren Liebling.

»Also ehrlich, ich glaub auch, dass er es vorher weiß«, bestätigte Anne ernsthaft. »Deine Mutter hat ja oft erzählt, wie aufgeregt er an dem Tag ist, an dem du aus dem Internat kommst. Dass er ständig zum Gartentor rennt und auf die Landstraße schaut.«

»Ach, mein lieber, lieber Tim!« Mit diesem Stoßseufzer

stolperte Georg, als sie wieder zum gegenüberliegenden Fenster rannte, abermals über ihres Vetters Füße.

»Gleich sind wir da. Da ist schon das Bahnwärterhäuschen!«, rief sie. »Und die Schranke ist unten. Juhu!«

Die beiden Brüder zwinkerten einander belustigt zu. Es war jedes Mal dasselbe mit Georg, wenn sie vom Internat nach Hause fuhr. Schon die ganze Reise über hatte sie kaum etwas anderes im Kopf als ihren Hund.

»Jetzt fahren wir in den Bahnhof ein!«, schrie Georg, die mit ihrem kurz geschnittenen Lockenkopf wie ein Junge aussah. »Da ist auch schon Peter, unser Dienstmann. Hu-uh, Peter, da sind wir wieder! Wir sind wieder da!«

Peter winkte und grinste von einem Ohr zum andern. Er kannte Georg seit ihrer frühesten Kindheit. Sie öffnete die Wagentür und sprang auf den Bahnsteig.

»Wieder daheim in Felsenburg, Gott sei Dank! Hoffentlich ist Tim am Bahnhof!«

Aber weit und breit war kein Tim zu sehen.

»Anscheinend hat er sich im Datum geirrt«, spottete Richard und erntete einen missbilligenden Blick von seiner Kusine. Noch immer über das ganze Gesicht grinsend, trottete Peter herbei und hieß sie alle willkommen. Er lud das Gepäck der Kinder auf seinen Karren und schob ihn den Bahnsteig entlang.

»Ich schick die Koffer zum Felsenhaus, sobald der Bus kommt«, sagte er. »Wie war's die Schulzeit über?«

»Unser Bedarf ist für die nächste Zeit gedeckt«, erwiderte Richard. »Aber wahrscheinlich ist es uns gar so lange vorgekommen, weil dieses Jahr so spät Ostern ist. Da, seht mal, lauter Schlüsselblumen neben den Gleisen!«

Aber Georg hatte keine Augen für Schlüsselblumen. Immer noch hielt sie nach ihrem Vierbeiner Ausschau. Wo steckte der nur? *Warum* war er nicht zum Bahnhof gekommen? Letztes und vorletztes Mal hatte er sie doch auch abgeholt. Beunruhigt wandte sie sich an Richard.

»Glaubst du, dass er krank ist? Oder mich vergessen hat? Oder ...«

»Ach, sei nicht albern, Kleine«, entgegnete der Vetter. »Er wird irgendwo im Haus sein und nicht herauskönnen. Pass auf, sonst wirst du noch vom Bus überfahren!«

Georg sprang zur Seite, aber ihre Augen schweiften weiter umher. Wo Tim nur blieb? Bestimmt war er krank oder er hatte einen Unfall gehabt. Vielleicht war er auch angekettet und konnte nicht fort. Womöglich hatte Johanna, die Köchin, vergessen ihn freizulassen.

»Wenn mein Geld reicht, nehm ich mir ein Taxi«, murmelte sie und holte ihren Geldbeutel hervor. »Ihr könnt ja zu Fuß gehen, wenn ihr wollt. Ich muss sofort wissen, ob Tim etwas zugestoßen ist. Noch nie sind wir mit dem Zug hier angekommen, ohne dass er an der Bahn war. Er hat uns *immer* abgeholt.«

»Aber Georg, jetzt spinn dich aus! Es ist so ein hübscher Spaziergang zu euerm Haus«, sagte Anne bedauernd. »Du siehst doch immer so gern deine Insel in der Ferne auftauchen, wenn wir vorn in die Bucht einbiegen.«

»Die Insel kann mir gestohlen bleiben. Ich nehm ein Taxi«, beharrte Georg, während sie die Münzen in ihrem Geldbeutel zählte. »Du kannst gern mitfahren, wenn du magst. Ich jedenfalls will jetzt ganz schnell meinen Tim wieder sehen. Davon hält mich nichts mehr ab. Womöglich hat er einen Unfall gehabt oder was weiß ich!«

»Schon gut, Georg. Tu, was du nicht lassen kannst«, sagte Julius zu seiner Kusine. »Wetten, dass der Gute kerngesund ist? Wahrscheinlich hat er vergessen, um wie viel Uhr dein Zug ankommt. Also bis nachher!«

Die beiden Vettern und ihre Schwester Anne machten sich auf den Weg. »Georg ist ein richtiger Glückspilz, dass sie eine eigene Insel besitzt«, schwärmte Anne. »Wenn man sich überlegt, dass die seit Jahren und Jahrzehnten ihrer Familie gehört. Und dann kriegt Georg sie eines Tages von ihrer Mutter geschenkt! Hoffentlich ist alles in Ordnung mit dem Hund! Es wären gar keine richtigen Ferien, wenn mit Tim irgendetwas nicht stimmte.«

»Wenn ihm was fehlt, zieht Georg bestimmt zu ihm in die Hundehütte«, spottete Richard kichernd. »Ah! Jetzt schaut aber mal, wie schön die Bucht da vor uns liegt, und da ist auch unser Inselchen!«

»Und immer noch kreisen Möwen darüber und schreien wie die Katzen!«, rief Julius fröhlich aus. »Und die Burgruine ist auch noch da! Ein Wunder, dass die noch nicht völlig zusammengekracht ist, aber soviel ich sehen kann, ist inzwischen kein Steinchen mehr aus dem Gemäuer rausgefallen.«

»Was sich allerdings aus dieser Entfernung kaum feststellen lässt«, bemerkte Anne trocken, konnte sich aber dennoch an dem vertrauten Bild nicht satt sehen. »Ist es nicht himmlisch, so ein erster Ferientag? Wenn man bedenkt, dass wir die *ganze* Zeit noch vor uns haben!«

»Ja, aber dann, nach ein paar Tagen, sausen die Ferien nur so vorbei«, meinte Julius seufzend. »Ob Georg inzwischen daheim angekommen ist?«

»Bestimmt. Habt ihr nicht gemerkt, dass ihr Taxi uns schon vor einer Ewigkeit überholt hat? Wetten, dass sie den Fahrer bestochen hat, einen neuen Geschwindigkeitsrekord aufzustellen?«

»Schaut, da drüben sieht man die Schornsteine vom Felsenhaus«, sagte Richard. »Aber nur aus einem steigt Rauch auf.«

»Komisch, wieso nur aus einem?«, sagte Julius. »Gewöhnlich haben sie das Herdfeuer in der Küche brennen und in Onkel Quentins Arbeitszimmer eingeschürt. Er friert doch immer so erbärmlich, wenn er stundenlang über seinen Formeln brütet. Aber meistens merkt er ja sowieso nicht, ob's warm oder kalt ist.«

Über Annes Gesicht glitt ein Hoffnungsschimmer. »Vielleicht ist er nicht da«, mutmaßte sie, denn sie fühlte sich in Gegenwart ihres oft aufbrausenden Onkels immer etwas unbehaglich. »Ich finde, Georgs Vater könnte sich ruhig hin und wieder einen Urlaubstag gönnen. Das wäre für alle eine angenehme Überraschung.«

»Na, hoffentlich gehen wir ihm nicht zu sehr auf den Wecker! Wirklich, Tante Fanny hat's nicht leicht, wo er bei jeder Gelegenheit mit den Leuten rumschreit. Wir wollen uns möglichst oft verdrücken und die meiste Zeit draußen sein.«

Die drei hatten das Landhaus jetzt fast erreicht. Als sie sich dem vorderen Gartentor näherten, kam ihnen Georg schon über den Kiesweg entgegengerannt. Sie schien völlig aufgelöst zu sein und heulte.

»Ach du lieber Himmel, sieht ganz danach aus, als wäre doch was mit Tim los«, murmelte Julius erschrocken.

Sie rannten ihr entgegen und Anne rief ihrer Kusine zu: »Was ist denn los, Georg, was gibt's? Was hast du? Stimmt mit Tim irgendetwas nicht?«

»Wir können nicht dableiben.« Georg schluchzte. »Wir müssen weg von hier! Es ist ganz was Schli-i-immes!«

»Was, zum Teufel, ist denn los? So sag doch endlich einen Ton!«, schrie Richard aufgeregt. »Was ist passiert? Haben sie ihn überfahren oder was ist?«

»Nei-ein, mit Tim ist nichts«, stammelte Georg und wischte sich mit der Hand die Tränen ab, denn in der Aufregung vergaß sie ihr Taschentuch zu benutzen.

»Es ist wegen Johanna, unserer Köchin. Sie hat … die hat …« Wieder wurde sie von Schluchzen geschüttelt.

»Was hat sie? Was ist mit ihr?«, fragte Julius und seine Phantasie erging sich in grausigen Vorstellungen.

»Georg, jetzt lass dir doch nicht jedes Wort aus der Nase ziehen!«, fuhr Anne sie an und versuchte ruhig zu wirken, obwohl auch sie das Schlimmste befürchtete.

»Johanna hat Scharlach«, platzte Georg heraus. »Und darum können wir nicht hier bleiben.«

»Und warum nicht?«, fragte Richard und atmete erleichtert auf. »Sie kann doch ins Krankenhaus gebracht werden und *wir* helfen deiner Mutter. Die arme alte Johanna! Aber deswegen brauchst du doch keinen solchen Wirbel zu machen. Ich hab schon Wunder was gedacht! Scharlach ist doch nichts Besonderes. Hör auf zu heulen, wir gehen jetzt rein und verhalten uns still, bis sich die Wogen geglättet haben. Ist doch alles halb so schlimm! Wir helfen schon …«

»Mensch, hör auf mit deinem Geschwafel«, unterbrach Georg ihn zornig. »Wir können nicht hier bleiben. Meine Mutter hat mich nicht mal ins Haus gelassen. Sie hat gesagt, ich soll im Garten warten, und gleich kommt der Doktor und …«

Georgs Mutter rief aus dem Fenster: »Seid ihr jetzt alle

da, Kinder? Julius, kommst du bitte einmal her?« Sie gingen in den Garten und sahen Tante Fanny, die sich aus dem Schlafzimmerfenster lehnte.

»Hört zu, Kinder, Johanna hat Scharlach, und jeden Augenblick kann der Krankenwagen kommen, um sie in die Klinik zu bringen …«

»Ist schon gut, Tante, nur keine Panik! Wir kommen alle und helfen dir«, rief Julius eifrig.

»Nett von euch, aber so einfach ist das leider nicht«, erwiderte die Tante. »Weder dein Onkel noch ich haben je Scharlach gehabt. Das bedeutet, dass wir in Quarantäne sind und niemand sich in unserer Nähe aufhalten darf, weil wir die Krankheit übertragen könnten. Und ich weiß, dass auch keiner von euch je Scharlach gehabt hat. Ihr könntet euch alle vier anstecken.«

»Steckt Tim sich auch an?«, fragte Georg angstvoll und schluchzte von neuem auf.

»Aber nein, Kind, natürlich nicht. Was für eine dumme Frage!«, antwortete ihre Mutter. »Hast du schon mal gehört, dass Hunde Masern, Keuchhusten oder andere Kinderkrankheiten bekommen? Tim ist nicht in Quarantäne. Ihn könnt ihr jederzeit getrost aus seiner Hütte holen.«

Sofort hellte sich Georgs Gesicht auf. Sie stürmte hinters Haus und schrie Tims Namen. Gleich darauf hörte man Gebell, das sich fast überschlug, so freute Tim sich.

»Und was sollen wir jetzt tun?«, fragte Julius etwas ratlos. »Zu uns nach Hause können wir auch nicht, weil die Eltern noch im Ausland sind. Sollen wir in ein Hotel ziehen?«

»Nein, mein Junge. Es wird mir schon etwas einfallen, wo ich euch hinschicken und während der Ferien unterbringen kann. Gütiger Himmel, macht der Hund ein Getöse! Die arme Johanna hat sowieso schon wahnsinnige Kopfschmerzen.«

»Da ist ja schon der Krankenwagen!«, rief Anne. Das Auto hielt vor dem Gartentor. Frau Kirrin verschwand im Zimmer hinter dem Fenster, um Johanna Bescheid zu sagen. Zwei Krankenpfleger kamen mit einer Trage auf die Haustür zu. Neugierig verfolgten die vier Kinder die Ereignisse.

»Da legen sie jetzt die Ärmste drauf«, sinnierte Julius. Wenige Minuten später wurde die alte Johanna herausgetragen.

»Bin bald zurück«, flüsterte sie heiser. »Zu dumm, dass mir so was dazwischenkommen musste.«

»Arme Johanna«, sagte Anne mitleidig und weinte beinahe. »Recht gute Besserung! Und werden Sie schnell wieder gesund!«

Die Tür des Krankenwagens schloss sich. Geräuschlos fuhr er davon. »so, und was machen wir jetzt?«, fragte Richard seinen Bruder. »Heim können wir nicht, hier bleiben auch nicht. Ah, da ist er ja, unser guter Tim! Wie geht's denn unserem lieben Hund? Gottlob, dass du keinen Scharlach kriegst! Wirf mich nur nicht gleich über den Haufen, Freund. Sitz! Schleck mich doch nicht gleich ab, ich hab mich schon gewaschen!«

Tim war als Einziger bester Laune. Die anderen fühlten sich ziemlich niedergeschlagen. Was sollten sie jetzt bloß anfangen? Das war ja ein trübseliger Ferienbeginn!

»Platz, Tim, so setz dich doch! Hast du uns jetzt alle begrüßt? Fein. Und du weißt auch nicht, wohin wir jetzt sollen, oder?«, fragte Julius.

Tim legte den Kopf schief und schaute aufmerksam von einem zum anderen.

Neue Pläne

Georg war noch immer ganz durcheinander. Erst die Angst um ihren geliebten Tim und nun der Wirbel um Johanna. Und zu allem Überfluss durfte sie nicht einmal das Haus betreten, geschweige denn darin ihre Ferien verbringen. Sie kam sich heimatlos und ausgestoßen vor und tat sich schrecklich Leid.

»Nun hör endlich zu flennen auf, Georg!«, sagte Anne. »Das ist doch alles kein Beinbruch. Irgendeine Lösung wird's schon geben.«

»Also, ich such jetzt meine Mutter«, erklärte Georg. »Mir doch egal, ob sie in Quarantäne ist oder nicht.«

»Das wirst du schön bleiben lassen!«, herrschte Julius sie an und packte sie am Arm. »Schließlich weißt du genau, was Quarantäne bedeutet. Als du Keuchhusten gehabt hast, durfte auch keiner von uns in deine Nähe und das hat sich hübsch lange hingezogen. Ich glaub, bei Scharlach dauert sie nur zwei Wochen. Das ist ja nicht so schlimm.«

Georg versuchte sich von Julius' eisernem Griff loszureißen. Wütend fing sie wieder an zu heulen.

Da zwinkerte ihr Richard zu und sagte: »Aber, aber, kleine Georgina, du bist ja eine richtige Heulsuse.« Das wirkte. Georgs Tränen versiegten auf der Stelle. »Idiot!«, fauchte sie. Wenn sie etwas auf den Tod nicht ausstehen konnte, dann war es, dass man sie »Kleine« und obendrein noch bei ihrem richtigen Namen nannte, den sie hasste. Sie versetzte ihrem Vetter einen kräftigen Rippenstoß. Grinsend nahm er zur Kenntnis, dass sie allmählich wieder die alte Georg wurde.

»So ist's schon besser«, meinte er. »Jetzt stell dich bloß nicht mehr so kindisch an. Tim weiß überhaupt nicht, was er davon halten soll. Dass seine Georg ihm was vorheult, hat er wahrscheinlich auch noch nicht erlebt.«

»Ich heul ja gar nicht!«, widersprach Georg ihm trotzig. »Ich – Ich bin nur wegen Johanna so verdreht. Und wegen allem und weil ich nicht weiß, wo ich hin soll, und …«

»Ich hör Tante Fanny am Telefon reden!«, rief Anne, die ein sehr feines Gehör hatte. Sie kraulte den Hund am Kopf, wofür er ihr dankbar die Hand leckte. Er hatte die Kinder reihum begrüßt, bei jedem begeistert gewedelt und gewinselt und seine Wiedersehensfreude überdies reichlich mit der Zunge bekundet. Er spürte, dass irgendetwas nicht stimmte. Nur wusste er nicht, warum seine vier Freunde so niedergeschlagen vor dem Haus herumstanden.

»Warum stehen wir eigentlich die ganze Zeit so blöd herum und starren wie hypnotisiert aufs Haus?«, fragte Julius und hockte sich ins Gras. »Wir können genauso gut im Sitzen darauf warten, welche Lösung Tante Fanny für uns ausknobelt«, schlug er vor. »Sicher hat sie sich was Tolles für uns ausgedacht und wird jeden Augenblick wieder am Fenster auftauchen – Platz, Tim! Wenn du mir weiter den Hals ableckst, hab ich bald keine Haut mehr dran. Hör jetzt auf, Platz!«

Alle mussten lachen, die düstere Stimmung war verflogen. Sie setzten sich auf den Rasen und Tim war glücklich, seine ganze Familie wieder beisammen zu haben. Er ließ sich ebenfalls ins Gras plumpsen und legte aufseufzend seinen Kopf auf Georgs Knie. Sie streichelte seine Schlappohren.

»Tante Fanny hat eingehängt«, meldete Anne. »Gleich werden wir erfahren, wie's weitergeht.«

»Du hast ein Gehör wie ein Hund«, stellte Richard bewundernd fest. »Tims Ohren können auch nicht besser sein. Ich hab keinen Ton gehört.«

»Da ist meine Mutter schon«, sagte Georg und sprang auf, als Frau Kirrin wieder am Fenster erschien.

»Es hat geklappt, Kinder!«, rief sie. »Ich habe mit einem Bekannten, mit Professor Hayling, telefoniert. Er ist ein Kollege meines Mannes, ihr kennt ihn ja. Übers Wochenende sollte er uns besuchen und ich musste ihm wegen unserer Isolation hier absagen. Er hat von sich aus sofort angeboten, dass ihr alle zu ihm kommen könnt. Sein Sohn Brummer – erinnert ihr euch an den? – wird begeistert sein, wenn ihr ihm Gesellschaft leistet.«

»Klar, Brummer! Der kleine Spinner, der immer rumrennt und Autos nachmacht! Wie sollten wir den und seinen kleinen Affen vergessen haben«, erwiderte Julius. »Das ist doch der Junge vom Leuchtturm bei den Teufelsfelsen. Das war 'ne tolle Zeit damals!«

»Also, im Leuchtturm werdet ihr diesmal nicht hausen können, fürchte ich«, antwortete Tante Fanny. »Offenbar ist er bei einem Sturm stark beschädigt worden. Man kann da nicht mehr wohnen.«

Diese Einschränkung hatte allgemein ein gedehntes »Oh« der Enttäuschung zur Folge. »Wohin sollen wir denn dann gehen?«, erkundigte sich Richard. »Etwa zu Brummer nach Hause, in seine Wohnung?«

»Ja. Der Bus nach Kleingrottenmühl fährt hier vorbei.

Von dort sind es nur wenige Minuten nach Großgrottenmühl, wo Professor Hayling wohnt«, erklärte Tante Fanny den Kindern. »Ihr sollt schon heute kommen und könnt gleich nachher den Bus nehmen. Es tut mir Leid, meine Lieben, dass ihr so viel umhergondeln müsst, aber das ist nun einmal höhere Gewalt. Es bleibt uns nichts anderes übrig, als uns damit abzufinden und eben das Beste daraus zu machen. Ich glaube, dass ihr trotzdem eure Ferien genießen werdet, zusammen mit Brummer und seinem Äffchen – wie heißt es doch noch?«

»Schelm!«, erscholl es wie aus einem Mund und Anne strahlte bei dem Gedanken an den kleinen Lauser und seine lustigen Streiche.

»In zehn Minuten kommt der Bus«, fuhr Tante Fanny fort. »Wenn ihr es mit eurem Gepäck nicht allein schafft, Ju, dann hilft euch unser Gärtner. Er ist hinten im Garten. Und nun habt schöne Ferien, Kinder. Ruft ab und zu mal an. Über uns hier halte ich euch natürlich auf dem Laufenden. Aber ich glaube nicht ernstlich daran, dass Onkel Quentin und ich Scharlach bekommen werden. Macht euch also keine unnötigen Sorgen! Ich schicke euch dann bald etwas Taschengeld. Jetzt müsst ihr aber laufen, wenn ihr den Bus noch kriegen wollt!«

»In Ordnung, Tante Fanny, wird schon schief gehen«, erwiderte Julius. »Ich pass schon auf uns auf. Macht euch keine Sorgen und bleibt gesund!«

»Auf Wiedersehen!«, riefen die vier Kinder im Fortgehen. Am Gartentor stand noch ihr Gepäck. »Anne, geh du raus auf die Straße und wink dem Fahrer, dass wir einsteigen wollen. Richard und ich schnappen die Rucksäcke und ihr nehmt die kleinen Taschen. Meine Güte, bin ich gespannt, wie das wird mit dem Brummer in Großgrottenmühl! Ich könnt mir vorstellen, dass es ein Mordsspaß wird. Unsere Ferien sind gerettet!«

»Na, da wäre ich mir nicht so sicher«, sagte Georg verdrießlich. »Den Brummer mag ich ja ganz gern, wenn er auch spinnt, und das freche Äffchen finde ich goldig, klar. Bloß, der Vater, also der – erinnert ihr euch noch? Als wir den mal zu Besuch bei uns hatten, war es fürchterlich. Dauernd vergisst er, wann er zum Essen kommen soll, und sonst noch alles Mögliche. Fortwährend hat er etwas verloren, sein Taschentuch, sein Geld und sogar seinen Mantel. Und obendrein ist er auch noch jähzornig. Ich hab bald zu viel gekriegt.«

»Wenn er nur nicht von uns zu viel kriegt«, unterbrach Julius sie lachend. »Jedenfalls wird es ihm nicht den geringsten Spaß machen, gleich noch vier von der gleichen Sorte wie Brummer auf dem Hals zu haben, wenn er mitten in einer wichtigen Arbeit steckt. Ganz zu schweigen von diesem großen, munteren Hundevieh hier.«

»Tim ist in Ordnung und nicht halb so verrückt wie dieser Brummer«, widersprach Georg ihm und blickte schon wieder finster drein. »Nein, ich kann den Vater nicht riechen. Der wird uns die ganzen Ferien versauen.«

»Jetzt stell dich nicht schon vorher so an«, sagte Julius. »Ich sag dir ja, er wird uns bestimmt auch nicht mögen. Umso anständiger von ihm, dass er uns zu sich einlädt, weil wir keine Bleibe haben. Da müssen wir uns schon zusammenreißen und uns ordentlich aufführen. Also, Georg, halt dein vorlautes Mundwerk im Zaum, bitte! Auch wenn er von Tim nicht entzückt ist.«

»Der soll sich unterstehen und was gegen Tim sagen!«, brauste Georg von neuem auf. »Wirklich, ich hab gute Lust, überhaupt nicht dorthin zu fahren. Warum soll ich nicht mit Tim zusammen in der Laube im hinteren Garten wohnen?«

»Das könnte dir so passen, Kusinchen!«, fuhr Julius sie an und hielt sie fest, weil sie sich bereits umgedreht hatte. »Du willst doch wohl kein Spielverderber sein und uns allein in die Höhle des Löwen gehen lassen? Schön brav fährst du mit uns und benimmst dich anständig. Dort kommt unser Bus. Hoffentlich sind noch ein paar Plätze frei.«

Anne hatte den Bus schon angehalten und lief nach hinten, um den Schaffner zu bitten, ihnen mit dem Gepäck zu helfen. Er kannte die Kinder gut und sprang aus dem Wagen.

»Ihr fahrt ja rasch wieder ins Internat zurück«, meinte er. »Ich denke, ihr habt Ferien.«

»Das haben wir auch«, antworte Julius, »aber wir wollen jetzt nach Großgrottenmühl.«

»Bei wem wohnt ihr denn da?«, wollte der Mann wissen.

»Bei Professor Hayling«, antwortete Anne. »Kennen Sie ihn? Ich glaub, sein Haus heißt auch Großgrottenmühl, wie das Dorf.«

»Klar kenn ich den Professor. Wir fahren an seinem Haus vorbei. Ich setz euch dort ab und geb euch eure Sachen raus. So, so, beim Professor Hayling, gibt's das?! Da müsst ihr aber ganz schön aufpassen, dass ihr nicht dauernd ins Fettnäpfchen tretet. Der Alte ist nämlich ein bisschen wunderlich, wisst ihr. Er gerät leicht aus dem Häuschen, wenn nicht alles nach seiner Pfeife tanzt. Einmal hat sich ein Pferd in seinen Obstgarten verirrt. Und ob ihr's glaubt oder nicht, er hat das arme Tier drei Kilometer weit gejagt und die ganze Strecke hinter ihm hergeschrien. Und, Gott verdamm mich, wenn ich nicht die Wahrheit sage, als er dann todmüde und abgehetzt zurück nach Hause kam, da ist das Pferd wieder in seinem Garten rumgelaufen und hat ihn kahl gefressen. Dieser Gaul war ein Schlaukopf. Er hatte einen viel kürzeren Weg ausfindig gemacht. Gebt bloß Acht, dass ihr euch in Großgrottenmühl nicht vorbeibenehmt! Der alte Herr kriegt schnell was in die falsche Kehle und dann explodiert er wie'n Knallfrosch.«

Dieser Scherz verdarb den drei Geschwistern durchaus nicht die Laune. Sie lachten und Julius versuchte den Professor zu verteidigen. »Ach was, so schlimm wird's schon nicht werden. Der alte Hayling ist schon okay. Ein bisschen vergesslich halt, na, wenn schon! Dann vergisst er vielleicht auch, dass wir da sind.«

Der Bus rumpelte auf der Landstraße dahin. Als sie am Strand entlangfuhren, schauten die Kinder sehnsüchtig zum Fenster hinaus. Blau leuchtete das Meer und noch einmal tauchte die Felseninsel in der kleinen Bucht auf.

»Ich wollte, wir wären da drüben.« Georg seufzte. »Wir müssen wenigstens ab und zu auf die Insel zum Picknick, sonst halt ich das nicht aus. Brummer kann ja mitkommen. Wenn er auch einen eigenen Leuchtturm hat, eine Insel zu besitzen ist schon noch mehr wert.«

»Da muss ich dir Recht geben«, stimmte Julius ihr zu und nickte. »So ein Leuchtturm ist zwar eine tolle Sache, zumal wenn einem so etwas gehört, und man hat immer das wilde Meer um sich rum. Aber auf die Dauer ist's ein bisschen eintönig. Eine Insel ist doch was ganz Besonderes. So eine Insel lässt sich mit nichts auf der Welt vergleichen.«

»Mit nichts!«, rief Anne und ließ ihrer Phantasie freien Lauf. »Ich hätte auch so gern eine für mich, so 'ne ganz winzige, wo ich alles von einem Punkt aus überblicken könnte. Und dann sollte da eine kleine Höhle zum Übernachten sein, gerade nur so groß, dass ich allein drin Platz hätte.«

»Ausgerechnet du musst das sagen!« Richard lachte. »Du würdest dich zu Tode langweilen. Stell dir vor, kein Mensch, für den du kochen kannst, nichts zum Aufräumen, niemand, den du bemuttern kannst. Grauenhafte Aussichten!«,

»Tim scheint auch mehr für menschliche Kontakte zu sein«, meinte Julius. Der Vierbeiner hatte seinen Standort neben Georgs Knien aufgegeben und sich an einen alten Mann herangepirscht, dessen Einkaufsnetz er beschnüffelte. Der Alte tätschelte dem großen Hund freundlich den Kopf und kramte in einer Tüte, bis er einen Keks für Tim fand.

»Die vielen Leute stören Tim nicht im Geringsten, solange nur welche dabei sind, die einen Zwieback oder ein Stück Wurst zu verschenken haben.«

»Bei Fuß, Tim!«, befahl Georg streng. »Was steigst du wieder herum und bettelst! Die Leute denken ja, du bist am Verhungern! Dabei frisst du mehr als jeder andere Hund, den ich kenne. Sogar dem Kätzchen stiehlst du manchmal sein Mittagessen. Hab ich Recht?«

Tim riss sich widerwillig von dem Mann mit der Kekstüte los und folgte Georg. Seufzend ließ er sich wieder bei ihr nieder und drückte die Schnauze auf ihre Schuhe. Aber jedes Mal, wenn jemand vorbeiwollte, der ein- oder ausstieg, stand er auf. Das machte dem Schaffner großen Eindruck.

»Ich wollte, alle Hunde, die in meinem Bus mitfahren, wären so gut erzogen wie deiner«, sagte er zu Georg. »So, jetzt macht euch zum Aussteigen bereit. Die nächste Haltestelle liegt zwar ein Stückchen hinter Großgrottenmühl. Aber wenn ich klingle, hält der Fahrer schon einen Augenblick, damit ihr rauskönnt.«

»Danke, das ist nett«, sagte Julius und schnappte sich zwei Rucksäcke. Richard nahm die beiden anderen, die Mädchen die Taschen. Eine Minute später standen die fünf draußen und vor einem mächtigen Holztor. Durch die Latten sahen sie, dass eine lange Zufahrt in eine Senke hinabführte. Am Ende der Zufahrt erkannten sie, von Bäumen halb verdeckt, ein lang gestrecktes Haus.

»Da wären wir also«, stellte Julius scharfsinnig fest. »Sieht nicht besonders einladend aus. Eher düster, geheimnisvoll. Jetzt schauen wir, ob wir Brummer irgendwo finden. Horcht mal, ob ihr ein Auto oder ein Flugzeug brummen hört. Wetten, dass sein Vater längst vergessen hat, dass wir kommen? Also, ab in die Höhle des Löwen! Richard, nun hilf mal ein bisschen. Ich kann das Gepäck doch nicht ganz allein schleppen.«

Begrüßung mit Hindernissen

Das große Tor kreischte und quietschte beim Öffnen und Schließen in den Angeln, was Tim veranlasste, laut und anhaltend zu bellen.

»Schscht! Du hetzt uns mit deinem Krach ja den Professor auf den Hals!« Georg versuchte ihn zu beschwichtigen. »Wir dürfen uns jetzt nur noch im Flüsterton unterhalten, sonst flippt er aus. Also versuch du gefälligst auch zu flüstern!«

Tim winselte ein bisschen. Mit gesenktem Schwanz trottete er hinter Georg her, als sie alle die lange Zufahrt hinunterwanderten. Allmählich wurde das ganze Haus sichtbar, das bis jetzt von Bäumen halb verdeckt gewesen war. Was für ein merkwürdiger Bau! So abgelegen und Fenster hatte er fast überhaupt keine.

»Ich glaube, dieser Professor Hayling fürchtet, die Leute könnten ihm von draußen bei seiner Arbeit zuschauen. Es ist so einsam hier, beinahe unheimlich, findet ihr nicht?«, flüsterte Anne.

»Der stellt auch solche Formelkolosse wie Onkel Quentin auf«, erklärte Richard. »Brummer hat mir damals erzählt, dass Schelm, als er noch ganz klein war, eines Tages so ein Blatt mit Berechnungen erwischt und völlig zerkaut hat. Der Professor ist über eine Stunde hinter dem Affen hergerast und hat versucht ihn zu fangen. Er hoffte, wenigstens noch ein Stückchen von dem Zettel zu ergattern und dadurch ein paar von seinen Zahlen zu retten.

Aber Schelm ist in einen Kaninchenbau gekrochen und zwei Tage lang nicht mehr zum Vorschein gekommen. Und Essig war's mit den schönen Formeln.«

»Ach du dickes Ei! Dass dir bloß nicht auch so was einfällt, Tim, alter Freund«, sagte Julius. »Schau dir also lieber jedes Papier, das du fressen möchtest, vorher genau an.«

»Der ist doch nicht blöd!« Georg ergriff sofort Partei für ihren Liebling. »Tim weiß ganz genau, was essbar ist und was nicht.«

»Das sagst du!«, widersprach Anne lachend. »Dann frag ich mich, wofür er meinen blauen Pantoffel gehalten haben mag, den er während der letzten Ferien aufgefressen hat.«

»Red doch keinen solchen Schwachsinn!«, rief Georg. »Über den hat er sich ja nur hergemacht, weil ihn jemand in deinem Schlafzimmer eingeschlossen hatte. Da ist ihm gar nichts anderes übrig geblieben, weil er sonst vor Langeweile gestorben wäre.«

»Wuff!«, stimmte Tim ihr leise zu. Er fuhr schnell einmal mit der Zunge über Annes Hand, als wolle er Abbitte leisten.

»Schon gut, mein Lieber«, beschwichtigte sie ihn. »Und wenn du mir ein halbes Dutzend Pantoffeln anknabberst, ich kann dir nicht böse sein. Nur fang bitte bei den ältesten an!«

Tim blieb plötzlich stehen und schnupperte an den Büschen herum, dazu ließ er ein leises Knurren hören. Sofort griff Georg nach seinem Halsband. Im Frühjahr hatte sie immer Angst vor Schlangen.

»Sicher wieder so eine verflixte Natter«, sagte sie erschrocken. »Voriges Jahr ist ein Hund aus unserer Nachbarschaft auf so ein Biest getreten. Das Bein ist scheußlich angeschwollen und der Ärmste hatte große Schmerzen.«

»Blödsinn, Nattern sind nicht giftig«, sagte Julius. »Das muss was anderes gewesen sein.«

Tim schien wie gebannt von dem, was da so raschelte. Plötzlich jaulte er auf und zerrte voller Erregung so an seinem Halsband, dass er sich fast erwürgte. Und dann riss er sich mit einem Ruck los und stürzte ins Gebüsch. Und was schnellte von dort hervor? Nicht etwa eine Schlange, nein, sondern Schelm, der kleine Affe! Vergnügt keckernd sprang er dem Hund auf den Rücken und schob die Finger unter Tims Halsband. Der verrenkte sich beinahe den Hals, als er den Kopf herumdrehte, um seinen Reiter zu betrachten und womöglich abzuschütteln.

»Schelm!«, schrien alle Kinder gleichzeitig in hellem Entzücken auf. »Wenigstens einer, der uns begrüßt!«

Voller Wonne quäkte und brabbelte der kleine Affe vor sich hin. Dann hüpfte er von einem zum andern, zauste Julius am Haar und zog Richard am Ohr. Schließlich landete er auf Annes Schulter, wo er sich behaglich an ihren Hals kuschelte. Seine Augen leuchteten. Richtig glücklich sah er aus.

»Schaut nur, wie er sich freut, uns wieder zu sehen!« Anne war begeistert. »Na, du Schelm, wo ist dein Herrchen?«

Der Kleine sprang zur Erde und hüpfte den Weg entlang, als habe er genau verstanden, wovon die Rede war. Die Kinder liefen hinter ihm drein. Da brüllte auf einmal eine gewaltige Stimmte am anderen Ende der Zufahrtsallee: »Was treibt ihr denn hier, zum Donnerwetter?

Macht, dass ihr euch fortschert, oder ich rufe die Polizei!«

Die fünf blieben vor Schreck wie angewurzelt stehen. Das war Professor Hayling! Julius fasste sich ein Herz und ging auf den Hausherrn zu.

»Guten Tag, Herr Professor«, sagte er umständlich. »Hoffentlich haben wir Sie nicht gestört! Aber Sie vereinbarten mit meiner Tante am Telefon, dass wir hierher kommen dürfen.«

»Mit deiner Tante? Unsinn. Wer soll das sein? Ich kenne keine Tante!«, schrie der Professor. »Ihr Nichtsnutze! Tagediebe, das seid ihr! Hausfriedensbruch ist das! Was habt ihr auf meinem Grundstück zu suchen? Bloß, weil dieser Artikel über mich in irgendeiner blöden Zeitung stand. Ihr seid heute schon die Dritten. Schert euch zum Teufel, sage ich euch! Und das Hundevieh nehmt ihr auch mit. So eine Unverschämtheit!«

»Aber Herr Professor, kennen Sie uns denn wirklich nicht?« Julius versuchte noch einmal sein Glück und warf seinem Bruder einen viel sagenden Blick zu. »Sie waren doch schon bei uns zu Hause und ...«

»Quatsch, lauter Blödsinn! Ich war seit Jahren nicht mehr fort!«, tobte der Professor weiter. Schelm war so erschrocken, dass er ängstlich quiekend im Gebüsch verduftete.

»Vielleicht holt er Brummer«, flüsterte Julius seinem Bruder zu. »Der Professor hat keine Ahnung, wer wir sind, und scheint die ganze Verabredung vergessen zu haben. Tun wir lieber so, als würden wir abhauen!«

Doch als die Kinder vorsichtig den Rückzug antraten, ertönte ein lautes »Hallo!«, und Brummer kam auf sie zugerannt. Das Äffchen saß ihm auf der Schulter und hielt sich an seinem Haarschopf fest. Schelm hatte also wirklich sein Herrchen herbeigeholt!

»Ein Glück«, murmelte Julius aufatmend.

»Papa! Schrei doch unsere Freunde nicht so an!«, schimpfte der Junge und hüpfte vor seinem aufgeregten Vater herum. »Du hast sie ja selber eingeladen. Das müsstest du doch noch wissen!«

»Ich? Ich hab niemanden eingeladen!«, entgegnete der Professor. »Was sind denn das für Kinder?«

»Also hör mal! Kennst du das Mädchen mit den dunklen Haaren nicht wieder? Das ist Professor Kirrins Tochter Georg und die anderen sind ihre Vettern und ihre Kusine. Wer Professor Kirrin ist, weißt du hoffentlich, oder? Und der Hund ist Tim. Der gehört dazu wie Schelm zu mir. Und du hast erlaubt, dass sie alle hierher kommen dürfen, solange Herr und Frau Kirrin vielleicht Quarantäne haben oder Scharlach oder so was!« Brummer sprudelte das alles hervor und hüpfte dabei fortwährend von einem Bein aufs andere.

»Hör endlich auf, so herumzuzappeln! Man meint ja, du hast den Veitstanz!«, schnauzte der Professor seinen Sohn an. »Ich kann mich nicht erinnern, sie hergebeten zu haben. Dann wüsste doch auch Jenny davon …«

»Klar weiß sie's, du hast es ihr doch selbst gesagt!«, rief Brummer und drehte sich wie ein Kreisel um die eigene Achse. Das Äffchen hopste fröhlich mit. »Sie hat ja schon die Betten frisch bezogen und ich hab ihr geholfen. Und ob du heute kein Frühstück haben wolltest, hat sie gefragt, weil du alles hast stehen lassen. Und jetzt ist schon fast Mittagszeit, da hat sie es weggeräumt.«

»Himmel! Deshalb habe ich solchen Hunger und bin so schlecht aufgelegt!«, sagte der Professor und brach in unbändiges Lachen aus. Wider Willen mussten die Kinder mitlachen. Was für ein komischer Kauz! So gescheit, ein ausgezeichneter Wissenschaftler, der über eine Unmenge von Kenntnissen verfügte und trotzdem die alltäglichsten Dinge wie sein Frühstück, Telefongespräche und Verabredungen nicht im Gedächtnis behalten konnte.

»Das war eben ein Missverständnis, Herr Professor«, sagte Julius höflich. »Es ist ja furchtbar nett von Ihnen, dass Sie uns hierher eingeladen haben, weil wir wegen der Ansteckungsgefahr nicht bei Georgs Eltern bleiben können. Wir wollen versuchen uns nützlich zu machen, damit wir Ihnen nicht zur Last fallen. Wir werden möglichst leise sein und uns bemühen, Ihnen nicht auf den Wecker zu fallen.«

»Hast du das gehört, Knabe?«, fragte der Professor seinen Sohn. »Warum bringst *du* das nicht fertig, keinen Lärm zu machen und mir aus dem Weg zu gehen? Dauernd rennst du wie ein Auto oder ein Flugzeug rum und dieser Affe geht mir auch auf die Nerven. Schließlich weißt du, dass ich zur Zeit an einem höchst wichtigen Projekt arbeite.« Dann wandte er sich an Julius. »Ihr seid mir äußert willkommen, wenn ihr mir diesen Knaben vom Leib haltet! Aber dass sich mir niemand untersteht, auf den Turm dort zu steigen!«

Aller Augen folgten der Richtung, in die sein Finger zeigte. Erst jetzt sahen sie einen von Bäumen umgebenen merkwürdigen Turm, an dessen oberem Ende seltsam gebogene Stäbe in die Luft ragten, die leise im Wind schwankten.

»Und löchert mich nicht mit Fragen, warum, wieso, weshalb und so weiter, verstanden?« Er sah Georg streng an. »Dein Vater ist außer mir der einzige Mensch auf der Welt, der weiß, welchem Zweck diese Einrichtungen dienen, und der hält den Mund.«

»Ehrlich, Herr Professor«, Julius bemühte sich, den erneut aufbrausenden Gelehrten zu besänftigen, »von uns würde keiner auch nur im Traum daran denken, hier neugierig herumzuschnüffeln. Wir freuen uns, dass wir hier sein dürfen«, sagte er, dachte aber im Stillen das Gegenteil. Dann fuhr er tapfer fort: »Ich verspreche Ihnen, wir werden Ihnen keine Mühe machen und uns in Luft auflösen, wenn Sie arbeiten. Darauf können Sie sich verlassen.«

»Na, du scheinst mir ja ein recht vernünftiger Bursche zu sein, das muss ich schon sagen«, erwiderte der Professor. Er hatte sich offenbar beruhigt und sah jetzt ganz friedlich aus. »Auf Wiedersehen einstweilen! Ich möchte jetzt in der Tat frühstücken. Hoffentlich gibt's Spiegeleier mit Speck. Ich hab mächtigen Hunger.«

»Jenny hat dein Frühstück abgeräumt, Papa, verstehst du denn nicht?«, rief Brummer nahezu verzweifelt. »Wir essen gleich zu Mittag!«

»Ach so, auch gut. Ich komme sofort«, erklärte der Professor, wenn auch nicht ohne die kleine Rüge, dass er es gar nicht schätze, wenn »dieses Mädchen« sein Frühstück fortnehme, ehe er es aufgegessen habe. Und überhaupt sei das eine seltsame Zeit, um Mittag zu essen, so früh am Morgen. Dann ging er der kleinen Gesellschaft voran ins Haus. Die jungen Leute folgten ihm zögernd. Man konnte ja nicht wissen, was dem Professor im nächsten Augenblick wieder Schreckliches einfiel.

Jenny hielt ein vorzügliches Mittagsmahl bereit. Es gab eine Riesenportion geschmortes Hammelfleisch mit Kartoffeln und in der Soße schwammen Zwiebelscheiben, Erbsen und Karotten. Alle langten kräftig zu. Und Schelm, der Erbsen besonders gern mochte, griff freimütig in Brummers Teller und fischte sich fein säuberlich Erbschen für Erbschen aus dem übrigen Gemüse heraus.

Die Mädchen halfen Jenny beim Hinaustragen des Geschirrs und brachten den Nachtisch herein. Es war ein mächtiger dampfender Pudding mit vielen Rosinen darin. Schelm schaukelte begeistert auf und nieder, denn Rosinen waren eine seiner Lieblingsspeisen. Hingerissen sprang er mitten auf den Tisch. Er bekam dafür einen Klaps vom Professor, der jedoch zu weit ausholte und heftig gegen den Pudding stieß, sodass dieser bedenklich schwankte, was Brummer zu lautem Gejammer veranlasste.

»Himmel, gib doch Acht, Papa! Jetzt wäre beinahe unser herrlicher Pudding im Eimer gewesen, wo ich den doch so schrecklich gern esse! Und nun teilst du auch noch so winzige Portionen aus. Runter vom Tisch, Schelm! Untersteh dich, mit deinen Pfoten in die Vanillesoße reinzulangen!«

Beleidigt verschwand das Äffchen unterm Tisch, wo es sich an zahlreichen Rosinen gütlich tat, die ihm mitleidige Kinder zusteckten, ohne dass der Professor etwas davon merkte. Tim, der ebenfalls unterm Tisch saß, kam sich dagegen ziemlich von der Tafelrunde ausgestoßen vor. Denn aus Rosinen machte er sich nichts und des Professors zornige Stimme ging ihm aufs Gemüt, obwohl er ja gar nicht gemeint war.

»Ha, köstlich hat das geschmeckt!«, stellte der Professor zufrieden fest, als er seinen Teller leer gegessen hatte. »Es geht doch nichts über ein gutes Frühstück!«

»Mittagessen, Paps«, verbesserte sein Sprössling ihn seufzend. »Zum Frühstück gibt es doch keinen Pudding!«

»Ah – so, ja richtig, das war ja ein Pudding«, antwortete der Vater und brach wieder einmal in sein dröhnendes Lachen aus. Dann wandte er sich gut gelaunt an die Kinder. »Ihr könnt jetzt alles tun oder lassen, was euch beliebt, vorausgesetzt, dass niemand in mein Arbeitszimmer, ins Labor oder in besagten Turm dort eindringt.« Seine Stimme hob sich bereits wieder merklich. »Und dass mir niemand etwas anrührt! Schelm, du Mistvieh, geh von dem Wasserkrug weg! Du wirfst ihn sonst noch um. Kannst du diesem Affen denn gar keine Tischmanieren beibringen, Sohn?«

Mit diesen Worten erhob er sich, rannte aus dem Zimmer und tauchte in einem geheimnisvollen Gang unter, der wohl in sein Arbeitszimmer oder zum Labor führte. Alle atmeten erleichtert auf.

Brummer stieß einen abgrundtiefen Stoßseufzer aus und meinte dann: »Wir räumen erst ab und dann zeige ich euch eure Zimmer. Hoffentlich langweilt ihr euch hier nicht zu Tode!«

Langweilen? Da brauchst du dir keine Sorgen zu machen, Brummer! Aufregende Abenteuer warten auf die fünf und auch auf dich. Hab nur ein bisschen Geduld!

Jenny hat einen guten Einfall

Brummer rannte hinaus in die Küche, um ein Tablett zu holen. Dabei ließ er ein seltsames Geräusch hören, das an einen surrenden Motor erinnerte. Tim fuhr hoch und spitzte die Ohren.

»Das ist doch nicht zu fassen! Soll das etwa bedeuten, dass dieser Spinner noch immer wie ein lärmender Motor rumrennt?«, sagte Julius und stöhnte. »Wie um alles in der Welt hält sein Vater das aus? Dem Geknatter nach zu urteilen ist er jetzt ein Moped.«

Plötzlich gab es in der Küche draußen einen furchtbaren Krach, gefolgt von einem ohrenbetäubenden Quietschen. Tim vorneweg, stürmten sie zu fünft den Flur entlang, um nachzusehen, was geschehen war.

»Kleiner Unfall!«, rief Brummer ihnen entgegen, der sich eben vom Fußboden aufrappelte und sich eine Seite rieb. »Hab die Kurve zu rasch genommen. Dabei ist mein Vorderrad ins Schleudern gekommen und da bin ich gegen die Wand geknallt. Mein Schutzblech ist ganz verbeult!«

»Bist du wirklich noch derselbe Blödmann und bildest dir ein, du wärst ein Auto oder ein Laster oder so was?«, fragte Julius kopfschüttelnd. »Das hat uns schon damals den letzten Nerv getötet. Hast du denn so 'ne Art Motor in dir oder ist bei dir 'ne Schraube locker?«

Brummer lachte. »Das kommt irgendwie einfach über mich und dann geht's dahin. Gestern hättet ihr mich

hören sollen, da war ich ein schwerer Laster, beladen mit neuen Wagen, die abgeliefert werden mussten. Paps hat *wirklich* geglaubt, dass da so'n Riesenbrummi die Allee runterkommt, und ist rausgerannt und wollte losbrüllen, aber dabei war's bloß ich, ich hab gehupt ...«

Julius hielt dem Schwätzer den Mund zu, schob ihn in die Küche und schloss hinter sich die Tür. »Halt bloß den Mund! Kein Wunder, wenn dein Vater mit dir vollkommen wahnsinnig wird. Ich dreh dir den Hals um, wenn du noch ein einziges Motorengeräusch von dir gibst! Kannst du denn nicht ein bisschen erwachsener werden?«

»Nee«, murrte Brummer trotzig. »Erwachsen sein ist doof. Da würde ich womöglich wie mein Vater werden und sämtliche Mahlzeiten vergessen oder ich würde auf die Straße gehen und hätte nur Socken an. Also, am schlimmsten wäre, wenn ich vergessen würde, wann's was zu essen gibt. Da hätte ich doch in einem fort Hunger.«

Brummer machte so ein entsetztes Gesicht, dass Julius sich das Lachen nicht verkneifen konnte. »Jetzt nimm ein Tablett und hilf abräumen!«, sagte er. »Und wehe, ich hör hier drinnen ein Auto oder ein Flugzeug! Dann kannst du dich auf Totalschaden gefasst machen.«

»Ich bin gut, oder? Ob ich euch mal schnell vormache, wie so ein Düsenjäger ...«

»Untersteh dich!«, schrie Julius und drückte ihm ein Tablett in die Hand mit der Aufforderung: »Mach dich jetzt lieber nützlich. Und vielleicht sagst du vorher noch deinem Schelm Bescheid. Er hat sich's auf meinem rechten Fuß bequem gemacht, als wäre der ein Stuhl.«

Aber das Äffchen ließ sich durch mahnende Worte

nicht vertreiben, sondern umschlang Julius' Knöchel nur noch fester. Selbst als der Junge umherzugehen begann, rührte sich der Kleine nicht von der Stelle.

»Na, meinetwegen«, sagte Julius gutmütig, »muss ich mich eben dran gewöhnen, dass ich einen Klotz am Bein hab.«

»Du musst fest aufstampfen, dann springt er runter«, riet Brummer ihm.

»Warum sagst du das nicht gleich?«, rief Julius und stampfte in der Küche umher. Sofort sprang Schelm gekränkt vom Schuh und flüchtete auf den Tisch, wo er vor sich hinschimpfte.

»So sitzt er oft stundenlang auf Papas Fuß, auch wenn der hin und her läuft«, erzählte Brummer. »Doch Paps bemerkt das meist gar nicht. Einmal hat Schelm ihm sogar auf dem Kopf gesessen und Papa hat gemeint, er hätte aus Versehen im Zimmer seinen Hut aufbehalten. Er wollte ihn abnehmen, bekam aber nur meinen Affen zu fassen.«

Alle lachten laut auf und wollten das Äffchen streicheln, bis Julius die ganze Gesellschaft zur Tür hinausschob, damit endlich im Esszimmer klar Schiff gemacht werden konnte.

Die Jungen trugen die vollen Tabletts hinaus und die Mädchen verstauten das Geschirr in der Spülmaschine. Jenny war sehr froh über die Hilfe. Sie war klein und dick, beim Gehen watschelte sie wie eine Ente. Trotzdem brachte sie es fertig, sich mit schier unglaublicher Schnelligkeit hin und her zu bewegen.

»Wenn wir hier fertig sind, Brummer, werde ich deinen Gästen ihre Schlafzimmer zeigen«, sagte sie. »Aber die Matratzen, die wir zum Beziehen gegeben haben,

sind noch nicht gebracht worden. Ich hab deinen Vater schon mindestens zehnmal daran erinnert, dass er deswegen telefoniert. Aber sicher hat er es doch wieder vergessen.«

»Ach du liebe Zeit!« Brummer seufzte betroffen. »Das bedeutet ja, dass wir die beiden Betten im Fremdenzimmer nicht benutzen können. Was sollen wir da nur machen?«

»Dein Vater muss eben gleich telefonisch Matratzen bestellen, vielleicht liefern sie die heute noch.«

Im Handumdrehen verwandelte sich Brummer in ein Lieferauto und düste den Gang entlang ins Esszimmer und wieder zurück. Voller Entzücken hoppelte das Äffchen hinterdrein, aber Professor Hayling kam aus seinem Arbeitszimmer geschossen und hielt sich mit beiden Händen die Ohren zu. »Sohn, komm sofort hierher!«, schrie er wütend.

»Nein, danke, geht jetzt nicht«, gab der Sohn vorsichtig zurück und dann fuhr er mutig fort: »Tut mir Leid, Herr Professor, aber ich bin das Lieferauto und bringe die Matratzen, die Sie für die Gästebetten zu bestellen vergaßen.«

Der Professor hatte für diesen Scherz wenig Verständnis. Mit grimmiger Miene stürmte er auf seinen Sprössling zu, der jedoch gerade noch entwischte und die Treppe hinaufflitzte.

Schelm folgte ihm auf den Fersen. Der erzürnte Vater suchte sich ein anderes Opfer. »Können Sie nicht für Ruhe sorgen?«, schrie er Jenny an. »Wofür bezahle ich Sie denn?«

»Fürs Saubermachen, Kochen, Waschen und Bügeln!«, erwiderte sie munter. »Als Kindermädchen bin ich nicht angestellt, Herr Professor. Außerdem haben Sie tatsächlich vergessen die Matratzen zu bestellen. Und jetzt werden wir auch keine mehr bekommen. Warum lassen Sie Brummer bei dem schönen Wetter nicht mit seinen Freunden auf der Wiese draußen zelten? Es ist warm genug. Den Kindern würde es gewiss einen Riesenspaß machen. Ich kann ja für alle kochen und ihnen das Essen hinausbringen. Oder sie holen es sich selber.«

Die Miene des Professors hellte sich auf. Es sah einen Augenblick lang fast so aus, als wolle er seiner Haushälterin um den Hals fallen. Gespannt warteten die Kinder auf seine Antwort. Draußen schlafen, das wäre bei dem herrlichen Wetter doch das einzig Wahre! Viel schöner, als mit dem unberechenbaren Professor unter einem Dach zu wohnen.

»Dieser Einfall ist Gold wert, Jenny, wirklich ausgezeichnet!«, erklärte Professor Hayling. »Und der Affe nächtigt auch draußen, ja. Wenn er mir nur nicht zum Laborfenster hineinklettert und an meinen Reagenzgläsern herumspielt!«

Mit diesen Worten machte er kehrt und knallte gleich darauf so die Tür zum Arbeitszimmer zu, dass das ganze Haus davon erbebte. Tim jaulte laut vor Schreck auf und das Äffchen huschte wieder einmal angstvoll die Treppe hinauf. Aber Brummer tanzte vergnügt und kreiselte wie ein Wirbelwind, bis Jenny ihn mit festem Griff in ihre große, blitzblanke Küche zog, wo er ihr gleich wieder entwischte.

»Warte mal, Jenny, mir fällt da was Schreckliches ein«, meinte er. »Wir haben ja nur ein einziges Zelt, nämlich meines. Ich muss Papa schnell fragen, ob wir uns zwei große dazu besorgen dürfen.« Und wie der Wind war er wieder draußen und hämmerte mit der Faust an seines Vaters Tür, die er dann ohne Rücksicht aufriss. »Papa, wir brauchen noch zwei Zelte, darf ich die kaufen?«

»Zum Donnerwetter, mach, dass du rauskommst und lass mich in Frieden!«, donnerte die Stimme seines alten Herrn von drinnen. »Kauf in Dreiteufelsnamen so viele Zelte, wie du willst, aber bleib draußen!«

»Danke! Du bist Klasse!«, schrie Brummer und war schon wieder zur Tür hinausgeschlüpft, als sein Vater noch hinter ihm herrief: »Wofür, zum Henker, braucht ihr denn Zelte?!«

Brummer schloss die Tür und wandte sich grinsend an seine Gäste: »Ich sollte lieber meinem Vater ein neues Gedächtnis besorgen. Es ist noch keine drei Minuten her, dass er uns erlaubt hat, im Freien zu schlafen. Und er muss doch schließlich wissen, dass ich nur so ein kleines Zelt hab, das reinste Spielzeug.«

»Endlich wieder mal im Freien schlafen!« Georg war Feuer und Flamme. »Aber du brauchst doch keine Zelte zu kaufen. Hast du überhaupt 'ne Ahnung, was so was kostet? Fahren wir doch mit dem nächsten Bus zur Felsenburg zurück und holen unsere eigenen Zelte. Ich hab sie alle im Gartenschuppen verstaut. Wir brauchen also überhaupt nicht ins Haus.«

»Das ist eine gute Idee«, sagte Jenny. »Aber nehmt gleich den nächsten Bus. Je eher ihr fahrt, desto besser. Ich wusste von vornherein, dass etwas nicht klappen würde. Hier klappt nie was beim ersten Mal. Ihr seid dort draußen auf dem Feld hinterm Haus bestens untergebracht. Da könnt ihr auch Krach machen, ohne dass unser guter Professor gleich explodiert. Drum schafft schleunigst eure Zelte her und stellt sie auf. Ich werde inzwischen nachsehen, was ich an Matten, Kissen und Decken auftreiben kann.«

»Sie brauchen sich keine große Mühe zu machen«, sagte Julius. »Wir haben ja Schlafsäcke. Ein paar Kissen genügen. Wir sind doch alte Campingprofis!«

»Hoffentlich sind keine Kühe da draußen«, sagte Anne. »Beim letzten Camping hat nämlich in aller Früh eine Kuh den Kopf in mein Zelt hereingesteckt und ›Muh‹ gebrüllt. Ich bin wie 'ne Rakete hochgefahren und hab gedacht, mir bleibt das Herz stehen.«

»Ich glaube kaum, dass es hier irgendwo Kühe gibt«, antwortete Jenny lachend. »Jetzt muss ich aber weiter aufräumen. Und ihr schaut, dass ihr den Bus nicht verpasst.«

»Du liebe Zeit!«, rief Georg. »Wir müssen ja unserer Johanna noch Blumen schicken. Das ist unsere Köchin, wissen Sie, und die hat doch Scharlach.«

»Dann bestell nur gleich telefonisch welche bei unserem Blumenhändler«, meinte Jenny.

Aber Georg befürchtete Professor Haylings neuerliches Erscheinen, wenn er hörte, dass jemand telefonierte. »Ach, wir können die Blumen ja in Felsenburg in Auftrag geben, wenn wir nachher hinfahren, um unsere Zelte zu holen. Für die Rückfahrt nehmen wir am besten die Räder. Wir können sie hier gut brauchen.«

»Dann seht zu, dass ihr bis zum Tee wieder hier seid, sonst könnte der Herr Professor ungehalten sein«, riet Jenny.

»Ja, wird gemacht«, sagte Julius, der nicht die geringste Lust hatte, den Zorn des Professors heraufzubeschwören. »Ich bringe dann Annes Rad mit, das rolle ich leicht neben meinem her.«

Die beiden Jungen und Georg machten sich also auf den Weg. Nur Anne und Brummer blieben bei Jenny. Aber die schickte den Treibauf bald hinaus ins Freie. Man musste bei ihm immer damit rechnen, dass ihm etwas aus der Hand fiel und zerbrach.

»Treib dich ein bisschen hinten im Garten rum«, schlug sie vor. »Sei ein hübscher, eleganter Rolls-Royce! Und wenn du so deine fünfzig Kilometer hinter dich gebracht hast, kannst du hier Benzin tanken.«

»Klasse, ein Rolls-Royce braucht Unmengen Benzin!«, sagte Brummer grinsend. »Ein Rolls-Royce war ich schon lange nicht mehr. Und da hinten hört Papa mich bestimmt nicht!«

Schelm hatte sich mittlerweile einige Teelöffel gegrapscht und war damit auf einen hohen Schrank geklettert. Voller Wonne warf er einen nach dem anderen herunter, während Jenny und Anne das Geschirr einräumten. Es dauerte jedoch keine fünf Minuten, da tauchte Brummers Kopf schon wieder am Fenster auf. »Komm du auch raus!«, rief er Anne zu. »Wir wollen einen netten, geschützten Platz für unser Zeltlager aussuchen. Mach hier jetzt Schluss! Ihr müsst doch längst fertig sein, so viel Geschirr gibt's doch gar nicht – und das Rolls-Royce-Spielen hab ich mittlerweile auch satt.«

Durch die hintere Gartenpforte wanderten die beiden Kinder auf die große Wiese hinaus. Plötzlich sahen sie am jenseitigen Ende des Grundstücks eine Reihe von Wohnwagen, die durch das breite Gattertor hereinfuhren. »Was wollen denn die?«, rief Brummer verblüfft aus. »Die werde ich aber schleunigst wieder hinaustreiben!«, erklärte er entrüstet und machte lange Schritte, um dieses Vorhaben in die Tat umzusetzen.

»He, Brummer, lass dich nicht in irgendwelche Streitereien ein!« Die vorsichtige Anne wollte ihn zurückhalten. Aber Brummer hörte ihre Warnung nicht, sondern rannte hocherhobenen Hauptes auf die vermeintlichen Störenfriede zu. Er würde es diesem fahrenden Volk schon zeigen, dass es auf Brummer Haylings Grundstück nichts zu suchen hatte!

Beunruhigt sah Anne dem Jungen nach, wie er übers Feld hastete. Drüben auf der anderen Seite schaukelten jetzt die Wohnwagen herein und durchs Tor kamen noch weitere hinterher. Auf allen stand in Riesenbuchstaben:

TAPPERS WANDERZIRKUS

»Na warte, diesen Tapper werde ich mir vorknöpfen«, murmelte Brummer vor sich hin, Schelm saß ihm auf der Schulter und plapperte, von dem energischen Schritt seines Herrchens ganz schön durchgerüttelt, zornig drauflos.

Vier oder fünf Kinder schauten aus einem Planwagen und betrachteten neugierig den fremden Jungen. Ein kleiner Junge stürzte mit einem Jubelschrei auf ihn zu, weil er das Äffchen erspäht hatte.

»Schaut nur, schaut das winzige Äffle! Viel, viel kleiner ist das als unser Charlie! Wie heißt'n der?«

»Das geht dich 'n feuchten Kehricht an!«, schnauzte Brummer den Kleinen an. »Wo ist Herr Tapper?«

»Herr Tapper? Ach, du meinst unsern Opa? Schau, da drüben sitzt er, auf dem großen Wagen«, gab das Bürschlein Auskunft. »Geh jetzt aber lieber nicht zu ihm. Er hat viel zu tun.«

Brummer ließ sich jedoch von seinem Vorhaben nicht abbringen. Er rannte hin und sprach den fremden Mann an. Der sah ziemlich grimmig aus. Er war sehr kräftig gebaut und hatte einen langen, struppigen Bart. Seine buschigen Brauen hingen ihm halb über die Augen. Seine Nase war klein und er hatte nur ein Ohr. Fragend blickte er auf Brummer nieder und streckte die Hand nach Schelm aus.

»Vorsicht, mein Affe könnte Sie beißen!«, stieß Brummer gereizt hervor. »Er mag fremde Leute nicht.«

»Ich bin kein Fremder für ihn«, antwortete der Mann mit tiefer Bassstimme. »Es gibt keinen Affen auf der Welt, verstehst du, auch keinen Schimpansen und keinen Gorilla, der nicht zu mir käme, wenn ich ihn rufe.«

»Also, meiner tut das bestimmt nicht«, versetzte Brummer zornig. »Was ich sagen wollte, Sie dürfen hier nicht …«

Doch ehe er seinen Satz zu Ende sprechen konnte, drang aus der Kehle des Mannes ein eigentümliches Gurren. Das Äffchen horchte auf und die blanken Äuglein schauten den alten Mann verzückt an. Ohne auch nur eine Sekunde zu zögern, sprang Schelm von der Schulter seines Herrchens auf die Schulter des Mannes, der diese eigentümlichen Kehllaute hervorbrachte. Er schmiegte sich an den Hals des Alten und brummelte zärtlich dazu. Brummer war so verdutzt, dass er sprachlos und mit offenem Mund dastand.

»Siehst du«, sagte der Mann ruhig, »der ist schon mein Freund. Starr mich nicht so entsetzt an, mein Kleiner! Ich hab mich mein ganzes Leben mit allem abgegeben, was zur Familie der Affen gehört. Wenn du mir das Kerlchen da borgst, dann bring ich ihm in zwei Tagen bei, auf einem kleinen Dreirad herumzufahren!«

»Komm sofort hierher, Schelm«, befahl Brummer,

nachdem er sich wieder etwas gefangen hatte. Zugleich ärgerte er sich über das Benehmen seines treulosen Gefährten. Aber der kuschelte sich nur noch enger an den Nacken seines neuen Freundes. Der Mann nahm ihn selbst herunter und gab ihn Brummer zurück.

»Da hast du ihn. Netter kleiner Kerl. Aber was wolltest du mir sagen?«

»Dass dieses Grundstück meinem Vater, Professor Hayling, gehört«, antwortete Brummer hochnäsig. »Und dass Sie kein Recht haben Ihre Wagen hier aufzustellen. Sie sollen sofort wieder hier rausfahren! Meine Freunde und ich möchten hier zelten.«

»Schön, dagegen habe ich nichts«, erwiderte Herr Tapper lächelnd. »Such dir nur eine geeignete Ecke aus, junger Mann! Wir werden einander schon nicht ins Gehege kommen.«

Ein Junge, etwa in Brummers Alter, pirschte sich heran und musterte den eingebildeten Kerl samt seinem Äffchen mit unverhohlenem Interesse.

»Was will er, Opa? Dir den Affen verkaufen?«

»Nein, das will ich nicht!«, rief Brummer empört aus. »Ich bin nur hier, um euch aufzufordern, dass ihr euch mit euren Wagen wegscheren sollt. Dieses Grundstück gehört meinem Vater!«

»Was du nicht sagst!« Der Bärtige ergriff wieder das Wort. »Es ist aber so, dass wir seit Generationen eine Lizenz haben und alle zehn Jahre mit unserem Zirkus herkommen und hier auftreten dürfen. Und ob du es glaubst oder nicht, so haben wir es seit dem Jahr 1648 immer gehalten. So, nun geh nach Hause, junger Mann, und mach dich hier nicht wichtig.«

»Sie … Sie Schwindler!«, rief Brummer, der sich nicht

länger beherrschen konnte. »Das melden wir der Polizei! Ich sag meinem Vater …«

»Du, was fällt dir ein, so mit meinem Großvater zu reden!«, schrie der Junge, der jetzt neben dem alten Mann stand. »Untersteh dich! Noch ein Wort und ich hau dir eine rein!«

»Ich rede, wie es mir passt!«, gab Brummer erbost zurück. »Und du halt die Schnauze!«

Im nächsten Augenblick lag Brummer rücklings im Gras. Der Junge hatte ihm mit der Faust einen harten Schlag vor die Brust versetzt. Mühsam krabbelte der kleine Herrensohn wieder hoch, puterrot im Gesicht und außer sich vor Zorn.

»Mach jetzt keinen Wirbel mehr, Kleiner«, sagte der Alte, indem er ihn zur Seite schob. »Der junge Mann da ist ein Tapper, genau wie ich, und die geben niemals nach, wenn sie im Recht sind. Geh jetzt heim und spiel mit deinen Puppen. Und vielleicht fragst du erst mal deinen Papa, bevor du den großen Mann markierst. Unser Zirkus gibt hier auf diesem Grundstück seine Vorstellung, genauso, wie es seit eh und je gewesen ist.«

Damit machte er kehrt und schlenderte auf einen der Wagen zu. Zwei Pferde waren davor gespannt, denen er freundschaftlich zuschnalzte, worauf sie sich langsam in Bewegung setzten. Der Zirkusjunge streckte Brummer die Zunge heraus und rief: »Herrschaftspopperl, Zuckernockerl! Geschieht dir ganz recht. Mit meinem Großvater oder mir soll sich keiner rumstreiten, merk dir das. Trotzdem, 's hat Spaß gemacht, so einen wie dich zu verdreschen!«

»Schnauze!«, schrie Brummer so außer sich vor Wut, dass er nahe daran war, in Tränen auszubrechen. »Wart nur, bis mein Vater die Polizei holt! Da fliegt ihr alle schneller wieder raus, als ihr reingekommen seid! Und – und einmal, da hau ich *dich* in den Dreck! Da kannst du Gift drauf nehmen, du Mistkerl!«

Er drehte sich auf dem Absatz um und rannte zurück zu dem großen Gartentor, wo Anne noch immer ängstlich auf ihn wartete. In seinem Kopf wirbelte alles durcheinander. Was sollte er nur tun? So oft hatte er seinen Vater sagen hören, dass die große Wiese hinterm Haus ihm gehöre und dass nur ein paar Bauern das Recht hätten, ihre Pferde oder ihr Vieh dort weiden zu lassen. Wie durfte das fahrende Volk es wagen, hier einzudringen?

»Ich sag's meinem Paps«, sagte er aufgeregt zu Anne. »Er muss das Gesindel wegschicken. Es ist unser Grundstück und ich hab die Wiese besonders gern. Ich werd meinem Vater erzählen, wie der Zirkusjunge mich mit der Faust in den Magen geboxt hat, dass ich auf dem Rücken gelandet bin und ich's ihm bei Gelegenheit zeig, dass ich mir so was nicht gefallen lasse.«

Dann stürmte er ins Haus. Anne folgte ihm erschrocken und bedrückt. Sie hasste nichts mehr als Streitereien.

Im Wohnzimmer fanden sie Georg. Sie sah noch erhitzt von der Radtour aus. Die Jungen waren irgendwo hinterm Haus und luden die Zeltsäcke und die übrige Campingausrüstung von den Rädern ab.

»Stell dir vor, ein Junge von einem Zirkus hat Brummer zusammengeschlagen!«, sprudelte Anne zur Begrüßung hervor.

»Warum denn das?«, frage Georg grinsend.

»Och, bloß weil ich seinem Großvater klargemacht hab, dass er seine Wagen von unserem Gelände wegbringen soll«, antwortete Brummer und kam sich recht großartig vor. »Es hat auch überhaupt nicht wehgetan«, meinte er mit wegwerfender Geste, »nur so'n Stoß gegen die Brust, ich war bloß nicht darauf gefasst, sonst hätte der was erleben können! Aber denen hab ich die Meinung gesagt, die hauen bestimmt ab!«

»Bist du dir da sicher?«, meinte Anne zweifelnd.

»Ich hab ihnen mit der Polizei gedroht«, protzte Brummer. »Da werden sie schon abhauen. Sie haben auch gar kein Recht, auf *unserem* Grundstück zu bleiben.«

»Und du willst wirklich zur Polizei gehen?«, fragte Georg ungläubig. »Ich versteh gar nicht, warum du so ein Theater machst. Da werden die am Ende nur ärgerlich und lassen uns nicht dort zelten.«

»Aber wenn ich euch doch sage, dass die Wiese *uns* gehört«, wiederholte Brummer hartnäckig. »Ich weiß es ja von meinem Vater. Und er hat immer gesagt, er kann nicht allzu viel damit anfangen, drum darf ich sie als mein Eigentum betrachten. Und das tue ich auch. Wir zelten dort, da hat uns keiner was dreinzureden – Der blöde Alte hat behauptet, sie sind ein Wanderzirkus und treten schon seit Jahrhunderten hier auf. Dass ich nicht lache!«

»Mensch, Brummer, das ist doch Spitze, wenn wir den so in der Nähe haben!«, sagte Georg begeistert und ihre Augen leuchteten. Auch Anne hatte nicht das Geringste gegen die Anwesenheit eines Zirkus.

Brummer starrte fassungslos von einer zur anderen.

»Habt ihr nicht mehr alle Tassen im Schrank?«, wetterte er. »Ihr findet es also schön, wenn solches Volk über unsere Wiese trampelt, wenn Pferde drin rumstampfen und ihre Pferdeäpfel überall fallen lassen! Wenn …

Löwen und Tiger brüllen, Bären rumtanzen und ...«, er ereiferte sich immer mehr, »und wenn Schimpansen euer Zeug stehlen und dreckige kleine Lausbuben unverschämt werden und euch kurzerhand in den Bauch boxen?«

»Mensch, Brummer, meinst du wirklich, dass Löwen und Tiger dabei sind?«, fragte Georg. »Stellt euch vor, es reißt ihnen einer aus! Das wäre vielleicht 'ne Wucht!«

»Also hör mal«, empörte sich Anne, »dafür bedanke ich mich bestens. Ich fände es gar nicht komisch, wenn plötzlich so ein Löwe den Kopf bei mir zum Fenster hereinsteckt oder ein Bär um mein Schlafzimmer rumschleicht!«

»Na, siehst du! Und so etwas möchte ich eben auch nicht!«, erklärte Brummer entschieden. »Deshalb muss ich's unbedingt meinem Vater sagen. Er hat da eine alte Urkunde, in der alles über unser Recht auf das Grundstück drinsteht. Die hat er mir gezeigt. Die will ich mir noch mal anschauen. Und dann soll mein Vater damit zur Polizei gehen, damit die den bösen Alten und seinen grässlichen Zirkus von unserem Gelände vertreibt.«

»Was heißt hier grässlich?«, widersprach Georg. »Vielleicht ist er ganz prima. Wir schlagen gleich hinterm Haus unsere Zelte auf. Da können wir alles beobachten und vielleicht dürfen wir auch zu den Tieren und bei den Akrobaten zuschauen. Schau, dein Vater geht im Garten herum und raucht seine Pfeife. Anscheinend macht er eine kleine Pause. Geh schnell zu ihm und frag ihn nach der Urkunde. Vielleicht dürfen wir sie auch anschauen.«

»Hm, meinetwegen«, willigte Brummer ziemlich lustlos ein. »Ihr werdet schon sehen, dass ich Recht hab. Kommt mit!«

Professor Hayling war seltsamerweise guter Laune, ging mit ihnen ins Haus und holte das alte, vergilbte Papier sofort aus seinem Schreibtisch. »Da haben wir es schon!«, sagte er voller Stolz. »Es ist allein durch sein Alter schon ziemlich wertvoll und kann auf Jahrhunderte zurückblicken.«

Er löste ein zerschlissenes Bändchen und entrollte das Dokument vor ihren Augen. Doch konnten weder die Mädchen noch Brummer die altmodische Schrift entziffern.

»Was steht denn drin?«, frage Anne neugierig.

»Da steht, dass dieses Grundstück, bekannt unter dem Namen ›Hanstein-Gelände‹, für immer den Haylings gehört«, antwortete der Professor. »General Hanstein selbst hat es unserer Familie als unveräußerliches Lehen vermacht, weil sie seinen Truppen damals gestattete, auf diesem Feld ihr Lager aufzuschlagen, um vom Kampf auszuruhen.«

»Und seitdem darf niemand anders hier Zelte aufstellen oder Tiere grasen lassen oder sonst was, ohne dass wir das erlauben!«, stellte Brummer triumphierend fest.

»Ganz richtig«, bestätigte sein Vater. »Das heißt – halt, warte eine Minute! Ich erinnere mich, da gibt es eine sonderbare Klausel, worin irgendetwas über fahrende Schausteller vermerkt ist – ein Zirkus oder etwas dergleichen, der schon seit Jahrhunderten das Recht haben muss, seine Vorstellungen hier abzuhalten. Daran vermochte nicht einmal Hanstein etwas zu ändern. Schauen wir doch, es wird gewiss irgendwo am Ende des Schriftstückes zu finden sein.«

Voller Spannung warteten die drei Kinder, während der Zeigefinder des Professors den schönen alten Schriftzügen folgte, bis er bei drei Zeilen, fast am Schluss des Dokuments, Halt machte.

»Da haben wir es schon: ›Und tun es kund und zu wissen, dass die Schausteller, ›Tappers Wanderzirkus‹ benannt, welche von jeher das Recht hatten hier aufzutreten, auch fortan diesen Anspruch behalten sollen, alle zehn Jahre, wenn der Zirkus durch unsere Lande zieht, ihre Zelte hier aufzubauen. Von mir verbürgt …‹ und so weiter und so weiter … Nun, vermutlich lassen sich diese Tapperschen Wanderdarsteller, falls sie nicht ausgestorben sind, auch nach über drei Jahrhunderten dieses Recht nicht nehmen. Seht, hier das Datum: 1648, wenn ihr die alten Ziffern lesen könnt.«

Anne und Georg betrachteten die Jahreszahl genau. Dann sahen sie Brummer viel sagend an und mussten beide grinsen. Brummer war knallrot geworden.

»Hättest du mir das alles nur vorher gesagt, Paps!«,

war das Einzige, was er mit einem schweren Seufzer hervorbrachte.

»Warum denn das?«, fragte sein Vater verwundert. »Was interessiert dich denn daran so?«

»Es ist, weil ...«, schaltete sich Anne ein. »Also, dieser Tappersche Wanderzirkus ist wieder im Land und hat vorhin auf Ihrer Wiese Einzug gehalten. Der alte Herr Tapper behauptet, dass sie das Recht haben, hierher zu kommen und ...«

»Der war patzig und ekelhaft zu mir«, fuhr Brummer erregt fort. »Ich will, dass du diese Leute rauswirfst. Außerdem möchten *wir* doch dort zelten.«

»Dagegen hat Herr Tapper bestimmt nichts einzuwenden«, entgegnete sein Vater. »Und außerdem hast du ja gelesen, dass sie tatsächlich das Recht haben, sich hier aufzuhalten. Also reg dich ab, oder warst du es vielleicht, der sich ungezogen benommen hat?«

Brummer schluckte und sah wie ein begossener Pudel aus. Wortlos verließ er das Zimmer. Draußen erst rieb er sich die Rippen, zwischen die ihn der fremde Junge geboxt hatte, und maulte trotzig: »Dir zahl ich's schon noch heim, eines Tages!«

»Ich kann ja gern mit den Zirkusleuten darüber sprechen, dass ihr auf der großen Wiese euer Lager aufschlagen wollt«, sagte der Professor.

»Nein, nein, das ist gar nicht nötig«, meinte Anne rasch. »Der alte Herr Tapper hat ja schon gesagt, es macht ihm nichts aus, wenn wir dort zelten. Da kommen Richard und Julius! Die müssen gleich von dem Zirkus erfahren.«

Rasch verließen die beiden Mädchen das Arbeitszimmer des Professors.

Der Professor hat ein kleines Missgeschick

»Warum hast du dich bloß wie ein Trottel aufgespielt? In Zukunft wär's vielleicht ratsam, du erkundigt dich vorher, ehe du dich blamierst«, sagte Julius, als Brummer von seinem unliebsamen Zusammenstoß erzählte. »Ich bin dafür, dass wir zuerst einmal unseren Lagerplatz festlegen. Ich finde, es ist ein Riesenspaß, etwas von echtem Zirkusleben so aus nächster Nähe mitzukriegen. Neugierig bin ich, wie sie's machen, eine Schau auf die Beine zu stellen. Ob sie ein richtiges Zelt mit einer Manege aufbauen?«

»Es stehen eine Menge großer und kleiner Wagen überall auf der Wiese«, berichtete Anne, die Ausschau gehalten hatte und gerade zurückkam.

Nur eine Ecke beim Gartenzaun sei noch frei. Die hätten sie anscheinend für die Zelte der Kinder frei gelassen.

»Ich hab schon Plakate von diesem Zirkus auf unserer Rückfahrt hierher gesehen«, sagte Richard. »›Der todsichere Schütze‹, ›der Knochenlose‹, ›Madelon und ihre Vollbluthengste‹, ›Berg und Winzi‹ und ›Herr Wu, das Zahlenwunder‹. Menschenskinder, ich freu mich ja so, dass wir auf derselben Wiese zelten und hinter die Kulissen schauen können!«

»Die ›Bonzoband‹ hast du noch vergessen und den Schimpansen, den sie als ›der geniale Charlie‹ ankündigen«, fügte Julius hinzu. »Wäre das nicht eine Mordsgaudi, wenn der ausreißen würde und plötzlich in Jennys Küche auftauchte?«

Aber Anne fand das überhaupt nicht lustig.

»Jenny würde der Schlag treffen«, erklärte sie vorwurfsvoll, »und den kleinen Schelm auch.«

»Wollen wir gleich nach dem Tee unsere Zelte aufstellen?«, fragte Richard in die Runde. »Eine Hitze ist das heut! Im Augenblick hab ich zu gar nichts Lust. Am liebsten möchte ich bloß faulenzen.«

»Wuff«, machte Tim, der ausgestreckt dalag, den Kopf auf seinen Vorderpfoten.

»Dir geht's genauso, alter Knabe, was?«, meinte Julius und gab dem Hund mit seinem großen Zeh einen sanften Nasenstüber. »Wirst auch ganz schön ausgepumpt sein von deinem Langlauf, nicht wahr?« Und Richard fügte hinzu: »Die Straßen waren schrecklich staubig«.

»Er musste jedes Mal niesen, wenn uns ein Auto überholt hat, weil ihn der Staub in der Nase kitzelte. Zum Glück haben wir dann einen Radweg gefunden. Armer, alter Tim, du musst wirklich hundemüde sein!«, sagte Georg.

»Wuff!«, machte Tim abermals. Dann setzte er sich auf und legte Georg eine Pfote auf die Schulter.

»Das soll heißen, er ist überhaupt nicht müde, sondern möchte einen kleinen Rundgang machen«, übersetzte Georg lachend.

»Na, wenn Tim noch immer nicht genug hat, soll er, mir reicht's jedenfalls«, meinte Julius. »War schließlich ein ziemliches Stück Arbeit, unseren ganzen Kram zusammenzusuchen und dann mit zwei Rädern hierher zu radeln. Nein, mein Herzchen, wir machen jetzt keinen Spaziergang miteinander.«

Tim winselte. Plötzlich sprang der kleine Schelm von Brummers Schulter auf den Rücken des großen Hundes, zupfte an dessen Fell herum und quäkte zutraulich, als wolle er ihn trösten. Es schlang sogar seine dünnen Ärmchen um Tims Hals.

»Schmuser!«, schalt Brummer ihn, was das Äffchen nicht kümmerte. Sein großer Freund war über irgendetwas betrübt, sonst hätte er nicht so gewinselt. Tim kam mit seiner langen rosa Zunge und leckte dem Tierchen zärtlich die Nase. Auf einmal stellte er die Ohren auf und setzte sich kerzengerade hin. Schelm rutschte von seinem Rücken und keckerte.

Auch die Kinder hörten die Musik.

»Ich glaube, ich weiß, was das ist!«, rief Anne vergnügt.

»Was denn?«, fragten die anderen.

»Die Zirkusband!«, rief Anne. »Sie proben für die Eröffnungsfeier.«

»Die ist dann wohl morgen Abend«, meinte Georg. »Du hast Recht, es klingt wie eine Band. Vielleicht sehen wir die Musiker nachher, wenn wir Tee getrunken haben und hinübergehen. Mich interessiert aber besonders der ›Knochenlose‹. Euch auch?«

»Mich ganz und gar nicht, brrr!« Anne schüttelte sich. »Der ist sicher ganz wabbelig, wie so'n Wurm oder eine Qualle. Also den schau ich mir nicht an. Aber die Pferde und den tanzenden Esel. Glaubt ihr, dass er zur Musik tanzt?«

»Wart's ab, das sehen wir dann morgen«, sagte Richard. »Wenn Herr Tapper nicht sauer ist, weil Brummer sich wie ein Idiot aufgeführt hat, dürfen wir uns vielleicht ein bisschen umschauen.«

»Ich geh nicht hin«, maulte Brummer. »So'n Quatsch schau ich mir nicht an. Der alte Tapper ist ein Miesling und sein großmäuliger Enkel hat mich einfach aufs Kreuz gelegt ...«

»Ach nee! Wer war denn da großmäulig? Wenn du zu meinem Großvater frech wärst, dir würde ich was zeigen«, unterbrach Julius ihn. »Also abgemacht, wir gehen mit unseren Sachen nachher auf die Wiese und schauen, ob wir in der freien Ecke zelten können, ja?«

Alle außer Brummer waren einverstanden. Richard zupfte träge einen Grashalm aus und kitzelte Schelm damit an der Nase. Das Äffchen nieste wiederholt. Es fuhr sich mehrmals mit dem Pfötchen über die Nase und guckte den Quälgeist empört an. Und wieder musste es niesen.

»Gesundheit, Kleiner! Hol dir ein Taschentuch!«, riet Julius ihm. Die Kinder wollten ihren Augen kaum trauen, als Schelm zu Richard hinüberhoppelte und ihm dessen Taschentuch aus der Hosentasche zog. Dann tat Schelm so, als putzte er sich die Nase, worüber alle schallend lachten. Der Kleine war selig über seinen Erfolg.

»Wart nur, dich stehlen sie uns noch, damit du im Zirkus auftrittst«, sagte Richard und holte sich sein Taschentuch wieder.

»Der wäre wohl eine prächtige Nummer bei denen«, stimmte Julius ihm zu.

»Redet keinen solchen Schwachsinn daher. Glaubt ihr vielleicht, ich würd ihn bei einem Zirkus lassen?«, ereiferte sich Brummer. »Was der für ein schreckliches Leben dort hätte.«

»Überhaupt nicht!«, widersprach Julius ihm. »Zirkusleute haben ihre Tiere sehr gern und sind stolz auf sie. Schließlich wären die Tiere weder so gesund noch vergnügt, und sie würden auch keine Kunststücke machen, wenn sie nicht gut behandelt würden. Wenn sie nicht auftreten dürfen, sind sie richtig traurig. Die werden fast immer wie richtig zur Familie gehörend betrachtet.«

»Was? Auch so ein Schimpanse?«, erkundigte sich Anne schaudernd.

»Ach, Schimpansen sind doch nett. Und gescheit!«, erklärte Julius. »Schelm, *mein* Schnupftuch *nicht*, bitte! Deine Nummer war großartig. Aber jetzt reicht's. Schaut euch den Kerl an! Jetzt will er doch unserm Tim das Halsband abziehen.«

»Komm, setz dich brav zu mir, Schelm!«, befahl Brummer. Gehorsam hopste der Kleine zu ihm hin, kuschelte sich an ihn und fing sanft zu schnurren an.

»Schmeichler«, sagte Brummer und kraulte ihn.

»Pass nur auf, dass wir dich nicht im Zirkus gegen einen Elefanten eintauschen«, sagte Richard, was Brummer mit einem wütenden »Idiot« quittierte.

Vom Haus erscholl Jennys Stimme. »Brummer, Brummer, komm rasch! Wer hat denn den Campingkram in der Halle abgestellt? Genau neben die Tür deines Vaters. Räumt die Sachen weg, ehe er darüber stolpert!«

»In fünf Minuten, Jenny!«, rief Brummer zurück. »Wir sind gerade in einer wichtigen Besprechung!«

»Witzbold«, sagte Richard grinsend. »Ich hab zwei Schlafsäcke dorthin gelegt und einen Beutel mit den Heringen für die Zelte. Und noch'n paar Sachen. Kommt, räumen wir das Zeug weg.«

»Na schön, in zehn Minuten, aber nicht jetzt sofort«, sagte Anne und gähnte. »Ich glaube bestimmt, Brum-

mers Vater hält ein Mittagsschläfchen, weil es so heiß ist. Er wird nicht aus seinem Zimmer kommen.«

Doch leider irrte sie sich. Professor Hayling war hellwach. Als er gerade einen Abschnitt seiner Arbeit beendet hatte, fühlte er großen Durst und wollte ein Glas frisches, kaltes Wasser trinken. Mit Schwung flog die Tür seines Arbeitszimmers auf. Er trat heraus und hatte nur die Küchentür im Blickfeld. Und da war es auch schon geschehen! Er fiel über einen Haufen Campinggeräte, der mit viel Gepolter in sich und teilweise über dem Professor zusammenstürzte.

Mit einem Entsetzensschrei kam Jenny aus der Küche gerannt, und der Professor, der sich gerade einen Schlafsack vom Kopf zog und eine Zeltstange hinter seinem Rücken hervorzerrte, brüllte sie an: »Was für ein Zeug ist das? Ich will diesen Kram nicht länger in meinem Haus haben! Nehmen Sie das alles, Jenny und schmeißen Sie es zum Verbrennen auf den Holzhaufen hinterm Haus!«

Mit dem Entsetzensschrei »Himmel, unsere Zeltsachen!« fuhr Georg hoch. »Schnell, wir müssen sie holen. Jetzt hat er sich drin verheddert. Richard, du Trottel, wie kannst du nur so bescheuert sein und ihm das Zeug vor die Füße legen! Wenn er sich nur nicht wehgetan hat!«

Sofort machten sich Julius und Richard an die Aufräumungsarbeit und befreiten den Professor. Und während sie all die lästigen Gegenstände, die ihn so in Wut versetzt hatten, außer Sichtweite hinaus in den Garten schleppten, versuchten die beiden Mädchen den alten Herrn zu trösten. Sie bemühten sich so lange um ihn, bis sein Zorn verraucht war.

»Ihr habt doch hoffentlich den vermaledeiten Kram in

den hintersten Gartenwinkel gebracht«, erkundigte er sich.

»Aber klar«, antwortete Brummer wahrheitsgemäß. »Es liegt alles beim Holzstoß, aber angezündet haben wir ihn noch nicht.«

»Das werde ich morgen selbst besorgen«, entschied der Professor grimmig. Sein Sohn atmete erleichtert auf. Natürlich würde sein Paps das vergessen. Und nach dem Tee wollten sie ohnehin alles auf die große Wiese bringen.

Jenny erschien mit einem reich beladenen Tablett. »Trinken Sie erst mal eine Tasse guten, heißen Tee, Herr Professor!«, forderte sie ihn auf. »Ich hab ihn eben frisch aufgebrüht. Die beste Sache von der Welt nach so einem Schrecken!«

Dann drehte sie sich nach Brummer um und tuschelte ihm ärgerlich ins Ohr: »Hab ich dich nicht gerufen und gebeten die Sachen wegzuräumen? Ich wusste ja, dass der Professor darüber fallen würde, der Ärmste!« Und dann fuhr sie laut fort: »Euren Tee macht euch jetzt nur selbst. Ich muss mich um den Herrn Professor kümmern.«

»*Ich* mach unseren Tee«, verkündete Anne, das Hausmütterchen, voller Eifer.

»Kommt, gehen wir schon voraus auf die Wiese, bis Anne hier fertig ist. Ich esse nur ein Brötchen oder höchstens zwei«, verkündete Georg. »Anne, ruf uns, wenn du fertig bist.«

Julius und Richard hatten mittlerweile alle Zeltteile in den Garten befördert. Tim lief jedes Mal in fröhlicher Aufregung mit, voller Neugier, was da vorbereitet wurde. Schelm kletterte bei jedem Gegenstand, der hi-

nausgetragen wurde, auf das obere Ende und plapperte unablässig vor sich hin. Als er mit einem Pflock durchbrennen wollte, schnappte Tim danach und legte Julius den Pflock vor die Füße. Offensichtlich wollte er, dass der Junge das feine Holzstück warf und er es apportieren konnte. Aber Julius hatte nichts mit Stöckchenwerfen im Sinn.

»Braver Hund«, lobte er Tim und fand, dass der Hund sich auch nützlich machen könnte. »Gib du ein bisschen auf den frechen, kleinen Schelm Acht, ja? Damit er uns nicht alles Mögliche stibitzt und damit fortrennt.«

Tim verstand. Das war auch ein schönes Spiel. Er passte auf den kleinen Tunichtgut auf und stupste ihn immer, wenn er etwas wegnehmen wollte, zur Seite. Mit der Zeit hatte Schelm das fortwährende Weggeschubstwerden satt. Mit einem Satz sprang er Tim auf den Rücken und betrachtete ihn fortan als sein Reittier.

»Hoch zu Hund statt hoch zu Ross«, sagte Richard und lachte über seinen eigenen Witz. Er fand wieder einmal, dass die beiden ein ausgezeichnetes Paar für den Zirkus abgäben. »Wetten, dass Schelm prächtig mit den Zügeln umgehen könnte, wenn wir für Tim welche hätten?«

Entrüstet wies Georg diese Vorstellung zurück. »Sonst noch was? Erst die Zügel, dann womöglich eine Peitsche!«, schimpfte sie. »Menschenskinder, haben wir viel Zeug. Ist das nun endlich alles?«

Das war es, Gott sei Dank. Im selben Augenblick ertönte vom Haus her der Gong. Alles atmete auf. »Uff! Endlich Tee.« Richard stöhnte. »Hab ich einen Durst. Ich könnte einen ganzen Kübel allein austrinken. Kommt nur schnell! Wir machen nachher weiter. Ich jedenfalls rühr jetzt keinen Finger mehr. Einverstanden, Tim?«

»Wuff!« Der Hund stimmte ihm fröhlich zu und galoppierte allen flink voran über den Gartenweg. Das Äffchen hopste auf seinem Rücken auf und ab und kreischte begeistert.

»Wozu brauchen wir eigentlich eine Wandertruppe, wir haben hier Zirkus genug!«, stellte Richard lachend fest.

Neue Bekanntschaften

Die Teepause dauerte nicht lange, denn die Kinder wollten ja mit ihrem Zeltbau beginnen.

»Ich glaube, unsere Aussicht auf das Leben hinter der Manege wird erstklassig«, sagte Richard. »Wir sitzen sozusagen in der ersten Reihe. Hoffentlich schließt Schelm nicht zu dicke Freundschaft mit den Leuten. Sonst nehmen sie ihn womöglich mit, wenn sie weiterziehen.«

»Das fehlte noch!«, empörte sich Brummer. »Fängst du schon wieder damit an? Als ob Schelm da überhaupt mitginge. Ich glaub nicht, dass er sich mit den Leuten abgibt.«

»Wart's nur ab«, sagte Richard. Er war als Erster fertig und trieb die anderen zur Eile an. »Beeilt euch doch ein bisschen und trinkt euren Tee aus! Ich möchte draußen weitermachen. Sicher gibt es schon etwas zu sehen.«

Wenige Minuten später hatten sie sich bereits wieder am Gartenzaun versammelt. In der Tat herrschte schon reges Treiben da draußen. Überall die bunten Wagen, auf denen in Riesenbuchstaben Tappers Name leuchtete. Die kleineren Wagen hatten Fenster und zierliche Spitzenvorhängchen; dahinter wohnten und wirtschafteten die Leute vom Zirkus. Heiß stieg in Georg das Verlangen auf, auch in solch einem gemütlichen Fahrzeug hausen und durch die Welt ziehen zu dürfen, anstatt in einem langweiligen grauen Haus daheim zu sein, das immer am selben Platz stand.

»Jetzt seht euch bloß die Pferde an!«, rief Richard begeistert, als eine Gruppe feuriger Hengste auftauchte. Der Junge, der Brummer zu Boden geschickt hatte, führte sie. Die Tiere wieherten fröhlich und schienen das freie Umherlaufen auf der Koppel zu genießen.

»Ist das Tor dort vorn richtig zu?«, rief jemand mit einer mächtigen Bassstimme. Und der Junge rief zurück: »Ja, Opa, ich hab's selbst zugemacht. Es kann keiner raus. Schau nur, schau, wie's ihnen hier gefällt!« Er sah die Kinder hinterm Zaun und winkte ihnen zu. Dann wollte er offenbar zeigen, was er konnte, sprang auf den Rücken des nächsten Pferdes und jagte mit ihm eine Runde über die Koppel.

Neidvoll sah Georg ihm zu. So ein feuriges Pferd hätte sie für ihr Leben gern besessen!

»Schaffen wir doch endlich unser Zeug auf die andere Seite!«, raunzte Brummer plötzlich. »Je näher wir an den Zirkus rankommen, umso besser. Unseren Spaß wollen wir doch schließlich haben, wenn wir sie schon nicht wegjagen können.«

Er kletterte als Erster über den Zaun und Richard folgte ihm.

»Ich reiche euch alles hinüber«, erbot sich Julius. »Georg, hilf mir bitte.«

Es war eine ziemliche Arbeit, den ganzen Kram über den Zaun zu hieven, aber schließlich hatten sie's geschafft.

Julius, Anne und Georg kletterten nun auch hinüber. Dann hielten sie Ausschau nach dem besten noch freien Platz.

»Wie wär's gleich hier bei den Büschen?«, schlug Julius vor. »Mit dem großen Baum dahinter hätten wir einen guten Windschutz. Wir sitzen den Zirkusleuten nicht gar zu dicht auf der Pelle, denn das mögen sie sicher nicht so gern. Und trotzdem ist es nah genug, um alles beobachten zu können.«

»Ach, es wird sicher herrlich!«, sagte Anne mit leuchtenden Augen.

»Ich glaube, zuerst muss ich Großvater Tapper aufsuchen«, meinte Julius. »Ihm nur sagen, dass wir da sind. Er soll nicht denken, Unbefugte haben sich hier eingeschlichen.«

»Du brauchst doch nicht *ihn* um Erlaubnis zu fragen, ob wir uns auf *meinem* Grundstück niederlassen dürfen!«, fauchte Brummer ihn an.

»Nun hab dich nicht wieder so!«, wies Julius ihn zurecht. »Ein bisschen Höflichkeit hat noch keinem geschadet. Aber davon hältst du anscheinend nicht besonders viel. Bist du eigentlich mit dem Düsenflugzeug durch die Kinderstube gerast?«

»Schon gut, schon gut«, erwiderte Brummer. »Schließlich ist es *meine* Wiese. Nächstens verlangst du noch, das ich mich mit dem dreckigen Lausbub anfreunde.«

»Das schlechteste wäre es bestimmt nicht«, sagte Georg. »Sonst musst du damit rechnen, dass er dich bei nächster Gelegenheit wieder ausknockt. Na, wie auch immer, sei bloß kein Spielverderber, Brummer, sonst kleb ich dir mal eine. Es kommt nicht oft vor, dass man einen Wanderzirkus hinterm Haus und die Gelegenheit hat, die Leute kennen zu lernen.«

Julius ging zu einem der Wagen hinüber. Er schien leer, denn niemand antwortete auf sein Klopfen.

»Was willst'n du?«, rief ein dünnes, hohes Stimmchen und ein kleines Mädchen mit wirrem Haar kam herbeigeeilt.

»Wo finde ich Herrn Tapper, Kleine?«, fragte Julius freundlich.

»Er ist bei einem Pferd«, erklärte das Mädchen. »Und wer bist du?«

»Wir sind Nachbarn«, erwiderte Julius. »Führst du mich bitte zu Herrn Tapper?«

»Ich bring dich hin«, sagte das Mädchen und schob ihre kleine Hand in Julius' große. »Ich zeig dir den Weg, weil du mir gefällst.«

Julius winkte die anderen herbei und das Kind führte sie bis zur Mitte des Lagers. Auf halbem Weg hörten sie hinter sich ein trauriges Jaulen. »Tim!«, rief Georg bedauernd und blieb stehen. »Wir haben ihn im Garten angebunden. Ich muss ihn holen.«

»Jetzt besser nicht«, sagte Julius. »Es könnte eine Rauferei geben zwischen ihm und dem Schimpansen. Und da könnte dein Tim möglicherweise den Kürzeren ziehen.«

»Quatsch! Tim nimmt's mit jedem auf!«, empörte sich Georg. Aber sie ging doch lieber nicht zurück, um Tim zu holen.

»Wenn der sich bloß nicht losreißt, über den Zaun springt und uns nachläuft«, meinte Julius besorgt.

»Da ist er, mein Opa, der da auf den Stufen sitzt«, verkündete das kleine Mädchen stolz und lachte zu Julius hinauf, dessen Hand es noch immer fest hielt. »Ja, du gefällst mir«, wiederholte es und zog das Näschen kraus.

Die Kleine schrie dem bärtigen Mann, der dort auf dem Leiterchen vor einem Wohnwagen saß, so laut sie nur konnte zu: »Opa, da sind Leute, die wollen zu dir!«

Großvater Tapper untersuchte gerade den Hinterlauf eines prächtigen Braunen. Er gab keine Antwort.

»Opa!«, rief die Kleine nochmals. »Die Leute wollen zu dir!«

Herr Tapper schaute sich um. Wie hell seine Augen unter den buschigen Brauen hervorblitzten! Behutsam setzte er den Huf auf die Erde und gab dem edlen Tier einen liebevollen Klaps. »Nun brauchst du nicht mehr zu hinken, mein Schöner«, sagte er. »Ich hab den Stein herausgekratzt und du kannst wieder tanzen.«

Das Pferd hob seinen prächtigen Kopf und wieherte, als wolle es danke sagen.

Brummer fuhr zusammen und Schelm schlüpfte ihm vor Schreck unter die Achsel.

»Nanu, Äffchen, hast du noch nie eine Pferdestimme gehört?«, fragte der Großvater beschwichtigend und Schelm streckte sofort sein Köpfchen neugierig unter Brummers Arm hervor.

»Tanzt denn das Pferd wirklich?«, wollte Anne wissen und hob schüchtern den Arm. Sie hätte so gern die samtweiche Schnauze des Tieres gestreichelt.

»Und ob! Es ist gewiss einer der besten vierbeinigen Tänzer«, antwortete Herr Tapper und begann eine rhythmische Melodie zu pfeifen. Das Pferd spitzte die Ohren, sah den Großvater an und – tanzte. Verwundert sahen die Kinder zu, wie es sich immer wieder im Kreis drehte und im Takt zur Melodie die Schritte setzte.

»Ich glaub's einfach nicht!«, rief Georg begeistert. »Tanzen Ihre Pferde alle so gut wie dieses?«

»Freilich, manche sogar noch besser«, antwortete Großvater Tapper voll Stolz. »Wartet nur, bis ihr sie bei der Vorstellung mit dem wippenden Federbusch auf ihren Köpfen seht! Pferde! Es gibt auf der Welt nichts Herrlicheres!«

»Herr Tapper, wir wohnen in dem Haus dort hinterm Zaun«, begann Julius, der fand, dass es nun an der Zeit sei, ihren Besuch zu erklären. »Sie wissen ja wahrscheinlich, dass Brummers Vater dieses Grundstück gehört und …«

»Ja, ja, aber wir haben ein seit Jahrhunderten verbrieftes Recht, hierher zu kommen«, entgegnete der Alte gereizt. »Nun fang mir du nicht auch noch an, hier rumzustreiten.«

»Nein, nein, ganz im Gegenteil«, beeilte sich Julius zu versichern. »Wir wollen nicht mit Ihnen streiten. Ich wollte nur – vielmehr meine Freunde und ich, wir wollen Ihnen nur sagen, dass wir hier auf der Wiese zelten. Das macht Ihnen doch nichts aus, oder? Wir wollen Ihnen nämlich nicht im Weg sein.«

»Ach so, wenn es weiter nichts ist, da braucht ihr keine Bedenken zu haben. Klar könnt ihr hier zelten. Das macht uns überhaupt nichts aus. Ich hab schon gedacht, da kommen wieder so Wichtigtuer, die meinen, sie müssten uns verscheuchen. Solche mit 'ner großen Klappe wie euer Freund da!« Und er nickte zu Brummer hin. Der wurde rot bis unter die Haarwurzeln, sagte aber kein Wort. Herr Tapper fuhr belustigt fort: »Na, mein Enkel hat's dir aber gezeigt, Kleiner, was? War 'ne saubere Landung. Ja, Temperament hat unser Achim, das lässt sich nicht leugnen. Aber mach dir nichts draus. Wer weiß, nächstes Mal bleibst du vielleicht Sieger, was meinst du?«

»Und ob«, murmelte Brummer.

»So ist's recht. Dann seid ihr quitt und könnt euch die Hand schütteln wie echte Gentlemen«, schloss Großvater Tapper mit lustigem Augenzwinkern. »Nun, holt nur eure Sachen und richtet euch gemütlich ein. Ich ruf unsern Charlie, den Schimpansen. Der soll euch dabei helfen. Er ist stark wie zehn Männer.«

»Der Schimpanse? Tut er uns denn nichts?«, erkundigte sich Anne vorsichtig; ihr gruselte ein bisschen bei dem Gedanken.

»Der alte Charlie? Der tut keiner Fliege was und geschickter ist der als ihr alle zusammen«, behauptete der Großvater. »Ich ruf ihn jetzt. Charlie! Charlie, wo bist du? Wahrscheinlich macht er ein Nickerchen. Charlie!«

Aber kein Charlie ließ sich blicken.

»Dann müsst ihr ihn eben holen«, sagte der alte Tapper und deutete auf einen großen Käfig, der mitten auf der Wiese stand. Er hatte ein geteertes Dach, damit es nicht hineinregnen konnte.

»Charlie tut euch alles zu Gefallen, wenn er nur hin und wieder ein bisschen dafür gelobt wird«, erklärte Herr Tapper den Kindern.

»Komm, wir holen ihn, Ju!«, forderte Richard seinen Bruder auf. »Hat man so was schon gehört – einen leibhaftigen Schimpansen kriegen wir als Dienstmann!«

Nun liefen sie alle, Brummer an der Spitze, zu dem Käfig hinüber und riefen: »Charlie, Charlie, wach auf, wir brauchen dich!«

Ein tüchtiger Helfer

Brummer kam als Erster an und schaute in den großen Käfig hinein. Charlie saß unbeweglich hinten an der Wand und musterte den Besucher. Dann erhob er sich langsam, tappte auf das Gitter zu und drückte seine Nase gegen die Eisenstäbe, dicht vor Brummers Gesicht. Und plötzlich blies er kräftig los. Brummer fuhr erschrocken und ärgerlich zurück.

»Er hat mich angeblasen!«, rief er voller Abscheu, aber die anderen prusteten vor Lachen. Der Schimpanse gab seltsame Töne von sich, die der kleine Schelm sofort nachzuahmen versuchte.

Charlie rüttelte an den Stäben und sprang auf und nieder, wobei er immer lauter und aufgeregter schnatterte und kreischte.

Achim, mit dem Brummer vorhin aneinander geraten war, kam angerast. »He, was macht ihr da mit unserem Charlie?«, rief er. »Da schau her, du bist doch der aufgeblasene Kerl, der meinen Großvater schwach angeredet hat.«

»Ja, genau«, erwiderte Brummer und sah den anderen finster an. »Und trau du dich nicht noch mal an mich ran, es wird dir sonst Leid tun.«

»Halt bloß die Klappe, Brummer!«, zischte Julius und wandte sich an den Jungen vom Zirkus. »Hallo, Achim. Wir wollen deinem Schimpansen nichts tun. Dein Großvater hat gesagt, wir sollen uns den Schimpansen holen, damit er uns beim Zeltaufschlagen hilft. Er darf doch aus seinem Käfig raus, oder?«

»Klar! Ich lass ihn zwei-, dreimal am Tag raus. Es wäre ihm auf die Dauer da drin auch viel zu langweilig. Beim Zeltaufbau hilft er euch sicher. Das macht ihm Riesenspaß. An so was ist er gewöhnt. Und stark ist er wie ein Bär!«

»Das glaub ich dir gern, aber ist er auch gutartig?«, erkundigte sich Richard vorsichtshalber und betrachtete leise zweifelnd das mächtige Tier.

»Was meinst du mit ›gutartig‹? Er ist so zahm und zuverlässig wie irgendeiner von uns. Komm raus, Charlie! Los, du kannst die Gittertür sehr gut selbst aufmachen, das wissen wir doch!«

Kichernd leistete der Schimpanse dieser Aufforderung Folge. Seine große Hand langte zwischen den Eisenstäben hindurch und zog von außen den Riegel zurück. Dann drückte er die Käfigtür auf.

»Siehst du, es ist ganz leicht gegangen«, sagte Achim lachend. »Jetzt komm raus, Bursche, du sollst helfen.«

Behäbig kletterte Charlie aus seinem Zwinger und begleitete die Kinder an den Platz, wo sie ihre Zeltausrüstung gelassen hatten. Schwerfällig und schwankend bewegte er sich vorwärts, indem er sich mit den Fäusten am Boden abstützte und fortwährend leise grunzte. Schelm war etwas unbehaglich zu Mute vor diesem Riesen und er hielt sich deshalb im Hintergrund. Aber plötzlich drehte sich der Schimpanse um, griff kurzerhand nach dem Äffchen und setzte es sich auf die Schulter. Schelm wusste nicht, ob das nun zum Fürchten oder zum Jauchzen war.

»Ach, hätte ich nur meinen Fotoapparat dabei«, sagte

Anne zu Georg. »Schau dir bloß die beiden an! Schelm findet den Schimpansen anscheinend auch nett.«

Bei dem Berg mit Campingsachen angelangt, befahl Achim dem Schimpansen, die Sachen zu tragen. Charlie nahm mehrere Stücke gleichzeitig und folgte den Kindern mit voll gepackten Armen zur großen Hecke, wo sie lagern wollten.

»So, hier leg alles nieder, Charlie! Dann lauf zurück und bring die übrigen Sachen«, sagte Achim zu seinem behaarten Freund. »Was ist los? Starr nicht in die Luft! Es gibt viel Arbeit.«

Aber Charlie rührte sich nicht von der Stelle, sondern sah nur wie gebannt auf das Äffchen.

»Er will, dass der Kleine mit ihm gehen soll!«, rief Georg. »Magst du nicht noch mal reiten, Schelm?«

Der kleine Kerl hüpfte mit einem Satz dem großen Affen zwischen beide Schultern. Charlies Riesenhand griff behutsam nach hinten und setzte den kleinen Reiter zurecht. Dann trottete er brav davon, um die übrigen Dinge herbeizuholen. Eine Bodenplane hatte sich unterwegs aufgerollt und hing ihm übers Gesicht, sodass er nichts mehr sah und wütend auf dem Hindernis herumzutrampeln begann. Dabei grölte er so fürchterlich, dass die Kinder erschraken.

»Ruhig, benimm dich nicht so albern, Charlie!«, schalt Achim ihn, ging zu dem Schimpansen und rollte die Plane schnell zusammen. Der Schimpanse fand sich wieder in seiner Lage zurecht und die gute Laune war sofort wieder hergestellt. Als der treue Helfer alles zusammengetragen hatte, begannen Julius und Richard mit dem Zeltbau. Charlie verfolgte ihr Tun mit größter Aufmerksamkeit und machte sich immer wieder nützlich.

»Ist er nicht gut, unser Charlie?«, sagte Achim immer wieder voller Stolz. »Habt ihr bemerkt, wie er die Zeltstange genau an der richtigen Stelle eingerammt hat? Und ihr solltet ihn erst sehen, wenn er uns das Wasser für die Pferde holt. In jeder Hand schleppt er einen vollen Eimer!«

»Man müsste ihn für seine Leistungen belohnen«, fand Brummer.

»Und ob der seine Belohnung kriegt!«, versicherte Achim eifrig. »Acht Bananen täglich und so viele Orangen, wie er nur mag. Und Süßigkeiten, die liebt er besonders.«

»Oh, ich glaub, da hab ich etwas für ihn!«, verkündete Brummer freudestrahlend und griff in seine Hosentasche, aus der er ein kunterbuntes Sammelsurium zu Tage förderte. Darunter befand sich auch eine Bonbontüte. Der Inhalt war zu einer unbestimmbaren Masse zusammengeklebt.

»Pfui, die kannst du ihm doch nicht geben!«, sagte Anne angeekelt. »Die sind ja ganz alt und klebrig.«

Charlie war allerdings anderer Meinung. Er nahm Brummer die Tüte einfach aus der Hand, beschnupperte sie und stopfte sich genüsslich die ganze Ladung auf einmal ins Maul!

»Himmel, er erstickt ja daran!«, rief Julius ernstlich besorgt.

»Der nicht«, beschwichtigte Achim ihn lachend. »Im Gegenteil. Er hat eine Mordsfreude. Damit verschwindet er jetzt in seinem Käfig, schiebt den Riegel vor und bleibt drin hocken, bis der Vorrat aufgelutscht ist. Mit solchem Zuckerzeug kann man ihn glücklich machen.«

»Das hat er sich wirklich verdient«, fand Georg. »Der hat ja für drei geschuftet. Kommt, richten wir schnell noch alles gerade, damit wir endlich fertig werden. Ich freu mich schon darauf, im Freien zu schlafen. Aber vorher müssen wir noch zu Abend essen.«

»Wie wär's, wenn ihr das bei uns machen würdet?«, schlug Achim vor. »Ich mein natürlich, nur wenn ihr mögt. Bei uns wird sicher ganz anders gekocht als bei euch. Aber gut schmeckt's. In einem riesigen Kessel braut unsere Uroma für alle das Essen. Sie ist zweihundert Jahre alt.«

Die Kinder lachten ungläubig. »Zweihundert Jahre! Du spinnst! So lange lebt doch kein Mensch«, stellte Georg fest.

»Na, jedenfalls erzählt sie das jedem«, sagte Achim gelassen. »Und sie sieht auch bestimmt keinen Tag jünger aus. Aber ihre Augen sind noch scharf wie die von einem Habicht. Wie steht's? Soll ich ihr sagen, dass ihr zum Abendessen kommt?«

»Augenblick mal«, meinte Julius zögernd, »sie wird nicht darauf eingerichtet sein, dass plötzlich so viele Gäste da sind. Aber wir könnten ja gut noch unser eigenes Picknick mitbringen und dann alles teilen. Jenny, die Haushälterin vom Professor, deckt uns bestimmt mit Unmengen Essbarem ein. Fleischpastete soll es geben, kalte Würstchen, hinterher Äpfel und Bananen.«

»Scht, red in Charlies Gegenwart nicht so laut von Bananen!«, sagte Achim. »Er lässt dir sonst mit seiner Bettelei keine Ruhe mehr. Also gut, in Ordnung. Ihr bringt euer Essen mit und wir teilen unseres beim Lagerfeuer mit euch. Ich sag's meiner Uroma. Wir singen auch ein paar Lieder und Fred spielt auf seiner Geige dazu. Wenn der geigt, das geht einem in die Beine, dass man nicht mehr still sitzen kann!«

Das klang alles verlockend. Julius mahnte jedoch zum Aufbruch. Sie müssten jetzt erst einmal nach Hause, ehe man sich wegen ihres langen Ausbleibens Sorgen machte. Bei der Gelegenheit konnten sie ja dann gleich die Sachen fürs Abendessen zusammenpacken.

»Wir sind bald wieder hier«, versprach er Achim. »Und noch vielen Dank für eure Hilfe! Komm, kleiner Schelm! Sag dem Charlie vorerst Auf Wiedersehen. Du brauchst nicht so trübselig dreinzuschauen, wir kommen ja schon bald wieder.«

Die fünf Kinder kletterten über den Zaun. Die Aussicht auf diesen aufregenden Abend bildete das einzige Gesprächsthema. Ausgerechnet Brummer malte sich alles genüsslich aus.

»Das ist doch fast so, als würde man zum Zirkus gehören. Wir sitzen ums Lagerfeuer herum und kriegen Suppe aus einem großen Kessel. Vielleicht ist er sogar verbeult und rußgeschwärzt. Das find ich toll. Hoffentlich hat mein Paps sich nicht darüber geärgert, dass wir abgehauen und zu den Zirkusleuten ins Lager gegangen sind.«

»Ich könnte mir denken, dass er überhaupt nichts davon weiß«, vermutete Georg. »Mein Vater wenigstens merkt so etwas nie.«

Jenny machte große Augen bei den Erzählungen der unternehmungslustigen Gesellschaft.

»Na, ihr macht ja schöne Sachen!«, meinte sie lachend. »Passt bloß auf, dass sie eure Viecher nicht für den Zirkus übernehmen. Ich würde mich nicht wundern, wenn ihr selber als zersägte Jungfrauen und Feuerschlucker auftretet. Also, was wollt ihr mitnehmen?«

»Was haben Sie denn zum Abendbrot für uns? Können wir alles zum Zeltlager mitnehmen?«, fragte Julius.

»Ob ihr's könnt, weiß ich nicht, aber ihr dürft es mitnehmen«, sagte Jenny. »Es gibt nur Kaltes. Fleischpastete und Würstchen, Kopfsalat, Gurken und Tomaten aus dem Garten und Obst hinterher. Ist das genug?«

»Donnerwetter, aber wirklich!«, sagte Brummer begeistert. »Und kriegen wir auch etwas zu trinken?«

»Ihr könnt Orangen- oder Zitronenlimo oder Saft haben – was euch besser schmeckt. Nur sei so nett, Brummer, und fahr oder flieg jetzt nicht mit Getöse zu deinem Vater ins Labor. Er hat den ganzen Tag angestrengt gearbeitet und ist bestimmt furchtbar müde!«

»Und grantig wahrscheinlich«, fügte Brummer hinzu. »Merkwürdig, Erwachsene werden immer sauer, wenn sie müde sind. Dich natürlich ausgenommen, Jenny, du bist die Beste von allen Erwachsenen.«

»Aha, da will doch einer noch was aus meiner Speisekammer, so viel Lob gibt's nicht umsonst!«, sagte Jenny schmunzelnd.

»Ach, bloß ein paar Zuckerstückchen, ja? Bitte!«, bettelte Brummer. »Jenny, es sind die hübschesten Pferde, die es auf der Welt gibt. Und tanzen können die, ehrlich! Da *muss* ich doch jedem ein Zuckerl geben, findest du nicht?«

»Und hin und wieder auch eins selber schlecken, ich kenn dich doch!«, spottete Jenny gutmütig. »Schon gut, ich packe euch alles zusammen. Euer Campinggeschirr habt ihr ja dabei, oder? Was ist mit Tim? Den habt ihr so lange allein gelassen und sicher hat er auch großen Hunger!«

»Wuff!«, meldete sich der brave Hund, froh, dass sich endlich wieder jemand an ihn erinnerte. Jenny tätschelte seinen dicken Wuschelkopf. »Ja, ja, mein Bester! Ganz vergessen haben sie dich vor lauter Affen und Pferden. Aber für dich ist auch was in der Speisekammer«, tröstete sie ihn. »Geh und hol ihm seinen Napf.«

Georg kam mit einem Teller voll Fleisch und Hundeflocken zurück. Tim schob sein Frauchen ungeduldig beiseite, als sie den Teller auf den Boden stellte, und machte sich gierig über sein Fressen her. O ja, er war wirklich sehr, sehr hungrig.

Bald hatten die Kinder das zum Abendessen Nötige in Körbe und Tragtüten gepackt und ihrem Aufbruch stand nichts mehr im Weg. Sie schleppten Riesenmengen Essbares fort. Umso besser! Davon konnten sie ihren Zirkusfreunden reichlich abgeben. Sie sagten Jenny gleich Gute Nacht und störten Professor Hayling erst gar nicht, sondern verließen so leise wie möglich das Haus.

»Es ist am besten, wenn er gar nicht merkt, dass wir weggehen, sonst flippt er möglicherweise aus und verbietet uns, mit den Zirkusleuten zu Abend zu essen«, sagte Brummer. »Schelm, geh von dem Korb runter! Und tu nicht so, als wüsstest du nicht, dass da Bananen drin sind, von denen du dir heimlich eine rausangeln möchtest. Heute Abend wirst du mit deinen besten Tischsitten aufwarten, Freundchen, verstanden?«

Vergnügt lief die kleine Schar durch den Garten.

Die Sonne ging schon unter und gleich würde es zu dämmern beginnen. Sie freuten sich wahnsinnig darauf, mit den Zirkusleuten am offenen Feuer zu sitzen und Urgroßmutters Eintopf zu essen. Vielleicht konnten sie sogar mitsingen, wenn Fred auf seiner Geige alte Weisen spielte. Und wenn sie dann hinterher müde waren, brauchten sie bloß ins Zelt zu kriechen, konnten die Geräusche des Zirkus hören, das Wiehern und Stampfen der Pferde, das Geschnatter des Schimpansen und den Ruf des Waldkäuzchens, der sie in den Schlaf hinüberbegleiten würde.

Ein wundervoller Abend

Sobald Achim seine neuen Freunde hinterm Zaun auftauchen sah, eilte er ihnen entgegen. Er war schon ganz aufgeregt. Als Erster musste sie der Großvater begrüßen.

»Ich nehme an, ihr wollt euch zunächst noch ein wenig umsehen«, meinte der alte Herr Tapper. »Charlie wird euch begleiten. Wir haben die Ringbahn aufgestellt und gerade Probe, da könnt ihr euch schon einiges vom Programm anschauen.«

Diese Einladung wurde natürlich begeistert aufgenommen. Aus gebogenen Holzteilen war eine Manege zusammengesetzt worden. Die musikalischen Pferde hatten soeben ihren Auftritt. Voran ritt ein anmutiges junges Mädchen, Madelon, das ganz in schimmernden Goldflitter gekleidet war.

»Mit dem Federschmuck auf dem Kopf sehen die Pferde richtig vornehm aus!«, rief Anne hingerissen. Genau im Takt setzten die Pferde ihre Schritte. Die Männer von der Band allerdings sahen recht alltäglich aus, denn sie hatten ihre schmucke Uniform nicht an.

Nach drei oder vier Runden trabten die Hengste wieder aus der Manege.

Jetzt kam Fred, der Violinspieler. Erst spielte er eine schwermütige und getragene Weise. Dann aber hüpfte der Fiedelbogen immer schneller über die Saiten. Unwillkürlich begannen die Füße der Kinder den Takt zu klopfen. »Man kann dabei wirklich nicht still stehen«,

flüsterte Anne, die vor Begeisterung glänzende Augen bekommen hatte.

Nun folgte Charlies Nummer. Er wirkte fast unheimlich groß, als er aufrecht hereintrottete, denn meistens bewegte er sich ja auf allen vieren fort. Auch er wiegte sich im Rhythmus der Musik, was sich bei ihm höchst komisch ausnahm. So schaukelte er zu Fred hin und umarmte den Geiger zärtlich.

»Er ist ganz vernarrt in Fred«, erklärte Achim. »Jetzt wird er gleich seine Kricketnummer proben. Ich muss hin und ihm den Ball zuwerfen.«

Rasch rannte Achim in die Manege. Jemand warf ein Schlagholz in den Ring. Charlie fing es geschickt auf und ließ es einige Male durch die Luft sausen, wobei er kleine gurrende Laute ausstieß. Dann kam von irgendwoher ein Kricketball geflogen, den Achim mit einer Hand auffing. Ein kleines Mädchen sprang über die Begrenzung der Manege und setzte drei Pfähle in den Boden. »Die Querhölzer kann ich nicht finden, Achim!«, rief das Kind. »Hast du sie vielleicht wieder mal in der Tasche?«

»Nein«, erwiderte Achim. »Macht nichts, ich schmeiß einfach die Pfähle um.«

Aber das war gar nicht so leicht, da Charlie vor dem Tor stand. Mit ungeheurer Wucht schlug er den Ball. Und der flog über Achims Kopf hinweg, ohne dass er im Stande gewesen wäre ihn abzufangen. Der Affe verlor das Gleichgewicht und plumpste mit seinem Hinterteil auf das Tor, das natürlich umfiel.

»Aus!«, schrie Achim. Aber den Schimpansen kümmerte das wenig. In aller Seelenruhe stellte er das Tor wieder auf und pflanzte sich davor, indem er temperamentvoll sein Schlagholz schwang.

So ein lustiges Kricketspiel hatten die Kinder noch nie erlebt! Charlie ging außerordentlich behände mit dem Schlagholz um und Achim musste fortwährend kreuz und quer über das Feld rennen. Schließlich fiel dem Schimpansen auch noch ein, den armen Jungen rund um die Manege zu hetzen, indem er mit erhobenem Holz grunzend und keuchend hinter ihm herrannte. Ob das lustig oder böse gemeint war, ließ sich nicht erkennen. Er warf dann, als wäre ihm das Ganze plötzlich langweilig geworden, mit seinem Schlagholz nach dem Jungen und machte kurzerhand kehrt, setzte sich auf den Boden und kratzte sich unter der Achsel.

Die Kinder brüllten vor Lachen. »Kein Clown könnte besser sein!«, stieß Richard prustend hervor. »Bringt ihr diese Nummer bei jeder Vorstellung?«

»Klar«, antwortete Achim. »Manchmal hat er den Ball sogar schon unter die Zuschauer geschleudert. Das war jedes Mal eine Mordsaufregung! Aus Jux lassen wir auch hin und wieder zwei Jungen aus dem Publikum kommen, damit die Charlie den Ball zuwerfen. Einmal

wurde so einer von ihm dreimal um die Ringbahn gejagt. Dem hat es aber gereicht!«

Charlie trottete herbei; er schlang seine mächtigen Arme um Achim und versuchte ihn hochzustemmen. »Nicht, lass mich, Charlie!«, sagte Achim und entwand sich der unfreiwilligen Umarmung. »Passt auf! Jetzt kommt der ›tanzende Esel‹. Geht lieber aus der Manege! Man weiß nie, was für Possen der reißt.«

Ein dunkelgraues Tier kam in seltsam ungleichmäßigem Galopp hereingestürmt, den Kopf stolz erhoben. Dann blieb dieser Esel plötzlich stehen und starrte die Besucher an. Langsam setzte er sich nieder, hob ein Bein und kratzte sich mit dem Huf an der Nase. Verwundert verfolgten die Kinder dieses für einen Esel recht sonderbare Treiben. Dann, als die Musikkapelle zu spielen anfing, stand das seltsame Tier wieder auf und lauschte, klappte seine langen Schlappohren hin und her und nickte eifrig mit dem Kopf im Takt. Hierauf begann es zu dem flotten Marsch, den die Band blies, rund um die Bahn zu traben. Allerdings wurde es bald sichtlich müde und verlangsamte seinen Schritt immer mehr, bis es sich endlich schwerfällig auf seine Hinterbeine niederließ. Von dem Lachen der Kinder angefeuert, probierte der schläfrige Graue sich wieder zu erheben, wobei ihm jedoch Vorder- und Hinterbeine irgendwie durcheinander gerieten. Hilflos brach er immer wieder zusammen und sah recht elend und bedauernswert aus.

Annes Mitgefühl regte sich sofort. »Er hat sich doch hoffentlich nicht wehgetan?«, fragte sie beunruhigt. »Du lieber Gott! Er wird sich noch ein Bein brechen, wenn er so weitermacht! Schau nur, Achim, er kommt nicht mehr hoch!«

Der unglückliche Esel stieß ein trauriges »I-aah« hervor, versuchte immer von neuem aufzustehen und fiel wieder in sich zusammen. Da änderte die Band den Rhythmus und spielte einen gemütlichen Walzer. Der Esel sprang auf, als wäre nichts geschehen, und vollführte eine Art Stepptanz: Klicketiklick – klicketiklack! Es war einfach fabelhaft.

Der Graue schien mittlerweile wieder müde geworden zu sein. Er hörte auf zu tanzen, obwohl die Musik immer weiterspielte. Er rannte zu ihr hin und stampfte mit dem Fuß auf. Mit matter Stimme keuchte er: »Zu schnell. Zu schnell!« Aber die Band nahm davon keine Notiz, sondern spielte fröhlich weiter. Der Esel beugte sich vor, drehte und wand sich, bis plötzlich sein Kopf herunter und ins Gras fiel.

»Nein!«, schrie Anne entsetzt auf.

»Aber Anne, du hast doch nicht im Ernst geglaubt, dass es ein echter Esel ist? Oder doch?«, fragte ihr Bruder Richard.

»Nein, natürlich nicht! Für wie blöd hältst du mich eigentlich?«, antwortete Anne nicht sehr überzeugend. »Aber er sieht doch genauso aus wie das Grauchen in der Felsenbucht, auf dem wir Kinder immer reiten durften.«

Der Esel knickte nun in der Mitte ein, und jeder Hälfte entstieg ein kleiner Mann, der behutsam seine Beine aus den Eselsbeinen schälte. Die Eselshaut fiel zur Erde. Da lag sie nun flach und zusammengeknautscht wie ein leerer Sack da.

»Hm, so'n Ding möchte ich auch mal haben«, sagte Brummer. »Ein Freund aus meiner Klasse könnte dann in die Hinterbeine schlüpfen, ich in die Vorderbeine. Mann, würden wir eine Schau abziehen!«

»Mit Sicherheit würdest du einen erstklassigen Esel abgeben«, versetzte Georg trocken. »Dazu brauchst du dich gar nicht erst zu verstellen. Schaut nur, da kommt wohl ›Der todsichere Schütze‹.«

Aber ehe der seine Künste zeigen konnte, rannten die beiden Eselsmänner zur Musikkapelle und fingen laut zu zetern an.

»Warum spielt ihr so irrsinnig schnell? Ihr wisst doch, dass wir bei diesem Tempo unseren Trick nicht bringen können. Wollt ihr unsere Nummer unbedingt schmeißen?«

Der Kapellmeister schrie irgendetwas zurück. Es musste etwas ziemlich Unverschämtes sein, denn einer der Eselsmänner ging mit geballter Faust auf die Band los.

»Ruhe!«, brüllte eine Donnerstimme, sodass die Streitenden verstummten. Es war der alte Tapper, der mit seinem dröhnenden Bass dazwischengefahren war. »Jan und Jo, raus aus der Manege: *Ich* gebe hier die Anweisungen, nicht ihr. Schluss jetzt, sage ich!«

Die beiden Eselsmänner zitterten zwar vor Zorn, wagten jedoch keine Widerrede, sondern packten ihre Haut und schlichen sich davon.

»Der todsichere Schütze« sah in seinem schmuddeligen Jogginganzug recht unscheinbar aus.

»Er probt seinen Auftritt jetzt gar nicht«, erklärte Achim. »Ihr werdet ihn dann schon an einem anderen Abend sehen, wenn wir richtige Vorstellung haben. Der schießt auf alles Mögliche und Unmögliche, sogar auf ein Geldstück. Und *nie* trifft er daneben. Er hat ein tolles Kostüm, auf seine Hose und sein Jackett sind lauter Goldmünzen genäht, das sieht echt Klasse aus. Und sein kleiner Schimmel, der ist auch das reinste Wunder. Ständig läuft er um die Ringbahn und ihm sträubt sich auch nicht ein Härchen, wenn Dirk sein Gewehr abfeuert. Da steht er am Eingang und schaut, ob Dirk zu ihm zurückkommt.«

Ein kleines weißes Pferd stand am Manegeneingang und scharrte ungeduldig mit dem Vorderhuf, als wolle es sagen: Nun mach schon, ich warte.

»Okay, Hans, du kannst wieder gehen!«, rief Großvater Tapper. »Ich höre, dein Kleiner hat sich am Fuß verletzt. Pfleg ihn gut und lass ihn heute Nacht lange schlafen. Morgen brauchen wir den Schimmel wieder.«

»Alles klar, Herr Direktor«, sagte der Artist und eilte zu seinem Schützling.

»Was ist die nächste Nummer, Achim?«, fragte Georg, auf die das Ganze großen Eindruck machte, gespannt.

»Weiß nicht. Warte, die Akrobaten, glaube ich. Aber die Trapeze hängen noch nicht. Also werden sie heute Abend nicht proben. Stattdessen muss dann gleich der Schlangenmensch erscheinen. Da ist er schon!«

Der »Knochenlose« war eine recht merkwürdige Erscheinung. Endlos lang und dürr, bewegte er sich schlacksig und geschmeidig.

»Also völlig knochenlos ist er doch nicht«, meinte Richard lachend. »Sonst könnte er überhaupt nicht laufen.«

Doch dauerte es nicht lange, da sah dieser Schlangenmensch wirklich so aus, als habe er keine Knochen. Die Beine rutschten ihm unter den Knien weg und die Gelenke verdrehten sich, während er langsam zu Boden sank. Seine Glieder verbogen sich in sämtliche Richtungen und sein Kopf machte eine Wendung von mindes-

tens 180 Grad. So verrenkte er sich von oben bis unten, bis er sich schließlich wie ein Reptil auf der Erde wand.

»Bei der Aufführung hat er dann so eine Art Schlangenhaut an«, erzählte Achim. »'ne irre Nummer, findet ihr nicht?«

»Wie er das nur macht?«, fragte Julius. »Er scheint Arme und Beine und alles andere nach der verkehrten Richtung abzubiegen. Mir tut schon vom Zuschauen alles weh, ich kann gar nicht hinschauen.«

»Für ihn ist es gar keine Kunst«, erzählte Achim. »Er ist so gebaut, hat lauter Schlottergelenke oder wie das heißt. Da hängen die Arme und Beine so schlenkrig drin, dass man wirklich glaubt, er hat keine Knochen. Er ist ein netter Kerl. Ich mag ihn gern und komm prima mit ihm aus.«

Anne fand ihn dagegen ein bisschen gruselig. Was für seltsame Geschöpfe sich in so einem Zirkus zusammenfanden! Es war eine eigenartige, irgendwie unwirkliche Welt. So sehr war sie in Gedanken versunken, dass sie fürchterlich zusammenfuhr, als ein lauter Trompetenstoß die Probe beendete.

»Wir werden zum Abendessen gerufen!«, verkündete Achim fröhlich. »Uroma wartet mit ihrem Eintopf auf uns.«

Lagerfeuer

Draußen war schon tiefdunkle Nacht, als Achim die Kinder aus dem erleuchteten Zirkuszelt führte. Sie gingen über die Wiese auf ein großes Feuer zu. Im Näherkommen sahen sie, dass die Herdstelle lediglich aus ein paar geschickt aufgeschichteten Steinen bestand. Und über den prasselnden Flammen hing ein riesiger Kupferkessel, aus dem ihnen ein köstlich würziger Duft in die Nase stieg.

Geschäftig rührte die alte Großmutter im Topf herum. »Spät heute, hat lang gedauert«, flüsterte sie Herrn Tapper zu. »Hat irgendwas nicht geklappt?«

»Doch, doch, alles in Ordnung«, antwortete er, schnupperte und setzte sich auf einen Klappstuhl. »Hm, wie gut das riecht! Leute, ich hab einen Wolfshunger. Hilf austeilen, Achim!«

Achim brachte einen ganzen Turm von Tellern zu der Alten, die einen um den andern nahm und Eintopf aus Fleisch, Kartoffeln und Gemüse darauf häufte. Während Achim jedem seine Portion reichte, erkundigte sich Großvater Tapper bei Julius, wie ihm die Probe gefallen habe.

»Prima!«, erwiderte Julius. »Nur schade, dass nicht alle Nummern drangekommen sind. Ich hätte so schrecklich gern die Akrobaten und die Clowns gesehen. Sind sie jetzt hier dabei?«

»Ja, einer der beiden Clowns sitzt bei Madelon, dir gerade gegenüber.«

Enttäuscht blickten die drei Geschwister einander an. »Das soll ein Clown sein?«, rutschte es Richard heraus. »Ich meine nur, weil er kein bisschen lustig, eher gelangweilt aussieht«, fügte er rasch hinzu, um wieder etwas gutzumachen. Der Clown schien indessen nichts gehört zu haben und Opa Tapper nahm es nicht krumm.

»Ja, das ist ein Mensch wie wir alle, vielleicht sogar ein bisschen ernster. Einen so traurigen Eindruck macht er immer, wenn er nicht in der Manege steht. Dafür bringt er euch zum Lachen, dass ihr euch die Seiten halten müsst, wenn er seinen Auftritt hat. Er ist der geborene dumme August. Übrigens sind viele Clowns im Alltag ernst und unauffällig, genau wie er. Hänschen dagegen ist lebhafter und eigentlich fast immer ein Spaßvogel. Er sitzt auf der anderen Seite neben Madelon und zieht sie gerade am Haar. Das sollte er lieber lassen, sonst handelt er sich eine Ohrfeige ein. Ständig muss er an ihr rummachen. Da, wer sagt's denn. Na, die hat gesessen!«

»Huhuuh!« Laut heulend kam Hänschen zu den Kindern herüber. Es klang sehr echt. »Sie hat mich gehauen«, jammerte er. »Und sie hat doch so hübsches Haar! Hu-u-uh!«

Die Kinder mussten hell auflachen. Schelm zeigte Hänschen sofort, dass er ihn mochte. Er kletterte ihm auf die Schulter und plapperte ihm äffische Trostworte ins Ohr. Auch Charlie verließ seinen Käfig, kam mit schwankendem Gang auf ihn zu und legte seine mächtige Pranke auf Hänschens Hand.

»Jetzt reicht's, du Hanswurst!«, rief Großvater Tapper. »Wenn du so weitermachst, kommen noch die Pferde, um dich zu bemitleiden! Morgen bei der Vorstellung kannst du die Schau abziehen und alles wiehert vor Vergnügen. Aber jetzt setz dich her und iss!«

Julius hatte noch etwas auf dem Herzen. »Auf den Plakaten steht was von einem Zauberer Wu, dem Zahlengenie. Den haben wir bei der Probe vermisst. Warum war er nicht da?«

»Wu? Der probt nie«, antwortete Herr Tapper. »Der braucht die Manege nicht, um zu üben, er konzentriert sich, wenn er völlig allein ist. Ist überhaupt 'n Eigenbrötler. Je nach Laune isst er manchmal mit uns zu Abend, manchmal nicht. Da wir morgen hier unsere Eröffnungsvorstellung geben, ist es gut möglich, dass er heute auftaucht. Ganz unter uns, mir ist der Knabe ein bisschen unheimlich. Einer, der nichts als Zahlen im Kopf hat.«

»Aber ein *richtiger* Zauberer ist er doch nicht, oder?«, wollte Brummer wissen.

»Also manchmal denk ich, er ist wirklich einer«, lautete Herrn Tappers seltsame Auskunft. »Jedenfalls gibt es im Bereich der Zahlen nichts, was er nicht wüsste. Und mit ihnen bringt er einfach alles fertig. Verlang von ihm, er soll eine beliebige Zahl mit einer anderen multiplizieren, er macht es im Handumdrehen, und wenn eine zwölfstellige Zahl daraus entsteht. Der Mann ist zu schade für 'n Zirkus, wenn ihr mich fragt. Erfinder hätte der werden sollen, Wissenschaftler oder so was, das wäre das Richtige für ihn. Weiß nich', was da schief gelaufen ist.«

»Mein Vater, der ist Erfinder«, verkündete Brummer stolz. »Wenn ich mich manchmal in sein Arbeitszimmer schleiche, dann liegen da immer massenhaft Seiten, vollgekritzelt mit Millionen von winzigen Zahlen, Formeln und Diagrammen.«

»So, so, Erfinder ist dein Vater«, meinte Herr Tapper. »Dein Vater und Wu würden sich dann bestimmt gut verstehen. Wahrscheinlich würden sie den lieben langen Tag nur rechnen und Formeln aufstellen und über so etwas reden. Was hat denn das kleine Fräulein da Schönes?«

»Nur ein bisschen von dem kalten Abendessen, das wir mitgebracht haben«, antwortete Anne. »Möchten Sie vielleicht ein Würstchen, Herr Tapper, oder ein Schinkenbrot und eine Tomate aus Brummers Garten?«

»Gern, vielen Dank!« Herr Tapper griff zu. »Nett, dass wir mal junge Gäste haben. Findest du nicht, Achim? Auch Leute, die man vorher auf 'n Mond schießen möchte, können ganz passabel sein, oder?«

»Da ist Wu, Opa«, murmelte Achim und war heilfroh über die Ablenkung. Neugierig starrten die Kinder das

»Zahlenwunder« an. Sein Äußeres war in der Tat viel versprechend. Er war groß, elegant gekleidet, und seine Lippen umspielte ein selbstgefälliges Lächeln. Das Haar war rabenschwarz und seine Augen funkelten im Widerschein des Feuers. Er trug einen kleinen Spitzbart und hatte eine merkwürdig hohe Stimme mit fremdländischem Akzent.

»Ah, wir aben Gäste eute?«, fragte er und zeigte eine Reihe blendend weißer Zähne. »Ich darf dazugesellen?«

»Ja, bitte«, sagte Anne. Sie konnte ihr Glück kaum fassen, sich mit diesem Genie unterhalten zu dürfen. »Wir haben eine Menge zu essen. Möchten Sie vielleicht auch etwas von unseren Sachen? Vielleicht etwas Fleischpastete und eine Tomate dazu?«

»Bitte serr, großartiisch!«, sagte der Zauberer und ließ sich auf einem freien Klappstuhl nieder, um seinen vornehmen Anzug nicht schmutzig zu machen.

»Wir waren enttäuscht, dass Sie heute Abend nicht bei der Probe waren«, begann Richard die Unterhaltung. »Ich hätte doch so gern erlebt, wie Sie im Kopf die tollsten Rechenkünste vollführen.«

»Mein Vater kann das auch«, brüstete sich Brummer. »Der ist auch der reinste Zahlenmagier, ein Erfinder, wissen Sie!«

»Ah, ein Erfinder, was denn erfindet er?«, erkundigte sich Wu eifrig, ehe er in sein Brötchen biss.

Das genügte als Anlass dafür, dass Professor Haylings Sohn sich in einer begeisterten Schilderung der Wundertaten seines Vaters erging, von denen er im Allgemeinen nicht sonderlich beeindruckt war. »Einfach alles. Sachen für Flugzeuge und elektrische Dinge, zum Beispiel ein elektrisches Trosymon, wenn Ihnen das ein Begriff sein sollte, was ich zwar nicht glaube, aber das Gerät meines Vaters stellt alles auf diesem Gebiet bisher Dagewesene in den Schatten …«

»Warte, mein Junge«, unterbrach Wu ihn und schien äußerst angeregt bei der Sache zu sein. »Doch, doch, ich abe von diese Dinge gejört. Bestimmt abe ich irgendwo darüber gelesen. Dein Vater muss ein serr, serr gescheiter Mann sein und besitzen eine ganz ungewöhnliche Verstand.«

Brummer platzte schier vor Stolz. »Kürzlich brachte die Zeitung etwas über seine Erfindungen«, quasselte er weiter. »Und Reporter kamen zu uns, die meinen Vater sehen wollten, aber Paps wollte überhaupt nichts mit ihnen zu tun haben. Zur Zeit entwickelt er das größte und wichtigste Projekt, sagt er. Er fühlt sich beim Rechnen und Experimentieren nur gestört, wenn solche Leute ihn interviewen wollen. Manche haben sogar durchs Fenster hereingeguckt und gefragt, ob sie seinen geheimnisvollen Turm sehen dürften.«

»Turm? Er at einen eigenen Turm?« Wus Wissbegierde wurde zusehends größer. Aber bevor Brummer den Mund wieder aufmachen konnte, um weiter anzugeben, pikte Julius ihn so heftig in den Rücken, dass er fast aufgeschrien hätte. Und als er sich umwandte, sah er in Julius' finsteres Gesicht. Und auch Georg verdrehte verzweifelt die Augen.

Brummer wurde glühend rot. Du lieber Himmel, jetzt hatte er Mist gebaut! Er hatte seinem Vater doch versprechen müssen, nichts von dessen Tätigkeiten auszuplaudern. Es handelte sich schließlich um Dinge, die streng geheim bleiben sollten! Er tat so, als habe er sich an einem Fleischbröckchen verschluckt, in der Hoffnung, Julius werde die Gelegenheit benutzen, das Thema zu wechseln, was der natürlich sofort tat.

»Herr Wu, könnten Sie uns vielleicht doch noch etwas von Ihren erstaunlichen Rechenkünsten zum Besten geben?«, fragte er schnell. »Wir haben da von Ihnen die reinsten Wunderdinge gehört, zum Beispiel, dass es keine Addition und keine Multiplikation gibt, die Sie nicht mit Leichtigkeit sofort durchführen können.«

»Das ist in Wahr-eit so«, erwiderte Wu leichthin. »Sischer es gibt kein Zahlenexempel, das isch nischt wie Blitz zu lösen im Stande. Fragt nur, was kommt in Sinn, und werde isch auf Stelle antworten.«

»Gut, Herr Wu, dann multiplizieren Sie bitte 63 342 mit 80 953!«, rief Brummer eifrig und grinste dabei triumphierend. »Ha, so fix glückt Ihnen das gewiss nicht!«

»5 127 724 926«, sagte Wu nach wenigen Sekunden und deutete eine Verbeugung an. »Das ist doch ganz einfach Aufgabe, mein Jun-ge.«

»Wow!«, machte Brummer nur und der Mund blieb ihm vor Staunen offen stehen. »Stimmt das tatsächlich, Ju?«

Julius schüttelte den Kopf und sagte: »Keine Ahnung, ohne Taschenrechner brauch ich eine Ewigkeit dazu, aber es wird schon stimmen.«

»Ich möchte auch eine Aufgabe stellen!«, rief Georg. »Was erhalten Sie, wenn Sie 602 491 mit 352 multiplizieren, Herr Magier?«

»2-1-2-0-7-6-8-3-2«, lautete Wus umgehende Antwort. Diesmal rechnete Ju das Ergebnis auf einem Zettel aus. Nach langen Minuten, in denen alle gespannt mitzurechnen versucht hatten, verkündete er: »Nicht zu fassen, aber es stimmt. Wie bringen Sie das nur so irrsinnig schnell fertig?«

»Magie – Zauberei. Nischt viel da-inter. Warum versucht ihr nischt selbst einmal?«, scherzte Wu, fuhr indessen gleich sachlich fort: »Isch bin sischer, der Vater von diese Jun-ge«, und er nickte Brummer zu, »es wird machen genauso rasch. Wie gern isch würde diese gescheite Mann kennen lernen, mein Junge! Wir ätten so viel, unendlich viel miteinander zu reden. Isch abe von seine erstaunliche Turm gehört. Ein Denkmal für seine Genie. Du siehst, sogar wir Ausländer wissen von seine große Arbeit. Sischer er lebt immer in Angst, dass man ihm stiehlt seine Ge-eimnisse!«

»Oh, das glaub ich nicht!«, widersprach Brummer. »Der Turm ist ein ausgezeichnetes Versteck und …« Beinahe wäre er vornüber in seinen Teller mit Eintopf gefallen, so hatte ihn Julius ins Kreuz geboxt. Wie konnte er auch so hirnverbrannt sein auszuplaudern, dass die geheimen Pläne und Modelle seines Vaters in besagtem Turm untergebracht waren?

Julius fand, es sei an der Zeit, Brummer aus Wus Nähe zu entfernen. Er sah auf seine Armbanduhr und mimte Erschrecken über die fortgeschrittene Zeit. »Menschenskinder, wisst ihr eigentlich, wie spät es schon ist? Halb zehn! Wir müssen schleunigst nach Hause, wenn wir nicht wollen, dass Jenny die Polizei benachrichtigt. Kommt! Los, Brummer und die ganze Gesellschaft! Wir dürfen nicht länger wegbleiben. Vielen herzlichen Dank für Ihre Gastfreundlichkeit, Großvater Tapper!«

»Aber ihr seid ja noch gar nicht fertig.« Tapper bedauerte den unvermittelten Aufbruch der Kinder. »Ihr könnt doch unmöglich schon satt sein.«

»Wir könnten keinen Bissen mehr runterbringen«, behauptete Richard, der Julius' Mahnung sofort begriffen hatte. »Bis morgen, Herr Tapper. Gute Nacht, Großmutter – und noch mal vielen, vielen Dank!«

»Wir haben aber unsere Bananen und Äpfel gar nicht aufgegessen«, maulte Brummer.

»Die sind doch für Charlie«, behauptete Julius nicht ganz wahrheitsgemäß. Er hätte dem dämlichen Brummer den Hals umdrehen können. Der war ja wirklich vernagelter, als die Polizei erlaubte! Dämmerte ihm denn noch immer nicht, dass Julius ihn von diesem listigen Fuchs fortholen wollte? Na warte, dem würde er was erzählen!

Von allen Seiten zur Eile angetrieben, kapierte Brummer langsam, was er sich da eingebrockt hatte, und ihm wurde recht mulmig zu Mute.

Wenn Herr Tapper auch der überstürzte Abschied seiner Gäste Leid tat, Charlie war durchaus zufrieden. Hatten sie ihm doch eine höchst großzügige Obstspende hinterlassen!

Die Kinder rannten davon und kletterten über den Zaun. Brummer wurde fortwährend von Julius weitergeschubst. Und als sie außer Reich- und Hörweite von Wu waren, fielen Julius und Georg wütend über ihn her.

»Bist du wahnsinnig, Mensch?«, fuhr Julius ihn an. »Hast du denn nicht spitzgekriegt, dass dieser unheimliche Zauberer alles aus dir herausquetschen wollte? Und du quasselst und quasselst wie 'n Blöder!«

»Ach wo!«, begehrte Brummer trotzig auf, dem schon die Tränen in den Augen standen. »Was du dir immer einbildest! Hinter jedem vermutest du 'nen Spion!«

»Na, hoffentlich mach ich nie in meinem Leben ähnlichen Blödsinn und verrate was von Vaters geheimen Studien und Versuchen«, sagte Georg in solch verächtlichem Ton, dass Brummer nahe daran war loszuheulen.

»Als ob ich das getan hätte! Und überhaupt ist Herr Wu sehr nett. Ich weiß gar nicht, was ihr gegen ihn habt.«

»Ich mag ihn nicht und ich trau' ihm auch ganz und gar nicht«, erklärte Julius. »Aber du sitzt da, lässt dich von seinem Gerede einlullen und dir die Würmer aus der Nase ziehen. Du bist ein richtiger Blödmann. Hoffentlich erfährt dein Vater nichts davon, sonst kannst du was erleben. Wenn du Glück hast, hast du noch nicht zu viel ausgeplaudert. Du weißt doch, wie sich dein Vater geärgert hat, als dieser Bericht über seine Arbeit in der Zeitung erschienen ist und alle möglichen Leute ihre Nase hier reingesteckt haben ...«

Das war zu viel für den armen Brummer. Lautes Weinen brach aus ihm hervor und er entfloh über den Gartenweg. Schelm zuckte erschrocken zusammen. So gern hätte der Kleine sein Herrchen getröstet und hoppelte verstört hinter ihm her. Als das Äffchen Brummer eingeholt hatte, sprang es ihm auf die Schulter und umhalste ihn zärtlich mit seinen haarigen Ärmchen.

»Ach, mein kleiner Schelm«, jammerte Brummer. »Jetzt bis du mein einziger Freund. Die anderen finden mich blöd, das weiß ich. Bin ich wirklich so ein Hornochse? Ich wollte doch nur beweisen, was ich für einen tollen Paps hab, ehrlich!«

Das Äffchen verstand nicht, warum sein Freund traurig war, aber es klammerte sich eng an dessen Hals und schnatterte leise. Vor dem Turm machten sie Halt. In einem Fenster hoch oben sah Brummer Licht. Dort arbeitete sein Vater also noch. Ein schwaches Summen streifte Brummers Ohr. Es rührte von den seltsamen

Fühlhörnern her, über deren Bedeutung sich Brummer wieder zum soundsovielten Mal den Kopf zerbracht. Plötzlich erlosch das Licht hinter dem Fenster.

Paps hat also für heute zu arbeiten aufgehört, sagte sich Brummer. Gleich wird er ins Haus hinübergeben. Ich mach mich lieber aus dem Staub. So verheult und durchgedreht soll er mich nicht sehen. Sonst quetscht er mich aus, was los ist. Verflixt noch mal, so wütend, wie Ju vorhin war, hab ich ihn noch nie erlebt. Der hätte mich am liebsten ungespitzt in den Boden gestampft!

In solch düstere Gedanken versunken, schlich Brummer den Pfad entlang und schlüpfte durchs Gartentor. Besser, er ging Jenny jetzt aus dem Weg. Die hätte sofort gemerkt, dass etwas nicht stimmte. Außerdem würde sie wissen wollen, warum er nicht draußen bei den anderen schlief. Er wollte ganz leise hinaufhuschen und in sein Bett kriechen!

»Komm, mein Kleiner«, sagte er betrübt zu dem Äffchen, »bleib du wenigstens bei mir! Du darfst mit in meinem Bett schlafen. Du wärst nie gemein zu mir, oder? Du bist mein wahrer, mein einziger Freund!«

Schelm antwortete mit freundlichem Geplapper und sein drolliges Stimmchen tat dem Jungen wohl. Rasch zog er sich aus und ließ sich ins Bett fallen. Das Äffchen machte es sich auf seinen Füßen bequem.

»Ich werd heut bestimmt nicht einschlafen können«, sagte Brummer mit einem Seufzer zu sich selbst. Die ganze Nacht werde ich kein Auge zumachen. Aber diesen Satz hatte er kaum zu Ende gedacht, da übermannte ihn bereits der Schlaf. Und so gesund war der, so traumlos tief und fest, dass er den armen Brummer daran hinderte, Zeuge höchst aufregender Geschehnisse zu werden.

Im Dunkel der Nacht

Die Geschwister und Georg machten keinen Versuch Brummer zurückzuholen. Er musste das mit sich allein ausfechten, der sture Kerl, damit er kapierte, was er für einen Mist gebaut hatte.

»Mir tut's Leid, dass der Arme unsere erste Nacht hier draußen nun nicht mit uns verbringen wird«, gestand Anne, die solche Unstimmigkeiten hasste. »Ich glaub nicht, dass er *absichtlich* etwas verraten hat.«

»Also hör mal, dann ist er ja noch blöder!«, ereiferte sich Georg. »Wenn er sich schon so sagenhaft dämlich angestellt hat, soll ihn sein Gewissen ruhig ein bisschen piken! Sonst schnallt er's ja nie, was er mit seiner Schwatzhaftigkeit anrichten könnte. Komm, wir wollen in unser Zelt gehen! Ich bin furchtbar müde.« Sie gähnte, was sich sogleich ansteckend auf Richard auswirkte. Und auch Julius konnte vor Müdigkeit kaum mehr die Augen offen halten. »Grässlich, dass man so müde ist«, bedauerte er. »Dabei ist die Nacht so wunderschön mild und klar. Man müsste jetzt doch eigentlich stundenlang den aufgehenden Mond anschauen. Aber mir reicht's für heute. Also, verkrümeln wir uns. Fangt bloß nicht an rumzuzetern, wenn irgendwo in eurem Zelt ein Weberknecht sitzt! Wenn ich im Schlafsack liege, stehe ich nicht noch mal auf, um Jagd auf ein harmloses Spinnchen zu machen.«

»Wart du nur, bis dir selbst eine grässliche Spinne mit langen, haarigen Beinen übers Gesicht krabbelt!«, sagte

Anne lachend. »Und wenn sie dann ein Netz zwischen deiner Nase und deinem Kinn webt, um Fliegen darin zu fangen.«

»Ii, pfui Teufel, hör auf, Anne!«, flehte Georg. »Mir hat vor Spinnen bisher nie gegraust. Aber jetzt kribbelt's überall. Tim, pass gut auf und weck mich, wenn so ein Weberknecht auf mir sitzt.«

So endete der Abend noch mit fröhlichem Gelächter. »Also, nochmals gute Nacht, ihr beiden«, sagte Richard. »Unsere dämliche Quasselstrippe tut mir jetzt doch ein bisschen Leid. Eigentlich gemein von uns, schließlich zelten wir hier auf seinem Grund und Boden. Freilich, diese Lehre mussten wir ihm erteilen, damit er sich in Zukunft zusammenreißt und erst überlegt, bevor er den Mund aufmacht.«

Alle fielen sie rechtschaffen müde auf ihr Lager. Friedliche Stille senkte sich über die Zelte. Auf der anderen Seite des Feldes hatten sich die meisten der Artisten auch zur Ruhe begeben, obgleich man noch hier und dort Licht in einem Wagen sah. Ein junger Mann von der Zirkuskapelle klimperte auf seinem Banjo. Schrumm dischrumm didi-schrumm schrumm zupfte er an seinen Saiten, was sich sehr hübsch anhörte. Einige Wolken glitten über den Mond hinweg. Nach und nach verloschen auch die letzten Lichter. Ein Windhauch bewegte sanft die Blätter der Bäume. Anne lag noch wach. »Tu-hu-tu-witt!«, rief das Käuzchen und holte sie langsam ins Reich der Träume.

Niemand hörte, wie sich im Zirkuslager etwas regte. Niemand sah den Schatten vorbeihuschen, während sich der Mond hinter einer Wolke verbarg. Denn es war schon späte Nacht und alles schlief fest.

Auch Tim. Trotzdem nahm er noch im Schlaf die Geräusche um sich herum wahr. Und mit einem Mal war er hellwach. Er hob den Kopf und stellte seine Ohren hoch, weil er so besser horchen konnte. Er knurrte ein wenig, aber so leise, dass Georg nicht aufwachte. Solange der Jemand, der da draußen umhergeisterte, nicht in die Nähe der Zelte kam, würde Tim nicht bellen. Er hörte ein leises Schnauben und erkannte sofort, von wem es kam: von Charlie! Na, dann war alles in Ordnung. Tim durfte getrost weiterschlafen.

Irgendwann, mitten in der Nacht, erwachte auch Jenny. Sie hatte Durst und streckte die Hand nach dem Glas Wasser aus, das auf ihrem Nachttisch stand. Das Lämpchen knipste sie nicht an. Sie wollte sich eben wieder zurechtlegen, als sie ein Geräusch vernahm. Sie setzte sich im Bett auf. Die Kinder sind's nicht, sagte sie sich. Die schlafen ja draußen in ihren Zelten. Mein Gott, es wird doch kein Einbrecher sein, der Wind von den Forschungsarbeiten des Professors bekommen hat und jetzt seine Aufzeichnungen stehlen will! Er hat ja überall irgendwelche Papiere rumliegen. Ein Glück nur, dass sich das Wichtigste davon drüben im Turm befindet.

Sie legte sich wieder hin und lauschte. Bald darauf hörte sie von neuem, dass sich draußen etwas regte. Einen Augenblick war sie vor Schrecken wie gelähmt, denn es klang so, als kämen die Laute vom Turm her. Sie stand auf und schlich zum Fenster. Licht sah man keins im Turm und auch sonst weit und breit nicht. So stand sie in völliger Finsternis, denn der Mond war hinter einer Wolke verschwunden. Sie wollte warten, bis er wieder hervortauchte und das Gelände beleuchtete. Da!

Abermals das seltsame Geräusch. Ob es nur der Wind war? Nein, die Laute mussten von einem Lebewesen herrühren. Und jetzt klang es, als flüstere jemand unten im Hof. Jenny fing an zu zittern. Es half nichts, sie musste den Professor wecken. Womöglich war da jemand hinter seinen kostbaren Unterlagen her!

Die Wolke war über den Mond hinweggeglitten und Jenny spähte vorsichtig aus dem Fenster. »Ach, du heiliger Strohsack!«, schrie sie entsetzt auf. Sie taumelte ins Zimmer zurück. »Hilfe, Hilfe!«, schrie sie gellend. »Da ist einer, der am Turm hochklettert, Herr Professor! Professor Hayling, so kommen Sie doch! Diebe, Räuber! Hilfe! Rufen Sie die Polizei!« Draußen war ein scharfes Geräusch zu hören, als würde etwas über eine raue Fläche abrutschen, gleiten, schlurfen. – Aber als Jenny es wagte, noch einmal hinauszuschauen, hatte sich der Mond aufs Neue hinter einer Wolke versteckt. Und in der Dunkelheit konnte sie nichts mehr erkennen. Zudem war es totenstill geworden und Jenny ängstigte sich sehr. Sie stürzte aus ihrem Schlafzimmer und schrie in einem fort: »Diebe, Räuber! Wo sind Sie nur, Herr Professor? So kommen Sie doch bitte!«

Professor Hayling fuhr aus dem Schlaf hoch, warf die Decke zurück und rannte auf den Flur hinaus, wo er ums Haar einen Zusammenstoß mit seiner Haushälterin hatte. Er packte sie, im Glauben, sie sei der Dieb. Und sie schrie von neuem entsetzt auf in der Überzeugung, ein Einbrecher halte sie fest. So rangen sie miteinander, bis dem Professor klar wurde, dass er seine arme dicke Jenny mit eisernem Griff umklammert hielt.

»Jenny, Menschenskind, was fällt Ihnen denn ein, sämtliche Hausbewohner aufzuscheuchen?«, rief er und schaltete das Licht auf dem Flur ein. »Hatten Sie einen bösen Traum oder ist Ihnen ein Gespenst erschienen?«

»Ach nein, Herr Professor, keine Spur!«, sagte Jenny außer Atem. »Aber es schleichen Einbrecher hier herum, Herr Professor! Ich hab einen drüben an der Turmmauer hinaufklettern sehen. Und unten müssen auch welche gestanden sein, denn ich hab gehört, wie sie miteinander flüsterten. Meine Güte, ist mir der Schreck in die Glieder gefahren! Was sollen wir tun? Wollen Sie nicht sofort die Polizei rufen, Herr Professor?«

»Immer mit der Ruhe, ich weiß nicht recht«, sagte Professor Hayling zögerlich. »Sind Sie denn ganz sicher, dass es kein Alptraum war? Wenn es sich nun gar nicht wirklich um Einbrecher handelt und wir holen die Polizei so spät in der Nacht? Es ist für sie ein weiter Weg hier heraus«, murmelte er zweifelnd.

»Dann holen Sie eine Taschenlampe, Herr Professor, und wir sehen selbst nach!«, beschwor Jenny ihn, die jetzt nicht mehr zitterte, weil sie merkte, dass der Professor ohne ihr Drängen nichts unternehmen würde. »Wo sich doch Ihre wertvollen Papiere und all die Sachen im Turm da drüben befinden! Ich weiß ja, dass Sie denken, ich hab nicht die geringste Ahnung von dem, was Sie machen. Aber weil ich ja immerhin Ihre Zimmer aufräume und alles gründlich abstaube ... also da müsste man ja blind sein, wenn einem entginge ... ich kann eben meinen Mund halten und ...«

»Ja, ja, Jenny, es ist schon recht«, unterbrach der Professor ihren Redeschwall. »Aber es scheint doch nun wirklich alles ganz ruhig zu sein. Ich habe in den Hof hinausgeschaut und keine Menschenseele entdeckt.

Und dass niemand in meine Turmstube gelangen kann, müsste Ihnen schließlich so klar wie mir selber sein. Es gibt drei verschiedene Schlüssel, einen zur Eingangstür im Erdgeschoss, einen für eine Sicherungstür auf halber Höhe und einen für das Turmzimmer ganz oben. Jenny, nehmen Sie Vernunft an! Niemand kann diese drei Schlüssel benutzt haben, der Schlüsselbund liegt auf meinem Schreibtisch, und einen zweiten gibt es nicht.«

Jenny beruhigte sich zwar allmählich, aber zufrieden gab sie sich trotzdem nicht. »Ich habe aber deutlich ein Flüstern gehört und einen Kerl am Turm hochklettern sehen!«, wiederholte sie beharrlich. »Nun kommen Sie schon endlich, Herr Professor! Wir schauen miteinander nach. Allein getraue ich mich nicht. Aber so lange ich nicht genau weiß, dass niemand die Turmtür aufgebrochen hat oder an der Außenwand auf einer Leiter hochgeklettert ist, kann ich heute Nacht bestimmt kein Auge mehr schließen.«

»Meinetwegen, Jenny.« Der Professor willigte seufzend ein. »Ziehen Sie Ihren Morgenrock an. Ich werfe mir auch schnell was über, dann kontrollieren wir die Türen und suchen nach einer Leiter. Allerdings müssen Sie zugeben, es wäre eine ziemlich lange Leiter nötig, um bis oben zu meiner Turmstube hinaufzuklettern. Und keinem Menschen wäre es möglich, so ein Riesending in unseren Hof zu schleppen, ohne dass jemand etwas davon mitgekriegt hätte. Trotzdem, schon gut, schon gut! Gehen wir also.«

Von einer Leiter war im Hof unten allerdings ebenso wenig zu sehen wie von irgendwelchen Einbrechern oder deren Spuren. Und die Eingangstür zum Turm war auch fest verschlossen. »Sperren Sie auf, Herr Professor, und gehen Sie bis ganz oben rauf, um festzustellen, ob alles verschlossen und in Ordnung ist«, bat Jenny.

»Liebe Jenny, das ist nun wirklich überflüssig!«, schalt der Professor sie ungeduldig. »Aber wenn Sie unbedingt wollen, nehmen Sie selber den Schlüsselbund. Wenn die Tür auf halber Höhe auch fest zu ist, wie diese hier, müssen Sie doch einsehen, dass ganz oben niemand gewesen sein kann. Laufen Sie, rasch!«

Jenny stieg schnaufend die Wendeltreppe empor und fand die besagte mittlere Tür ebenfalls verschlossen vor. Doch sie gab sich damit nicht zufrieden, sondern hastete weiter, bis ganz hinauf. Und auch die oberste Tür war zugesperrt. Mit einem Seufzer der Erleichterung rannte sie die gewundene Stiege wieder hinunter, schloss beide Türen gut ab und händigte dem Professor die Schlüssel aus.

»Alles zu, Herr Professor«, sagte sie. »Und doch bin ich sicher, dass sich jemand hier herumgetrieben hat. Ja, ich könnte schwören, es ist einer die Wand hier hinaufgeklettert, und unten hat einer geflüstert.«

»Wahrscheinlich haben Sie schlecht geträumt, meine Beste, und Ihren Traum für Wirklichkeit gehalten«, brummte Professor Hayling und unterdrückte ein Gähnen. »Sie werden doch wohl zugeben, dass ein Mensch niemals im Stande wäre, an dieser steilen Außenwand hochzuklettern. Und wenn man eine Leiter durch den Hof geschleift hätte, so müsste ich das wohl auch gehört haben.«

»Na, dann entschuldigen Sie, Herr Professor, dass ich Sie geweckt hab. Wenigstens ist Brummer nicht auch noch wach geworden, obschon es mich wundert, dass Schelm nichts gehört hat.«

»Ich denke, der Affe ist mit meinem Sohn draußen im Zelt«, entgegnete der Professor erstaunt.

»Nein, die beiden sind nach Hause gekommen. Als ich die Wäsche in Brummers Zimmer brachte, lagen er und Schelm im Bett und haben tief und fest geschlafen. Die andern sind aber alle draußen, Herr Professor. Vielleicht hat sich Ihr Sohn mit ihnen gestritten. Also, es wundert mich wirklich, dass der kleine Affe nicht herausgelaufen ist. Er muss uns doch gehört haben.«

»Nun, er ist zwar ein kluges Tierchen, aber eine Zimmertür zu öffnen, das bringt er doch noch nicht zu Wege«, erwiderte der Professor müde. »Gute Nacht, Jenny. Und denken Sie jetzt nicht mehr an diese Geschichte. Morgen früh geht es Ihnen wieder gut und alles ist in schönster Ordnung.«

Vor sich hinbrummelnd, ging der Professor in sein Zimmer. Er warf noch einen Blick aus dem Fenster hinüber zum Turm. Seine Haushälterin, das brave alte Faktotum! Diesmal war offensichtlich die Phantasie mit ihr durchgegangen. Als ob ein Mensch dazu im Stande sei, ohne Leiter an jener Außenmauer hochzuklettern, um in das Turmzimmer zu gelangen! Wie aber erst sollte dieser vermeintliche Einbrecher eine Leiter von derartigen Ausmaßen angeschleppt und aufgestellt haben, ohne dass auch nur ein Hausbewohner etwas bemerkt hätte? Gähnend bestieg der Professor sein Nachtlager und zog sich die Decke über die Ohren.

Und doch hatte sich jemand in das Turmzimmer geschlichen. Einer, der sehr geschickt mit seinen Händen und Füßen umzugehen wusste! Welch ein Schock für den armen Professor Hayling, als er am nächsten Morgen die Wendeltreppe hinaufstieg und sämtliche Türen zwar verschlossen, ganz oben in seinem Arbeitsraum aber ein heilloses Durcheinander vorfand!

Entsetzt blieb er unter der Tür stehen und starrte auf sein verwüstetes Reich. Die Papiere lagen in der ganzen Stube verstreut herum. Auf allen vieren kroch er und suchte sie zusammen, um festzustellen, was davon fehlte. Leider war es eine beträchtliche Anzahl von Blättern, die er vermisste. Aber sie schienen völlig wahllos aus verschiedenen Notizblöcken und Manuskriptstößen entfernt worden zu sein. Auch ein paar Briefe, die er auf seinem Schreibtisch postfertig hatte liegen lassen, waren abhanden gekommen. Zu allem Überfluss hatte der Täter auch noch ein Fläschchen mit Tusche ausgeschüttet und die Flüssigkeit über den ganzen Schreibtisch verspritzt! Sogar die hübsche kleine Uhr auf dem Kaminsims war verschwunden. Dann hatte die alte Jenny also doch Recht gehabt! Welcher Dieb war im Stande, durch verschlossene Türen zu gehen oder an einer glatten Mauer hochzuklettern?

Professor Hayling schüttelte den Kopf und dachte: Auch wenn ich die Polizei verständige – wie wird sie diesem Rätsel auf die Spur kommen?

Ein großer Schrecken für Brummer

Als Jenny dem verschlafenen Brummer am Morgen eröffnete, was in dieser Nacht geschehen war, riss der Junge die Augen vor Entsetzen weit auf. »Dein Vater ist in einer schauderhaften Lage«, sagte sie. »Stell dir vor, keine Tür war aufgebrochen! Und doch, als er in sein Zimmer kommt ... Der ganze Raum eine einzige verheerende Unordnung und ein Teil seiner wertvollen Papiere verschwunden!«

»Wie entsetzlich, Jenny!« Brummer stöhnte. »Paps hat seine wichtigsten Unterlagen in diesem Turmzimmer. All die Formeln für ein neues Gerät, das er sich ausgedacht hat. Eine ganz supertolle Erfindung, Jenny! Unbeschreiblich toll! Man kann damit ...«

»Schscht, halt den Mund!«, fiel ihm die Häushälterin ins Wort. »Du darfst niemandem etwas von den Plänen deines Vaters verraten, auch mir nicht. Wie oft hat man dir das schon eingeschärft, Junge! Womöglich hast du schon wieder irgendwo herumgeschwafelt! Wie leicht gerät so etwas in die falschen Ohren!«

Brummer wurde plötzlich ganz elend zu Mute. War er wirklich so blöd gewesen, etwas von diesen Geheimnissen öffentlich zu erwähnen? Im Bus vielleicht? Oder ... oder auf dem Zirkusfeld? Du lieber Himmel! Was für ein Gesicht werden die anderen machen, wenn sie erfahren, dass seinem Vater während der Nacht kostbare Unterlagen gestohlen worden waren? Bestimmt gingen sie dann

wieder alle auf ihn los und gaben ihm die Schuld. Warum konnte er aber auch seinen Mund nicht halten?

Er musste sofort etwas unternehmen! Was, war ihm selbst noch nicht recht klar, aber er zog sich rasch an, rannte die Treppe hinunter und trank hastig einen Kakao in der Küche. Dabei erzählte Jenny ihm von dem Flüstern, das sie in der Nacht vom Hof her gehört hatte, und auch von dem Kerl, der an der Turmwand hochgeklettert war. »Dein Vater ist ja der Überzeugung, dass niemand eine so mächtige Leiter in unseren Hof gebracht haben kann«, fuhr sie fort. »Weil keiner etwas davon gesehen oder gehört hat. Aber wär's nicht möglich, dass der Kerl eine Ausziehleiter benutzte?«

»Ja, natürlich. So eine, wie sie der Fensterputzer verwendet«, bestätigte Brummer. »Meinst du denn, *der* könnte es gewesen sein?«

»Unsinn. Das ist ein hochanständiger Mensch«, sagte

Jenny. »Den kenne ich bereits seit zwanzig Jahren. Solche falschen Verdächtigungen darfst du nicht mal denken! Aber es wäre gut möglich, dass der Dieb so eine Leiter mitgebracht hat. Komm, wir gehen miteinander in den Hof und gucken, ob sich keine Spuren finden, die darauf hindeuten. Allerdings, wenn ich's mir recht überleg ... Es hat nicht wie ein *Schleifen* oder *Ziehen* geklungen. Nein, geflüstert hat jemand, und dann kam das Gleit- oder vielmehr Rutschgeräusch. Das war alles.«

»Aber das ist doch ein ganz ähnliches Geräusch wie von so einer Leiter«, meinte Brummer. »Jetzt schau dir bloß Schelm an. Sitzt da und macht ein todernstes Gesicht, als würde er jedes Wort verstehen. He, du kleine Schlafmütze, warum hast du mich bloß heute Nacht nicht geweckt, als das alles passiert ist? Du bist doch sonst gleich munter, wenn etwas Ungewöhnliches los ist!«

Mit einem Satz landete Schelm auf Brummers Arm und schmiegte sich an ihn. Er mochte es ganz und gar nicht, wenn sein Herrchen Kummer hatte. Und die Stimme des Jungen verriet ihm, dass der sich Sorgen machte. Er rieb seine Affennase an Brummers Kinn und schien ihn damit aufheitern zu wollen.

»Geh du jetzt zu deinem Vater«, empfahl Jenny ihm. »Vielleicht kannst du etwas für ihn tun. Er ist wirklich sehr niedergeschlagen und sitzt noch im Turmzimmer, wo er seine Papiere wieder zu ordnen versucht. Ich darf gar nicht daran denken, wie's in dem Zimmer ausgesehen hat! Alles durcheinander und überall lagen die Papiere herum!«

Brummer stand auf, um Jennys Rat zu folgen. Erstaunt stellte er fest, dass seine Knie zitterten. Würde Paps ihn fragen, ob er über seine Arbeit etwas ausgeplaudert hatte? Er hätte sich in den Hintern beißen können! Erst gestern hatte er noch mit dem fabelhaften Mechanismus beim Trosymon geprotzt! Immer mehr schlotterten Brummers Knie.

Aber Professor Hayling hatte in seinem wüst zugerichteten Zimmer im Augenblick andere Sorgen, als sich darum zu kümmern, was sein Sprössling gesagt oder getan haben könnte. Er war nur damit beschäftigt, den Wust zu lichten und die fliegenden Blätter wieder einigermaßen zu ordnen.

»Hallo, Brummer«, begrüßte er seinen Sohn mit beängstigender Sanftmut. »Willst du mir Guten Morgen wünschen? Dieser Morgen ist alles andere als gut! Der Dieb hat wahllos einen ganzen Stapel Papier mitgehen lassen. Glück im Unglück ist, dass er einige wichtige Blätter, die ganz unten lagen, nicht entdeckt hat. Insofern bezweifle ich stark, ob ihm das Material überhaupt etwas nutzt. Es müsste schon ein erfahrener und ganz ausgekochter Wissenschaftler sein, wenn er aus dem Text ohne die vielen fehlenden Seiten klug würde.«

»Wird er dann nicht wiederkommen, um nach den anderen Blätter zu suchen?«, fragte Brummer.

»Das ist sehr wahrscheinlich«, gab Professor Hayling zu. »Deshalb will ich sie irgendwo verstecken. Wüsstest du ein gutes Versteck, Sohn?«

»Paps, versteck du sie nicht!«, bat Brummer. »Schon gar nicht, ohne mir zu sagen, *wo*. Du weißt doch, wie vergesslich du bist. Womöglich vergisst du, wo du den ganzen Stoß gelassen hast, und du kannst dann nicht mehr weiterarbeiten. Hast du irgendwelche Abschriften von den Blättern mit den gestohlenen Formeln?«

»Nein, leider nicht«, antwortete sein Vater. »Aber sie sind in meinem Kopf. Das ist mindestens ebenso sicher. Es wird etwas Zeit kosten, die Sache nochmals zu entwickeln, aber es ist durchaus zu machen. Ärgerlicherweise handelt es sich um lauter termingebundene Arbeiten. Nun, wie auch immer, Brummer, ich habe sehr viel zu tun, und darum lass mich jetzt bitte wieder allein.«

Brummer eilte die Wendeltreppe hinunter. Er hatte nur einen Gedanken: Er musste darauf achten, dass sein Vater die Papiere auch wirklich sorgfältig versteckte. Er selbst musste den sichersten Ort dafür herausfinden. Das war das Mindeste, was er tun konnte nach diesem Heldenstück, das er sich da geleistet hatte! Ach du meine Güte, dachte er, es wird ihm doch nicht wieder etwas ähnlich Unmögliches einfallen wie damals bei dem Stapel mathematischer Ableitungen, die er auch gut verstecken wollte und dann in den Kamin gestopft hat! Um ein Haar wären sie damals in Flammen aufgegangen. Denn am nächsten Tag wurde es so kalt, dass Jenny einheizte. Zum Glück plumpsten die Dinger beim Herumstochern herunter und sie konnte den kostbaren Fund gerade noch vor dem Verbrennungstod retten. Warum sind so gescheite Leute wie Paps in Alltäglichkeiten nur so dumm?, fragte sich Brummer und ahnte schon, dass sein Vater wieder alles vergessen oder ein derart ungeschicktes Versteck wählen würde, dass von Sicherheit nicht die Rede sein konnte.

Brummer besprach den Plan sogleich mit der Haushälterin. »Denk dir, Jenny, der Dieb hat nur einen Teil der Papiere weggenommen. Und Paps meint, dass der für ihn ziemlich wertlos ist ohne den übrigen Text und dass der Mann, wenn er das rauskriegt, mit Sicherheit noch einmal kommt, um sich die anderen Blätter zu holen.«

»Der soll sich unterstehen, dieser Verbrecher!«, rief Jenny. »Wenn dein Vater sich nur entschließen wollte, *mir* die Kostbarkeiten anzuvertrauen. Ich wüsste schon ein ganz ausgezeichnetes Versteck. Aber das verrat ich auch dir nicht! Niemandem!«, fügte sie grimmig hinzu.

»Ich hab nur Angst, er steckt die Blätter wieder in den Kamin oder macht sonst irgendeinen Blödsinn damit.« Brummer schien seinen Vater in Bezug auf alles, was nicht unmittelbar mit Zahlen zu tun hatte, für einen ausgemachten Trottel zu halten. »Man müsste sie an einem Ort verstauen, wo ganz bestimmt nie eine Menschenseele nachschauen würde. Aber angenommen, Paps selbst würde so ein Versteck finden, am nächsten Tag hätte er es wieder vergessen und fände seine eigenen Papiere nie wieder. Ein gewiefter Gauner dagegen kommt auch den unmöglichsten Dingen auf die Spur.« Brummer hatte es fertig gebracht, Jenny mit seinen düsteren Prognosen anzustecken.

»Komm, wir steigen jetzt auf den Turm«, erklärte Jenny kurz entschlossen. »Ich wollte ohnehin die Tusche beseitigen, die der Schmutzfink heute Nacht ausgoss. Bei der Gelegenheit sehen wir gleich nach, ob dein Vater seine Unterlagen weggeräumt hat. Es sähe ihm ähnlich, die wertvollen Papiere genau im selben Raum zu verstecken, den der Dieb in der vorhergehenden Nacht durchstöbert hat. Wahrscheinlich lässt er auch wieder das Fenster offen stehen. Wenn der Dieb tatsächlich so behände ist, dass er am Turm hochklettern kann, probiert er's bestimmt wieder und rafft stoßweise Papiere zusammen und verschwindet auf dem Weg, den er gekommen ist.«

»Also, dann los, gehen wir rauf«, sagte Brummer. »Wenn nur Paps nicht mehr oben ist!«

»Da kommt er gerade übern Hof gegangen«, sagte Jenny, die zum Fenster hinausschaute. »Was trägt er denn da unterm Arm?«

»Seine Morgenzeitung«, stellte Brummer fest. »Der hat vielleicht Nerven! Der bringt's fertig und liest eine Stunde lang Zeitung. Na, hoffentlich schreiben sie nicht wieder alles Mögliche über ihn, was eine Horde von Menschen hierher lockt. Als die Reporter und die Leute vom Fernsehen das letzte Mal hier waren, war er stinksauer. Und die Blumenbeete haben sie auch alle zertrampelt!«

»Reporter müssen eben ihre Nase in alles stecken, das gehört zu ihrem Job«, sagte Jenny. »Damals hab ich mein dreckiges Spülwasser zum Fenster rausgegossen und bestimmt den einen oder anderen erwischt. Woher sollte ich denn wissen, dass die genau unter meinem Küchenfenster rumstehen? Ich glaub, ich hab auch jemanden kreischen hören!«

Brummer kicherte. »Na, das hätte ich sehen mögen!«, rief er. »Jetzt wollen wir aber wirklich auf den Turm, Jenny. Vater ist inzwischen längst im Haus. Schnell!«

Als sie über den Hof gingen, hielt Jenny ihre Blicke immerzu auf den Boden gerichtet.

»Suchst du was?«, wollte Brummer wissen.

»Ich will rausbekommen, ob irgendwelche Spuren von der Leiter da sind«, antwortete Jenny. »Wenn auch das Geräusch, das ich gehört hab, eigentlich ganz anders klang, als wenn einer eine Leiter über den Boden schleift.

Komisch, dieses Geräusch will mir nicht aus dem Kopf gehen.«

Die beiden sahen an der steilen Turmmauer hoch. Sie war aus Steinen aller Größen und Formen gefügt, wie man das häufig in der Gegend von Felsenburg und Großgrottenmühl findet.

»Na, allenfalls eine Katze könnte da hinauf«, sagte Jenny nachdenklich. »Aber ein Mensch nicht. Er würde unweigerlich früher oder später abrutschen. Es wäre viel zu gefährlich. Ich bezweifle sogar, ob eine Katze weit käme.«

»Und trotzdem behauptest du immer wieder, du hast jemanden die Wand hinaufklettern sehen«, warf Brummer skeptisch ein. »Gib zu, Jenny, war's nicht vielleicht der Schatten einer vorbeiziehenden Wolke? Nun schau dir diese Steilwand noch einmal genau an! Gibt es denn jemanden, der so waghalsig und gewandt zugleich wäre, und noch dazu in der Dunkelheit, um da hinaufzuklettern?«

Jenny hatte den Kopf in den Nacken gelegt und starrte nach oben. »Nein«, sagte sie, »du hast Recht. Auf einen solchen Gedanken würde nur ein Wahnsinniger verfallen. Meine Augen müssen mir einen Streich gespielt haben. Und doch war ich fest davon überzeugt, dass eine dunkle Gestalt an der Turmwand hochkletterte. Nachts sind aber bekanntlich alle Katzen grau und da täuscht man sich leicht. An die andere Version mit der Leiter glaube ich inzwischen auch nicht mehr. Es sind ja keine Spuren da. Man hätte doch welche im Hof ...«

So murmelte sie noch weiter vor sich hin, während beide die Wendeltreppe hinaufstiegen.

Alle Türen waren unverschlossen, was darauf hinwies, dass der Professor jeden Augenblick wiederzukommen gedachte.

»Trotzdem sollte er sie nicht offen lassen, keine Minute lang«, sagte die Haushälterin kopfschüttelnd und dann rief sie beim Betreten des Zimmers entsetzt aus: »Schau dir nur diese Schweinerei an! Und die hübsche kleine Uhr, die noch dazu so gut ging, ist auch weg. Warum einer, der an wissenschaftlichen Forschungsergebnissen interessiert ist, die mitgenommen hat, ist mir allerdings schleierhaft.«

»Ach, wenn so einer mal beim Klauen ist, nimmt er eben einfach alles mit, was nicht niet- und nagelfest ist«, meinte Brummer fachmännisch. »Zumindest kann er sie verscherbeln.«

Sie sahen sich gründlich im Zimmer um, als Jenny plötzlich ausrief: »Schau mal, sind das hier auf dem Tisch nicht welche von den Aufzeichnungen, die wir suchen?«

Brummer sah sich die Blätter gründlich an und erklärte: »Genau, das sind seine letzten Arbeiten. Er hat mir die Gleichungen und Formeln gestern erst gezeigt, daran erinnere ich mich genau. Aber wieso lässt er die heute Morgen so offen herumliegen? Dabei hat er mir eben noch gesagt, er muss die Papiere sorgfältig verstecken, denn der Dieb könnte sie sich in Verbindung mit den bereits gestohlenen zu Nutze machen. Das darf doch einfach nicht wahr sein, dass er das alles von einer Minute zur anderen vergisst!«

»Los, Brummer, wir nehmen sie und verstecken sie selber!«, entschied Jenny kurzerhand. »Und sagen ihm kein Wort davon. Wohin wolltest du sie bringen?«

»Ich weiß ein erstklassiges Versteck, einsame Spitze!«,

erklärte Brummer strahlend. »Die Felseninsel von Georg, irgendwo in der alten Burgruine! Darauf kommt ganz bestimmt kein Mensch.«

Dieser Vorschlag fand Jennys Beifall. »Ich bin heilfroh«, erklärte sie mit einem Stoßseufzer, »wenn sie aus dem Haus sind!« Und rasch drückte sie Brummer den ganzen Stoß in die Hände.

»Hier, mein Freund, nimm den Schatz an dich! Aber weihe Julius und die anderen unbedingt ein. Und dann bringt die wertvollen Unterlagen so schnell wie möglich auf der Insel in Sicherheit! Erst wenn ich sie dort geborgen weiß, werde ich nachts wieder ruhig schlafen können.«

Brummer schob das kostbare Gut unter seine Jacke und rannte mit Jenny im Galopp die Wendeltreppe hinunter.

Auf dem Hof begegnete ihnen der Professor. Er winkte schon von weitem und rief ihnen fröhlich zu: »Hallo, ihr beiden! Sicher wollt ihr doch wissen, wo ich die bewussten Papiere verstaut habe. Kommt her, dann flüstere ich es euch ins Ohr.«

Ziemlich schuldbewusst gingen Brummer und Jenny auf Professor Hayling zu. Der dämpfte seine Stimme kaum, als er triumphierend verkündete: »Ja, denkt euch, ich habe sie eingewickelt und im Keller ganz hinten in der Ecke unter die Kohlen geschoben.«

»Ihre Hosen und Ihre Hände sehen auch danach aus«, tadelte Jenny ihn und tarnte ihre Verlegenheit durch gespielten Abscheu. »Du lieber Himmel, Sie müssen sich ja in den Kohlen gewälzt haben! Lassen Sie sich abbürsten! Natürlich nicht drinnen, sonst wird ja alles voll Kohlenstaub! Am besten bring ich die Sachen alle in die Reinigung.«

»Finden Sie nicht, dass ich mir ein prächtiges Versteck ausgedacht habe?«, fragte der Professor ungerührt. »Ich wette, Sie haben geglaubt, ich würde vergessen, die Papiere wegzuschaffen, nicht wahr?«

Höchst zufrieden mit sich kehrte er nach einiger Zeit wieder in seinen Turm zurück. Auf Jennys Drängen hin hatte er sich sogar widerspruchslos umgezogen. Jenny lachte sich ins Fäustchen. »Unser guter Professor! Einen ganzen Packen Zeitungen hat er versteckt, aber nicht ein einziges Blatt von seiner Arbeit. Was sagen wir ihm nachher nur, Brummer, wenn er nach seiner Morgenzeitung verlangt? Schnell, fahr zum nächsten Kiosk und hol ihm eine neue, besser gleich mehrere! Dieses Genie kostet mich noch meine letzten Nerven. Ich bin bloß neugierig, was er als Nächstes anstellen wird.«

Geheimnisvolle Vorbereitungen

Nachdem Brummer die Zeitungen besorgt hatte, beschloss er, seine Freunde im Zeltlager aufzusuchen, um ihnen von den Geschehnissen dieses Morgens zu erzählen. Zwar war er noch immer wegen Julius' Gemotze vom vergangenen Abend beleidigt, doch er musste andererseits zugeben, dass der allen Grund dazu gehabt hatte. Aber er konnte es trotzdem nicht mehr abwarten, die anderen von dem nächtlichen Diebstahl in Kenntnis zu setzen und ihnen seine eigene großartige Idee von dem todsicheren Versteck zu unterbreiten.

Er stürmte davon. Schelm, der glücklich und zufrieden auf seiner Schulter saß, hielt sich an Herrchens Haarschopf fest. Die fünf Freunde waren soeben von einem kleinen Einkaufsbummel im Dorf zurückgekehrt. Brummer bekam große Augen, als er die Büchsen mit Fleisch oder eingemachten Früchten, die frischen Brötchen, Tomaten, Äpfel und Bananen erblickte.

Julius freute sich, Brummer heiter und vergnügt zu sehen. Er hatte eine Menge Ärger mit ihrem kleinen Gastgeber befürchtet und das hätte ihnen allen jeden Spaß verdorben.

»Hallo, alle miteinander! Ich hab große Neuigkeiten!«, trompetete Brummer und begann dann mit seinem ausführlichen Bericht. Er erzählte und erzählte, bis er endlich damit schloss, wie sein Vater feierlich mit den Zeitungen im Kohlenkeller verschwunden war.

»So, du Schlaumeier, jetzt sag bloß noch, dein blödes Herumgequatsche war harmlos und konnte keinen Schaden anrichten. Na, von wem kann der Dieb erfahren haben, wo das Zeug ist? Denk mal scharf nach!«

»Jetzt fang bloß nicht wieder damit an«, maulte Brummer. »Ich hab's ja schon kapiert, okay? Also, was glaubt ihr, wer die restlichen Notizen jetzt hat?« Er machte eine kleine Kunstpause, ehe er triumphierend verkündete: »Ich!«

»Du lieber Himmel! Und was willst *du* jetzt damit anfangen?«, fragte Richard.

»Ja, da hab ich mir was einfallen lassen«, sagte Brummer und bemühte sich, sehr bescheiden zu wirken. »Nämlich, dass *wir* sie an einem Ort verstecken, wo sie ganz bestimmt niemand findet.«

»Und wo soll dieses großartige Versteck sein?«, fragte Richard spöttisch.

»Auf Georgs Felseninsel!«, antwortete Brummer triumphieren. »Dort schaut gewiss keiner nach. Und weil *wir alle* Bescheid wissen, kann's nicht vergessen werden, und Paps kann seine Arbeit ohne Bangen und Besorgnis zu Ende führen. Jenny hat auch gemeint, wir sollen ihm lieber nichts davon sagen, wo wir die Sachen verstecken. Sie ist davon überzeugt, dass die Diebe einen zweiten Einbruchsversuch unternehmen werden, um sich den Rest der wertvollen Unterlagen zu verschaffen.«

»Leute, ich habe eine Superidee!«, verkündete Richard. »Wir verfassen selbst wissenschaftliche Arbeiten! Wir zeichnen wunderbare Diagramme und seltsame Figuren und erfinden sinnige Formeln dazu. Ich hab das Gefühl, dass ich so etwas sehr schön hinkriege. Das Ergebnis legen wir dann statt der richtigen Blätter in die Turmstube, wo sie sich die Diebe ungestört aneignen dürfen. Die bilden sich natürlich ein, sie hätten das erwischt, was sie brauchen!«

Alle fanden Richards Idee hinreißend. »Wer weiß, vielleicht erfinden wir auf diese Art tatsächlich was Tolles, *die* Erfindung des Jahrhunderts!«, sagte Julius. »Immerhin, ein schlechter Gedanke ist es nicht, den Dieben irgendein wertloses Zeug vor die Nase zu legen, während wir die Originalschriften auf der Felseninsel in Sicherheit bringen.«

»Wann fahren wir hin?« Georg war sofort Feuer und Flamme. »Ich war schon eine Ewigkeit nicht mehr auf meiner Insel. Beim letzten Mal hab ich beinahe zu viel gekriegt. Eine Horde Touristen hat da rumgetobt und überall ihre Abfälle verstreut. Papier, Blechdosen, Glasscherben!«

»Wie sich manche Leute nur so aufführen können!«,

entrüstete sich Anne. »Ich möcht nicht hören, wie die sich aufregen, wenn's woanders so aussieht. Aber ihren eigenen Mist räumen sie nicht weg!«

»Wahrscheinlich sieht's bei denen daheim eben auch so aus: Kamm auf der Butter und die Wurst im Schuhputzkasten«, witzelte Richard. »Und den Dreck kehren sie untern Teppich.«

Sie setzten sich ins Gras, um zu beratschlagen, wie es weitergehen sollte. »Richard und Julius zeichnen die falschen Pläne, das verstehen die bestimmt besser als wir anderen«, schlug Georg vor. »Brummer bringt die fertigen Blätter dann in den Turm, um dem Dieb eine Freude zu machen. Aber ein bisschen verstecken musst du sie schon. Der Kerl braucht doch ein Erfolgserlebnis.«

»Und Georg soll die *echten* Papiere auf ihre Insel bringen«, riet Anne.

»Aber nicht, bevor es Nacht wird«, gab Richard zu bedenken. »Möglicherweise liegen die Gauner nämlich auf der Lauer und die sehen dann Georg hinüberrudern und kombinieren sich was zusammen. Vielleicht beobachten sie ihren Vater auch. Übrigens, wo sind eigentlich die Papiere? Du hast sie doch hoffentlich nicht daheim liegen lassen, Brummer?«

»Für wie bekloppt haltet ihr mich eigentlich?«, antwortete Brummer gekränkt. »Ich konnte das Gefühl nicht loswerden, dass jemand aufpasst. Ich habe sie hier unter meiner Jacke.« Stolz schlug er sich mit der flachen Hand auf den Magen.

»Ach, darum siehst du aus, als hättest du dir ein zu reichliches Frühstück gegönnt«, neckte Georg ihn. »Also ans Werk! Womit fangen wir an?«

»Los, wir fertigen zunächst die falschen Pläne an«,

sagte Julius. »Schon für den Fall, dass die Halunken rascher wieder da sind, als wir erwarten. Es wäre ratsam, wenn wir das bei dir zu Hause machten, Brummer. Denn bei Georg würde uns womöglich ihr Vater erwischen und genau wissen wollen, was wir vorhaben. Außerdem können wir uns wegen der blöden Ansteckungsgefahr nicht dort aufhalten.«

»Und wie sollen wir vermeiden, dass uns *mein* Vater ins Gehege kommt?«, entgegnete Brummer zweifelnd. »Bildet ihr euch ein, der merkt so was nicht? Und überhaupt ist er bestimmt nicht scharf darauf, uns jetzt im Haus zu haben, wo er unter Termindruck arbeiten muss. Also, das ist eine ganz fabelhafte Sache, die er sich da ausgedacht hat, und …«

»Halt sofort den Mund, du fängst ja schon wieder an zu plaudern!«, warnte Julius ihn. »Ich bleibe dabei: Am besten, wir gehen auf dein Zimmer, da stören wir ihn ja nicht.«

»Und wenn ich Vaters großes Reißbrett, leere Blätter, Federn und Tusche hole, damit wir alles hier im Zelt machen?«, schlug Brummer vor, dem die andere Lösung nicht gefiel. »Ehrlich gestanden, man kann nie wissen, wann mein Vater in meinem Zimmer auftaucht. Und dann fragt er natürlich, was wir tun und warum wir bei dem Wetter nicht draußen sind. Wir können doch auch im Zelt gut arbeiten.«

»Na schön«, willigte Julius endlich ein, da er sah, dass Brummer für den anderen Vorschlag nicht zu gewinnen war. »Dann geh und hol alles, was wir brauchen. Begleite du ihn, Georg, sonst muss er zu viel allein schleppen.«

Georg nickte und die beiden schwirrten ab. Im Garten

hielt Brummer nach seinem Vater Ausschau, konnte ihn aber nirgends entdecken. Auch im Labor war er glücklicherweise nicht. Brummer fand indessen hier alles, was er benötigte: Ein Zeichenbrett, mehrere große Bogen Millimeterpapier, dazu ein Buch mit seltsamen, aber leicht nachzuzeichnenden Diagrammen. Hayling junior dachte auch an Federn, Tusche und Löschpapier, ja er vergaß nicht einmal die Reißnägel, mit denen man die Bogen auf das Reißbrett heftet. Und er klemmte beim Hinausgehen sogar noch ein Lineal unter den Arm.

Georg trug die Hälfte der Sachen und schaute sich beim Hinausgehen nach dem Professor um.

»Lass nur, die Luft ist rein«, beruhigte Brummer sie. »Hörst du ihn nicht schnarchen?« Tatsächlich drangen aus einem der offenen Fenster unverkennbare Schnarchlaute. Am Zaun reichten sie den anderen erst die mitgebrachten Gegenstände hinüber, ehe sie selbst nachkletterten.

»Gut gemacht!«, sagte Julius. »Jetzt steht unserem Eifer, schwungvolle Parabeln und Hyperbeln hinzulegen, nichts mehr im Weg. Freilich wird nicht eines dieser wunderschönen Diagramme auch nur das Geringste bedeuten.«

»Kommt aber lieber rein ins Zelt«, mahnte Georg. »Wenn jemand aus dem Zirkuslager hier herumstreicht, stellt er sonst nur neugierige Fragen.«

So verschwanden sie alle miteinander in dem größeren Zelt der Jungen. Tim und Schelm, die Unzertrennlichen, durften natürlich nicht fehlen. Julius und Richard gingen sofort ans Werk, obwohl sie sich in dem engen Raum ziemlich eingezwängt vorkamen. Bewundernd sahen ihnen die anderen zu, als sie reihenweise fein säuberlich Zahlen schrieben und geometrische Figuren dazu malten. Da fing Tim mit einem Mal zu knurren an und alle seine Haare im Genick sträubten sich. Geistesgegenwärtig drehte Julius das Reißbrett um und setzte sich darauf. Das Segeltuch wurde zur Seite geschoben und eine grinsende Fratze erschien in der Zeltöffnung: Charlie!

»Hallo, alter Freund!«, begrüßte Julius ihn und drehte das Reißbrett wieder um. »Wie geht's, wie steht's?«

Der Schimpanse fletschte die Zähne, was wie ein Grinsen aussah, und streckte die Hand aus. Julius schüttelte sie feierlich und Charlie wanderte im Kreis herum, um alle auf die gleiche Weise zu begrüßen.

»Setz dich, Charlie«, forderte Richard den haarigen Gast auf. »Vermutlich hast du dich selbst aus deinem Käfig herausgelassen und wolltest einmal nachschauen, was für eine Brotzeit es bei uns heute gibt. Du hast Glück! Wir haben genug, dass du mithalten kannst.«

Der Schimpanse quetschte sich zwischen Tim und Brummer. Mit großer Aufmerksamkeit verfolgte er, wie Julius auf dem Reißbrett hantierte.

»Gebt ihm Papier und einen Bleistift«, schlug Anne vor. »Wetten, der zeichnet wie ein Mensch.«

So drückte man Charlie, damit er beschäftigt war und Ruhe gab, einen Stift und ein paar Bogen Papier in die Hand, worauf er mit großem Ernst herumzukritzeln begann.

»Meine Güte, der malt da wirklich ulkige Figuren«, sagte Anne. »Schau, er versucht deine nachzuahmen, Ju!«

»Wenn er so geschickt ist, können wir ja *ihm* den Job übertragen«, erwiderte der lachend.

»Nun müssen wir uns aber wegen heute Abend klar werden. Ich glaube, Georg, wenn du wirklich zur Felseninsel fahren willst, um die Papiere dort zu verstecken, solltest du Tim mitnehmen.«

»Und ob ich das tue!«, antwortete Georg. »Es wird zwar keine Seele dort sein und niemand mir was anhaben, aber ich will einfach, dass er mir bei meinem wichtigen Auftrag Gesellschaft leistet.«

»Und *wo* gedenkst du die Aufzeichnungen zu verstecken?«, fragte Richard.

»Das wird entschieden, wenn ich erst mal dort bin. Und da bleibt die wertvolle Niederschrift dann, bis jede Gefahr vorüber ist. Soll Professor Hayling ruhig denken, dass er sie selbst irgendwo vergraben und nur leider vergessen hat, an welchem Ort! Ich freu mich schon richtig darauf, dass ich heute Nacht mit Tim diesen Ausflug mache.«

»Die Diebe müssen dann mit meinen Hyperbeln und Zahlenkolonnen vorlieb nehmen, wenn sie sich ein zweites Mal im Turmzimmer zu schaffen machen«, sagte Julius schmunzelnd. »Also, sieht dies hier nicht sehr gekonnt aus?«

Das musste man zugeben. Alle betrachteten beifällig das wohlgeratene Werk, bis Tim sich mit einem Ruck aufsetzte und zum zweiten Mal knurrte. Charlie patschte ihm auf den Rücken, als wolle er sagen: Reg dich bloß nicht auf! Doch Tim war nicht zu beruhigen und fuhr fort, ärgerlich zu knurren. Und plötzlich schoss er wie ein Pfeil zum Zelt hinaus. Gleich darauf schrie draußen jemand: »Geh, geh fort! Willst du wohl? Platz!«

Georg schlug die Zeltbahn am Eingang zurück und wer stand dort? Herr Wu! Furchtsam starrte er auf den

Hund, der gefährlich grollend seine Knöchel umschlich. Charlie rannte auf allen vieren hinaus, offensichtlich böse, dass Tim den Zauberer bedrohte. Er zeigte dem Hund grimmig die Zähne, worüber Georg zutiefst erschrak.

»Sie dürfen nicht miteinander kämpfen!«, schrie sie angstvoll, denn sie ahnte, dass Tim dabei den Kürzeren ziehen würde. Charlie schaukelte seinen wuchtigen Körper drohend hin und her.

»Charlie!«, schrie Wu. »Charlie!«

Sofort wurde der Schimpanse ruhig, gab seine Angriffsstellung auf und lief gehorsam zu Wu. Er sprang Wu auf den Rücken und legte ihm die Arme um den Hals. Auch Tim kehrte reuig zu Georg zurück.

Höflich verbeugte sich der Magier vor den Kindern. »Offentlich er at eusch niescht gestört, meine Freunde«, sagte er. »Isch nur wollen meine Ausreißer Charlie olen. Wir jetzt machen eine kleine Spaziergang. Ihr doch kommt in unsere Vorstellung, oder niescht? Doch!«

»Wahrscheinlich«, erwiderte Richard, der stirnrunzelnd beobachtete, wie der Rechenkünstler einen neugierigen Blick auf Julius' Zahlen und Figuren warf. Der tat so, als wolle er nicht, dass Wu sie sah, und deckte die Arbeit rasch mit einem Löschblatt und seinen Ellenbogen zu. Etwas im Blick dieses Mannes war ihm nicht geheuer. Hatte Wu möglicherweise etwas mit den Vorkommnissen der vergangenen Nacht zu tun? Schließlich war er ein »Zahlengenie« und womöglich im Stande, die Gleichungen und Formeln des Professors zu begreifen. Nun, aus dem, was Julius und Richard hier aufgezeichnet hatten, würde er kaum klug werden. Es war zum größten Teil blanker Unsinn.

»Entschuldigt bitte, dass iesch abe unterbrochen eure fleißige Sitzung!«, flötete der Magier und verabschiedete sich mit einer neuerlichen Verbeugung. Charlie trabte zögernd hinter ihm her, in der Hoffnung, Schelm werde ihn begleiten. Aber das Äffchen zeigte keine Lust. Es mochte Wu nicht leiden.

»Zu dumm, wir haben nicht bedacht, dass jemand vom Zirkus auf leisen Sohlen heranschleicht«, sagte Julius. »Nun hat dieser Mensch womöglich erlauscht, was wir hier gesprochen haben. Richard, was glaubst du? Ich mag den Kerl nicht.«

»Und wenn er etwas von unserer Unterhaltung mitgekriegt hätte, wäre das so schlimm?«, meinte Richard leichthin.

»Und ob! Wenn er beispielsweise gehört hat, dass Georg mit den wertvollen Unterlagen auf die Insel fahren will – ist das *nichts?* Also, unter diesen Umständen dürfen wir Georg nicht allein den nächtlichen Ausflug wagen lassen.«

»Du hat wohl 'nen Vogel,. Ju! Natürlich fahre ich. Um mich braucht ihr euch gewiss nicht zu sorgen, ich nehme ja Tim mit!«, ereiferte sich Georg.

»Es bleibt dabei, was ich gesagt habe, Georg! *Du* fährst nicht, kommt gar nicht in die Tüte. Ihr gebt mir das Paket mit den Aufzeichnungen und ich verstecke es auf der Insel. Und zwar bringe ich es ziemlich spät fort, wenn es schon dunkel ist. Ich radle nach Felsenburg und mache das Boot, das Georg dort liegen hat, los, um auf die Insel hinüberzurudern.«

»Ist ja gut, Ju.« Georg willigte mit erstaunlicher Nachgiebigkeit ein. »Wollen wir uns jetzt einen Happen genehmigen? Wir brauchen ja nur die Büchsen aufzumachen und das Obst aus den Körben zu leeren. Etwas zu trinken ist auch da, dort hinten in der kühlen Ecke.«

»Gute Idee«, sagte Julius, froh, dass sich seine Kusine so widerstandslos gefügt hatte. Er würde auf der Insel schon ein gutes Versteck ausfindig machen. Und wenn Gefahr im Anzug war, konnte er damit bestimmt besser fertig werden als sie.

Wie immer kam sich Julius sehr schlau und überlegen vor.

Noch einige Zeit sahen die Kinder den Zauberer Wu und den Schimpansen umherwandern. Dann nahm Charlie irgendwo unterwegs zwei leere Eimer hoch, mit jeder Hand einen, und eilte mit ihnen davon.

»Wo will er denn mit den Eimern hin?«, fragte Anne.

»Ich nehme an, er holt Wasser drüben am Fluss und bringt's dem Mann, der gerade die Pferde striegelt«, antwortete Georg. Sie hatte Recht. Bald kehrte Charlie mit den beiden vollen Eimern zurück.

»Also, ich stelle fest, dass so ein Schimpanse äußerst nützlich ist«, sagte Richard. »So was könnten wir daheim auch gut brauchen. Schaut, da drüben übt Ma-

delon mit ihren Hengsten. Die sieht heute Vormittag aber gar nicht strahlend aus in ihren alten, ausgebeulten Hosen. Charlie hat die Eimer neben ihr abgesetzt. Sicher holt er ihr Wasser vom Fluss, wenn sie welches braucht.«

»Den alten Charlie mag ich richtig gern«, gestand Anne. »Dabei hat's mir am Anfang vor ihm gegraust. Schade, dass er Herrn Wu gehört!«

Julius war aufgestanden und betrachtete prüfend sein Machwerk aus Zahlen und Kurven. »Irgendwie kommt mir das Ganze jetzt völlig verfehlt vor«, murmelte er. »Dieser Wu zumindest hat sicher sofort geschnallt, dass das nur ein Täuschungsmanöver ist. Trotzdem hat er sich in dem Augenblick, wo ihm die Zeichnungen unter die Augen kamen, komisch benommen. Warum hat er nicht gefragt, was wir da machen? Hm, ich wette, der hat solche Zahlen schon mal gesehen.«

»Ja, genau!«, rief Brummer und wurde bleich. »Womöglich hat er jemanden in das Turmstudio hinaufgeschickt, damit der die Aufzeichnungen herausholt! Wie wär's übrigens, wenn wir einen kleinen Rundgang unternehmen, zu den Zirkuswagen und so? Vielleicht machen wir eine Leiter ausfindig, ich meine eine, die lang genug ist, dass sie bis zum Turmzimmer hinaufreicht.«

»Gar kein schlechter Gedanke«, stimmte Richard ihm zu. »Los, gehen wir gleich! Das Reißbrett und den ganzen Kram lassen wir am besten im Zelt. Vorläufig zeichnen wir sowieso nicht weiter.«

So schlenderten sie über die Wiese zum Lager der Zirkusleute. Richard erspähte eine Leiter, die im Gras lag, und zupfte Julius am Ärmel.

»Mensch, was sagst du dazu? Reicht die den ganzen Turm hinauf?«

Julius sah sie sich möglichst unauffällig genauer an. Sie war in der Tat sehr lang. Aber lang genug? Nein, doch wohl nicht. Immerhin würde es kein Fehler sein, danach zu fahnden, wem sie gehörte. Im selben Augenblick tauchte der »Knochenlose« auf. Er ging jetzt beinahe wie ein normaler Mensch. Doch sobald er die Kinder sah, verrenkte er sämtliche Glieder. Er bog die Knie durch und wendete den Kopf um hundertachtzig Grad, sodass er sich selbst auf den Rücken hätte spucken können. Dann verdrehte er auch die Arme auf groteske Weise. Es war fast unheimlich.

»Nicht! Bitte nicht!«, flehte Anne. »Es sieht so scheußlich aus. Ich kann gar nicht hinschauen.«

Während sie noch mit ihm redete, schien der Schlangenmensch plötzlich seinen inneren Halt zu verlieren und sackte zu einem elenden Häuflein zusammen. Bei diesem komischen Anblick mussten die Kinder schallend lachen; nur Anne verzog schmerzlich das Gesicht.

»Sagen Sie, kann man mit solchen Gummigliedern auf Leitern steigen?«, wollte Julius wissen.

»Aber freilich«, antwortete der Schlangenmensch. »Ich klettere auch seitwärts und rückwärts oder, wenn es sein muss, sogar mit dem Kopf nach unten rauf.«

»Ach, dann ist das wohl Ihre Leiter, die da im Gras liegt?«, fragte Richard.

»Nun, die benutzt bei uns jeder, der sie braucht«, erwiderte der »Knochenlose« arglos und verdrehte dabei den Kopf derartig, dass man hätte glauben können, er sei ihm verkehrt angewachsen. Es war höchst sonderbar, mit einem Menschen zu reden, der einen zwar den Körper zuwandte, aber abwechselnd Gesicht und Hinterkopf zeigte.

»Bitte hören Sie mit diesem Herumdrehen auf, mir wird ganz schwindlig«, bat Anne wieder.

»Brauchen Sie die Leiter dazu, um die Fahne auf dem Zirkusdach zu befestigen?«, fragte Richard weiter. »Dafür scheint sie mir nämlich nicht lang genug zu sein.«

»Ist sie auch nicht«, gab der »Knochenlose« zu und brachte seinen Kopf zu Annes Erleichterung wieder in die normale Stellung. »Wir haben eine noch viel größere. Die müssen drei Mann tragen, so schwer ist sie, aber die Zeltdachspitze ist auch sehr hoch droben.«

Die Kinder sahen sich gegenseitig an. Damit schied auch diese ganz lange Leiter aus. Denn wenn drei Leute sie hätten tragen müssen, würde das in der vergangenen Nacht viel größeren Lärm verursacht haben. Ob es noch mehr Leitern gebe, fragte Julius, was der Artist verneinte.

»Warum? Wollt ihr eine kaufen?«, erkundigte er sich lachend. »Der Boss winkt, ich muss gehen. Auf Wiedersehen!« Und er ging wie ein ganz normaler Mensch auf die Wohnwagen zu.

»Na, und was ist mit den Akrobaten? Habt ihr schon mal daran gedacht, dass die meisten gut klettern können? Und sie müssen schwindelfrei sein. Wenn einer von denen an der Turmwand hochgeklettert wäre?«

»Das glaub ich nicht«, entgegnete Brummer kopfschüttelnd. »Ich hab mir den Turm heute Morgen genau angesehen. Bis zur halben Höhe ist er zwar mit wildem Wein bewachsen, aber darüber ist nur kahler, roter Stein. Da wäre auch der geschickteste Akrobat am Ende seiner Weisheit.«

Georg überlegte noch, ob die Clowns etwas damit zu

tun haben könnten, ließ diese Vermutung jedoch wieder fallen, da alle der Ansicht waren, die hätten es noch weniger geschafft als die Akrobaten. Allmählich kamen die Kinder zu der Überzeugung, dass niemand aus dem Zirkus an der Sache beteiligt gewesen war.

»Schaut mal, was liegt denn dort beim Zirkuszelt auf dem Boden?«, rief Georg und steuerte den anderen voran auf die unbestimmbare Masse zu. Beim Näherkommen entpuppte sie sich als zusammengeknäultes graues Fell. Georg tippte mit der Fußspitze dagegen. »He! Das ist die Eselshaut«, sagte sie lachend.

»Genau!«, rief Brummer und versuchte das Fell hochzuheben. Es war aber viel zu schwer für ihn allein. Doch schon waren Richard und Georg in die Eselshaut hineingeschlüpft. Richard hatte den vorderen Teil erwischt. Er fand sich sehr gut zurecht, denn in den Eselshals waren Löcher zum Durchgucken eingeschnitten; den Kopf hatte man mit Papier ausgestopft. Georg steckte in den Hinterbeinen. Sie hüpfte wie närrisch umher, wodurch der arme Esel aussah, als hätte sein Hinterteil den Veitstanz. Die Zuschauer brüllten vor Lachen.

»He, lasst den Esel liegen!«, brüllte plötzlich jemand. Es war Achim, der wütend angestürmt kam. Er hielt einen Stock in der Hand und zog dem Eselshinterteil eins über. Georg schrie auf. »He, du Idiot, das tut weh!«

Brummer giftete Achim an: »Sag mal, spinnst du? Georg und Richard sind doch da drin. Leg sofort den Stock weg!«

Achim jedoch holte aus und hieb dem Esel ein zweites Mal über die Hinterbeine. Georg gab einen durchdringenden Wehlaut von sich. Da stürzte sich Brummer auf Achim und versuchte ihm den Knüppel aus der Hand

LING CIRCUS

zu winden. Der Junge wehrte sich und gab seinen Stock nicht her, worauf Brummer eine gerade Rechte auf Achims Brust landete, die diesen auf den Boden schickte.

»Ha«, trumpfte Brummer auf, »hab ich dir nicht gesagt, dass ich's dir eines Tages heimzahlen würde? So, jetzt hast du's! Steh auf, du Feigling, und raufe mit mir! Kleine Mädchen vertrimmen, das kannst du, aber sonst nichts!«

»Lass ihn in Ruhe, Brummer, spiel dich nicht so auf«, sagte Julius und versuchte den Streit zu schlichten. »Er hat ja nicht gewusst, dass Georg drinnen ist. Und ihr zwei Deppen, kommt raus, bevor Großvater Tapper euch rauszieht. Der ist bestimmt auf dem Weg hierher!«

Achim war aufgesprungen und umtänzelte Brummer mit geballten Fäusten. Doch ehe die beiden Jungen aneinander gerieten, dröhnte ihnen des Großvaters Bassstimme entgegen: »Aufhören! Schluss damit!«

Achims Faust verfehlte Brummer, der behände ausgewichen war und nun seinerseits zum Schlag ansetzte. Achim, in Abwehrstellung, trat einige Schritte zurück und prallte gegen Tappers breite Brust. Mit festem Griff packte ihn der Großvater mit beiden Armen und ließ ihn nicht mehr los.

Georg und Richard waren inzwischen aus der Eselshaut gekrochen und kamen mit schuldbewusst gesenkten Köpfen angeschlichen. Der Opa, der noch immer den zappelnden Achim festhielt, schmunzelte nur. »Der Kampf ist zu Ende«, verkündete Tapper. »Wenn einer von euch beiden unbedingt weitermachen will, kann er's ja mit mir versuchen!«

Dazu hatte jedoch keiner der beiden Raufbolde Lust.

Außerdem konnte sein Großvater ganz hübsche Schläge austeilen, wie Achim bekannt war. So stierten die beiden Gegner einander nur an wie zwei Ziegenböcke.

»Los, gebt euch die Hand und vertragt euch!«, forderte Großvater Tapper sie auf. »Schnell, sonst bekommt ihr's mit mir zu tun!«

Brummer streckte die rechte Hand aus und genau im selben Augenblick machte Achim das Gleiche. »So ist's recht«, sagte der Opa. »Jetzt seid ihr quitt und ihr braucht euch nicht mehr zu beweisen, wer der Stärkere ist, klar?«

»Alles klar«, sagte Achim und versetzte seinem Großvater einen kameradschaftlichen Rippenstoß. Der alte Tapper wandte sich an Richard und Georg.

»Na, und ihr beide? Wenn ihr euch die Eselshaut mal ausleihen wollt, so braucht ihr mir das bloß zu sagen. Schließlich ist es Sitte, dass man die Eigentümer um Erlaubnis fragt, bevor man sich was nimmt.«

»Ja, Herr Tapper. Entschuldigung«, sagte Richard. Sollte das etwa heißen, dass sie sich das Ding wirklich einmal ausleihen durften?

Er überlegte schon, was für Augen Professor Hayling und Jenny machen würden, wenn plötzlich ein wild gewordener Esel ins Haus stürmte. Aber das war vielleicht doch keine so gute Idee. Jenny würde höchstwahrscheinlich vor Schreck in Ohnmacht fallen und an die Reaktion des Professors wollte er gar nicht erst denken. Dessen Sinn für Humor war nicht sehr ausgeprägt.

Der Großvater ging wieder seiner Arbeit nach, und Achim war unschlüssig, ob er gehen oder bleiben sollte. Julius half ihm aus der Verlegenheit und fing an über Charlie zu reden. »Wir haben ihn die vollen Wassereimer für die Pferde schleppen sehen. Der muss wahnsinning stark sein und ziemlich schlau. Versteht er eigentlich alles, was man zu ihm sagt?«

»Und ob, jedes Wort«, beteuerte der Junge. Julius' Lob ging ihm runter wie Öl. Er freute sich, dass zwischen ihm und den neuen Freunden wieder alles in Ordnung war. Sie schlenderten nun alle zusammen weiter auf dem Feld umher, wo es so viel Verlockendes zu sehen gab: Die wundervollen Pferde vor allem und Dirk, den Scharfschützen, bei seinen Schießübungen. Auch ein kleiner Parterreakrobat war da, der erstaunliche Flickflacks und Kapriolen ausführte.

Das Äffchen Schelm begleitete die Kinder natürlich überallhin. Es war bereits mit jedem vom Zirkus, ob Mensch oder Tier, völlig vertraut. Bei den Pferden hüpfte der Kleine von einem Rücken auf den anderen und sie ließen den Racker friedlich gewähren. Der hatte dieses Spielchen aber bald satt und tat, als wolle er Charlie beim Wassertragen helfen, stibitzte unterwegs jedoch des Schützen fesche Mütze und rannte mit ihr davon. Dann verschwand er in Großvater Tappers Zelt, aus dem er mit einem Limonadenfläschchen wieder herauskam. Er hockte sich mit seiner Beute auf die Erde, konnte jedoch den Verschluss nicht aufbekommen. Da brachte er Charlie, der ihm die ganze Zeit zugesehen hatte, die Flasche. Den starken Händen des Schimpansen gelang es sofort, das Deckelchen hochzukippen. Und was tat Charlie dann? Darüber war der kleine Affe so erbost, dass er in Charlies offen stehenden Käfig rannte und hier seinen Zorn austobte. Wütend schleuderte er das Stroh herum, dass es in alle Windrichtungen stob. Der Schimpanse setzte sich davor und fand den Spaß köstlich.

»Komm raus, Schelm, kleiner Narr, es reicht jetzt!«, rief Brummer.

»Lass ihn doch«, sagte einer der Akrobaten, der die Szene auch belustigt beobachtete. »Schau, wie sich der alte Charlie freut. Nichts ist ihm lieber, als wenn's 'n bisschen Wirbel gibt.«

Also durfte sich Schelm noch weiter austoben. Die Kinder wurden unterdessen Zeugen einer lautstarken Auseinandersetzung zwischen Hänschen und seinem Partner. Fasziniert schauten sie zu, wie der Kleine seinem fast doppelt so großen Gegner einen Kübel Wasser ins Gesicht schüttete.

Als Brummer sich nach dem Käfig umdrehte, um zu sehen, ob sein Äffchen noch immer Unfug trieb, war Schelm verschwunden.

Er hat wohl gespürt, dass Essenszeit ist, sagte sich Brummer und schaute auf die Armbanduhr. Es war fast eins.

»Kommt, Freunde«, mahnte er, »es ist allerhöchste Zeit. Wenn wir zu spät kommen, wird Jenny böse.«

Im Nu setzte sich alles in Bewegung und jeder rannte, so schnell er konnte, zum Zaun. Eins, zwei, drei schwangen sie sich hinüber und weiter ging's im Trab durch den Garten. Sie durften nicht riskieren, Jenny zu verärgern. Das würde sich sehr nachteilig auf ihren Speisezettel auswirken.

Ein vergnügter Nachmittag – und wie er endete

Zwei Minuten kamen sie dennoch zu spät. Jenny trug gerade das Essen auf und war ein bisschen ungehalten, weil sie vergebens nach den Kindern Ausschau gehalten hatte. »Ah, da seid ihr ja endlich!«, empfing sie die Ausreißer. »Wo wart ihr bloß? Euer Glück, dass ihr eben noch eingetrudelt seid. Fünf Minuten später und ich hätte das Essen wieder hinausgetragen.«

»Das hättest du nicht getan, liebe Jenny, nie im Leben!«, scherzte Brummer und drückte sie rasch so fest an sich, dass sie aufkreischte. »Mmm, mmmm, riecht das hier gut!«,

»Lass die Quetscherei«, sagte die Haushälterin halb ärgerlich, halb lachend und stieß Brummer von sich. »Junge, lass mich in Frieden! Man kommt sich ja vor wie eine Zitrone.«

Alle mussten herzlich lachen.

Bei Tisch unterhielten sie sich sehr angeregt, jeder hatte eine andere Meinung, jeder glaubte der Lösung des Rätsels näher zu kommen. Auch der kleine Affe war äußerst munter! Er holte sich Bröckchen von allen Tellern und reichte auch immer mal wieder Tim einen Bissen hinab. Er lag wie gewöhnlich brav unterm Tisch und muckste sich nicht. Umso mehr schätzte er diese kleinen Zuwendungen außer der Reihe.

»Also, eine Leiter, die lang genug ist, um bis zum

Turmzimmer hinaufzureichen, haben wir bei unserem Rundgang nicht gesehen«, sagte Georg, nachdem sie ihren ersten Hunger gestillt hatte, zu Jenny.

»Die haben zwar jede Menge Leitern, aber die waren alle zu kurz«, bestätigte Richard. »Kann mir mal jemand bitte den Senf geben? Wo habt ihr denn den wieder versteckt?«

»Mach die Augen auf, du Rindvieh, er steht genau vor dir«, klärte Julius seinen Bruder auf, was Richard mit einer Grimasse quittierte. Julius fuhr fort: »Also, mein Verdacht gegen Herrn Wu beginnt wieder zu verfliegen. Er ist zwar ein Angeber, aber ich zweifle allmählich wirklich daran, dass er mit den Papieren deines Vaters etwas zu tun hat, Brummer. Dass der Leitern raufklettert, sich in Gefahr begibt und sich vielleicht sogar dreckig macht, kann ich mir einfach nicht vorstellen. Er ist so… so … wie soll ich sagen?«

»Er ist 'n Lackaffe«, ergänzte Anne, der meistens das richtige Wort einfiel. »Und ich kann es mir erst recht von keinem der anderen Zirkusleute vorstellen. Glaubt ihr, von denen hat einer Verwendung für wissenschaftliche Arbeiten? Oder dass einer so gemein wäre, einen Diebstahl zu begehen? Wo die alle so nett sind!«

»Auch nette Leute können gemein sein«, sagte Richard. »Diesem schleimigen Wu traue ich 'ne ganze Menge zu. Ich mag den Kerl mit seinem widerlichen Getue nicht. Und er ist auch der Einzige, der sich wirklich für schwierige Rechenaufgaben und neuartige Ideen auf dem Gebiet der Mathematik oder Physik interessiert …«

»Zumindest tut er so. Wahrscheinlich gibt er bloß an«, unterbrach Julius ihn. »Ich glaub, wir sind auf dem

Holzweg. Die Kletterei hätte der nie und nimmer geschafft. Auch glaube ich nicht, dass er so viel Mumm in den Knochen hat, nachts eine Leiter in den Hof zu schleppen und an den Turm zu stellen. Die Gefahr, erwischt zu werden, ist viel zu groß. Und außerdem, ›meine ose und meine gepflegte ände werden schmutziisch‹. Nein, der war's bestimmt nicht!«

Alle brüllten vor Lachen.

»Da hast du Recht«, bestätigte Brummer, als er sich wieder eingekriegt hatte. »Wenn jedoch niemand die Wendeltreppe hinaufgestiegen ist – da alle Türen im Stiegenhaus verschlossen waren – und auch keine Leiter verwendet wurde, dann frage ich euch: Wieso sind die Papiere verschwunden?«

»Vielleicht hat sie der Wind weggeweht. Das Fenster war doch offen, oder?«, meinte Anne. »Findet ihr, das ist ganz ausgeschlossen?«

»Aber wirklich«, erklärte Julius entschieden. »Der Wind, der Wind, das himmlische Kind! Nein, Anne, das ist unmöglich, und zwar aus zwei Gründen. Erstens war es nicht sehr windig in dieser Nacht. Und zweitens: Wenn der Wind sie weggeblasen hätte, dann hätten wir im Hof ein paar von den beschriebenen Blättern finden müssen. Es lag aber kein einziges drunten.«

»Also schön, niemand kann durch verschlossene Türen gehen und keiner an der steilen Turmwand hochklettern. Der Wind war's auch nicht. Und doch sind die Papiere verschwunden«, stellte Georg fest. »Das reinste Wunder. Ich glaube aber nicht an solche Wunder.«

Alle aßen eine Zeit lang schweigend weiter und grübelten über das Geheimnis nach.

»Dass Brummers Vater schlafwandelt und selbst in der

Nacht die Papier fortgeholt hat, wäre das nicht eine Möglichkeit?«, fragte Anne. Sie stellte sich immer gern Situationen vor, die sie aus Fantasygeschichten kannte. Julius nahm den Gedanken sofort auf, obwohl er bezweifelte, dass ein Mondsüchtiger Türen mit den jeweils passenden Schlüsseln aufschließen konnte.

Auch dass er danach sicher die Wendeltreppe hinuntergegangen war, wieder jede Tür hinter sich abgeschlossen und sich schlafen gelegt hatte, kam ihm doch recht unwahrscheinlich vor. Außerdem hätte er die »gestohlenen« Blätter ja dann bei sich haben müssen …

»Weißt du, ob dein Vater mondsüchtig ist, Brummer?«, fragte er. Brummer überlegte. »Nein, nicht dass ich wüsste. Er hat eher einen sehr leichten Schlaf. Willst du damit vielleicht sagen, mein Vater rennt in der Nacht rum und beklaut sich selber? Du hast wohl 'nen Sprung in der Schüssel! Nein, das funktioniert nicht. Wir müssen schon jemand anderen suchen.«

»Eine Art Wundertier also«, sagte Georg. »Kein normaler Mensch tut so was. Aber wer auch immer darauf verfallen sein mag, die Papiere brauchte er dringend. Sonst hätte er nicht so viele Schwierigkeiten und Gefahren auf sich genommen.«

»Und wenn er sie so dringend braucht, kommt er mit Sicherheit noch mal, um sich den Rest zu holen«, kombinierte Julius. »Gott sei Dank, dass wir den wichtigeren Teil wenigstens noch haben.«

»Wenn ich mir vorstelle, dass er die ganze Kletterei für die Katz unternimmt … Wertvolle Aufzeichnungen wird er dort keine mehr finden. Die sind dann längst in Sicherheit und zwar auf *meiner* Insel«, sagte Georg und grinste.

»Genau!« Julius nickte. »Ich werd schon ein todsicheres Versteck ausfindig machen. Irgendwo in der Ruine wahrscheinlich. Übrigens, Brummer, du hast die Papiere doch hoffentlich nicht immer noch unter deiner Jacke? Nein, du hast inzwischen abgespeckt. Was um Himmels willen hast du damit gemacht?«

»Georg hat gemeint, ich soll sie lieber ihr geben. Auf die Dauer sind sie unter meinem Pullover nicht besonders gut aufgehoben, es könnte zu leicht was rausfallen«, antwortete Brummer. »Du hast sie doch noch, Georg, oder?«

»Klar«, erwiderte Georg kurz. »Wir wollen nicht mehr davon reden.«

»Warum nicht?«, erkundigte sich Brummer harmlos. »Hier ist kein Dieb und keiner kann uns hören. Ich glaube, du bist bloß beleidigt, weil Ju dich heute Abend die Papiere nicht wegbringen lässt.«

»He, halt den Mund, Mensch!«, sagte Georg barsch. »Pass lieber auf, dass dein Affe nicht dein halbes Glas Limonade auf mein Brot gießt! Nimm ihn vom Tisch herunter. Er benimmt sich abscheulich.«

»Tut er nicht«, sagte Brummer. »Du hast bloß schlechte Laune!« Dafür erhielt er unterm Tisch einen Tritt von Julius. Er wollte schon zurücktreten, da traf ihn ein bitterböser Blick von Julius. Also entschloss er sich, lieber das Äffchen vom Tisch zu holen, damit es keinen Klaps von der schlecht gelaunten Georg bekam. Vorsichtig setzte er Schelm neben Tim, der friedlich unterm Tisch lag. Sofort kletterte der Kleine seinem vierbeinigen Freund auf den Rücken und schlang die Pelzärmchen um dessen Hals. Gutmütig beschnupperte Tim den kleinen Frechdachs und leckte ihm zwei-, dreimal zärtlich übers Köpfchen.

»Was unternehmen wir heute Nachmittag?«, fragte Richard, nachdem sie alle Jenny beim Abtragen und Geschirrspülen geholfen hatten. »Wir wär's mit einem Bad im Meer? Ist es schon warm genug?«

»Na, so richtig wohl noch nicht. Aber das macht nichts«, meinte Anne. »Wir müssen uns halt ordentlich bewegen, wenn wir aus dem Wasser kommen, und uns abfrottieren, dann wird uns schon gleich wieder warm werden. Haben Sie auch Lust auf ein kaltes Bad, Jenny?«

»Um Himmels willen, sonst noch was?« Jenny schüttelte sich. »Ich war nie eine Wassernixe. Wenn ich nur an das kalte Wasser denke, schaudert's mich. Und kommt mir nicht zu spät zum Tee, denn ich hab hinterher noch eine Menge zu bügeln!«

»Wenn's was zu futtern gibt, kommen wir bestimmt pünktlich«, versprach Brummer. Dann rückte er mit dem heraus, was ihn schon den ganzen Mittag über bewegt hatte: »Ju, nimmst du mich heute Abend mit auf die Felseninsel? Ein bisschen Spaß und Abenteuer könnt ich jetzt gut vertragen.«

»Kommt überhaupt nicht in Frage!«, sagte Julius bestimmt. »Außerdem ist da so etwas wie Spaß überhaupt nicht drin.«

»Na, wenn einer spitzgekriegt hat, dass Georg die Papiere rüberbringen will, schon. Stell dir vor, der wartet auf der Insel«, unkte Brummer. »Da wirst du heilfroh sein, wenn du mich dabeihast.«

»Aber schon wirklich nicht!«, sagte Ju lachend. »Du wärst mir höchstens im Weg. Es ist bedeutend einfacher, wenn ich nur auf mich selbst aufpassen und nicht noch für dich Kindermädchen spielen muss. Schau doch nicht so giftig, Georg!«

Er stand auf und ging zum Fenster, um nach dem Wetter zu schauen. »Der Wind hat sich gelegt«, stellte er fest. »Ich glaub, wir können's wagen, zum Baden zu gehen. Wer macht mit?«

Natürlich waren alle dabei. So rannten sie eine Weile später zur Bucht hinunter, um zu schwimmen. Schelm hielt sein Pfötchen ins Wasser und zog es mit einem Wehlaut wieder zurück. Und voller Angst, Brummer könne ihn fangen und zwingen, in dieses eiskalte Wasser zu gehen, hoppelte er davon, so schnell ihn seine Füßchen trugen. Tim hingegen fand den Badeausflug herrlich. Er war ein hervorragender Schwimmer und ließ Brummer sogar auf seinem Rücken reiten. Als ihm die Last jedoch zu schwer wurde, tauchte er unter, sodass der Junge plötzlich schnaubend und prustend im Tiefen herumplanschte.

»Du Mistvieh!«, schimpfte er hinter dem Hund her. »Wart nur, wenn ich dich erwische, dann tunke ich dich!«

Es gelang ihm jedoch nicht, Tim zu fangen, der vor Wonne über den Spaß laut bellte. Dann schwamm er zu Georg hinüber. Wie schön, dass alle mit dabei waren!

Der Rest des Tages verstrich wie im Fluge. Die gute Jenny hatte den Teetisch bereits gedeckt, als die durchgefrorenen und hungrigen Schwimmer nach Hause kamen. Es gab Schinken und Käse und dunkles Brot und hinterher Obst. Und dann nahm sich Jenny sogar die Zeit, Flohhüpfen mit den Kindern zu spielen. Schelm saß auf dem Tisch und schaute zu.

»Wenn du brav bist, darfst du dableiben, Äffchen!«, sagte Anne. »Aber nicht selber knipsen! Bei unserem letzten Flohkrieg hast du alle meine Elfenbeinplättchen auf den Boden gefegt und natürlich hab ich verloren.«

Tim saß etwas verdrießlich dabei. Er konnte einfach nicht begreifen, wieso die Kinder dieses fade Spiel einem Spaziergang mit ihm vorzogen. Als die Runde zu Ende war, konnten sie seinen flehenden Blicken und seinem Winseln nicht mehr widerstehen; sie wanderten ein gutes Stück am Strand entlang und Tim durfte nach Stöcken und Steinen springen.

»Sobald es dunkel ist, radle ich nach Felsenburg«, kündigte Julius unterwegs an. »Hoffentlich liegt dein Boot am üblichen Platz, Georg. Es tut mir wirklich Leid, dass ich dich nicht mitnehmen kann. Aber es könnte gefährlich werden, wenn irgendjemand davon Wind gekriegt hat. Klar bin ich auch nicht scharf auf einen Zusammenstoß mit so 'nem Gangster, aber einer muss das Zeug ja in Sicherheit bringen. Also, ich fühle mich einfach nicht wohl, ehe ich diese Aufzeichnungen nicht verstaut hab. Kurz bevor ich losfahr, gibst du sie mir dann, Georg, das genügt.«

»Brich nicht gar so spät auf, sonst schlafe ich vorher ein«, bat Anne, die sehr müde war. »Es ist ja schon beinahe dunkel. Die Schwimmerei hat mich ganz fertig gemacht.«

Richard musste ebenfalls gähnen. »Ich bin auch ganz schön geschafft«, gestand er. »Sobald du samt den Papieren unterwegs bist, werde ich mich aufs Ohr hauen und pennen. Ihr Mädchen geht am besten gleich in die Falle. Ihr seht schrecklich müde aus.«

»Gute Idee«, sagte Anne sofort. »Kommst du, Georg?«

»Sicher, wir gehen ja alle. Los, Brummer! Wetten, ich hechte als Erste übern Zaun und komme vor dir beim Zelt an? Gute Nacht, Jenny, wir sausen los.«

Sie, Anne, Brummer, Tim und Schelm liefen um die Wette durch den dämmrigen Garten, während Richard und Julius Jenny noch halfen. Sie räumten auf und zogen alle Vorhänge zu.

»So, Jenny«, sagte Richard, nachdem er fertig war, »jetzt brauchen Sie bloß noch die Haustür hinter uns abzuschließen und alles ist okay. Schlafen Sie gut!«

»Ich werd mir Mühe geben«, erwiderte Jenny. »Julius, pass bloß auf, dass nichts passiert, und versprich mir vorsichtig zu sein! Und dass ihr mir Professor Haylings Papiere gut versteckt!«

Nachdem sich Georg und Anne vor dem Zelt der Jungen von Brummer und seinem Äffchen getrennt hatten, plauderten sie noch ein wenig. »Wenn das nur alles gut geht! Hoffentlich passiert Ju nichts«, sagte Anne besorgt. »Mir wäre es lieber, er hätte Richard dabei.«

»Wenn er jemanden mitnimmt, dann mich!«, brauste Georg auf. »Schließlich ist es *meine* Insel.«

»Reg dich doch nicht gleich so auf, Georg! Bei Ju sind die Papiere bestimmt am besten aufgehoben, lass ihn nur machen«, beschwichtigte Anne sie. »Stell dir vor, wie unheimlich das ist, in der Dunkelheit nach Hause zu radeln. Und erst die Bootsfahrt! Mich würden keine zehn Pferde aufs Wasser rausbringen.«

»Quatsch, das ist doch 'n Klacks!«, widersprach Georg. »Wenn Ju es kann, warum soll ich's dann nicht können? Schließlich kenn ich die Gegend wie meine Westentasche. Geh du schon mal voraus, ich komme in einer Minute nach, muss Tim nur noch einen kleinen Auslauf gönnen.«

Sie wartete, bis Anne den Zelteingang hinter sich geschlossen hatte. Dann ging sie still in die Dunkelheit hinein; überrascht trottete Tim neben ihr her.

Kurz darauf wurden am Zaun Stimmen laut. Julius und Richard schwangen sich hinüber und suchten gleich ihr Zelt auf, wo Brummer bereits im Schlafsack hockte. Schelm blinzelte unter Brummers Achselhöhle heraus ins Licht von Richards Taschenlampe.

Sie legten sich alle drei nieder. Nach etwa einer halben Stunde sah Julius auf seine Armbanduhr und schaute zur Zeltöffnung hinaus. »Ganz dunkel«, sagte er. »Aber bald geht der Mond auf. Jetzt hole ich mir von Georg die Papiere und mach mich auf den Weg.«

»Du weißt doch, wo Georgs Boot liegt, oder?«, fragte Richard. »Vergiss bloß die Taschenlampe nicht, Ju.«

»Natürlich nicht und eine neue Batterie ist auch drin.« Julius knipste sie an und das Lämpchen warf einen hellen, kräftigen Schein. »Hallo, Georg, ich komme jetzt wegen der Papiere!«, rief er und ging hinüber zum Zelt der Mädchen.

Anne blinzelte schlaftrunken, als er mit seiner Taschenlampe hineinleuchtete. »Bitte, Georg, nun gib schon. Aber Anne, wo ist denn Georg? Ich denk, sie ist so müde …«

Erschrocken tastete Anne den Platz neben sich ab. Da lagen zwar Georgs Schlafsack und Decken, aber von ihr selbst keine Spur, ebenso wenig von Tim.

»Ju, sie ist fort!«, stieß sie hervor. »Und weißt du auch, wohin? Sie bringt die Aufzeichnungen selbst nach Hause und Tim hat sie mitgenommen. Die ist abgehauen und radelt jetzt allein durch die Finsternis. Und dann wird sie auch noch zur Insel rüberrudern. Ach du lieber Gott, Ju, und was geschieht, wenn ihr dort jemand auflauert?« Die arme Anne war dem Weinen nahe.

»Ich könnt sie erwürgen!«, murmelte Julius. Er war stocksauer, »Ja, ist die denn verrückt geworden?«, schimpfte er. »Stell dir vor, dieser Wu und irgendwelche Komplizen erwarten sie dort. Wie soll sie sich gegen die wehren? Dieser hirnverbrannte Dickschädel!«

»Beeil dich, Ju! Du musst mit Richard sofort hinterherfahren«, beschwor Anne den Bruder. »Bitte schnell! Dass sie so einen Blödsinn macht, hätte ich nicht gedacht. Wenn ihr bloß nichts passiert! Gott sei Dank ist wenigstens Tim dabei.«

»Ja, das ist wenigstens noch ein Segen! So etwas Hirnrissiges! Jedenfalls wird Tim sie so gut beschützen wie sonst kaum jemand. Trotzdem könnte ich ihr eine scheuern! So etwas von Eigensinn und Waghalsigkeit! Mir Rindvieh hätte auffallen sollen, dass sie heute den ganzen Abend so verdächtig friedlich war.«

Er rannte mit Richard und Brummer zum Haus. Sie mussten Jenny herausläuten, um ihr mitzuteilen, was Georg angestellt hatte. Dann schwangen Julius und Richard sich auf ihre Räder und stürmten davon. Sie traten in die Pedale, was das Zeug hielt. Georg durfte nicht so allein bei Nacht in der Gegend umhergondeln, noch dazu, weil man befürchten musste, dass ihr unterwegs jemand auflauerte!

Zutiefst beunruhigt sah Jenny den beiden nach. Sie machte sich Vorwürfe, dass sie dem idiotischen Plan, die Papiere in der Nacht auf die Insel zu bringen, überhaupt zugestimmt hatte. Zu allem Überfluss hatte ihr Brummer in den Ohren gelegen, seine Freunde begleiten zu dürfen, was sie jedoch mit Nachdruck ablehnte.

»Das fehlte gerade noch, dass du mitten in der Nacht auf dem Meer rumpaddelst! Außerdem, du und dein Affe, ihr würdet nur noch mehr Verwirrung stiften. Aber darauf kannst du Gift nehmen, wenn dieser Teufelsbraten von Mädchen zurückkommt, versohle ich ihr eigenhändig den Hintern! Ein Glück, dass wenigstens der Hund dabei ist. Der hat mehr Verstand als sie!«

Nachts auf der Felseninsel

Jedes Mal, wenn der Halbmond hinter den Wolken verschwand, war es stockdunkel. Georg war froh, dass ihre Radlampe so hell leuchtete. Sie fuhr ziemlich schnell und Tim hechelte hinter ihr her. Er hatte keinen besonderen Spaß daran, durch die Nacht zu hetzen, aber er durfte sein Frauchen ja nicht aus den Augen verlieren.

Autos mit grellen Scheinwerfern kamen ihnen entgegen. Georg musste dicht am Straßenrand fahren und schwebte in beständiger Angst, ihr Liebling könne überfahren werden. »O mein Gott, nie, nie würde ich es mir verzeihen, wenn Tim etwas zustoßen würde«, flüsterte sie. Halb wünschte sie schon, nicht losgefahren zu sein. Aber wie hätte sie zulassen können, dass Julius etwas auf *ihrer* Insel versteckte! Das war doch ihre Angelegenheit. »Tim, mein Lieber, bleib auf meiner rechten Seite, da bist du sicher«, sagte sie und radelte etwas langsamer.

Tim rannte brav weiter, sosehr ihn der nächtliche Ausflug auch verwirrte. Es dauerte gar nicht mehr lange, da kamen sie ins Dorf Felsenburg, wo hinter einigen Fenstern noch Licht brannte. Weiter ging's in eiliger Fahrt durch den Ort und hinunter zur Bucht! Der Mond glitt hinter einer Wolke hervor und ließ die Schaumkronen über den Wellen des dunklen Meeres aufglitzern.

»Dort ist meine Insel. Siehst du sie, Tim?«

Ein Hochgefühl von Stolz und Besitzerglück durchflutete Georg, als sie zu dem schwarzen Streifen hinüberblickte. »Meine Insel«, sagte sie leise. Tim keuchte und ließ die Zunge aus dem Maul hängen wie einen nassen Lappen. Was Georg nur vorhatte? Und warum waren die anderen nicht dabei? Irgendwie schien ihm die ganze Sache nicht geheuer. Georg fuhr nun zum Strand hinunter, wo die Boote lagen. Dann sprang sie ab und stellte ihr Rad neben eine Badehütte. Und wieder blickte sie eine Weile schweigend auf die See hinaus. Da entrang sich ihr ein leiser Schrei und sie fasste unwillkürlich nach Tims Halsband.

»Tim, auf meiner Insel ist Licht! Siehst du's? Wer untersteht sich da zu zelten, ohne meine Erlaubnis?«

Ob der treue Begleiter das Licht erkannte? Auf jeden Fall spürte er, dass etwas nicht stimmte. Er sprang an seinem Frauchen hoch, rannte ein paar Schritte in die Richtung, aus der sie gekommen waren, kehrte zurück und sprang erneut an ihr hoch. Dabei fiepste er leise. Das

sollte wahrscheinlich heißen: Schluss jetzt, ich will nach Hause.

»Nein, mein Guter«, sagte Georg und schubste den großen Hund von sich weg. »Ich fahre nicht zurück, ehe ich nicht herausgefunden habe, was dort los ist. Es wäre feige, jetzt umzukehren. Noch dazu, wenn das jemand ist, der mir die Papiere abluchsen will. Dem werd ich was husten! Die Papiere verstecken wir hier unter der Persenning in dem Kahn. So dämlich, sie mit auf die Insel zu nehmen, bin ich doch nicht. Vielleicht krieg ich raus, wer der Einbrecher war. Der wird schön blöd schauen, wenn er feststellt, dass ich keine Papiere dabeihab!« Georg verstaute das Paket unter dem Schutzbezug eines alten Fischerkahns, der hoch oben am Strand lag. »Es ist der Kahn von Fischer Cordes«, erklärte sie Tim. »Der wird nichts dagegen haben, wenn ich seinem ›Weltenbummler‹ hier vorübergehend etwas anvertraue.«

Dann suchte Georg ihr eigenes Boot. Es musste ganz in der Nähe liegen. »Da haben wir's schon!«, rief sie und Tim sprang sofort hinein. Sie musste das Boot erst ins Wasser ziehen. Glücklicherweise war es klein und leicht und die Strecke nur kurz, da die steigende Flut bald ihren Höhepunkt erreicht hatte.

Nach einiger Schufterei lag das Gefährt im Wasser und schaukelte sanft im fahlen Mondlicht. Leise glucksend schlugen die Wellen gegen die Bordwand. Georg watete ein paar Schritte durchs Wasser und sprang dann ins Boot.

Sie nahm die Riemen und legte kräftig los. »Wenn die Flut im Steigen ist, rudert sich's leicht«, erzählte sie ihrem Passagier. »Mach ihnen nur recht Angst, mein Tim. Du darfst sie dann auch jagen!« Tim deutete einen bestätigenden Beller an. Dass er sich ab jetzt nur noch

ganz still zu verhalten hatte, wusste er genau. Allerdings begriff er noch immer nicht, was sie mitten in der Nacht auf dem Meer wollten.

»Nicht bellen und nicht winseln, Tim«, flüsterte Georg. »Wir sind beinahe bei meinem Landeplatz. Aber ich leg nicht hier an, sondern dort bei den Felsen, wo ich mein Boot gut verstecken kann.«

Sie steuerte in eine kleine Bucht hinein. Dann sprang sie an Land, schlang die Leine um einen Baumstamm und knotete sie fest. »So, mein Schifflein, hier bist du gut aufgehoben, und es sieht dich keiner«, stellte sie zufrieden fest. »Los, Tim, jetzt werden wir diesen Banditen Beine machen!« Doch nach ein paar Schritten blieb sie stehen. »Ich möchte doch wissen, wo die ihr Boot haben«, sagte sie. »Schauen wir uns mal ein bisschen um, es muss ja hier irgendwo sein.«

Sie hatten es bald gefunden. Der Kahn war an einen Felsen gebunden und lag fast ganz im Wasser. Georg grinste boshaft. »Pass auf, Tim«, raunte sie dem Hund zu, »ich bind den Kahn los. Wenn die Flut erst richtig reinkommt, treibt es bald weit draußen. Ha, da werden die Halunken nichts zu lachen haben!«

Sie watete zu dem Felsblock, löste die Leine, wickelte sie auf und warf sie ins Boot. Dann versetzte sie dem Schiffchen einen kräftigen Stoß. Aber es hatte doch zu wenig Wasser unterm Kiel und schrammte nur über den nassen Sand. »Macht nichts«, sagte sie. »Noch zehn Minuten, dann ist die Flut da und trägt es mit sich fort.«

Den Hund dicht neben sich, machte sie sich nun auf die Suche nach den Eindringlingen.

»Wo ist das Licht, Tim? Ich sehe es nicht mehr.« Aber gleich darauf schimmerte es wieder zwischen den Bü-

schen hindurch, und Georg erkannte, dass es nicht von einem Lagerfeuer, sondern von einer Laterne herrührte.

»Wir müssen sehr vorsichtig sein«, flüsterte sie ihrem Gefährten zu. »Vielleicht können wir uns von hinten anschleichen.«

Lautlos eilten die beiden bis zur Mitte der Insel. Dort stand eine alte verfallene Burg, in deren Hof zwischen unkrautüberwuchertem Gemäuer zwei Männer saßen. Georg zog sachte an Tims Halsband. Das hieß: Nicht knurren, nicht bellen! Und so stand er vollkommen regungslos da. Nur sein Nackenhaar sträubte sich.

Im Schein einer großen Laterne, die sie auf eine verfallene Mauer gestellt hatten, spielten zwei Männer Karten. Georg sog überrascht die Luft ein, als sie in einem der beiden Kerle das elegante Zahlengenie Wu vom Zirkus erkannte. Der andere Mann, der ebenfalls gut angezogen war und sich zu langweilen schien, war ihr fremd.

Wie die beiden Zuschauer von ihrem dunklen Winkel aus beobachten konnten, schmiss der Unbekannte plötzlich die Karten hin und sagte ärgerlich zu seinem Gefährten: »Wer auch immer den Rest jener Papiere hierher auf die Insel bringen soll, er scheint nicht aufzukreuzen. Die Aufzeichnungen, die Sie mir heute gegeben haben, sind zwar gut, sehr gut sogar, aber völlig wertlos ohne den Rest. Dieser Wissenschaftler, dem Sie sie gestohlen haben, ist ein Genie. Wenn wir das ganze Material beisammen haben, ist es eine Riesensumme wert. Und die ist auch für Sie drin. Kriegen wir aber den anderen Text nicht, ist das ganze Zeug bloß wertloser Papierabfall.«

»Sie sisch können verlassen, dass jemand wird kommen mit Rest«, versicherte Wu.

»Wer hat die Unterlagen denn gestohlen? Etwa Sie selbst?«, fragte der andere und schaufelte hastig die Karten zusammen.

Entrüstet wies Wu eine solche Vermutung von sich. »Isch bitte Sie! Isch niemals stehlen. Isch alten rein meine Ände.«

»Pah!«, lachte sein Begleiter höhnisch auf. »Natürlich, das hatte ich vergessen. Sie lassen schmutzige Geschäfte von anderen besorgen. Herr Wu, der Welt größter Zahlenmagier, besudelt sein ›Ände‹ nicht! Er scheffelt damit nur Geld, viel Geld! Auf welche Weise also beschafften Sie sich die Papiere?«

»Indem ich benutze meine Augen, meine Ohren und meine schlaue Verstand«, erwiderte der Magier hochnäsig. »In diese Welt es gibt so viel stupide Volk, mein lieber Freund.«

»Ich bin nicht Ihr lieber Freund, merken Sie sich das! Wir machen miteinander Geschäfte, weiter nichts. Zum

Freund möchte ich Sie gewiss nicht haben. Mit Ihnen macht nicht einmal das Kartenspielen Spaß. Verdammt, warum lässt sich der Kerl nicht blicken?«

»Den Wunsch kann ich dir erfüllen, du Gauner«, flüsterte Georg. »Von wegen Riesensumme! 'ne Riesenpleite wird das. Tim, bleib hier! Warte, bis ich dich rufe. Wenn ich pfeife, komm sofort!«

Einen vor Spannung bebenden Tim ließ sie bei der Burgmauer zurück, machte einen Satz über die Mauer und stand unvermittelt im vollen Schein der Laterne vor den Männern. Die sprangen wie von der Tarantel gestochen hoch.

»Es ist die kleine Mädchen!«, rief Wu verblüfft. »Dass Knaben sie schicken, isch nisch ätte erwartet. Wir woll…«

»*Was haben Sie auf meiner Insel zu schaffen?*«, schnitt Georg ihm empört das Wort ab. »Ich bin mit meinem Hund hergekommen und will, dass Sie von hier verschwinden! Sonst lass ich den Hund auf Sie los!«

»Nischt so aufgeregt, mein Fräulein«, flötete Wu. Im gespenstischen Schein der Lampe wirkte er größer als sonst. »Feige Buben disch aben geschickt, du sollst verstecken Papiere. Wo ast du sie? Gib sie mir!«

»Die Papiere? Die hab ich versteckt, nicht weit von hier. Oder haben Sie im Ernst geglaubt, ich bin so bescheuert, sie mit herzubringen, wo ich doch das Licht gesehen hab? Mir war gleich klar, dass sich da irgend 'n Gesindel rumtreibt. Sie liegen dort drüben irgendwo am Strand. Da können Sie suchen, bis Sie schwarz werden.«

»Eine serr tapfere und energische junge Dame«, sagte Wu schleimig.

»Das soll ein Mädchen sein? Alle Achtung. Die hat

mehr Mumm in den Knochen als Sie, Herr Rechenkünstler«, sagte der andere Mann sichtlich beeindruckt. »Hör zu, Kind, zeig mir, wo du die Papiere versteckt hast. Ich gebe dir eine Menge Geld dafür. Das darfst du Professor Hayling mit einem schönen Gruß von mir und meinen besten Glückwünschen überreichen.«

Georg tat einen Augenblick, als überlege sie, und sagte dann: »Gut, kommen Sie mit!« Sie wandte sich zum Gehen und die beiden Männer sahen einander viel sagend an. Wu hob die Brauen und winkte. Hätte Georg den Ausdruck auf seinem Gesicht gesehen, sie hätte sich zusammenreimen können, was er bedeutete: Los, die Kleine hauen wir übers Ohr. Wir lassen uns das Versteck zeigen und machen uns aus dem Staub, ohne eine müde Mark zu zahlen.

Georg stieß einen scharfen Pfiff aus und Tim kam angerast. Sie konnte ihn nur mit Mühe davon abhalten, sich auf die Männer zu stürzen. Mit gesträubtem Fell ging er zwischen ihr und den Gaunern.

Die beiden Männer waren immer auf der Hut, dem gereizten Tier nicht zu nahe zu kommen. Unablässig fiel der Schein ihrer Laterne auf den Hund, damit er sie nicht plötzlich aus dem Dunkeln anspringen konnte. Georg führte die Männer an die Stelle des Strandes, an der sie ihren Kahn gelassen hatten. Wu stieß einen Schrei aus. »Wo ist unsere Boot? Es war ier festgebunden an diese Felsen!«

»Ist es das da drüben, hinter dem Riff?«, fragte Georg. Sie stand auf der Klippe, die steil ins Meer abfiel, das an dieser Stelle sehr tief war.

Die Männer stiegen zu ihr hinauf, um besser Ausschau halten zu können, und da passierte es! Georg fuhr herum

und warf sich mit solcher Heftigkeit gegen Wu, dass der das Gleichgewicht verlor und rücklings in die Fluten stürzte. »Fass, Tim, fass!«, schrie sie geistesgegenwärtig ihrem treuen Gefährten zu, der sich sofort mit wütendem Knurren auf den zweiten Gegner stürzte und ihn über die Klippe hinabstieß. Mit einem ohrenbetäubenden Aufschrei verschwand der Gangster im hoch aufspritzenden Wasser. Tim aber stand auf der Klippe, sah in die Tiefe und wedelte begeistert mit dem Schwanz. Jetzt endlich begriff er, warum er diesen nächtlichen Ausflug hatte machen müssen. Das war ein Riesenspaß gewesen!

»Jetzt könnt ihr ans Festland hinüberschwimmen!«, schrie Georg den prustenden und um sich schlagenden Gestalten zu. »Die Flut hat euer Boot fortgeschwemmt. Ich selbst hab es losgebunden. Ich würd euch nicht raten, auf die Insel zurückzukommen! Tim passt gut auf und macht mit jedem, der auch nur einen Fuß an Land setzt, kurzen Prozess!«

Die beiden Gauner konnten zwar schwimmen, aber nicht besonders gut. Wütend und verzweifelt paddelten sie umher, riefen um Hilfe und stießen wilde Verwünschungen aus. Bis zum Festland hinüber war es für ihre Künste viel zu weit. Andererseits getrauten sie sich aus Angst vor dem wütend bellenden Hund schon gar nicht, wieder an Land zu gehen. Sie waren sicher, die Bestie würde sie in Stücke reißen.

Ihr Boot befand sich weit draußen. Es gab kein Entrinnen. So schwammen sie hilflos immer wieder im Kreis herum und allmählich drohten ihre Kräfte zu erlahmen.

Georg war mittlerweile zu ihrem Boot gelaufen. Sie sprang hinein und rief: »So, ich fahr jetzt zum Festland hinüber. Ihr könnt nun meinetwegen wieder rauskommen und euch an Land warm laufen. Jogging rund ums Inselchen hält fit! Es wird 'ne ziemlich feuchte und kühle Nacht für euch werden. Morgen früh schick ich dann die Polizei zu eurer Befreiung!«

Triumphierend ruderte Georg davon. Tim war mit einem Riesensatz ins Boot gesprungen. Er stand hinten und gab Acht, dass die beiden Taugenichtse ihnen nicht nachschwammen. Kaninchen jagen und Männer ins Wasser werfen gehörte doch zu den schönsten Hundeerlebnissen auf der Felseninsel!

Und auch dieses Rätsel wird gelöst

Georg sang laut vor sich hin, als sie zum Festland hinüberruderte. Sie war mit sich sehr zufrieden. Tim bellte hin und wieder begeistert dazwischen, denn natürlich freute er sich, dass sein Frauchen so glücklich war. Der Mond war hinter der Wolkendecke verschwunden und in der Dunkelheit schien sich das Meer endlos auszudehnen. So spät am Abend waren im Dorf auch fast keine Lichter mehr zu sehen. Die meisten Bewohner von Felsenburg schliefen.

Tim bellte plötzlich anders, beunruhigt. Georg, die mit dem Rücken zum Ufer saß, hörte auf zu rudern und drehte sich um. Zwei Lichter blitzten am Strand auf, bewegten sich hin und her, erloschen wieder.

»Jemand ist auf der Kaimauer«, murmelte Georg. Das beunruhigte sie nicht weiter. »Vielleicht ein paar Fischer. Die können mir gleich helfen mein Boot an Land zu ziehen.« Aber es waren keine Fischer, sondern Julius und Richard, die den Strand nach Georgs Boot absuchten.

»Verdammt, wir sind zu spät gekommen! Ihr Boot ist weg!«, rief Julius ärgerlich. »Wir müssen uns eins von den Booten hier ausleihen und rüberrudern. Die dumme Gans steckt bestimmt in der Klemme!«

Plötzlich hörten die Brüder seltsame Töne übers Wasser wehen. Richard packte Julius am Arm und flüsterte: »Sag mal, spinn ich, oder hörst du's auch? Klingt, als würde jemand fürchterlich falsch singen.« Julius horchte und in dem Augenblick bellte Tim. »Das sind sie!«, rief Julius. »Die kommen schon wieder zurück!«

Georg, die noch nicht wusste, wer sie auf der Kaimauer erwartete, ruderte, so schnell sie konnte, an Land. Sobald sie auf Grund stieß, sprang sie hinaus und zog das Boot auf den Strand. Im Nu waren die Jungen bei ihr und halfen. »He, wo kommt ihr denn her?«, fragte Georg betont lässig, obwohl sie sich natürlich riesig freute.

»Frag nicht so blöd!«, fuhr Julius sie an. Er durfte ihr jetzt auf keinen Fall zeigen, wie froh er über ihre glückliche Rückkehr war. »Sag mal, bist du noch zu retten? Haust klammheimlich ab, obwohl du weißt, dass dir die Gauner auf der Spur sind! Du kannst von Glück sagen, dass die dich da drüben nicht erwischt haben ...«

»Du sagst es! Allerdings hatten *sie* weniger Glück«, meinte Georg leichthin. »*Ich* hab sie nämlich erwischt!« Und dann platzte sie mit der Schilderung der nächtlichen Ereignisse heraus. Die Brüder hörten ihr fassungslos zu, bis sie schilderte, wie ihr die Gauner die Papiere abnehmen wollten.

»Um Himmels willen, Georg, und du hast sie ihnen gegeben?«, rief Richard entsetzt.

»Du hast wohl nicht alle Tassen im Schrank! Natürlich nicht. Ich hab sie gar nicht mit rübergenommen. Für so hirnverbrannt haltet ihr mich doch hoffentlich nicht. Wo ich doch gesehen hab, dass jemand auf der Insel ist.«

»Aber ich kapier noch immer nicht«, sagte Julius, »warum du überhaupt rübergerudert bis. Du musstest doch wissen, dass da jemand nur darauf wartet, dich zu schnappen.«

»Eben drum«, erklärte seine tollkühne Kusine. »*Die* Suppe wollte ich ihnen gründlich versalzen! Außerdem kann ich's nicht ausstehen, wenn sich fremde Leute auf meiner Insel rumtreiben.«

»Irgendwie tickst du doch nicht ganz richtig«, meinte Julius, während er Tim streichelte. »Deswegen begibt man sich doch nicht in derartige Gefahr. Die hätten doch leicht zu ihrem Boot schwimmen können. Stell dir vor, die hätten dich eingeholt und dein Boot gerammt.«

»'n bißchen schwierig ohne Boot. Oder? Das schwimmt nämlich jetzt vermutlich meilenweit entfernt draußen auf hoher See. Ich hab's losgebunden, bevor ich die Halunken überrascht hab. Die sitzen jetzt klatschnass und bibbernd auf der Insel fest.«

So verblüfft waren die beiden Vettern, dass sie zunächst nicht einmal lachen konnten. Aber als ihnen klar wurde, was ihre saubere Kusine da angerichtet hatte, konnten sie sich vor Lachen kaum mehr halten.

Julius lachte Tränen und bekam dabei solches Seitenstechen, dass er sich erst setzen, dann wieder aufstehen und umherlaufen musste. Georg stellte sich die beiden schlotternden Gestalten in der Burgruine vor und stimmte wie befreit in das Gelächter der Brüder ein. Die Sache hätte ja durchaus anders ausgehen können! Tim, der den gemeinsamen Spaß weidlich genoss, bellte laut und fröhlich dazwischen.

»Und du hast die beiden einfach ihrem nassen Schicksal überlassen und bist verduftet?«, fragte Julius, dem vor Lachen ganz elend war.

»Ich hab ihnen noch angekündigt, ich würde ihnen am Morgen zu ihrer Befreiung die Polizei auf den Hals hetzen«, erwiderte Georg. »Da haben sie wenigstens was zum Nachdenken, wobei ihnen ziemlich heiß werden dürfte.«

»Jetzt bin ich tatsächlich davon überzeugt, dass es richtig war, dass du mit den Papieren losgezogen bist, Georg«, musste Julius zugeben. »Mir wär bestimmt nicht halb so viel eingefallen. Zwei gestandene Männer ins Meer zu werfen, das ist schon eine reife Leistung!«

»Nett, von dir auch mal ein Lob zu bekommen«, sagte Georg, die plötzlich spürte, wie müde sie war. »Ich bin hundemüde, Leute, ich will nur noch in meinen Schlafsack kriechen.

»Das kann ich mir vorstellen«, sagte Richard mitfühlend. »Übrigens, wo sind denn nun Professor Haylings kostbare Genieblitze? Die hätten wir in der Aufregung jetzt beinahe vergessen.«

»Du lieber Himmel! Unter der Persenning in Fischer Cordes' Boot«, antwortete Georg müde.

»Ich hol sie«, erbot sich Julius und kam nach kurzer Zeit mit dem Paket unterm Arm wieder zurück. »Jetzt auf nach Großgrottenmühl! Die anderen werden vor Sorge sicher fast durchdrehen!«

Wenige Minuten später radelten die drei heimwärts und der brave Tim rannte hinterher. Immer wieder kicherte Julius vor sich hin, als er Georgs glorreiches Abenteuer im Geiste an sich vorüberziehen ließ. Sie war schon eine besondere Nummer, dieses Mädchen! Er selber, das musste er neidlos zugeben, hätte nie im Leben so kühn und umsichtig zugleich gehandelt, er wäre einfach nicht auf die Idee gekommen, die Gauner so auszutricksen.

Als sie todmüde beim Zeltplatz eintrafen, wurden sie von den Zurückgebliebenen mit Fragen bestürmt.

Anne war übernächtigt, bleich und verstört. Ihre großen Augen wirkten noch größer und hatten dunkle

Ringe. Jenny hatte zwar versucht sie zu beruhigen, aber sie war selbst vor Sorge fast am Ende ihrer Kräfte. Sie hatte eben beschlossen gehabt, die Polizei zu benachrichtigen, da trudelten die drei Radler unbeschadet wieder ein, Gott sei Dank!

»Einzelheiten erzählen wir euch morgen früh«, erklärte Julius, der auch ziemlich abgekämpft war. »Heute Abend nur so viel in Stichworten: Papiere in Ordnung, befinden sich unversehrt hier in meiner Anoraktasche. Die Diebe, nämlich Herr Wu und ein anderer Mann, sitzen nass wie getaufte Mäuse und vor Kälte schlotternd auf der Insel fest.«

»Und das alles ist das Werk unserer Georg? Alle Achtung!«, sagte Jenny. »Also, dass sie so tollkühn und umsichtig zugleich ist, wer hätte das gedacht! Gott sei Dank ist die Sache gut gegangen. Nicht auszudenken, was alles hätte passieren können. Jetzt leg dich aber ohne Verzug schlafen, Kind. Du siehst todmüde aus.«

Das ließ sich Georg nicht zweimal sagen. Sie war wirklich froh, sich auf ihrem Lager ausstrecken zu können. Jetzt, da sie alle Aufregung hinter sich hatte, begann sie nachträglich doch zu zittern. Aber sie war so müde, dass ihr sofort die Augen zufielen.

Julius und Richard hingegen konnten nicht gleich einschlafen. Sie mussten sich einfach noch eine Weile über Georgs wagemutige Taten unterhalten. Es war schon toll, so eine Kusine zu haben!

Als sie am nächsten Morgen im Haus gerade ein reichliches Frühstück verzehrten, kam Achim durch den Garten gelaufen und steckte seinen Kopf zum Esszimmer herein.

»Stellt euch vor«, erzählte er hastig, »Herr Wu war

heute früh nicht in seinem Wagen. Er ist verschwunden und der arme Charlie ist ganz außer sich vor Kummer.«

Julius wollte Achim gerade in die Geschehnisse der vergangenen Nacht einweihen, aber der Junge jagte schon wieder davon, und Brummer, mit Schelm auf der Schulter, hinter ihm drein.

»Was ist los, Brummer, du hast doch noch gar nicht zu Ende gefrühstückt!«, rief Anne ihm nach. Aber Brummer hörte und sah nichts mehr, sondern wollte nur zu Charlie, den er besonders ins Herz geschlossen hatte. Wenn der arme Schimpanse aus Kummer um seinen Herrn nun in den Hungerstreik trat? Die beiden Jungen schwangen sich über den Zaun und rannten zu Charlies Käfig.

Der Schimpanse hockte in einer Ecke wie ein Häuflein Elend und hielt den Kopf zwischen den Händen. Er schaukelte hin und her, wobei er laute Jammertöne von sich gab.

»Komm, wir kriechen zu ihm in den Käfig«, schlug Brummer vor. »Er scheint Wu sehr zu vermissen.«

Sie krabbelten hinein, setzten sich ins Stroh und jeder legte einen Arm um den Betrübten. So saßen sie noch, als Großvater Tapper einige Zeit später erschien.

»Weiß nicht, was in den Wu gefahren ist. Gestern Abend ist er nicht nach Hause gekommen. Und heute Morgen hat er sich auch noch nicht blicken lassen. Los, Achim, komm da raus! Ich kann dich nicht den ganzen Vormittag entbehren. Brummer, du kannst ja bei ihm bleiben, wenn du magst.«

Achim wälzte sich aus dem Käfig und schlich verdrießlich davon. In der Hoffnung, Charlie ein klein wenig aufheitern zu können, begann Brummer ihn zu

kraulen. Da vernahm er ein seltsames Geräusch: Tick – tick – tick – ticke – ticke – tick. »Das klingt doch wie eine Uhr oder so etwas Ähnliches«, sagte Brummer und kroch suchend im Stroh umher. Womöglich war Wus goldene Uhr auf dem Boden des Käfigs in Charlies Behausung gefallen. Seine Hand fühlte einen kleinen Gegenstand, rund und glatt. Er zog ihn unterm Stroh hervor und betrachtete ihn entgeistert. Charlie sah ihm leise grollend dabei zu, und im nächsten Augenblick riss er ihm das Ding aus der Hand, um es wieder im Stroh zu verbergen.

»Woher hast du diese Uhr, alter Junge?«, fragte Brummer leise. »Ich werd verrückt! Ist ja schon gut, du darfst das Weckerchen ja behalten. Pass gut drauf auf, ja? Ich bin gleich wieder da.«

Rasch schlüpfte Brummer aus dem Käfig, kletterte über den Zaun und rannte auf das Haus zu. Die Kinder saßen noch immer beim Frühstück.

»Was ist denn los?«, fragte Richard ihn.

»Jetzt hört mal gut zu!«, forderte Brummer die Tafelrunde atemlos auf. »Ich weiß, wer der Dieb war, der zum Turmfenster hineingeklettert ist! Ich weiß es jetzt ganz genau!«, wiederholte er und schrie fast vor Erregung.

»Wer denn?«, fragten alle wie aus einem Munde.

»Charlie! Ganz einfach Charlie«, antwortete Brummer. »Warum haben wir nie zuvor an ihn gedacht? Wo er doch ohne weiteres überall hinaufklettern kann. Für ihn ist es nicht einmal ein Kunststück, die Turmwand raufzuklettern, wenn er sich an ein paar Weinranken abstützt und dann an den rauen, unebenen Steinen festkrallt. Dann muss er durchs offene Fenster in die Stube gesprungen sein und so viele von den Papieren gegrapscht haben, wie er fassen konnte. Danach ist er runtergerutscht ...«

»Das war genau das Geräusch, das ich gehört habe«, bestätigte Jenny aufgeregt. »Ich hab ja immer versucht es euch zu beschreiben!«

»Und *geflüstert* hat Herr Wu. Er hat ihm zugeredet, den Diebstahl auszuführen und die Turmwand hochzuklettern«, sagte Julius. »Es ist nicht zu fassen. Ich wette, der Halunke hat den armen Charlie angelernt, so in jedes x-beliebige Fenster einzusteigen und irgendwelche Sachen herauszuholen. Dieser Wu muss gewusst haben, dass Brummers Vater all seine Ideen in der Turmstube ausarbeitet. Er konnte dem Affen mit Leichtigkeit beibringen, wie man Papier klaut«, fuhr er fort. »Aber natürlich konnte Charlie nicht den ganzen Stoß mitnehmen. Er hatte ja auch keine Ahnung, welche Papiere wichtig sind. Er hat so viel, wie er zusammenraffen konnte, ins Maul genommen. Den Rest ließ er untern Tisch fallen. Wer hätte gedacht, dass ausgerechnet Charlie der Dieb ist!«

»Halt, mal langsam!« Richard schien noch nicht überzeugt zu sein. »Woher willst du so sicher wissen, dass es Charlie war? Es ist in der Nacht passiert und keiner hat ihn gesehen.«

»Ich kann's euch beweisen!«, erklärte Brummer triumphierend. »Ihr wisst doch, auf dem Kaminsims im Turmzimmer stand immer eine so hübsche kleine Uhr. Und die ist doch in derselben Nacht mit den Papieren verschwunden. Und genau die Uhr hab ich gerade in Charlies Käfig gefunden! Unterm Stroh hatte er sie versteckt. Er war richtig wütend, als ich sie ihm wegnehmen wollte, deshalb hab ich sie ihm gelassen. Versteht ihr, die

Papiere, die haben ihn nicht interessiert, die hat er Wu gegeben. Aber die Uhr, die so schön tickt, die hat er behalten und versteckt! Und gerade durch das Ticken hab ich sie entdeckt!«

»Wenn sie wirklich ging, wer hat sie dann gestern Abend aufgezogen?«, fragte Anne.

»Die braucht man doch nicht aufzuziehen, die geht mit Batterie«, sagte Brummer, der sich über so viel technischen Unverstand wunderte. »Wahrscheinlich hat der alte Charlie seinen Schatz immer ins Maul gestopft, wenn sich jemand von den Leuten näherte, die seinen Käfig sauber machen.«

»Nein, so was! Ich kann's immer noch nicht fassen!«, rief Jenny und schlug die Hände überm Kopf zusammen. »Bestimmt hat auch der Gauner Wu nichts davon gemerkt, als ihm der Schimpanse die Papiere vor die Füße gespuckt hat.«

»Kaum«, meinte Richard lachend. »Sein Maul ist hübsch groß. Wenn man so mit ansieht, was für unwahrscheinliche Mengen Fressen er hineinstopft.«

»Allerdings. Wu war wahrscheinlich so gierig auf die Papiere, dass er nicht weiter auf Charlie geachtet hat«, fügte Georg hinzu. »Der arme Charlie! Ich kann ihn mir so gut vorstellen, wie er sich die kleine Uhr ans Ohr hält und sie zärtlich streichelt.«

»Es hat heute Morgen richtig so geklungen, als ob er weint«, erzählte Brummer. »Er hat mir echt Leid getan. Der arme Kerl kann nicht verstehen, warum sich Wu schon den ganzen Vormittag nicht um ihn kümmert. Einen ganz elenden Eindruck hat er gemacht. Und er frisst bestimmt auch nicht.«

»Jenny, ich glaube, Sie sollten jetzt die Polizei benachrichtigen«, meinte Julius. »Nicht nur, weil Georg den Zauberkünstler und dessen Komplizen auf ihrer Insel ausgesetzt hat, sondern auch, weil der schurkische Rechenkünstler mit Sicherheit nicht nur die Unterlagen von Professor Hayling gestohlen hat. Der Himmel weiß, was er Charlie noch alles hat klauen lassen und in wie viele Häuser er den braven Kerl geschickt hat.«

»Ja, sicher hat es überall dort, wo der Zirkus aufgetreten ist, Diebstähle gegeben«, vermutete Jenny und befürchtete, dass bestimmt oft Unschuldige verdächtigt worden seien.

Anne überlegte etwas ganz anderes. »Was wird denn aus dem armen Charlie, wenn Wu ins Gefängnis muss?«

»Ich bin sicher, Achim kümmert sich um ihn«, meinte Brummer zuversichtlich. »Er und der Affe sind ja richtige Freunde. Und Charlie wird sich bei Achim und Großvater Tapper auch wohl fühlen.«

»So, mein Junge«, wandte sich Jenny an Brummer, »ich bin dafür, dass du deinem Vater jetzt Bescheid sagst. Er hat von dem ganzen Wirbel ja kaum was mitgekriegt und das wenige wahrscheinlich auch wieder vergessen, und er wird keine Zeit haben – wie immer. Aber das ist nun eine Sache, die er und niemand anders in die Hand nehmen sollte. Wenn du ihn herholst, kann auch Georg Bericht erstatten. Dann wird ihm schon nichts anderes übrig bleiben, als die Polizei zu verständigen. Wu hat freilich nichts zu lachen, denn der sitzt schwer in der Klemme.«

Brummer ging also, natürlich in Schelms Begleitung, und suchte seinen Vater. Der Professor hörte wenig später entsetzt zu. Und als sein Sohn geendigt hatte, griff er zum Telefonhörer und rief die Polizei an. Das bedeutete, dass Herrn Wu, dem großen Zauberer, eine recht unangenehme Zeit in einer Gefängniszelle bevorstand, in der ihm all seine Künste nichts helfen würden. Es sollte sich herausstellen, dass er noch eine ganze Menge anderer Dinge auf dem Kerbholz hatte. Charlie musste sich wohl oder übel damit abfinden, dass seine Zeit als Kletterkünstler fürs Erste vorbei war.

»Nun wäre also dieses Abenteuer auch wieder vorüber!« Georg seufzte bedauernd. »Dabei war es so wundervoll aufregend. Ich bin froh, dass du das Rätsel des Diebstahls gelöst hast, Brummer. Ein Glück, dass dieser schuftige Wu die Uhr nicht entdeckt hat. Er hätte sie dem alten Charlie bestimmt weggenommen und dann hätten wir keinen Beweis gehabt.«

»Was ich gern wüsste, ist, ob Paps einverstanden wäre, dass ich Charlie zu mir nehme, solange Wu im Gefängnis sitzt«, überlegte Brummer laut, was einen Entsetzensschrei von Jenny auslöste.

»Untersteh dich, deinem Vater auch nur einen Mucks davon zu sagen, Brummer! Dann geh ich aus dem Haus und du siehst mich nie wieder!«, erklärte sie nachdrücklich. »Dieser Schimpanse wäre den ganzen Tag in meiner Küche – o doch, widersprich mir nicht! Nach und nach verschwänden sämtliche Vorräte aus meiner Speisekammer. Nein, dein Schelm reicht mir vollauf!«

»Aber Jenny, ist ja gut, beruhig dich nur wieder«, sagte Brummer kichernd. »Ich werde mir Charlie nicht ausborgen, ehrlich nicht. Er könnte bestimmt nur halb so gut kochen wie du. Allerdings, wenn ich mir vorstelle, was für ein toller Spielgefährte für Schelm …«

»Brummer, noch ein einziges Wort und ich mach die Tür von außen zu, aber für immer!«, sagte Jenny und meinte es durchaus ernst. »Wie wär's übrigens, wenn du ein bisschen auf deinen Affen achten würdest. Das kleine Biest hat das Marmeladentöpfchen halb leer geschleckt. Da, da, schaut euch nur seinen klebrigen Bart an! Meine Güte, Kinder, bin ich froh, wenn hier wieder alles seinen geregelten Gang geht! Hoffentlich habt ihr jetzt noch ein paar ruhige, nette Ferientage.«

»Liebe Jenny«, sagte Georg, »es war ja wirklich eine aufregende Zeit und ich habe jede Minute genossen. Ruhige, nette Ferientage sind eigentlich weniger nach meinem Geschmack.«

Fünf Freunde
machen eine Entdeckung

Das schönste Wort auf der Welt

»Das schönste Wort ist das Wort Ferien«, sagte Richard und nahm einen Löffel voll Marmelade aus dem Glas. »Gib mal bitte den Toast rüber, Anne. Mutti, wie fühlst du dich eigentlich, wenn deine drei Quälgeister daheim sind?«

»Ausgezeichnet«, sagte seine Mutter. »Das Einzige, was mich jedes Mal zu Beginn der Ferien beunruhigt, ist das Wort Essen. Es ist dann einfach nicht genug im Haus, um euch drei den ganzen Tag über satt zu bekommen. Und da wir gerade vom Essen sprechen, möchte ich euch fragen, was mit den Würstchen passiert ist, die im Kühlschrank waren.«

»Würstchen?«, sagte Julius gedehnt und runzelte die Stirn. »Würstchen? Da muss ich scharf nachdenken.«

Anne begann zu kichern, denn sie wusste nur zu gut, was damit geschehen war. »Ja, das war so«, Julius grinste, »du hast gestern beim Fortgehen gesagt, wir sollten uns unser Abendessen allein zubereiten. Wir haben uns also im Kühlschrank umgesehen, die Würstchen entdeckt und uns für sie entschieden.«

»Aber Julius!«, rief die Mutter. »Ihr werdet doch nicht mehr als ein Kilo gefr … ich meine verdrückt haben! Ja, ja, ich weiß, Georgina war hier, aber trotzdem …«

»Du vergisst Tim«, sagte Anne. »Sie hat ihn mitgebracht und er mag Würstchen.«

»Also, das war das letzte Mal, dass hier etwas unverschlossen bleibt, wenn ich fortgehe«, sagte die Mutter. »Ich finde es schlimm, dass das heutige Mittagessen von einem Hund aufgefressen worden ist! Auch das Geld für Würstchen muss erst mal verdient werden.«

»Wir wollen heute sowieso nach Felsenburg fahren und den Tag über bei Georg bleiben«, sagte Richard in beruhigendem Ton. »Dann bist du uns zum Essen los. Somit sparst du eine ganze Menge.«

»Ich will euch aber nicht los sein«, widersprach die Mutter. »Frau Lehmann hat sich zum Tee angesagt, sie möchte etwas mit euch besprechen.«

Die drei stöhnten und Richard protestierte: »Mutti, am ersten Ferientag! Und wir sollen zu Hause bleiben. Das ist gemein und dann noch bei diesem herrlichen Wetter!«

»Halt den Mund«, flüsterte Julius und stieß ihn unter dem Tisch an, denn er sah, dass die Mutter unwillig den Mund verzog. »Frau Lehmann ist eine nette alte Dame und hat uns immer etwas mitgebracht, als wir klein waren«, fügte er laut hinzu.

»Und nie vergisst sie unsere Geburtstage«, meinte Anne. »Wir könnten Georg übrigens auch anrufen und sie bitten, zu uns zu kommen. Sie ist sonst böse, wenn wir den ersten Ferientag nicht mit ihr zusammen sind.«

»Ja, tut das«, sagte die Mutter, »ruft sie an und vergesst nicht, die Katze in Sicherheit zu bringen. Sie fürchtet sich vor Tim und das ist schließlich kein Wunder. Und nehmt ein Schüsselchen Milch für sie mit, und versucht, ein bisschen nett und sauber auszusehen, wenn ihr zum Tee hereinkommt.«

»Ich werde dafür sorgen«, versprach Julius und grinste. »Ich werde dafür sorgen, dass Anne und Richard sich Schürzen umbinden.«

»Und ich werde jetzt Georg anrufen!«, rief Anne und stand auf. »Ich möchte sie noch erreichen, bevor sie mit Tim spazieren geht oder für Tante Fanny Besorgungen macht.«

»Onkel Quentin wird froh sein, wenn er sie los ist«, sagte Richard. »Gestern ist er über ihre Angelrute gefallen, und dann wollte er unbedingt von ihr wissen, warum sie ihr Fischernetz auf dem Boden herumliegen lässt, und Georg wusste überhaupt nicht, wovon er sprach.«

Die Mutter lachte. »Arme Georg, ein Jammer, dass sie ihrem Vater so ähnlich und genauso jähzornig ist wie er. Es ist bestimmt nicht einfach, immerfort ihre Spannungen auszugleichen. Ah, da ist Anne ja wieder. Hast du Georg erreicht?«

»Ja, sie war begeistert. Sie hat gesagt, sie dampft furchtbar gern von daheim ab, weil Onkel Quentin wieder einmal eine seiner Unterlagen sucht und dabei das ganze Haus auf den Kopf stellt. Wir sollten uns deshalb nicht wundern, wenn sie hier total durchgedreht erscheint. Onkel Quentin hat von Tante Fanny verlangt, dass sie ihren Nähtisch ausräumt, weil er meint, die Papiere seien vielleicht da drin.«

»Der gute Quentin«, sagte die Mutter kopfschüttelnd. »Er ist zwar ein ausgezeichneter Wissenschaftler, erinnert sich an jede Zeile, die er einmal gelesen, und an jedes Wort, das er einmal geschrieben hat, und doch verlegt er ständig seine wichtigsten Papiere.«

»Und nicht nur das«, ergänzte Richard. »Seine arme Tochter tut mir Leid, immer ist irgendetwas los.«

»Du sagst es.« Anne nickte. »Sie ist also sehr zufrieden, dass sie heute kommen kann. Sie bringt Tim mit und bleibt zum Abendessen. Es ist dir doch recht, Mutti?«

»Sicher«, sagte die Mutter. »Da ihr aber unser heutiges Mittagessen gestern Abend vertilgt habt, müsst ihr wohl oder übel noch einiges einkaufen. Was schlagt ihr vor, was es geben soll?«

»Würstchen!«, riefen alle wie aus einem Munde.

»Euer Bedarf an Würstchen sollte eigentlich gedeckt sein.« Die Mutter lachte. »Aber wenn ihr unbedingt wollt, ich habe nichts gegen eure Lieblingsspeise einzuwenden. Nur eins ist klar, Tim bekommt einen Knochen, einen schönen Fleischknochen, nichts anderes!«

»Sollen wir zum Tee auch Gebäck mitbringen?«, fragte Anne. »Oder bäckst du selber etwas?«

»Ich werde ein paar Rosinenbrötchen backen, und ihr könnt mitbringen, was ihr mögt. Selbstverständlich dürft ihr nicht den ganzen Laden leer kaufen.«

Die drei stiegen auf ihre Räder und fuhren zum Dorf hinunter. Es war ein herrlicher Frühlingstag. Das Schöllkraut blühte golden in den Gräben und auf den Wiesen die Gänseblümchen. Richard begann auf einmal zu singen, und die Kühe hoben erstaunt die Köpfe, als sie seine kräftige Stimme hörten.

Anne lachte. Es war wunderbar, wieder mit den beiden Brüdern zusammen zu sein. Sie vermisste sie sehr während der Schulzeit. Und nun lag bei-

nahe ein ganzer Monat des Beisammenseins mit ihnen und ihrer Kusine Georg vor ihr. Plötzlich war auch sie derart von Freude erfüllt, dass sie in Richards Gesang einstimmte und die Brüder sie amüsiert von der Seite betrachteten.

»Ach, Anne«, rief Richard, »du bist immer so ein kleines, stilles Mäuschen, es freut mich, dich einmal laut zu hören!«

»Eine Maus?«, fragte Anne erstaunt und ein bisschen betreten. »Ich soll eine kleine, stille Maus sein? Wie kommst du denn darauf? Na, warte nur, vielleicht wirst du dich eines Tages noch wundern!«

»Schon möglich«, Julius lachte, »aber ich bezweifle es. Ein Mäuschen verwandelt sich selten in einen Tiger. Außerdem ist eine Wildkatze in der Familie genug. Verdammt, Georg zeigt ihre Krallen bei jeder Gelegenheit und brüllt und rast und tobt.«

Alle lachten, als sie sich Georg als rasenden Tiger vorstellten, und Richard verlor einen Augenblick die Herrschaft über sein Rad und fuhr gegen das von Anne. Mit blitzenden Augen drehte sie sich um.

»Pass doch auf, du Idiot! Du hättest mich beinahe umgestoßen. Sei gefälligst vorsichtig, du Esel!«

»He, Anne, was ist denn in dich gefahren?« Julius war maßlos erstaunt, seine kleine, freundliche Schwester so angriffslustig zu sehen.

Anne lachte. »Schon gut, ich habe nur mal gezeigt, dass ich auch anders kann, wenn ich will. Ihr habt mir ja nicht glauben wollen.«

»Na, na«, sagte Richard und grinste, »so wild sind wir gar nicht darauf. Ich habe dich noch niemals so schreien hören. Erstaunlich, wahrhaftig. Wie wär's, wenn du Georg auch einmal zusammenstauchst?«

»Hör auf, mich zu ärgern«, entgegnete sie. »Hier ist der Fleischer. Holt die Würstchen, ich werde inzwischen den Kuchen kaufen.«

In dem Bäckerladen duftete es herrlich nach frischen Brötchen, es gab alle Arten von Gebäck, und

Anne fand es wunderbar, nach Herzenslust aussuchen zu dürfen. Sie kaufte einen Berg von Kuchen. Immerhin, dachte sie, wir sind acht, wenn ich Tim mitrechne, und wenn acht guten Appetit haben, ist alles bald aufgegessen.

Die Jungen stellten mit Genugtuung fest, dass der Korb von Tüten überquoll. Als sie erfuhren, dass noch zwei vom Bäcker abzuholen waren, die Anne beim besten Willen nicht mehr hatte unterbringen können, gingen sie bereitwillig, um sie zu holen.

»Das wird eine nahrhafte Teestunde heute«, stellte Richard zufrieden fest. »Ich hoffe nur, die alte Dame, Frau Lehmann, lässt mir etwas übrig. Ich wüsste übrigens zu gern, was sie eigentlich von uns will.«

»Habt ihr auch den Fleischknochen für Tim nicht vergessen?«, fragte Anne. »Er wäre sonst bestimmt sehr enttäuscht.«

»Wir haben ein wahres Prachtexemplar von Knochen erstanden«, sagte Richard, »ein solches Prachtexemplar, dass ich glaube, Mutti wird ihn viel zu schade für Tim finden und eine Suppe daraus kochen wollen. Ich werde ihn lieber verstecken, bis Tim kommt.«

Anne lachte. »Ja, der gute Tim. Er ist immer dabei. Was haben wir schon alles mit ihm erlebt! Es hat immer Spaß gemacht, besonders ihm.«

»Uns etwa nicht?«, sagte Richard. »Wer weiß, vielleicht erleben wir in diesen Ferien wieder etwas. Ich rieche es förmlich, ihr nicht auch?«

»Untersteh dich«, sagte Anne. »Ich will meine Ruhe haben nach dem Wirbel in der Schule. Ich habe ganz schön schuften müssen.«

»Hast ja auch allerhand erreicht«, sagte Julius, der sehr stolz auf seine kleine Schwester war. »Klassenbeste zu sein, das ist schon etwas, da hast du ruhige Ferien verdient. Und die sollst du auch haben, verlass dich drauf. Keine Abenteuer, das ist abgemacht. Hast du gehört, Richard? Keine Abenteuer, so, das wär's.«

Anne warf ihrem Bruder einen zweifelnden Blick zu. »Meinst du?«, fragte sie. »Na ja, wir werden sehen.«

Tim stand, die Ohren gespitzt, mitten auf der Straße, wedelte mit dem Schwanz und geriet außer sich vor Freude, als er die drei auf ihren Rädern um die Wegbiegung kommen sah. Freudig bellend raste er auf sie zu, sehr zum Schrecken eines Bäckerjungen, der gerade mit einem großen Korb aus einem Gartentor

trat. In höchster Eile verschwand der Junge auf dem Nachbargrundstück, während Tim an ihm vorüberschoss und die drei zwang abzusteigen, da sie fürchteten, umgeworfen zu werden.

»Mein lieber, guter Hund«, sagte Anne und strich über sein dichtes Fell. »Lass die Zunge nicht so heraushängen, sonst verlierst du sie noch.«

Tim begrüßte die Kinder, als habe er sie mindestens ein Jahr lang nicht gesehen.

»Nun ist es aber genug, alter Junge«, sagte Richard und stieg wieder auf sein Rad. »Schließlich haben wir uns ja erst gestern gesehen. Und wo ist Georg?«

Auf Tims Gebell hin war sie aus dem Haus gekommen, stand auf der Straße und erwartete sie lachend. »Ah, ihr habt eingekauft!«, rief sie. »Sei still, Tim, du redest zu viel. Tut mir Leid, dass ihr nicht zu uns kommen konntet, aber ich bin froh, dass ich bei euch sein kann. Mein Vater hat seine Unterlagen noch immer nicht gefunden. Es ist das reinste Irrenhaus bei uns, alle Schränke werden ausgeräumt, sogar der Küchenschrank. Ich weiß auch nicht, wie er darauf kommt, dass sie dort sein könnten. Und ich habe meine Mutter in dem Durcheinander mit ihm allein gelassen.«

»Kann ich mir lebhaft vorstellen«, sagte Richard. »Dein Vater rauft sich die Haare und hat das kostbare Zeug wahrscheinlich in den Papierkorb geworfen.«

»Himmel, daran haben wir nicht gedacht!«, schrie Georg. »Ich werde meine Mutter sofort anrufen, damit sie dort nachsieht. Richard, du bist ein kluges Kind!«

»Ja, tu das, wir stellen einstweilen unsere Räder weg«, sagte Julius. »Steck deine Nase nicht in das Würstchenpaket, Tim. Du bist bei Mutti schon in Ungnade gefallen, denn du hast gestern Abend zu viel gefressen.«

In diesem Augenblick kam Georg auf sie zugelaufen. »Sie sind da!«, rief sie schon von weitem. »Meine Mutter hat gleich nachgesehen, du hast Recht gehabt, Richard.«

»Wie immer«, er nickte, »wie immer.«

Georg lachte. »Übrigens«, fragte sie dann, »wer ist eigentlich diese Frau Lehmann, die heute zum Tee kommt? Müssen wir dabei sein? Ich fänd's schön, wir könnten irgendwo draußen picknicken.«

»Daraus wird leider nichts«, sagte Richard. »Frau Lehmann will irgendetwas mit uns besprechen. Folglich haben wir mit sauberen Händen und frisch gewaschenen Schürzen zu erscheinen.«

Georg gab ihm einen freundschaftlichen Stoß in die Seite. »Das ist unfair«, meinte Richard. »Du weißt, ich kann nicht zurückschlagen. Übrigens hast du heute Morgen etwas versäumt. Du hättest Anne sehen sollen, sie hat mich angebrüllt und mir die Krallen gezeigt wie ein Tiger, und …«

»Idiot«, sagte Anne. »Musst du unbedingt damit kommen?«

Georg lachte. »Na, ich weiß nicht, ob ausgerechnet du die Richtige bist? Brüllen und Fauchen, das liegt dir nicht.«

»Wieso nicht? Na, wartet's nur ab, eines Tages werdet ihr noch euer blaues Wunder erleben.«

»Schon gut«, besänftigte Julius sie und legte den Arm auf ihre Schulter. »Kommt, wir gehen ins Haus, Tim interessiert sich zu sehr für die Tüten und wird sich noch unseren Kuchen einverleiben. Lass das, Tim!«

»Er riecht die Kirschtörtchen«, sagte Anne. »Soll ich ihm eins geben?«

»Nein, das wäre zu schade. Du weißt, er spuckt die Kirschen alle aus.«

»Wuff«, machte Tim, als wäre er einverstanden, und wandte sich dem Paket mit dem Knochen zu.

»Ja, das ist für dich«, sagte Anne. »Und viel Fleisch ist dran. Da, Mutti steht am Fenster und winkt. Sicher will sie die Würstchen haben. Pfui, Tim, lass das, die sind nicht für dich. Nein, dieser Hund ist doch zu verfressen. Man könnte denken, du lässt ihn hungern, Georg.«

»Dann denkst du falsch«, sagte ihre Kusine. »Komm her, Tim, schäm dich.«

Er gehorchte, wandte allerdings noch immer keinen Blick von den verschiedenen verheißungsvoll duftenden Tüten, die die drei jetzt aus den Körben nahmen.

Sie gingen alle hinein und lieferten ihre Einkäufe in der Küche ab. Die Köchin Maria warf Tim einen misstrauischen Blick zu.

»Bringt lieber den Hund raus«, sagte sie. »Komisch, dass die Würstchen immer verschwinden, wenn er in der Nähe ist. Wirst du wohl, nimm deine Pfoten von meinem sauberen Tisch!«

Tim zog sich gekränkt zurück und meinte, es sei ein Jammer, dass Köchinnen keine Zuneigung zu ihm empfanden. Er für sein Teil fand sie äußerst anziehend, denn sie dufteten stets nach etwas Gutem, und in ihrer Umgebung gab es viele Leckerbissen.

»Hallo, Tim!«, sagte die Tante, als sie die Küche betrat. Aber auch bei ihr hatte er kein Glück. »Geh, Tim, dir traue ich nicht, wenn du dich in der Nähe von Würstchen aufhältst, geh!«

Tim ging. Er hatte Annes Mutter gern, aber wenn sie sagte »Geh«, wusste er, dass sie es auch so meinte. Er machte es sich also im Wohnzimmer auf dem Teppich bequem, legte den Kopf tief seufzend auf die Pfoten und dachte darüber nach, wie lange es wohl dauern würde, bis er den Knochen bekam.

»Tut mir einen Gefallen und geht mir aus dem Weg, solange ich das Essen fertig mache«, sagte die Köchin. »Und macht die Tür hinter euch zu, ich möchte nicht, dass ein so großer Hund um mich herumschnuppert, ein Biest, das so tut, als ob es vor Hunger stirbt, und dabei fett wie eine Wachtel ist.«

»Das ist er nicht!«, sagte Georg empört. »Mein Hund ist noch nie fett gewesen. Er ist gar nicht der Typ dafür und gefräßig ist er auch nicht.«

»Dann muss er der einzige Hund sein, der nicht gefräßig ist«, sagte Maria. »Ich traue jedenfalls keinem. Da war zum Beispiel dieses Tier von Frau Lang, das stahl Zuckerstücke, wo es nur konnte. Und dann dieser fette Pudel von nebenan, kommt doch und stößt mir den Topf mit Sahne um, den der Milchmann vor die Tür gestellt hatte. Nicht etwa aus Versehen stößt er ihn um, nein, um die Sahne hinterher aufzulecken, jeden Tropfen! Ha, und die Frau versuchte, mir einzureden, er macht sich nichts aus Sahne, aber ihr hättet ihn sehen sollen, genauso verfressen wir eurer!«

Tim, der bei diesen Worten an der Tür gestanden hatte, zeigte Maria tief gekränkt sein Hinterteil. »Du hast seinen Stolz verletzt«, sagte Julius und lachte.

»Ich werde ihn noch ganz woanders verletzen«, war die erboste Antwort und Georg machte ein finsteres Gesicht; doch die anderen konnten sich nicht helfen, sie mussten lachen.

Der Vormittag verging wie im Fluge. Die fünf Freunde verbrachten ihn am Strand auf den hohen Klippen und ließen sich die steife Brise um die Nase wehen. Tim jagte hinter jeder Möwe her, die es wagte, sich auf dem warmen Sand niederzulassen, und ärgerte sich, dass sie jedes Mal, wenn er glaubte, sie schnappen zu können, mit ruhigem Flügelschlag davonflogen.

Sie brachten einen großen Appetit mit nach Hause und ließen vom Mittagessen nicht den kleinsten Rest übrig.

»Ich wollte, ich könnte wie Tim die Schüsseln auslecken.« Georg seufzte. »Schade um die schöne Soße.«

»Ich bin sicher, ihr werdet alle nichts von dem Kuchen essen können«, sagte die Mutter. Aber sie hatte sich geirrt. Als die Teezeit nahte, warteten die Kinder ungeduldig auf Frau Lehmann.

Der Teetisch sah aber auch verlockend genug aus. Auf der weißen Decke standen Schalen mit den Herrlichkeiten, die die fünf sehnsüchtig betrachteten.

»Sie verscherzt sich noch meine Sympathien«,

sagte Georg, »wenn sie jetzt nicht bald kommt. Ich halte es einfach nicht mehr aus, die Cremetörtchen anstarren zu müssen.«

Doch dann läutete es endlich an der Haustür, eine ältere Dame erschien und nickte beim Anblick der Kinder freundlich in die Runde.

»Das ist Frau Lehmann«, sagte Julius' Mutter. »Nehmen Sie bitte Platz. Wir freuen uns sehr über Ihren Besuch.«

»Nun«, sagte Frau Lehmann, »ich bin gekommen, um die Kinder um etwas zu bitten. Aber vielleicht trinken wir erst einmal Tee und besprechen später alles. Oh, welch ein zauberhaft gedeckter Tisch! Wie gut, dass ich einen rechten Appetit mitgebracht habe.«

Den anderen erging es nicht anders und bald waren Sandwiches und Rosinenbrötchen, Törtchen und Kekse verschwunden. Tim saß neben Georg, die ihm ab und zu, wenn es niemand sah, etwas zuschob. Sie unterhielten sich angeregt und die Kinder fanden die alte Dame sehr nett.

»Nun«, sagte sie endlich, »ich will euch nicht länger auf die Folter spannen. Ich wollte eure Mutter fragen, ob ihr drei und dieser andere Junge, wie heißt er doch, ach ja, Georg, nicht wahr, also, ob ihr mir vielleicht aus einer Verlegenheit helfen könntet.«

Niemand klärte Frau Lehmann darüber auf, dass Georg ein Mädchen war, am allerwenigsten sie selber, die es jedes Mal mit Stolz erfüllte, als Junge angesehen zu werden.

»Ich hab ein hübsches kleines Haus auf einem der Hügel mit Blick auf den Hafen«, fuhr die alte Dame fort. »Mein Neffe hält sich augenblicklich bei mir auf, aber ich bin leider gezwungen, zu einer erkrankten Kusine zu fahren, und ich möchte Wilfrid nicht gern allein lassen. Ich möchte euch nun bitten, ihm, wenn eure Mutter nichts dagegen hat, Gesellschaft zu leisten. Allein wird er sich vielleicht fürchten, obwohl selbstverständlich eine Frau jeden Vormittag den Haushalt versorgt.«

»Oh«, sagte Julius' Mutter, »Sie meinen dieses alte Häuschen dort oben mit dem herrlichen Ausblick?«

»Ja, es ist wohl in mancher Hinsicht ein wenig primitiv, keine Wasserleitung, nur ein Brunnen und kein elektrisches Licht, nur Kerzen und eine Petroleumlampe. Ja, es mag sein, dass es ein wenig altmodisch ist, aber die Aussicht entschädigt für alles. Vielleicht sehen es sich die Kinder erst einmal an, ehe sie sich entscheiden?«

Frau Lehmann sah fragend von einem zum anderen und keiner wusste etwas zu antworten.

»Aber sicher werden sie kommen«, sagte die Mutter, »und wenn sie mögen, habe ich nichts dagegen, dass sie bleiben. Sie sind gern allein zusammen, ohne Erwachsene.«

»Ja«, sagte Julius, »das stimmt, und es macht uns Spaß, für uns selbst zu sorgen. Außerdem hat Mutti jetzt sowieso viel für den Basar zu tun und wird froh sein, uns loszuwerden.«

Frau Lehmann wirkte sehr erfreut. »Also morgen«, fragte sie, »so gegen zehn Uhr? Die Aussicht wird euch gefallen, der Blick über den Hafen ist einfach wunderbar. Aber nun muss ich gehen. Ich werde Wilfrid erzählen, dass ihr kommt. Er ist ein netter Junge und sehr hilfsbereit. Ihr werdet euch sicher gut mit ihm verstehen.«

Davon war Julius nicht ganz überzeugt, denn es wunderte ihn, dass Frau Lehmann ihn allein lassen wollte, anstatt ihn mitzunehmen. Das schien ihm etwas seltsam. Trotzdem konnte man sich die Sache ja einmal ansehen.

»Es wäre eigentlich prima, wieder einmal allein in den Ferien zu sein«, sagte Georg. »Wilfrid wird uns nicht weiter stören. Er ist sicher ein kleiner Junge, der sich fürchtet, allein zu sein. Und lockt euch nicht die Aussicht auf eine herrliche Aussicht?«

Wilfrids Freunde

Am nächsten Morgen, gleich nach dem Frühstück, machten sich die Kinder für ihren Ausflug fertig. »Kommst du mit, Mutti?«, fragte Julius. »Vielleicht kannst du uns ein paar gute Tipps geben.«

Seine Mutter schüttelte den Kopf. »Ich habe eine Menge zu tun und außerdem versprochen, bei einer Versammlung des Wohltätigkeitsausschusses dabei zu sein.«

»Dann ist natürlich nichts zu machen«, sagte Julius. »Fahren wir also allein. Ich glaube, wir werden auch so wissen, ob wir bleiben wollen oder nicht. Erst sehen wir uns diesen Wilfrid mal an. Übrigens, es ist gleich zehn, und Georg ist schon da. Ich ruf die anderen und dann fahren wir los.«

Bald saßen sie auf ihren Rädern und wie immer lief Tim mit weit heraushängender Zunge neben ihnen her.

Einen Tag lang mit den Kindern unterwegs zu sein, bedeutete für ihn das größte Glück.

Nach einigen Kilometern bergan sahen sie plötzlich das Meer unter sich und den großen Hafen mit

seinen Schiffen. Die See war von atemberaubender Bläue. Anne sprang vom Rad.

»Das muss ich mir länger ansehen!«, rief sie. »So weit man sehen kann nur Himmel und Wasser!« Sie stieg über einen Zaun und sah hinunter.

Plötzlich hörte sie Stimmen und etwas Rundes, Weißes kam durch die Luft geflogen und landete vor ihren Füßen. Sie sprang erschrocken zur Seite.

»Ein Golfball«, sagte Richard, der neben sie getreten war. »Lass ihn bloß liegen. Der Spieler wird kommen und ihn genau von dieser Stelle aus weiterschlagen. Da hast du Glück gehabt, dass dir der

Ball nicht auf die Birne gefallen ist. Ich habe nicht gewusst, dass dieses Gelände zu einem Golfplatz gehört.«

»Wir könnten quer durchgehen«, sagte Anne. »Der Ginster dort drüben blüht wunderbar. Und dieser Blick!«

Richard nickte. »Wenn man von Frau Lehmanns Haus aus auch so einen hat, möchte ich schon dort bleiben. Mensch, du steigst morgens aus dem Bett, gehst ans Fenster und blickst über den Hafen, siehst das Meer, die Hügel ringsum und den hohen Himmel.«

In diesem Augenblick kamen zwei Golfspieler herauf, und die Kinder schauten zu, wie der eine von ihnen den Ball mit einem wohlgezielten, kräftigen Schlag hoch durch die Luft sausen ließ. Weit entfernt landete er auf dem weichen Rasen.

»Ein guter Schlag«, sagte der andere und beide gingen weiter.

Anne schüttelte den Kopf. »Komisches Spiel, wirklich.«

»Wieso, ich finde es prima«, sagte Richard. »Ich hätte gern ein paar Golfschläger, ich glaube, ich könnte das auch großartig.«

»Wenn das Haus hier in der Nähe ist, könntest du ja Unterricht nehmen.« Anne lachte. »Bestimmt kannst du so einen Ball auch weit schlagen.«

Ehe er antworten konnte, riefen die anderen, und so liefen sie zu ihren Rädern zurück. Sie fuhren wieder die Straße entlang. »Wir müssen auf ein weißes Gartentor mit der Aufschrift ›Haus am Hügel‹ achten«, sagte Georg.

»Dort ist es!«, schrie Anne. Sie stiegen ab und drückten sich durch die Hecke. Vor ihnen stand am Abhang des Hügels ein seltsames Haus.

»Ein richtiges Hexenhäuschen«, sagte Anne. Mit gemischten Gefühlen betrachteten sie die schiefen Wände, die winzigen Fenster, das bemooste Rieddach und die seltsamen Schornsteine.

»Gehen wir weiter«, sagte Julius. »Ich finde, es ist ein originelles Haus. Es hat sogar einen eigenen Brunnen.«

Sie beugten sich über seinen Rand und sahen hinunter. »Das ist also das Wasser, das wir trinken sollen«, murrte Anne und rümpfte die Nase. »Und mit diesem Eimer müssen wir es am Seil heraufziehen. Hoffentlich ist es wenigstens sauber.«

»Klar«, sagte Julius, »die Leute, die hier leben, haben es immer getrunken. Ich frage mich schon die ganze Zeit, ob dieses Häuschen auch eine Tür hat.«

Es gab eine, und auch die war ein wenig schief, besaß einen alten, blank geputzten Messingklopfer und wurde von zwei kleinen Fenstern flankiert. Julius sah zu den beiden höher gelegenen hinauf.

»Die Schlafzimmer werden wohl sehr klein sein«, sagte er. »Wer weiß, ob Platz genug für uns alle ist.«

Er klopfte, aber es kam niemand, um zu öffnen. Nachdem er noch einmal geklopft hatte, suchte er vergeblich neben der Tür nach einer Klingel.

»Vielleicht ist gar nicht abgeschlossen«, sagte Anne. Also drückte Julius auf die Klinke und die Tür öffnete sich und gab den Blick in eine Art Wohnküche frei.

»Hallo!«, rief er, aber er erhielt keine Antwort. »Es muss Frau Lehmanns Haus sein. Kommt, wir gehen hinein. Ist hier jemand?«, rief er noch, aber es kam keine Antwort.

Alles an diesem Haus war alt: die geschnitzten Möbel, die dunkle Holzdecke und die Fenstervorhänge. Auf einem Tisch standen eine Petroleumlampe und in einer Nische ein Ölofen. Eine schmale, steile Treppe führte zum oberen Stockwerk.

Julius stieg hinauf und trat in einen langen, dämmrigen Raum mit einer Decke aus Ried, von altersschwachen Balken getragen.

»Dieser eigenartige Bau muss hunderte von Jahren alt sein!«, rief er hinunter. »Übrigens glaube ich nicht, dass hier Platz für uns alle ist.«

Er hatte eben zu Ende gesprochen, da wurde die Haustür aufgerissen, und jemand schrie: »Was habt ihr hier zu suchen?«

Julius stieg die Treppe hinunter und sah einen etwa zehnjährigen Jungen vor sich, der ihn finster anstarrte.

»Bist du vielleicht Wilfrid?«, fragte Richard. »Wenn du noch lange so guckst, werde ich mich gleich fürchten.«

»Bin ich. Und wer seid ihr? Warum hat meine Tante euch nicht rausgeworfen?«

»Stell dir vor, das hat sie nicht«, sagte Julius. »Im Gegenteil, sie hat uns gebeten herzukommen und uns alles anzusehen, damit wir uns entscheiden, ob wir dir überhaupt Gesellschaft leisten wollen. Sie müsste eine kranke Kusine pflegen oder so.«

»Ich brauche euch nicht«, sagte der Junge. »Meine Tante ist mir schon zu viel, wenn sie ewig um mich rumtanzt.«

»Ich dachte, es wäre noch eine Köchin da«, sagte Julius. »Wo ist sie denn?«

»Sie kommt nur morgens, dann schicke ich sie weg. Sie kocht mir was. Ich will allein sein und brauch euch nicht. Also verschwindet!«

»Sei nicht albern, du Großmaul. Du Knirps kannst hier oben nicht allein sein, du bist doch viel zu klein dafür.«

»Ich schaff das sehr gut allein!«, schrie Wilfrid wütend. »Außerdem habe ich jede Menge Freunde hier.«

»Deine Freunde würde ich gern sehen«, sagte Richard ungläubig. »Hier gibt es doch nur die Hügel und den Himmel und sonst gar nichts.«

»Ich habe aber doch welche«, sagte Wilfrid. »Hier ist schon der erste.« Und damit zog er zum Entsetzen der Mädchen eine Schlange aus der Hosentasche.

Anne schrie und sprang hinter Julius' Rücken. Wilfrid aber kam grinsend auf sie zu, hielt die Schlange um ihre Mitte gefasst und schwang sie mit glänzenden Augen hin und her.

»Du brauchst dich nicht zu fürchten, Anne«, sagte Julius, »sie ist harmlos. Mensch, du bist tatsächlich dümmer, als es die Polizei erlaubt. Wenn diese Schlange dein einziger Freund ist, bist du ziemlich einsam.«

»Ich habe viele Freunde, habe ich gesagt!«, schrie Wilfrid. »Ich hau dir eine runter, wenn du mir nicht glaubst!«

»Ich krieg gleich einen Lachkrampf«, sagte Richard. »Zeig uns lieber deine Kameraden. Wenn es solche von deiner Sorte sind, wär es allerdings schlimm.«

»Jungen? Pah!«, sagte Wilfrid verächtlich. »Kommt mit, ich beweise euch, dass ich die Wahrheit sage.«

Sie folgten ihm und konnten sich über sein Betragen nur wundern. Im Freien sahen sie, dass seine

Augen so blau waren wie das Meer und sein Haar beinahe so hell wie das Schöllkraut.

»Setzt euch und seid still«, befahl er. »Rührt euch nicht. Und nun werde ich euch zeigen, dass ich genug Freunde habe.«

Sie setzten sich ein wenig belustigt und verwundert neben den Ginsterbusch und beobachteten den Jungen, der einen kleinen Gegenstand aus der Tasche gezogen hatte. Trotz aller Anstrengungen konnten sie nicht erkennen, was es war, denn er verdeckte ihn mit der Hand.

Er führte ihn an die Lippen und entlockte ihm einen seltsamen zarten Ton, der stärker wurde und langsam erstarb. Es war kein Lied, keine richtige Melodie, nur eine zauberhafte Aneinanderreihung von Tönen.

Und einen Augenblick später bewegte sich etwas in einiger Entfernung am Abhang und dann erschien zum Erstaunen aller ein Hase. Seine langen Ohren waren aufgerichtet und er starrte aus großen Augen auf den Jungen mit der Pfeife. Und dann hoppelte er plötzlich auf ihn zu und vollführte ein paar komische Sprünge.

Die Töne der Pfeife veränderten sich ein wenig, und ein Kaninchen steckte den Kopf aus seinem Bau, dann ein zweites und endlich ein drittes, das mit zitternden Ohren Wilfrids Fuß beschnupperte.

Plötzlich kam eine Elster geflogen, ließ sich dicht neben ihm nieder und sah aus blanken schwarzen Augen den wilden Sprüngen des Hasen zu. Keines der Tiere beachtete die Kinder, die staunend den Atem anhielten.

Doch dann stieß Tim ein leises Knurren aus. Er wollte es eigentlich gar nicht, aber bei diesem Anblick konnte er einfach nicht anders, und im Nu waren Hase, Kaninchen und Elster verschwunden.

Wilfrids Augen funkelten, als er sich zu den anderen umwandte. »Dieser Köter hat meine Freunde verjagt!«, schrie er. »Ich werde ihn schlagen! Er ist der schlechteste Hund …«

Doch nun geschah etwas völlig Unerwartetes. Tim lief auf den Jungen zu, setzte sich vor ihn hin und hob die Pfote, ganz so, als wolle er sich entschuldigen. Wilfrid, der noch immer die Hand erhoben hielt, ließ sie sinken und begann, Tims Kopf zu streicheln. »Er ist der beste Hund der Welt«, murmelte er.

»Tim«, schrie Georg, »komm her!« Ihr Liebling ging zu diesem Jungen, der ihn schlagen wollte! Tim stand nun auf, leckte Wilfrids Hand und lief zu seinem Frauchen zurück.

Wilfrid sah ihm mit gerunzelter Stirn nach und sagte plötzlich: »Wenn der Hund hier bleibt, könnt ihr auch bleiben. Er ist der beste Hund, den ich je-

mals gesehen habe. Er soll auch mein Freund werden!«

Ohne ein weiteres Wort sprang er den Abhang hinunter und war verschwunden. Die vier sahen einander erstaunt an. Tim winselte ratlos vor sich hin.

»Na, na«, beruhigte Julius ihn. »Übrigens, so schlimm kann dieser Wilfrid ja nicht sein, wenn du ihm so sehnsüchtig nachsiehst.«

»Ich frage mich nur«, sagte Richard, »hat der Kerl jetzt alle oder hat er sie nicht.«

Schweigend starrten die fünf Wilfrid nach und Tim wedelte mit dem Schwanz.

»Vielen Dank, Tim.« Anne lachte und strich ihm über das Fell. »Wir hätten bestimmt nicht hier bleiben können, wenn du nicht gewesen wärst und mit Wilfrid Freundschaft geschlossen hättest.«

»Eine seltsame Sache«, sagte Georg, die das Verhalten ihres Hundes nicht begreifen konnte. »Na, dass ich diesen Bengel nett finde, kann ich jedenfalls nicht behaupten.«

»Musst du auch nicht«, sagte Richard, noch ganz beeindruckt von der Vorstellung, die Hase, Kaninchen und Elster gegeben hatten. »Tierlieb ist er auf alle Fälle und dann muss er eigentlich anständig sein.«

»Pah«, fuhr Georg ihn an, »mach bloß nicht solchen Wirbel um ihn. Wenn ich die Pfeife hätte, dann könnte ich das auch.«

Anne ging ins Haus. Sie war glücklich, dass sie bleiben konnten, sie fand es herrlich hier. Das Häuschen war gemütlich und der Ausblick einzigartig.

Kilometerweit Heide und dann das Meer und darüber der hohe, weite Himmel, in dem die weißen Wolken segelten. Solch eine tolle Aussicht hab ich noch nie gehabt, dachte sie.

Sie untersuchte das Haus genau und meinte, die Jungen könnten im oberen Raum schlafen. Dort gab es zwei Matratzen, eine schmale und eine breitere. Die kleine konnte Wilfrid benutzen, die andere Julius und Richard, und Georg und sie würden unten ihr Lager aufschlagen, mit Tim als Wächter.

Ja, Anne war in ihrem Element. Es bereitete ihr großes Vergnügen, alles in Ordnung zu bringen und für die anderen zu sorgen. Sie warf einen Blick in die kleine Speisekammer und entdeckte außer einigen Konserven nichts als einen Krug mit saurer Milch und ein altbackenes Brot.

Frau Lehmann scheint keine besonders gute Hausfrau zu sein, dachte sie und runzelte die Stirn. Wir werden gleich ins Dorf fahren, um Vorräte zu besorgen. Ich werde Schinken kaufen, den essen die Jungen sehr gern.

Einen Augenblick später erschien Julius, um nach ihr zu sehen. Bei ihrem Anblick grinste er. »Na, wie steht's mit dem Quartierplan?«, fragte er. »Hast du schon überlegt, wer wo schläft und wer was einkauft und was es zu essen geben soll? Menschenskind, was wären wir ohne dich.«

»Ach«, wehrte sie ab, »mir macht es Spaß, großen Spaß sogar, das weißt du ja. Wir brauchen übrigens noch zwei Decken und ein Kissen und …«

»Gut«, unterbrach Julius sie, »wir müssen ja sowieso noch einmal nach Hause. Dann packen wir zusammen, was wir brauchen, und auf dem Rückweg können wir einkaufen. Ich möchte nur wissen, ob die Frau, von der Frau Lehmann sprach, kommt, um dir zu helfen.«

»Wilfrid hat sie doch fortgeschickt«, sagte Anne, »und ich glaube, es ist auch besser, wir machen alles allein. Das bisschen Kochen erledige ich auf dem Ölofen und im Übrigen können wir auch kalt essen – Schinken und Salat, Fleisch- und Obstkonserven und …«

»Hör mal«, unterbrach Julius sie, »ruft da nicht jemand?«

Er hatte sich nicht getäuscht, Frau Lehmann stand am Gartentor. Während er zu ihr lief, rief er: »Es ist prima hier und die schönste Aussicht, die man sich denken kann!«

»Nun«, die alte Dame lächelte, »ich habe also nicht zu viel versprochen. Ihr werdet sehen, hier kommen Maler aus aller Welt her. Ich hab mit manchem von ihnen gesprochen. Begeistert waren sie aber alle. Wirklich!«

Julius nickte. »Wahrhaftig, es ist atemberaubend,

und das Wasser ist so unwahrscheinlich blau. Ich wollte, ich könnte malen, aber ich kann es leider nicht, jedenfalls nicht besonders gut.«

»Und wie versteht ihr euch mit Wilfrid?«, fragte Frau Lehmann sichtlich besorgt. »Benimmt er sich ordentlich? Er ist … nun ja, zurzeit ist er etwas schwierig. Leider ist er ein Einzelkind. Er hat nicht gelernt, auf andere Rücksicht zu nehmen.«

»Ach, machen Sie sich um Wilfrid keine Sorgen«, beruhigte Julius sie. »Er wird sich schon an uns gewöhnen. Übrigens spricht für ihn, wie er mit Tieren umgehen kann.«

Die alte Dame schien von dieser Tatsache nicht sehr begeistert zu sein. »Nun ja«, sagte sie, »das stimmt wohl. Doch ich kann mich nicht mit Schlangen, Käfern und Eulen, die nachts in den Schornsteinen schreien, anfreunden.«

Julius lachte. »Uns macht das nichts aus«, sagte er. »Außerdem sind die größten Schwierigkeiten überwunden. Wilfrid hat mit unserem Hund Tim Freundschaft geschlossen.«

Nun lachte auch Frau Lehmann. »Das ist typisch für ihn, er ist ein bisschen verrückt, lasst ihm nur nichts durchgehen.«

»Geht in Ordnung.« Julius grinste. »Zuerst haben wir geglaubt, er würde lieber das Feld räumen und nach Hause fahren, als mit uns unter einem Dach zu hausen.«

Die alte Dame schüttelte den Kopf. »Er kann im Augenblick nicht zu seinen Eltern, sie sind verreist. So werdet ihr den Jungen schon ertragen müssen.«

»Und er uns«, sagte Julius. »Und noch vielen Dank für die Einladung, wir werden darauf achten, dass nichts kaputtgeht.«

»Das weiß ich.« Die alte Dame lächelte. »Dann also auf Wiedersehen, verlebt eine schöne Zeit und grüßt Wilfrid von mir. Ich hoffe, er wird nicht das ganze Haus mit Tieren bevölkern.«

Julius blieb am Gartentor stehen und sah ihr nach, bis sie verschwunden war und er das Geräusch eines startenden Autos hörte.

Auf dem Weg zum Haus sah er einen Augenblick hinunter auf den Hafen und auf ein großes Schiff, das Kurs auf die offene See nahm.

»Ich könnte stundenlang hier stehen«, sagte Anne, die plötzlich neben ihm aufgetaucht war. »Man hat das Gefühl, als könne man von hier oben die halbe Welt sehen. Siehst du die Insel dort, mitten in der Bucht?«

»Ja, sie ist mit Wald bestanden. Hast du 'ne Ahnung, wie sie heißt? Und ob dort jemand wohnt? Kein Haus zu sehen weit und breit.«

In diesem Augenblick rief Richard: »He, Georg und ich wollen ins Dorf fahren. Hast du einen Einkaufszettel geschrieben, Anne? Und was sollen wir für dich mitbringen, was soll Mutti einpacken? Zahnbürste und Schlafanzug?«

»Warte«, rief Julius, »ich komme mit! Es wird 'ne Menge heraufzubringen sein. Vielleicht kann Mutti am Nachmittag alles mit dem Wagen herauffahren.«

»Ein guter Gedanke«, sagte Richard. »Wir machen einen Umweg über Felsenburg und holen Georgs Sachen und dann unsere. Falls Mutti fährt, lassen wir alles, auch unsere Einkäufe, bei ihr. Sie müsste schon der Aussicht wegen kommen.«

»Und ich bringe inzwischen alles in Ordnung«, sagte Anne. »Ich werde mir auch den Herd ansehen. Wenn Mutti kommt, soll es hier richtig nett aussehen. Ich bin ganz froh, dass ich euch für 'ne Weile los bin und ihr mir nicht im Weg rumsteht.«

»Ja, ja, wir gehen schon!«, rief Julius und steckte den Einkaufszettel in die Hosentasche. »Tim nehmen wir auch mit, dann kann er sich austoben.«

Die drei schwangen sich auf ihre Räder und Tim jagte mit wilden Sprüngen voraus. Anne wartete, bis sie ihren Blicken entschwunden waren, und wollte gerade ins Haus, als jemand rief. Sie wandte sich um und entdeckte am Gartentor eine junge Frau, die ihr zuwinkte.

»Ich bin Sandra!«, rief sie. »Braucht ihr meine Hilfe beim Putzen und Kochen? Wilfrid hat zwar gesagt, ich soll nicht wiederkommen, aber ich wollte doch mal fragen, ob ich euch helfen kann.«

»Oh, vielen Dank«, sagte Anne, »aber ich glaube, wir schaffen es schon. Wir sind fünf und können alle zupacken. Haben Sie sonst hier geschlafen?«

»Nein, Fräuleinchen«, sagte Sandra, die nun direkt vor ihr stand. »Nach der Arbeit bin ich immer nach Hause gegangen. Wo ist denn dieser Hanswurst, der Wilfrid? Er war heute Morgen schon sehr unhöflich zu mir. Wenn ich seiner Tante begegne, dann bekommt sie etwas zu hören, und zwar nicht viel Gutes. Sogar über sie lacht er. Lasst ihm nur nichts durchgehen.«

»Bestimmt nicht«, sagte Anne. »Und wo wohnen Sie, falls wir Sie doch einmal brauchen?«

»Dort drüben auf der anderen Seite in dem Wäldchen. Wenn ihr mit euren Rädern vorbeifahrt, könnt ihr mein Häuschen sehen.«

Sie überquerte die Straße und verschwand bald in dem kleinen Gehölz. Endlich konnte Anne an die Arbeit gehen. Sie räumte die Speisekammer aus, nahm dann einen Eimer, ging zum Brunnen, hängte das Gefäß an den Haken am Ende des Seils und ließ es hinunter. Glucksend füllte es sich und sie begann, den Eimer heraufzuwinden. Das Wasser war kristallklar und kalt wie Eis.

Unterdessen schlich sich jemand leise an sie heran und sprang plötzlich mit wildem Gebrüll auf sie zu. Sie ließ den Eimer fallen und schrie entsetzt auf. Dann aber erkannte sie Wilfrid, der mit wahrem Indianergeheul um sie herumsprang.

»Idiot!«, rief sie. »Jetzt holst du mir neues Wasser herauf.«

»Nein«, entgegnete er, »das werde ich nicht tun. Ich bin nicht dein Diener. Hol es dir gefälligst selber.«

»Auch gut«, sagte Anne und griff nach dem Eimer, »aber ich werde es Georg erzählen, und die sorgt bestimmt dafür, dass Tim nicht dein Freund wird. Darauf kannst du dich verlassen! In den Hintern soll er dich beißen!«

»Gib schon her«, murmelte er, »ich hole es ja. Aber sag ihr bitte nichts wegen Tim. Wehe, du sagst ihr was!«

Er hat sie wirklich nicht alle, dachte Anne, während Wilfrid den Eimer hinunterließ und wieder hochzog. Entweder ist er verhaltensgestört oder er hat sonst ’ne schwere Macke.

Anne, der Tiger

Wilfrid brachte Anne den gefüllten Eimer und setzte ihn unsanft auf den Boden. »Willst du mal meine Käfer sehen?«, fragte er.

»Nein, danke«, sagte sie, »ich halt nicht viel von Käfern.«

»Das solltest du aber. Ich habe zwei ganz großartige. Du darfst sie auch mal anfassen. Fühlt sich komisch an, wenn sie einem mit ihren dünnen Beinen über die Hand krabbeln.«

»Ich möchte aber nicht, dass sie über meine Hand krabbeln«, wehrte Anne ab, die sich vor kleinen »Kribbelkrabbeltieren«, wie sie sie nannte, ekelte. »Geh mir aus dem Weg. Wenn du ein Kavalier wärest, würdest du mir den Eimer ins Haus tragen.«

»Bin keiner«, verkündete Wilfrid ungerührt. »Ich hab keine Lust, deinen Eimer zu tragen, wenn du keine Lust hast, meine Käfer anzusehen.«

»Ach, hau doch ab«, sagte Anne wütend und trug den Eimer selbst zum Haus, während Wilfrid sich vor einen Busch hockte und sich so tief bückte, dass er den Boden beinahe mit der Stirn berührte. Anne fühlte sich plötzlich sehr ungemütlich. Was hatte er denn nun wieder vor? Sie blieb stehen, um ihn zu beobachten.

Doch dieses Mal waren es keine Käfer, die zum Vorschein kamen, sondern es war eine große Kröte! Regungslos sah sie zu Wilfrid empor. Anne war maßlos erstaunt. Woher wusste dieser Junge, dass die Kröte ihr Versteck gerade dort hatte? Und warum in aller Welt kam sie zu ihm? Anne stand da, starrte auf die beiden, und es lief ihr kalt über den Rücken, denn auch Kröten mochte sie nicht sehr. Ich weiß, dass es dumm von mir ist, dachte sie, sie haben wunderschöne Augen, und klug sind sie und nützlich, aber ich find sie einfach grausig. Nein, jetzt fasst er sie sogar an!

»Komm und sag meinem Liebling Guten Tag«, rief Wilfrid ihr zu, »dann trage ich auch das Wasser für dich!«

Ohne ein Wort zu erwidern, griff Anne nach dem Eimer und hetzte ins Haus.

Mit Schrecken sah sie noch, dass die Kröte auf Wilfrids Hand kroch; dann warf sie die Tür hinter sich zu und das Wasser schwappte über den Eimerrand.

Ich wollte, ich wäre Georg, dachte sie. Die würde sich vor keiner Kröte grausen. Ich bin dumm und dabei habe ich doch alle Tiere gern. Ach du lieber

Himmel, da sitzt nun auch noch eine dicke Spinne im Ausguss! »Wilfrid, Wilfrid«, schrie sie, »komm doch bitte her!«

Wilfrid erschien, glücklicherweise nicht in Begleitung der Kröte, und streckte die Hand aus. Die Spinne lief quer durch das Becken und auf einen seiner Finger. Anne schüttelte sich vor Entsetzen, kniff die Augen zu, und als sie sie wieder öffnete, waren Wilfrid und die Spinne verschwunden.

Wahrscheinlich lässt er sie jetzt tanzen oder so etwas Ähnliches, dachte sie und musste bei dieser verrückten Vorstellung lachen. Ich begreife einfach nicht, warum alle Tiere so viel Vertrauen zu ihm haben. Ich hätte es jedenfalls nicht. Wäre ich ein Kaninchen oder ein Käfer, ich würde vor ihm davonlaufen, kilometerweit!

Wilfrid blieb vorerst verschwunden und Anne atmete auf. Nun konnte sie wenigstens ungestört ihre Arbeit tun. Sie nahm sich eine Menge vor, wurde aber bald von einem seltsamen Gekreisch abgelenkt.

Es war das laute Schwatzen mehrerer Elstern, das sie erschreckt hatte. Sie sah aus dem Fenster und entdeckte Wilfrid, der einen nicht alltäglichen Anblick bot. Auf jeder seiner ausgestreckten Hände saß eine Elster, und auf seinem Kopf thronte eine dritte, die sich aufgeregt flatternd um sich selbst drehte, während sie sich in seinem dichten Haar festkrallte.

»Komm raus!«, schrie er. »Ich werde einer von ihnen sagen, dass sie sich auf deinen Kopf setzt. Das ist prima, garantiert. Oder ist dir ein junges Kaninchen lieber? Ich hole dir eins mit meiner Pfeife.«

»Nur keine Elster«, sagte Anne, »dann lieber ein kleines Kaninchen.«

Auf ein paar leise Worte Wilfrids hin flogen die Vögel davon. Er hockte sich auf die Erde, zog die Pfeife aus der Tasche und begann, ihr wieder diese seltsame Aneinanderreihung von Tönen zu entlocken.

Anne trat vors Haus und lauschte und meinte, sie könne es begreifen, dass die Tiere diese Melodie eher liebten als den Jungen.

Im nächsten Augenblick tauchte ein Kaninchen hinter einem der großen Grasbüschel auf und hoppelte auf Wilfrid zu. Er streichelte es, sprach leise zu ihm und winkte ihr zu kommen.

Vorsichtig ging Anne über den Rasen und erwartete nichts anderes, als dass das Tierchen davonlaufen würde.

Wilfrid streichelte es noch immer und das kleine Geschöpf sah ihn ohne Furcht an. Doch als Anne sich zu ihm hinunterbeugte, sprang es erschreckt davon.

»Oh«, rief sie enttäuscht, »nun ist es fortgelaufen! Wie machst du das nur, dass die Tiere vor dir keine Angst haben?«

»Weiß ich auch nicht«, sagte Wilfrid und sprang auf. »Irgendwas Essbares im Haus? Ich habe Hunger.«

Er stieß sie grob zur Seite und stürmte in die Küche. Dort riss er die Speisekammertür auf, griff nach einer Dose, die einen Kuchen enthielt, schnitt ein Stück ab, bot Anne aber nichts an.

»Du hättest mir auch ein Stück geben können«, sagte sie. »Du willst gute Sachen wohl selber fressen.«

»Das tu ich gern«, murmelte er mit vollem Mund und grinste. »Besonders bei Leuten, die ich gar nicht um mich haben will.«

»Sei nicht so frech«, raunzte sie ihn an. »Das ist nicht dein Haus, es gehört deiner Tante. Sie hat uns eingeladen, und außerdem hast du selber gesagt, wir sollten bleiben, wenn auch nur wegen Tim.«

»Und der wird bald mein Hund sein«, verkündete Wilfrid und biss von neuem in den Kuchen. »Du wirst es schon erleben. Er wird gar nicht mehr zu diesem komischen Mädchen Georg gehen wollen und Tag und Nacht hinter mir herlaufen, garantiert!«

Anne lachte nur. Tim sollte hinter diesem Bengel

herlaufen? Niemals! Tim liebte Georg! Niemals würde er sie verlassen! Wegen dieses Wilfrids etwa? Ha, da konnte er flöten, so lange er wollte!

»Wenn du mich auslachst, hole ich meine Schlange«, drohte er. »Dann wirst du rennen, wetten?«

»O nein, das werde ich nicht«, sagte Anne und verschwand im Haus. »Pass auf, dass *du* nicht rennst!« Und damit griff sie nach dem Eimer und im nächsten Augenblick ergoss sich dessen Inhalt über den sprachlosen Angeber. Noch jemandem erschien dieser Anblick höchst seltsam, und das war Julius, der den anderen vorausgefahren war, weil er plötzlich Bedenken bekommen hatte, Anne so lange allein zu lassen.

Ungläubig starrte er seine sonst so friedliebende Schwester an. Was, um Himmels willen, war geschehen? »Anne«, rief er, »was hat Wilfrid dir getan?«

»Da bist du ja, Julius«, sagte sie erleichtert und zugleich erschrocken, ihn ausgerechnet jetzt zu sehen. Wilfrid troff von Kopf bis Fuß, stand noch immer an derselben Stelle, schnappte nach Luft und war nicht mehr angriffslustig. Er verstand nicht, wie sich diese Anne, die so ängstlich wirkte und sich sogar vor einer Spinne fürchtete, so verändern konnte.

»Dieses Miststück«, sagte er hustend und das Wasser abschüttelnd, »diese Verrückte hat sich auf

mich gestürzt und einen Eimer Wasser über mich gegossen. Ich verlange, dass sie sofort abhaut!«

Wilfrid war so durchnässt und wirkte so jämmerlich, dass Julius lachen musste. Er schlug Anne auf die Schulter. »Die Maus hat sich in einen Tiger verwandelt. Komm und zeig mir deine Krallen, Anne.«

Er nahm ihre Hand und betrachtete interessiert ihre Fingernägel. Anne wusste nicht, ob sie weinen oder lachen sollte, und rief: »Ich hätt es nie getan, aber er war zu frech. Und da bin ich so wütend geworden und einfach ausgeflippt!«

»Schon gut«, sagte Julius, »manchmal erreicht man damit eine Menge. Wilfrid, zieh dich um.«

Das triefende Opfer rührte sich noch immer nicht. »Geh schon«, wiederholte Julius, »geh und zieh dich um.«

Wilfrid war richtig geschockt und sah so unglücklich aus, dass er Anne plötzlich Leid tat. Sie lief zu ihm und puffte ihn in die Seite. »Tut mir Leid«, sagte sie, »wirklich. Es war 'ne Reflexbewegung, ich hab's einfach tun müssen.«

Auf seinem Gesicht erschien ein schwaches Grinsen. »Hör auf mit dem ewigen ›Tut mir Leid‹, ich kann's nicht mehr hören. Eigentlich bist du gar nicht so uneben. Jedenfalls hast du eine Nase wie ein kleines Kaninchen.«

Er rannte ins Haus und schlug die Tür hinter sich

zu. »Lass ihn doch«, sagte Julius, als er sah, dass Anne ihm folgen wollte. »Die Ladung hat ihn anscheinend ganz gut getan und er muss jetzt damit fertig werden. Mehr als das Wasser hat ihn deine Entschuldigung getroffen. Wird ihm wohl noch nicht oft passiert sein.«

»Habe ich wirklich eine Kaninchennase?«, fragte Anne.

»Na ja, ein bisschen schon«, sagte Julius und gab ihr einen kleinen Stups. »Aber Kaninchen haben sehr hübsche Nasen, Tatsache, ganz besonders hübsche sogar. Mit Wilfrid wirst du von nun an wohl keine Schwierigkeiten mehr haben. Wie konnte er auch ahnen, dass hinter einer Kaninchennase ein Tiger steckt.«

Nach etwa zehn Minuten kam Wilfrid zurück, die nassen Sachen in der einen Hand. »Gib her, ich werde sie aufhängen, damit sie in der Sonne trocknen«, sagte Anne lachend und er lachte zurück.

»Danke«, sagte er. »Weiß gar nicht, wie sie so nass geworden sind, müssen im Regen gelegen haben.«

Julius grinste und gab ihm einen freundschaftlichen Stoß in die Seite. »Das glaube ich auch«, sagte er, »Regen kann etwas sehr Nützliches sein.«

Eine seltsame Geschichte

Es machte Spaß, all die Herrlichkeiten, die die anderen mitgebracht hatten, in Reih und Glied in der Speisekammer aufzustellen, und da sie die Köchin sein würde, war vor allem Anne ganz bei der Sache.

»Sie ist eine tolle Wirtschafterin«, lobte Richard seine Schwester, als er sah, wie gemütlich sie alles hergerichtet hatte. »Die Speisekammer zum Beispiel ist wie von einer Schaufensterdekorateurin gestaltet und äußerst appetitanregend.«

Anne lächelte und betrachtete die wohl gefüllten Regale. Nun konnte sie ihrer »Familie« jeden Tag etwas Gutes vorsetzen. Mit großem Interesse studierte sie die Etiketten der Dosen: Mischkompott, Birnen, Pfirsiche, Schinken, Zunge und Sardinen. Hundefutter für mindestens drei Tage war auch vorhanden und sogar Schokolade, Kekse und Waffeln fehlten nicht.

Wilfrid war völlig verwandelt und den Mädchen gegenüber ausgesprochen höflich, und Richard meinte, dass sie wohl ganz gut miteinander auskommen würden.

An den nächsten Tagen aßen sie meistens im Freien, denn das Wetter war herrlich, und im Haus schien es ihnen ein wenig zu eng. Die Jungen trugen stets alles hinaus und manchmal ließ sich sogar Georg herab zu helfen. Wilfrid zeichnete sich durch besonderen Eifer aus.

Es war wunderbar, in der Sonne zu sitzen und hinunter auf den Hafen mit seinen Schiffen und Booten zu sehen.

Georg interessierte sich sehr für die Insel. »Weißt du, wie sie heißt?«, fragte sie Wilfrid. Er wusste es nicht, nur, dass es eine seltsame Geschichte um sie gab. »Sie hat einem alten, allein stehenden Mann gehört«, sagte er. »Sie soll ein Geschenk des Königs an dessen Familie gewesen sein. Der Alte wohnte dort in einem großen Haus mitten im Wald. Manche Leute wollten ihm die Insel abkaufen, aber er hatte Wachen aufgestellt, damit niemand dort landen konnte. Die waren mächtig scharf und hatten sogar Gewehre.«

»Haben sie tatsächlich geschossen?«, fragte Richard.

Wilfrid schüttelte den Kopf. »Ich glaube, sie haben nur Warnschüsse abgegeben. Meine Großmutter hat von einem Mann erzählt, der furchtbar viel Geld hatte und einen Teil der Insel kaufen wollte. Dem haben sie den Hut vom Kopf geschossen.«

»Und jetzt?«, fragte Julius. »Wie steht es mit der Insel jetzt? Schätze, der Alte ist tot. Und einen Sohn hat er wahrscheinlich nicht, oder?«

»Ich glaube nicht. Leider weiß ich auch nicht sehr viel darüber. Aber ich werde dir sagen, von wem du mehr erfahren kannst. Einer der Männer, die den Golfplatz in Ordnung halten, Lukas heißt er, war früher Wächter auf der Insel.«

»Wäre vielleicht ganz interessant, mit ihm zu sprechen«, sagte Richard. »Ich hab überhaupt Lust, mir einmal den Golfplatz anzusehen. Unser Vater kann gut Golf spielen und ich weiß schon eine ganze Menge über das Spiel.«

»Also kommt«, sagte Georg, »Tim möchte gern spazieren gehen, wenn er auch jeden Tag einmal zum Dorf hin- und zurückläuft. Wollen wir spazieren gehen, mein Guter, ja?«

»Wuff«, machte Tim begeistert und sprang an seinem Frauchen hoch. Wilfrid versuchte, ihn festzuhalten, aber es gelang ihm nicht. »Ich wollte, er wäre mein Hund«, murmelte er.

Tim lief zu ihm und leckte ihm die Hand. Es war erstaunlich, wie gern er den Jungen hatte. Niemand konnte es begreifen, denn es war nicht seine Art, schnell neue Freundschaften zu schließen.

Sie stiegen den Abhang hinauf, überquerten die Straße, liefen weiter bis zum Zaun und kletterten darüber. In einiger Entfernung sahen sie an der Spitze einer Stange eine rote Fahne flattern. »Dort ist ein Spieler«, sagte Julius. Der Mann führte einen großartigen Schlag aus, und der Ball rollte bis dicht vor das Loch, an dem die Fahnenstange stand.

Tim verspürte große Lust, hinter dem Ball herzulaufen, doch Georg hielt ihn rechtzeitig zurück.

Spieler kamen vorüber, um zu einem anderen Abschlagmal zu gehen, und verschwanden.

»Kommt, wir wollen nach Lukas Ausschau halten«, sagte Wilfrid und lief zu einer Stelle, von der aus man das Gelände überblicken konnte. »Ich glaube, Lukas wird euch gefallen. Er weiß furchtbar viel über Tiere. Ich find ihn jedenfalls prima.« Er sah sich suchend um und rief plötzlich: »Da ist er, da unten am Graben. Wetten, dass da eine Unmenge Bälle drin sind?« Und während sie den Hügel hinunterliefen, schrie er: »Hallo, Lukas! Wie geht's?«

»Guten Tag, junger Mann«, sagte Lukas, während er sich umwandte. Sein Gesicht war braun wie eine Nuss. Arme und Schultern waren noch dunkler. Er trug weder Hemd noch Jacke, und seine schwarzen, tief liegenden Augen blickten freundlich, als er nacheinander jedes der Kinder und schließlich auch den Hund betrachtete.

Er streckte Tim die Hand hin; der beschnupperte

sie, wedelte mit dem Schwanz und legte schließlich den Kopf auf Lukas' Fuß.

»Ha«, sagte der und lachte, »du denkst wohl, ich bleibe jetzt hier stehen, was? Nein, das tue ich nicht. Ich habe zu arbeiten, Junge. Steh auf, ja, ja, bist ein guter Hund, liegst auf meinem Fuß, und ich kann mich nicht rühren. Soll wohl eine Ruhepause machen, was?«

»Wir wollten gern etwas über die Insel im Hafen wissen«, sagte Wilfrid. »Wie sie heißt und ob dort noch jemand wohnt.«

»Wir können sie nämlich von Frau Lehmanns Haus aus sehen«, sagte Richard. »Sie wirkt einsam und verlassen.«

»Das ist sie auch«, bestätigte Lukas und ließ sich am Rand des Grabens nieder. Tim saß dicht neben ihm und beschnupperte ihn mit dem größten Interesse. Lukas legte den Arm um ihn und begann zu erzählen, während seine Blicke von einem Kind zum anderen wanderten.

Er war so freundlich, dass es ihnen schien, als sprächen sie mit einem alten Bekannten. Der Duft des Ginsters wehte zu ihnen herüber und Anne dachte: Es riecht wie Kokosnuss, ja, genau so.

»Nun«, begann Lukas, »die Insel ist immer ein geheimnisvoller Ort gewesen. Manche nennen sie die Klagende Insel, weil der Wind, wenn er über die hohen Klippen streicht, ein seltsam klagendes Geräusch verursacht. Andere nennen sie die Flüsternde Insel, weil es klingt, als flüstere er in den Bäumen, und wieder andere haben ihr den Namen Verbotene Insel gegeben, und ich finde, dass das ein guter Name ist, denn niemand ist dort willkommen.«

Er schwieg einen Augenblick und sah in die aufmerksamen Gesichter ringsum.

Er war der geborene Erzähler. Wie oft hatte Wilfrid seinen Geschichten über die Tiere, die er während seiner Arbeit beobachtete, gelauscht. Ja, Lukas war einer der wenigen, den der Junge mochte und bewunderte.

»Weiter«, sagte er jetzt ungeduldig, »erzählen Sie von dem alten, reichen Mann, dem die Insel gehörte und der niemanden an Land ließ.«

»Kommt alles noch«, sagte Lukas und lächelte. »Sitz du nur still. Nimm dir ein Beispiel an dem Hund, der rührt sich nicht vom Fleck. Also, was diesen alten Mann betrifft, so fürchtete er, bestohlen zu werden. Er baute sich mitten im Wald ein großes Haus, mindestens hundert Bäume wurden gefällt, um Platz zu schaffen, und es wird gesagt, dass jeder einzelne Stein und Balken vom Festland herübergebracht wurde. Habt ihr den alten Steinbruch hier auf dem Gelände gesehen?«

»Ja«, sagte Julius. »Ich dachte noch, dass es um die Bälle geschehen ist, die dort hineinfallen.«

»Nun, aus diesem Steinbruch stammen die Steine, aus denen das Haus erbaut wurde. Große, flache Lastkähne schafften sie zur Insel, und der Weg, der über den Golfplatz führt, ist der, den die Wagen damals gebahnt haben.«

»Haben Sie das noch miterlebt?«, fragte Wilfrid.

»O nein, mein Junge«, Lukas lachte, »das war lange vor meiner Zeit. Also, das große Haus oder Schloss, ganz wie ihr wollt, wurde gebaut, und der Alte hat alle Kostbarkeiten, die er besaß, darin untergebracht – wunderbare Statuen, einige aus Gold, aber das glaube ich nicht. Es entstand ein großes Gerede um diese Dinge. Ein riesiges Bett aus purem Gold soll darunter sein, eine Halskette aus Rubinen, so groß wie Taubeneier, ein Schwert mit edelsteinbesetztem Griff und vieles andere.«

Er schwieg und Julius fragte schnell: »Und was passierte mit all diesen Kostbarkeiten?«

»Der Alte fiel in Ungnade beim König und eines Morgens sah er viele Boote an den Ufern seiner Insel landen. Einige zerschellten an den gefährlichen Riffen, aber es blieben genug übrig, die Soldaten auf die Insel brachten. Die erstürmten das Schloss und töteten alle Diener, zuletzt auch den Alten.«

»Haben sie die Schätze gefunden?«, fragte Richard.

»Nichts, nicht ein einziges Stück. Manche sagen, alles wäre nur ein Märchen, andere, sie lägen noch immer dort versteckt. Ich selber halte es für Seemannsgarn und noch nicht einmal für schlechtes.«

»Und wem gehört die Insel jetzt?«

»Später lebte ein altes Ehepaar dort«, sagte Lukas, nahm eine Sichel zur Hand und schnitt ein paar Halme am Rande des Grabens ab. »Sie waren sehr tierlieb und aus diesem Grunde durfte auch jetzt niemand auf die Insel. Sie waren es, die die Wächter anstellten. Ich war auch einer von ihnen. Die Besitzer wollten Ruhe für sich und die Tiere haben, und das war ganz in Ordnung, finde ich. Oft sprangen mir Kaninchen über die Füße, und die Vögel waren ganz zahm, ohne jede Scheu.«

»Mensch, da würde ich gern sein«, sagte Wilfrid und seine Augen glänzten. »Darf man jetzt dorthin?«

Lukas schüttelte den Kopf und stand auf. »Niemand hat seit dem Tod der alten Leute dort gelebt. Das Haus steht leer, es gehört einem Großneffen der beiden Alten. Zwar lässt er sich nie blicken, aber Wachen gibt es noch immer, die die Besucher verjagen, und sie sind sehr scharf, habe ich mir sagen lassen. Nun, das war also die Geschichte von der Flüsternden Insel oder wie ihr sie sonst nennen wollt. Und wenn ihr mich fragt, so sag ich, sie gehört den Vögeln und anderem Getier.«

»Vielen Dank, dass Sie uns das alles erzählt haben«, sagte Anne. Lukas lachte und klopfte ihr freundlich auf die Wange.

»Ich muss nun wieder an die Arbeit«, sagte er. »Und dabei werde ich mir die Sonne auf den Buckel scheinen lassen und die Vögel in den Büschen singen hören. Das ist das Schönste, was es gibt, und es ist schade, dass das so wenige wissen.«

Tim, der Balljunge

Nachdem sich die Kinder von Lukas verabschiedet hatten, schlenderten sie über den Golfplatz.

»Wir müssen aufpassen, dass wir den Spielern nicht in die Quere kommen«, sagte Richard, »sonst könnte es sein, dass wir einen Golfball an den Kopf gepfeffert kriegen. He, Tim, was machst du denn da?«

Tim kam aus dem Gebüsch und trug etwas in der Schnauze, das er vor Georgs Füße fallen ließ. Es war ein beinahe neuer Golfball. »Den muss jemand verloren haben«, sagte sie und hob ihn auf. »Was sollen wir damit machen?«

»Alle Bälle, die gefunden werden, sollte man dem Profi bringen«, sagte Julius. »Nach dem Gesetz gehören sie ihm.«

»Ein Profi? Was ist denn das für einer?«, fragte Anne.

»Ein professioneller Spieler, einer, der besonders gut spielen kann und auf dem Golfplatz angestellt ist. Seht, da kommt Tim schon wieder mit einem Ball. Wir könnten ihn prima als Balljungen ausleihen.«

Tim, dem es gefiel, gestreichelt und gelobt zu werden, verschwand und beschloss weiterzusuchen. »Man könnte denken, sie riechen nach Kaninchen«, sagte Anne, als er von neuem mit einem Ball erschien, und lachte.

Sie gingen weiter um den von gelb blühendem Ginster umstandenen Rasen und plötzlich schoss ein von Tim aufgestöbertes Kaninchen aus den Büschen hervor und versuchte, seinem Verfolger zu entkommen. »Pfui, Tim, lass es laufen!«, schrie Georg, aber er gehorchte nicht.

In höchster Not schlug das Kaninchen einen Haken und geriet dabei in Wilfrids Nähe. Der bückte sich und pfiff leise. Das Tierchen sprang auf ihn zu, landete geradewegs in seinen ausgebreiteten Armen und blieb dort zitternd liegen. Georg griff an Tims Halsband. »Nein, mein Liebling«, sagte sie, »tut mir Leid, aber du darfst es nicht haben. Setz dich, hörst du.«

Tim tat, als hätte er sie nicht gehört, und verschwand wieder im Gebüsch.

Noch immer lag das Kaninchen eng an Wilfrid gepresst, und noch immer zitterte es wie Espenlaub, während er ihm beruhigende Worte zuflüsterte. Alle beobachteten die beiden aus einiger Entfernung, glücklich über die unerwartete Rettung.

Nach einer Weile setzte Wilfrid seinen Schützling behutsam unter die dichten Büsche und sah ihm nach, als er blitzschnell im nächsten Erdloch verschwand. Dann wandte er sich um und streichelte Tim, der regungslos neben ihm gestanden hatte. »Sei nicht böse«, sagte er, »es war so klein und du bist so groß.«

»Wuff«, machte Tim, als habe er genau verstanden. »Wuff«, machte er noch einmal und leckte Wilfrids Hand. Dann begann er, um ihn herumzuspringen, als wolle er ihn auffordern, mit ihm zu spielen.

Die anderen folgten ihnen, Georg mit zusammengezogenen Augenbrauen. Nein, sie konnte es einfach nicht begreifen, dass alle Tiere diesen Bengel so liebten, sogar ihr Tim! Wenn sie nicht aufpasste, würde er mehr bei ihm als bei ihr sein.

Tim fand noch fünf weitere Bälle, die Julius in seinen Taschen versenkte. Dann gingen sie zum Klubhaus, um ihren Fund abzuliefern. Es lag in einiger Entfernung in einer kleinen Senke und wirkte hell und freundlich. Julius wandte sich an den Profi, der an einem Tisch saß und Karteikarten ordnete, entleerte seine Taschen, grinste und sagte: »Ein Geschenk von unserem Hund.«

»Donnerwetter, die hat er alle gefunden?«, war die erfreute Antwort. »Nicht schlecht. Dafür sollt ihr eine Belohnung bekommen. Was mögt ihr lieber, Orangen- oder Zitronenlimonade?«

Sie entschieden sich für Orange, und Tim, der vor der Tür wartete, bekam ein Päckchen Kekse und war begeistert.

»Wir wohnen in dem Häuschen auf dem Hügel«, sagte Richard. »Kennen Sie es?«

»Sicher, meine Großmutter hat dort gelebt. Man hat von dort oben einen herrlichen Blick, einen der großartigsten der Welt, schätze ich. Vor allem auf den Hafen und die Flüsternde Insel, das heißt, eigentlich sollte sie Geheimnisvolle Insel heißen. Man sagt, dass Leute hinüberfuhren und nicht zurückkamen.«

»Und was ist mit ihnen passiert?«, fragte Anne.

»Es wird alles nur Gerede sein«, sagte der Mann. »Man erzählt, auf der Insel liegen Dinge von unschätzbarem Wert versteckt. Sammler aus aller Welt kamen und versuchten hinüberzugelangen, selbstverständlich nicht, um zu stehlen, sondern um eventuell Ankäufe für Museen oder private Sammlungen zu tätigen.«

»Und kamen nicht zurück?«, fragte Julius.

»Es mag nur Gerede sein«, der Mann hob die Schultern, »aber ich zum Beispiel weiß, dass zwei Herren von einem großen Museum ein Boot mieteten und hinüberfuhren. Sie nahmen eine weiße Fahne mit, um zu verhindern, dass man auf sie schoss. Danach hat niemand wieder etwas von ihnen gehört, sie sind spurlos verschwunden.«

»Aber was soll ihnen denn geschehen sein?«

»Das weiß man nicht. Das Boot wurde weit draußen auf dem Meer gefunden, und die Polizei nahm an, dass die Männer bei aufkommendem Nebel die Richtung verloren haben, abgetrieben wurden und ertrunken sind.«

»Sie hätten doch versuchen können zurückzuschwimmen«, sagte Richard.

»Vielleicht sind sie bei diesem Versuch ertrunken. Es ist natürlich durchaus möglich, dass die Wächter auf sie schossen und das Boot dann ins Meer hinaustrieb.«

»Und die Polizei? Hat sie sich nicht eingeschaltet?«, fragte Julius erstaunt.

»Selbstverständlich. Sie fuhren mit der Küstenwache hinüber und durchstreiften die Insel von einem Ende zum anderen, auch das Haus wurde gründlich durchsucht.«

»Das klingt ja alles sehr geheimnisvoll«, sagte Julius und stand auf. »Vielen Dank für die Limo. Übrigens hatten wir schon ein bisschen von Lukas über diese Sache erfahren.«

»Ah, Lukas, ja, der kennt sich dort drüben gut aus. Also, dann kommt mal wieder vorbei. Und noch recht herzlichen Dank für die Bälle. Nicht alle bringen zurück, was sie gefunden haben.«

Sie sagten Auf Wiedersehen und gingen hinaus. Tim war außer sich vor Freude und sie streichelten ihn.

»Na, hat's geschmeckt?«, fragte Georg, als er an ihr hochsprang. Welch eine Frage, Kekse schmeckten immer!

Während sie den Hügel hinaufstiegen, unterhielten sie sich über die Insel. »Ich möchte zu gern wissen, was mit diesen beiden Sammlern passiert ist«, sagte Anne.

Richard zuckte mit den Schultern. »Wahrscheinlich ertrunken.«

»Und ich möchte wissen, ob noch etwas von den Schätzen zu finden ist«, sagte Julius.

»Ich wollte, wir könnten einmal rüber«, meinte

Georg. »Ich glaube nicht, dass die Wächter auf uns schießen würden. Im Gegenteil, es wäre doch einmal eine Abwechslung für sie, wenn sie Besuch bekämen. Sie müssen sich ja furchtbar langweilen, wenn sie niemals jemanden sehen und sprechen.«

»Den Blödsinn schlag dir aus dem Kopf«, sagte Julius, »daraus wird nichts.«

»Ja, ich weiß, dass es nicht geht. Aber wäre es nicht ganz toll, wenn wir, ohne dass jemand etwas merkt, dort landen würden?«

»Supertoll«, sagte Richard, »besonders dann, wenn sie dich als Zielscheibe benutzen. Außerdem würden wir sowieso nichts Interessantes finden, denn die Schätze sind bestimmt schon lange nicht mehr da. Das einzig Sehenswerte wären die vielen zahmen Tiere. Das wäre doch was für dich, Wilfrid, nicht wahr?«

»Klar«, antwortete Wilfrid und seine Augen glänzten. »Ich könnte ja mal ein Boot mieten und um die Insel schippern und nach den Tieren Ausschau halten.«

»Gar nichts könntest du!«, rief Julius. »Versuch nur nicht solchen Quatsch, verstanden.«

»Das kann ich nicht versprechen«, sagte Wilfrid widerspenstig, »man weiß nie, was kommt.«

»Aber ich«, sagte Julius. »Also, lass dir nicht einfallen, dich selbstständig zu machen. Kommt, es ist

Mittagszeit vorüber. Ich habe einen Bärenhunger. Was gibt's denn heute, Anne?«

»Wir können die Büchse mit Zunge aufmachen und Salat und Brot dazu essen und hinterher Obst.«

»Klingt ganz verlockend«, sagte Georg. »Es gibt was zu fressen, Tim, hörst du!«

Bei diesen Worten stürmte Tim voll freudiger Erregung den Hügel hinauf.

Anne seufzte. »Ich wollte, ich wär auch ein Hund und könnte den Hang wie einen Maulwurfshügel nehmen. Schieb mich, Julius, sonst schaffe ich es nie!«

Wo ist die Pfeife?

Mit wedelndem Schwanz und heraushängender Zunge erwartete Tim die Kinder. Als sie sich ihm näherten, schnappte er etwas vom Boden, warf es in die Luft und fing es auf.

»Noch ein Golfball?«, fragte Georg. »Zeig her, mein Liebling, zeig, was du gefunden hast.«

Tim ließ den Ball fallen. Er war größer als ein Golfball und hatte ein Loch mittendurch.

»Ach, das ist so einer, der mit einem Stock aufgefangen wird«, sagte Georg. »Den kannst du behalten, Tim.«

»Hoffentlich verschluckt er ihn nicht«, meinte Wilfrid besorgt. »Er ist nicht sehr groß. Ich hab mal erlebt, dass ein Hund einen Ball verschluckt hat, als er ihn auffing.«

»So blöde ist meiner nicht«, sagte Georg kratzbürstig. »Außerdem brauchst du dir keine Sorgen um ihn zu machen, das überlass gefälligst mir, das heißt, natürlich nur, wenn es nötig ist.«

»Aber sicher«, sagte Wilfrid, »das gnädige Fräulein weiß schon, wann es nötig ist, aber sicher!«

Georg warf ihm einen wütenden Blick zu, er schnitt eine Grimasse, und dann pfiff er nach Tim. Ja, er wagte es tatsächlich, nach ihm zu pfeifen!

»Unterlass das gefälligst!«, schrie Georg. »Außerdem hört mein Hund nicht auf dich!«

Doch zu ihrem Schrecken lief Tim auf Wilfrid zu und begann, um ihn herumzuspringen.

Außer sich vor Wut schrie sie ihn an. Er sah verwundert zu ihr auf, kam ein paar Schritte näher, doch als Wilfrid wieder pfiff, drehte er sich von neuem nach ihm um.

Georg griff an Tims Halsband, wollte Wilfrid einen Boxhieb versetzen, verfehlte ihn aber, und er tanzte lachend um sie herum.

»Hört auf, ihr beiden«, sagte Julius. »Ihr sollt aufhören, hab ich gesagt. Mach, dass du weiterkommst, Wilfrid, und du, Georg, sei kein Schaf, er will dich doch nur ärgern und freut sich, wenn du darauf reinfällst. Tu ihm doch nicht den Gefallen.«

Sie schwieg, aber ihre Augen funkelten. Das hat gerade noch gefehlt, dachte Anne, jetzt haben wir keine ruhige Minute mehr. Dass Tim zu ihm gegangen ist, das verzeiht sie ihm nie! Dieser Wilfrid ist eine Plage!

Sie waren alle sehr hungrig und froh, dass Anne sich gleich an die Arbeit machte. Richard ging mit ihr ins Haus, um zu helfen, denn Georg war damit

beschäftigt, Tim festzuhalten, falls Wilfrid versuchen sollte, ihn zu sich zu locken.

»Ich verstehe sie ja«, sagte er, »dieser Bengel wird wieder irgendwelche komischen Laute hervorbringen, denen die Tiere anscheinend nicht widerstehen können.«

»Ich hoffe nur, sie hat von jetzt ab nicht immer schlechte Laune«, sagte Anne besorgt. »Wilfrid ist manchmal ein richtiger Idiot.«

»Na«, murmelte Richard, während er Tomaten in eine Schüssel schnitt, »wenn ich ein Hund wäre, ich würde ihn beißen und nicht freundlich um ihn herumstreichen. Sind das jetzt genug Tomaten?«

»Du lieber Himmel, ja!«, rief Anne. »Wie viel sollen wir denn essen? Vielleicht einen ganzen Zentner? Machst du mir bitte die Dose auf? Du kannst das besser, ich schneide mich meistens dabei.«

»Dann werde ich dir das von jetzt an abnehmen«, sagte Richard, »ich bin nämlich Spezialist im Dosenöffnen. Übrigens, Georg könnte auch ein bisschen helfen, sie lässt sich sehr gern bedienen. Aber sie hat einfach keine Lust. Na, in den nächsten Tagen werde ich sie ganz schön auf Trab bringen.«

»Bloß das nicht!«, war die entsetzte Antwort. »Ich mache das alles lieber allein. Sie lässt gern etwas fallen und hat zwei linke Hände, genau wie ein Junge.«

Richard warf ihr einen beleidigten Blick zu. »So, Jungen haben zwei linke Hände? Aber nur solche, die sich bewusst blöd anstellen. Wann hab ich jemals etwas zerbrochen, möchte ich wissen? Ich bin so geschickt wie jedes Mädchen und passe immer auf, wenn ich mit Geschirr umgehe.«

Leider hatte er Pech. Ein Glas entglitt ihm, fiel auf den Boden und zersplitterte. Anne sah ihn an und kicherte. »Kann nichts nehmen, ohne es nicht fallen zu lassen. Trag das Tablett raus, aber wehe, wenn du es runterwirfst!«

Sie entwickelten alle einen prächtigen Appetit und sogar die von Richard so reichlich geschnittenen Tomaten wurden aufgegessen.

Wilfrid saß ein wenig abseits und streute Brotkrumen für die Vögel, die am Boden um ihn herumhüpften. Plötzlich setzte sich eine Elster auf seine Schulter und er begrüßte sie wie eine alte Freundin.

»Hallo«, sagte er, »wie geht es der Familie? Alles gesund? Habt ihr immer noch so viel Ärger mit dem Großvater? Verjagt er euch Jungen immer noch?« Die Elster hörte mit schief gelegtem Kopf zu und antwortete in ihrer eigenen Sprache. Wilfrid strich zärtlich über ihr glänzendes Gefieder. Georg tat, als merke sie von alledem nichts, hatte ihm den Rücken zugekehrt und unterhielt sich eifrig mit

Tim, doch die anderen konnten ein Lachen kaum unterdrücken.

Die Elster bereitete der Unterhaltung übrigens ein plötzliches Ende. Wilfrid steckte gerade eine Tomatenscheibe in den Mund, als sie den Hals reckte, ihm das Stück mit einem kräftigen Schnabelhieb vor der Nase wegschnappte und davonflog, während sie Laute von sich gab, die genau wie Gelächter klangen.

Alle schrien vor Vergnügen, außer Wilfrid, der wusste, dass ihm die Elster das letzte Tomatenstück geklaut hatte.

»Sicher bringt sie die Scheibe dem Großvater, um ihn milder zu stimmen!«, rief Anne kichernd.

Dann blinzelten sie faul in die Sonne, sahen über das weite Wasser, und es fiel ihnen auf, dass alle Boote vermieden, in die Nähe der Flüsternden Insel zu geraten. Höchstwahrscheinlich war es allgemein bekannt, dass man von dort aus nach Eindringlingen Ausschau hielt.

»Vielleicht gibt es da drüben Dachse«, sagte Wilfrid nach einer Weile. »Ich habe noch nie einen in freier Natur gesehen.«

»Du bist bestimmt der Einzige, der für sie etwas übrig hat«, sagte Georg und rümpfte die Nase. »Sie stinken scheußlich. Gut, dass du sie nicht mit deiner Pfeife herholen kannst, hier gibt es nämlich keine.«

»Du könntest lieber nach ein paar Kaninchen pfeifen«, sagte Anne. »Wenn wir uns ruhig verhalten, werden sie doch kommen, oder?«

»Klar«, sagte er, griff in seine rechte Hosentasche, dann in die linke, sprang auf und starrte die Kinder entsetzt an.

»Sie ist weg!«, rief er. »Ich muss sie verloren haben! So eine Pfeife bekomme ich nie wieder! Nie!«

»Sie muss doch noch da sein«, sagte Richard beruhigend, »lass mich mal nachsehen.«

Doch die Pfeife war nicht zu finden. Wilfrid machte den Eindruck, als wolle er im nächsten Augenblick in Tränen ausbrechen. Hastig begann er, überall zu suchen, und die Übrigen halfen ihm dabei. Nur Georg nicht.

Richard sah mit gerunzelter Stirn zu ihr hinüber. Sie schien äußerst befriedigt zu sein, welch eine Wut musste sie auf den Jungen haben! Schön und gut, er konnte einem auf die Nerven gehen, aber jetzt war er so verzweifelt, dass er eigentlich jedem Leid tun musste.

Georg stand auf und begann, das Geschirr ins Haus zu tragen, und nach einer Weile folgte ihr Anne, um abzuwaschen.

»Der Arme«, sagte sie, »er ist so unglücklich.«

»Geschieht ihm recht«, meinte Georg ungerührt. »Hoffentlich bleibt das Ding verschwunden, dann kann er jedenfalls Tim nicht mehr von mir fortlocken.«

»Ach, sei nicht albern. Das war doch nur Spaß. Du weißt ganz genau, dass Tim nur dich liebt. Wilfrid will dich doch nur ärgern.«

»Und Tim geht zu ihm, wenn er ihn ruft!«, war die verzweifelte Antwort. »Und er soll es nicht, er soll es nicht!«

»Er kann doch nichts dafür. Die kleine Pfeife muss eine seltsame Anziehungskraft haben.«

»Ich bin froh, dass sie verschwunden ist«, sagte Georg. »Ich bin außerordentlich froh!«

»Das ist nicht schön von dir!« Anne ging hinaus, denn sie wusste, dass sie mit ihrer Kusine in einer solchen Stimmung nichts anfangen konnte. Sie überlegte, ob Georg wusste, wo die Pfeife war. Hatte sie sie vielleicht gefunden und versteckt oder zerbrochen? Aber nein, Georg konnte schwierig sein, gemein war sie nicht.

Anne traf Wilfrid nicht bei den anderen. »Wo ist er denn?«, fragte sie.

»Er sucht die Pfeife«, sagte Richard. »Er will den Weg zum Golfplatz zurückgehen und überall dorthin, wo wir heute Vormittag waren. Aber ich glaube nicht, dass er sie findet.«

»Der Ärmste«, sagte Anne voller Mitleid. »Ich wäre gern mit ihm gegangen, er war so außer sich. Wird er nun die Tiere nicht mehr rufen können?«

Richard hob die Schultern. »Keine Ahnung. Sagt mal, ob Georg irgendetwas weiß? Es ist vielleicht gemein, so was zu denken, aber sie könnte sie ja gefunden und aus Spaß versteckt haben.«

»Nein, nein, das tut sie nicht«, sagte Anne. »Das wäre ja schon kein Spaß mehr. Hoffentlich findet Wilfrid sie wieder. Und was wollt ihr heute Nachmittag unternehmen? Schlafen? Ihr seht ganz so aus.«

»Ja, wir dachten, wir schlafen hier draußen in der Sonne«, sagte Julius. »Dann wollten wir zum Hafen hinunter, vielleicht auch schwimmen.«

»Hört sich prima an«, sagte Richard schläfrig. »Ach, es ist herrlich, faul, satt und so müde zu sein. Also bis nachher!«

Ein böses Vorzeichen

Die beiden Jungen, Anne und Georg schliefen tief und fest im warmen Sonnenschein, bis eine Fliege um Annes Nase summte und sie weckte. Sie fuhr hoch und warf einen Blick auf ihre Uhr.

»Himmel, schon zehn nach drei!«, rief sie. »Aufwachen, Julius, Richard! Wolltet ihr nicht zum Schwimmen gehen?«

Gähnend richteten sich die beiden auf. Georg aber rührte sich nicht und Wilfrid war noch nicht zurück.

»Sicher sucht er noch immer seine Pfeife«, sagte Anne. »Steht jetzt auf. Wenn ihr liegen bleibt, schlaft ihr wieder ein. Wisst ihr vielleicht, wo unsere Badesachen sind?«

»In irgendeiner Ecke oben«, murmelte Richard. »Donnerwetter, ist das hier eine wunderbare Lage. Als ich aufwachte, dachte ich, ich liege in meinem Bett.«

Anne lief hinauf, um das Badezeug zu holen, und einen Augenblick später rief sie: »He, ihr Faulpelze, ihr schlaft doch nicht schon wieder?«

»Keine Spur!« Julius sprang auf und reckte sich. »Die Sonne hat's in sich.«

Er versetzte Richard einen leichten Fußtritt. »Los, du Affe, sonst lassen wir dich hier weiterschnarchen. Bis bald, Georg, wir gehen!«

Georg richtete sich gähnend auf und sah direkt in Tims Augen, der über ihr stand und zärtlich ihre Nasenspitze leckte. »Ja, ja, mein Liebling, ich komme. Es ist so warm heute, ich möchte baden, du auch, was?«

Sie jagten den Abhang hinunter, durch einen Streifen Moor bis an den Strand. Tim bellte ohne Unterlass und war einmal vor und einmal hinter ihnen. Weit draußen lag die Flüsternde Insel, ein grüner Fleck im Blau des Meeres, und in der Ferne am gegenüberliegenden Ufer ragten die Umrisse der großen Hafenstadt aus dem Dunst.

Sie zogen sich hinter Felsen um und rasten wenige Minuten später zum Strand. Anne steckte vorsichtig die Zehen ins Wasser. »Ganz warm!«, rief sie.

»Wuff«, machte Tim und sprang hinein. Er war ein ausgezeichneter Schwimmer und erwartete sein Frauchen voller Ungeduld. Sie legte den Arm um ihn und ließ sich von ihm hinausziehen. Wie stark er ist, dachte Georg.

Sie blieben lange im Wasser. Weiter draußen schlugen die Wellen hoch und Gischt schwappte über sie hinweg. Sie schrien vor Vergnügen und prusteten, wenn sie Wasser schluckten.

Dann lagen sie in der Sonne im Sand, Tim wie immer dicht neben Georg. Es war sehr warm, und Georg sah sehnsüchtig über die Bucht, wo der Wind die Wellen vor sich hertrieb.

»Hätten wir nur ein Boot«, sagte sie und seufzte. »Wären wir zu Hause, könnten wir mit meinem hinausfahren und uns trocknen lassen.«

Julius hob faul die Hand und zeigte mit dem Daumen über die Schulter auf ein Schild mit der Aufschrift »Bootsverleih, Auskunft im Haus«.

»Fein!«, rief Georg. »Ich werde mich erkundigen.«

Sie nahm ihr Badetuch, wickelte sich hinein und lief auf das bezeichnete Haus zu. Ein Junge von etwa fünfzehn Jahren stand vor der Tür und starrte über das Wasser. »Willst du ein Boot mieten?«, fragte er und drehte sich um.

»Ja, bitte. Was kostet es denn? Wir sind vier und ein Hund.«

»Drei Mark die Stunde. Billiger kommt ihr weg, wenn ihr eins für eine Woche mietet, das kostet einen Zwanziger.«

Georg rannte zu den anderen zurück. »Wollen wir das Boot für eine ganze Woche nehmen? Es kostet zwanzig Mark, und wir könnten dann rudern, wann wir wollen. Das wäre herrlich!«

»Gut«, sagte Richard. »Hat jemand Geld bei sich?«

»Ich habe etwas, aber ich glaube, es reicht nicht«, sagte Julius. »Ich werde Bescheid sagen, dass wir morgen wiederkommen.«

Doch der Junge vom Bootsverleih meinte freundlich: »Ihr könnt es schon heute haben, wenn ihr jetzt noch rudern möchtet. Sucht euch nur eins aus, ich weiß, ihr bringt mir das Geld. Wenn ihr wollt, könnt ihr auch nachts fischen. Übrigens, ihr müsst es immer gut festmachen.«

»Natürlich«, sagte Julius und ging mit ihm zur Anlegestelle. Er winkte den anderen zu kommen.

»Wir können uns eins aussuchen. Welches wollen wir nehmen? ›Goldfisch‹, ›Abenteuer‹, ›Möwe‹, was darf's sein? Sind alle gut in Schuss.«

»Ich finde ›Abenteuer‹ besonders hübsch«, sagte Georg und betrachtete das kleine, starke Fahrzeug genau. »Wirklich ein hübscher Name.«

»Und sehr passend«, sagte Richard grinsend, während er es mit Julius' Hilfe ins Wasser schob. »Es schwimmt! Langsam, langsam, mein Liebling, wir wollen erst einsteigen. Georg, wirf unsere Sachen in den Kahn, damit wir uns umziehen können, wenn es zu kühl wird.«

Und dann saßen sie auf den schmalen Bänken und schaukelten über die Wellen. Julius nahm die Riemen, weiter draußen erfasste der Wind sie. »Mir

ist nicht mehr sehr warm«, sagte Georg und wickelte sich fester in ihr Badetuch.

Die Ebbe zog das Boot hinaus und die Flüsternde Insel schien plötzlich gefährlich nahe. »Ich glaube, wir müssen aufpassen«, warnte Richard die anderen. »Wir wissen nicht, ob wir von drüben beobachtet werden. Wir kommen verdammt nahe dran vorbei.«

Immer näher wurden sie herangetrieben und bald konnten sie den weißen Strand erkennen. Dann nahm Richard den einen Riemen und Julius den anderen und mit vereinten Kräften versuchten sie, das Boot in ruhigeres Wasser zu dirigieren.

Doch es gelang ihnen nicht, und bald hatten sie sich dem Strand so weit genähert, dass die nächste hohe Welle sie direkt auf den Sand warf und das Boot festsaß. Es legte sich auf die Seite und alle fielen übereinander.

»Puh!«, stöhnte Julius. »Hätte ich geahnt, dass die Strömung so stark ist, wäre ich nicht so weit hinausgerudert.«

»Und was machen wir jetzt?«, fragte Anne ängstlich und sah verstohlen nach allen Seiten, als erwarte sie jeden Augenblick, einen der bewaffneten Männer auftauchen zu sehen.

»Hier bleiben, bis die Flut kommt«, sagte Julius. »Ich verstehe nicht, dass der Junge uns nicht gewarnt hat. Aber wahrscheinlich hat er gedacht, wir wüssten Bescheid.«

Sie zogen das Boot ein Stück weiter den Strand hinauf in eine Höhle und verstauten ihre Kleidungsstücke unter einem Busch. Dann schlenderten sie am Ufer entlang auf den Wald zu. Als sie näher kamen, hörten sie einen seltsamen, anhaltenden Laut.

»Das Flüstern!«, sagte Georg und blieb stehen. »Hört ihr, die Bäume flüstern tatsächlich. Klingt hübsch, nicht?«

»Nein«, sagte Anne, der der unfreiwillige Aufenthalt auf der Insel wenig behagte, »das find ich nicht! Es klingt, als machten sie sich über uns lustig.«

»Quatsch!«, Georg lachte, und die Bäume flüsterten weiter, denn der Wind strich durch ihre Kronen. »Und was machen wir jetzt?«, fragte sie unternehmungslustig. »Immerhin müssen wir ein oder zwei Stunden warten, bis die Flut kommt.«

»Ich schlage vor, wir sehen uns die Gegend ein bisschen näher an«, sagte Richard. »Wir haben ja Tim, da wird sich schon niemand an uns heranwagen.«

»Sie haben Gewehre, sie könnten auf ihn schießen«, sagte Georg, die, wenn es um ihren Liebling ging, ängstlich werden konnte. »Wenn er knurrt und sich auf sie stürzt, weiß man nicht, was sie tun.«

»Sie hat Recht«, fand Julius, der sich bei dem Gedanken, sie alle in diese vielleicht gefährliche Lage gebracht zu haben, nicht besonders wohl fühlte. »Halt ihn am Halsband, Georg.«

»Wisst ihr, was wir tun sollten?«, sagte Richard plötzlich. »Wir versuchen, die Männer zu finden, und erzählen ihnen, dass die Ebbe unser Boot an den Strand gespült hat, dass wir also gezwungen sind, uns hier aufzuhalten. Außerdem sind wir ja keine Erwachsenen, die nur herkommen, um herumzuschnüffeln. Sie werden uns bestimmt glauben und wir wären sicher.«

Alle sahen Julius an und der nickte. »Gar keine schlechte Idee. Wir bitten sie einfach um Hilfe. Wir hatten ja auch wirklich nicht die Absicht, hier zu landen.«

Sie gingen also weiter in den Wald hinein und das Rauschen über ihnen wurde stärker und stärker. Niemand war zu sehen. Die Bäume standen sehr dicht, stellenweise war der Wald undurchdringlich. Nach ungefähr zehn Minuten blieb Julius plötzlich stehen. Er hatte etwas zwischen den Bäumen entdeckt.

Die anderen drängten sich um ihn, und wie er sahen sie etwas Graues vor sich, das einer Mauer ähnelte.

»Das ist das Haus, schätze ich«, flüsterte er. Sie

gingen weiter bis an die hohe Mauer und sahen endlich einen großen Hof vor sich liegen, still und verlassen.

Richard fühlte sich plötzlich ungemütlich. »Wir werden mal rufen«, sagte er leise, aber ehe sie auch nur den Mund auftun konnten, kamen zwei Männer die Steintreppe herunter. Ihre Gesichter waren so finster, dass Tim ein tiefes, gefährliches Knurren nicht unterdrücken konnte. Im gleichen Augenblick blieben die beiden stehen und sahen sich um.

»Das kam von da drüben«, sagte der eine und zeigte nach links. Sie verschwanden in der entgegengesetzten Richtung. Die Freunde konnten erleichtert aufatmen.

»Wir wollen lieber umkehren«, schlug Julius vor. »Die machten nicht gerade einen Vertrauen erweckenden Eindruck. Seid leise. Georg, pass auf, dass Tim nicht bellt.«

Sie schlichen an der Mauer zurück, weiter durch den Wald und gelangten endlich wieder zur Höhle.

»Wir fahren so schnell wie möglich zurück«, sagte Julius. »Hier ist etwas oberfaul. Das waren keine Wächter, das waren ganz andere Typen. Ich wollte, wir wären hier nicht gelandet.«

»Julius, wo ist das Boot?«, rief Richard erschrocken. »Es ist nicht mehr da! Vielleicht haben wir nicht die richtige Stelle gefunden!« Die anderen starrten ihn entsetzt an. Nein, von dem Boot war nichts zu entdecken. Sie mussten sich in der Höhle geirrt haben. Es sah ja auch eine wie die andere aus.

»Ich denke, es ist schon die Richtige«, sagte Georg, »nur mit dem Unterschied, dass das Wasser gestiegen ist. Haltet ihr es für möglich, dass die Flut es hinausgespült hat? Seht mal, die große Welle, die da herankommt, die reißt alles mit.«

»Verdammt, ja, das könnte sein«, sagte Julius. »Passt auf, da kommt die nächste!«

»Es ist die richtige Höhle!«, rief Anne, die ihre Kleidung unter dem Busch gefunden hatte. »Es ist alles noch da.«

»Nimm sie an dich!«, schrie Julius, als eine neue Woge heranrollte. »Was bin ich doch für ein Idiot. Wir hätten das Boot viel höher hinaufziehen müssen.«

»Ich friere«, sagte Anne. »Ich ziehe mich an.«

Richard nickte. »Ja. Der Wind ist ziemlich kalt geworden.« Sie zogen sich alle an und fühlten sich nun wenigstens in dieser Hinsicht etwas wohler.

»Wir können unsere Badesachen hier unter einem Busch lassen«, sagte Georg. »Ich schleppe sie nicht gern mit mir herum.«

»Ja, ja«, sagte Julius, »aber wichtiger ist die Frage, was tun wir jetzt? Wir haben kein Boot mehr. Warum zum Teufel mussten wir auch das nehmen, das ausgerechnet ›Abenteuer‹ heißt! Wir hätten uns ja denken können, dass das ein böses Vorzeichen ist!«

In der Falle

Julius sah über das Wasser, in der Hoffnung, das Boot doch noch zwischen den hohen Wellen auftauchen zu sehen. Ich könnte hinschwimmen und es holen, dachte er. Aber er entdeckte nichts. Ich könnte mich ohrfeigen, dass ich so leichtsinnig war, ärgerte er sich.

Als Richard seine Schulter berührte und sagte: »Ich nehme an, es ist zu weit, zum Festland zu schwimmen und ein anderes Boot zu holen«, schrak er zusammen und antwortete dann: »Viel zu weit. Und die Flut ist im Augenblick viel zu stark. Wir sitzen in der Falle.«

»Signalisieren hat wohl auch keinen Sinn?«

»Womit? Du könntest stundenlang stehen und winken, das sieht keine Menschenseele.«

»Wir müssen aber einen Ausweg finden«, sagte Richard verzweifelt. »Wie wäre es, wenn wir versuchen, hier ein Boot aufzutreiben?«

Julius starrte ihn einen Augenblick sprachlos an, dann schlug er ihm begeistert auf den Rücken. »Donnerwetter, daran habe ich gar nicht gedacht.

Klar, heute Nacht gehen wir los und organisieren uns eins. Es müssen ja welche da sein, denn so, als könnten sie fliegen, sahen die beiden vorhin nicht aus.«

Die Mädchen gesellten sich zu ihnen und Tim winselte leise. »Er scheint es hier nicht besonders schön zu finden«, sagte Georg. »Ich glaube, er wittert Gefahr!«

»Ich wette, da wittert er richtig«, sagte Richard und legte die Hand auf Tims Kopf. »Ich bin froh, dass er bei uns ist. Übrigens wollen wir, wenn es dunkel ist, versuchen, die Stelle zu finden, wo die Männer ihre Boote haben, und uns eins nehmen. Ist euch vielleicht irgendetwas eingefallen?«

»Wir könnten signalisieren«, sagte Georg.

»Womit?«, fragte nun auch Richard.

»Wie wär's, wenn wir heute Nacht ein Feuer anzünden?«, fragte Anne.

Richard und Julius sahen einander an und Julius nickte. »Das ginge, auf den Klippen ginge es vielleicht.«

»Aber die Männer könnten es auch sehen«, sagte Richard.

»Falls wir kein Boot finden, müssten wir es trotzdem versuchen. Sagt mal, seid ihr auch so hungrig? Hat einer von euch zufällig irgendetwas Essbares dabei?«

»Ich habe zwei Riegel Schokolade, leider ein bisschen aufgeweicht«, sagte Georg und griff in die Tasche ihrer Shorts.

»Und ich eine Rolle Pfefferminz«, sagte Anne. »Und wie ist es mit euch beiden? Ihr habt doch immer Malzbonbons bei euch. Sagt jetzt bloß nicht, dass ihr ausgerechnet heute keine mitgenommen habt.«

»Eine ganze Tüte.« Richard grinste, zog sie aus der Hosentasche und bot allen davon an. Tim bekam auch ein Bonbon und verschluckte es sofort.

»Verschwendung, dir Bonbons zu geben«, rief Anne, »richtige Verschwendung! Du darfst sie nicht einfach hinunterschlucken, dann hast du nichts davon. Kannst du sie nicht lutschen wie wir?« Tim interessierte sich nicht im Geringsten für diese Belehrung, sondern sehr viel mehr für Richards Tasche, in der die Tüte wieder verschwunden war.

Da er nichts mehr bekam, begann er, in der Höhle herumzuschnuppern, und als er eine Kaninchenspur fand, ging er ihr, die Schnauze dicht am Boden, nach. Die Kinder bemerkten nicht, dass er verschwand; sie sprachen von neuem darüber, was zu unternehmen sei, dieser Falle zu entkommen.

Wir haben nichts zu essen, dachte Richard und kein Boot und nur die Möglichkeit, im Dunkeln nach einem zu suchen. Oder wir müssen ein Feuer

anzünden, das vielleicht auch von den Männern gesehen wird. Keine sehr angenehmen Aussichten.

Und dann wurde die Stille plötzlich von einem Schuss zerrissen!

»Worauf schießen sie denn jetzt?«, fragte Richard betroffen.

»Tim!«, rief Georg. »Tim, wo ist Tim?«

Alle durchfuhr ein eisiger Schreck. Aber nein, der Schuss konnte nicht ihm gegolten haben. Warum sollten sie auf einen Hund schießen!

Georg war trotzdem außer sich vor Angst. Sie packte Richards Arm und Tränen liefen ihr übers Gesicht. »Richard, sie werden doch nicht auf ihn geschossen haben, nicht wahr? O, Tim, wo bist du? Tim, komm, komm her!«

»Sei mal still, nur eine Minute, ja?«, sagte Richard, der meinte in der Ferne Rufe und leises Winseln gehört zu haben. »Da, ist er das nicht«, rief er plötzlich, »da, zwischen den Büschen?«

Rascheln und Knacken folgten seinen Worten, dann sahen sie Tim sich durch das Unterholz arbeiten.

»Oh, mein Liebling!«, rief Georg und umarmte ihn. »Und ich dachte, sie hätten auf dich geschossen! Das haben sie doch nicht getan, oder? Du bist doch nicht verletzt?«

»Ich wette, ich weiß, warum sie rumgeballert

haben«, sagte Richard. »Sieh nur, was er mitgebracht hat - einen halben Schinken! Leg ihn hin, du Räuber.«

Tim wedelte mit dem Schwanz, er schien begeistert zu sein. Er war hungrig gewesen und die anderen bestimmt auch, also war er auf die Jagd gegangen.

»Wo hast du den nur her?«, fragte Julius. Hätte er eine Antwort bekommen können, so wäre sie folgendermaßen ausgefallen: Ich schnüffelte einer Kaninchenspur nach und kam zu einem Schuppen, in dem Konservendosen standen, und eine war geöffnet, und es war Schinken darin. Hier ist er.

»Vielen Dank, mein Alter«, sagte Julius. »Er riecht ausgezeichnet, und wir können ihn gut brauchen, und wenn wir dem begegnen, dem er gehört, bezahlen wir ihn.«

»Julius«, rief Georg plötzlich, »sie haben auf ihn geschossen, sein Schwanz blutet!«

»Tatsächlich.« Julius betrachtete die Wunde genauer. »Verdammt, mit den Kerlen scheint nicht zu spaßen zu sein. Vielleicht ist es doch besser, wenn wir zu ihnen gehen und ihnen sagen, dass wir hier sind.«

»Also dann los«, sagte Richard. »Vielleicht haben sie gedacht, Tim ist ein Fuchs, der durch die Büsche schleicht, um ihren kostbaren Schinken zu klauen.«

»Ich glaube jetzt nicht mehr, dass es hier zahme Tiere gibt«, sagte Anne. »Die Zeiten sind wohl vorbei.«

»Bestimmt«, Julius nickte, »und ich glaube auch nicht, dass die Wachen dazu da sind, die Insel als eine Art Naturschutzgebiet zu bewahren. Niemals hätten sie dann auf Tim geschossen! Ich möchte bloß wissen, wozu sie überhaupt hier sind.«

»Und wenn sie etwas bewachen?«, sagte Georg.

»Das möchte ich herausbekommen. Ich werde ein bisschen herumschnüffeln und sehen, ob ich etwas entdecken kann. Natürlich erst, wenn es dunkel ist.«

»Ach, wären wir nur nicht hierher gekommen«, sagte Anne. »Wären wir nur oben im Haus auf dem Hügel bei Wilfrid! Ob er wohl seine Pfeife wiedergefunden hat? Es kommt mir vor, als sei es Jahre her, dass wir das Boot gemietet haben.«

»Könnten wir nicht, wenn wir vorsichtig sind, durch den Wald gehen und uns ein bisschen umsehen oder am Strand entlang nach einem Boot suchen?«, fragte Georg, die es allmählich satt hatte, untätig herumzusitzen.

»Könnten wir vielleicht«, sagte Julius. »Tim würde uns sicher warnen, falls er jemanden hört. Wir gehen hintereinander wie die Indianer und sind leise, er kann die Spitze übernehmen.«

Als sie aufstanden, sah Tim sie erwartungsvoll an. Wollten sie etwa zu dem Schuppen, wo die vielen Büchsen standen? Oh, er würde sie führen, und vor diesen Männern, die ihm die Kugel nachgejagt hatten, würde er sie auch beschützen!

Die Kinder gingen vorsichtig unter den flüsternden Bäumen dahin. Als ob sie uns warnen wollen, dachte Anne und fand ihre Situation höchst ungemütlich.

Das Tageslicht drang nur spärlich durch das Laub und plötzlich stieß Tim ein dumpfes Knurren aus. Alle blieben wie erstarrt stehen und lauschten. Doch es war nichts zu hören. Warum knurrte er? Jetzt ging er einen Schritt weiter und jetzt knurrte er von neuem!

Julius schlich ihm nach und dann blieb auch er stehen. War das eine Gestalt dort zwischen den Bäumen? Sein Herz begann, dumpf zu schlagen. Der da drüben stand regungslos da und hielt den Arm ausgestreckt, so, als zeige er auf ihn. Dann schien es, als bewege er sich. Julius trat erschreckt zurück, Tim begann zu knurren, tief in der Kehle, sein Fell sträubte sich.

Alle standen da, ohne sich zu bewegen, nur Anne zitterte vor Erregung. Sie griff nach Richards Arm und er drückte sie beruhigend an sich. Dann lachte Georg leise, ging zum Entsetzen aller ein paar

Schritte weiter und ergriff die ausgestreckte Hand der regungslosen Gestalt.

»Guten Tag«, sagte sie. »Reizend, Ihre Bekanntschaft zu machen.«

Eine Statue, nur eine Statue! Und sie hatten geglaubt, es sei ein Mensch! Alle seufzten auf vor Erleichterung und Tim lief auf die Figur zu und beschnupperte deren steinerne Füße. »Seht euch um«, sagte Julius, »das ist nicht die Einzige, hier stehen noch mehr. Sie sind sehr alt, glaube ich, und wahrscheinlich wertvoll.«

»Sieht so aus«, sagte Richard und betrachtete die Gestalt im langen Gewand mit großem Interesse. »Wie konnten Sie uns so erschrecken, meine Dame!«

Ein Eimer fällt in den Brunnen

Voller Staunen betrachteten die Kinder die verschiedenen Statuen, gingen dann weiter, standen plötzlich vor einem Schuppen und warfen einen Blick durch die geöffnete Tür.

»Seht mal die vielen Kisten«, sagte Richard. »Was ist in denen drin?«

Sie schlichen näher, beugten sich über eine davon und erkannten einen von Sägespänen halb bedeckten holzgeschnitzten Engel. Bei der nächsten Kiste mussten sie die Späne erst beiseite schieben, ehe sie eine kleine steinerne Gestalt bewundern konnten.

»Oh, wie hübsch!«, rief Anne. »Warum werden sie hier verpackt?«

»Denk mal nach«, sagte Richard. »Das hier sind wertvolle Kunstschätze, sicher sehr alt. Man verfrachtet sie auf ein Schiff, und sie werden irgendwohin transportiert, wo sie eine Menge Geld bringen, nach Amerika zum Beispiel.«

»Ob sie aus dem Haus stammen?«, fragte Georg. »Es ist mir nur schleierhaft, dass die Polizei sie nicht gefunden hat, als sie alles durchsuchte. Sie haben

bestimmt das Unterste zuoberst gekehrt. Und warum stehen die Statuen noch im Wald? Die könnten doch auch verkauft werden!«

»Die sind zu groß«, sagte Julius. »Bei den kleineren Sachen ist das etwas anderes, die lassen sich bequem verschicken und sind außerdem leicht und Wind und Wetter nicht ausgesetzt gewesen.«

»Das stimmt«, meinte Georg. »Manche von den großen Figuren waren mit Moos und Flechten bewachsen und an mehreren Stellen fehlte schon etwas. Übrigens hätte ich Lust, mir das Haus einmal von innen anzusehen.«

»Der Profi auf dem Golfplatz erwähnte die Statuen auch, erinnert ihr euch?«, fragte Richard.

»Klar«, erwiderte Julius. »Die müssen hier schon Ewigkeiten sein. Ein Wunder, dass sie noch so gut erhalten sind. Vielleicht sind sie nicht so kostbar und deshalb hat man sie unter freiem Himmel stehen lassen. Die kleineren Sachen sind bestimmt mehr wert.«

»Und wer hat sie so sorgfältig verpackt?«, fragte Anne.

Julius hob die Schultern. »Vielleicht die beiden Männer, die wir vorhin gesehen haben. Aber ich glaube nicht, dass sie auf eigene Rechnung arbeiten, so sahen sie nicht aus. Dahinter steckt jemand, der von solchen Dingen etwas versteht. Er wird von den Kunstschätzen gehört haben, ist hierher gekommen und hat eine Menge interessanter Entdeckungen gemacht. Für ihn also werden die beiden den ganzen Kram verpacken, ihn höchstwahrscheinlich zu einem weiter draußen wartenden Schiff rudern und dort verladen.«

»Und wo soll er seine Entdeckungen gemacht haben?«, fragte Georg. »In dem großen Haus?«

»Höchstwahrscheinlich. Er wird das Versteck gefunden haben, denn die Geschichte von den Schätzen des alten, reichen Mannes scheint zu stimmen. Wer weiß, was da noch alles liegt. Das Schwert mit dem edelsteinbesetzten Griff zum Beispiel und das goldene Bett und …«

»Und wenn man sich vorstellt, dass das vielleicht alles ganz in unserer Nähe ist«, unterbrach Anne ihn aufgeregt. »Wäre doch toll, wenn man sagen könnte, man hätte in einem Bett aus Gold geschlafen.«

»Na, du würdest es wahrscheinlich ziemlich hart finden«, sagte Richard und grinste.

Tim begann plötzlich zu winseln und Georgs Hand zu lecken. »Was hast du denn, mein Liebling?«, fragte sie besorgt.

»Vielleicht ist er hungrig«, sagte Anne.

»Oder durstig«, meinte Julius. »Er lässt die Zunge so weit heraushängen.«

»Armer Tim, du hast ja auch seit Stunden nichts getrunken!«, rief Georg. »Aber wo sollen wir Wasser herbekommen? Wir müssen nach einer Quelle suchen, kommt!«

Sie verließen den Schuppen und traten hinaus in den Sonnenschein.

»Wir werden bald alle durstig sein«, sagte Julius beunruhigt. »Wenn wir nur wüssten, wo wir etwas zu trinken auftreiben können.«

»In der Nähe des Hauses gibt es bestimmt einen Brunnen«, sagte Georg. »Ich glaube, wir können es wagen, dorthin zu gehen.« Für ihren Hund war sie bereit, alles zu tun.

»Nein, das kann man nicht«, sagte Julius schnell.

»Nach dieser Entdeckung eben möchte ich den Kerlen lieber doch nicht begegnen. Hier ist etwas faul. Jetzt verstehe ich auch, dass sie bei ihrer Tätigkeit keine Zuschauer brauchen können. Vielleicht schießen sie. Nein, danke!«

»Seht mal, da drüben«, sagte Richard plötzlich und zeigte auf eine kleine, kreisrunde Steinmauer.

Sie liefen hinüber und Anne rief: »Ein Brunnen, ein alter Ziehbrunnen! Hoffentlich ist ein Eimer da, dann kann Tim endlich etwas trinken.«

Tim setzte die Pfoten auf den Rand der Mauer und schnupperte. Ja, dort unten war das Ersehnte! Er winselte leise.

»Ja, ja, mein Liebling, wir holen dir Wasser herauf«, tröstete Georg ihn. »Der Eimer hängt noch am Haken. Julius, kannst du das Rad bitte drehen? Es geht so schwer.«

Julius versuchte es mit aller Kraft, und endlich begann das Tau abzurollen und der Eimer derartig zu tanzen, dass er vom Haken sprang und mit lautem Aufklatschen im Wasser landete.

»Verdammt«, sagte Julius und Tim winselte wieder.

»Jetzt wird er sinken«, jammerte Anne. »Kann man in den Brunnen hinuntersteigen?«

Es war unmöglich, obwohl früher einmal eine Stiege bestanden zu haben schien, denn hie und da sahen sie an einer Seite der Innenwand eiserne Krampen.

»Und was nun?«, fragte Georg. »Ob man das Seil herunterlässt und versucht, den Eimer mit dem Haken zu fassen?«

»Das geht bestimmt nicht«, sagte Richard. »Aber ich könnte am Tau hinunterklettern. Julius und du, ihr müsstest mich dann mit vereinten Kräften heraufwinden.«

Julius nickte. »In Ordnung, also runter mit dir, wir werden dich schon wieder ans Tageslicht befördern.« Richard setzte sich auf den Rand des Brunnens, beugte sich weit vor und griff nach dem Seil. Er stieß sich ab, schwang einen Augenblick hin und her, sah in den tiefen, dunklen Schacht unter sich und begann sich dann mit schnellen Griffen hinunterzulassen.

Weit über die Brunneneinfassung gelehnt, sahen die anderen ihm nach, sahen, wie er den Eimer ergriff, ihn bis zum Rand füllte, und hörten ihn rufen: »Fertig!« Seine Stimme klang hohl und fremd aus der Tiefe des Brunnenschachts.

Es war nicht einfach, ihn heraufzuziehen. Julius und Georg drehten das Rad mit aller Kraft, aber er kam nur langsam näher. Auf halber Höhe hörten sie ihn etwas rufen, doch sie verstanden ihn nicht und setzten ihre Arbeit ohne Unterbrechung fort.

Sobald sein Kopf über dem Brunnenrand erschien, ergriff Anne den Eimer, und Tim stürzte sich auf das Wasser und begann, gierig zu trinken.

»Habt ihr mich nicht rufen hören, habt ihr nicht gehört, dass ihr anhalten solltet?«, fragte Richard, während er am Seil hin und her pendelte. »Lasst den Griff noch nicht los, erst muss ich Halt haben.«

»Was gab's denn?«, fragte Julius erstaunt. »Warum hast du gerufen? Wir konnten dich nicht verstehen.«

Richard schwang sich auf den Rand des Brunnens und blieb dort sitzen. »Ich habe gerufen, weil ich plötzlich etwas in der Wand entdeckt habe und es mir gern angesehen hätte.«

»Was war es denn?«

»Ich weiß es nicht genau. Hat wie eine kleine Tür, eine eiserne, ausgesehen. Stark verrostet. Passt auf, dass Tim nicht zu viel trinkt, er wird sonst krank. Wir füllen den Eimer gleich noch einmal für uns, ich habe auch Durst.«

»Erzähl schon«, sagte Georg. »Wozu soll eine Tür so tief unter der Erde gut sein?«

»Ich kann nur sagen, dass eine da war«, meinte er. »Tim ist übrigens fertig. Gebt den Eimer her, aber dieses Mal müsst ihr aufpassen, wenn ich halt sage.«

Von neuem verschwand er in der Tiefe und nach einer Weile hörten sie das Glucksen des einlaufenden Wassers und zogen ihn wieder herauf. Sobald sie ihn rufen hörten, machten sie das Seil fest und starrten gebannt zu ihm hinunter.

Sie sahen ihn die Wand des Brunnens abtasten und endlich rief er: »Fertig!«

Sie legten sich wieder ins Zeug und Richard kletterte auf den Rand der Mauer. »Es ist tatsächlich eine Tür, mit einem Riegel verschlossen. Ich gehe gleich noch einmal zurück und versuche, sie mit dem Taschenmesser zu öffnen. So schaffe ich es nicht.«

»Eine Tür im Brunnen?«, sagte Julius erstaunt. »Wozu denn das?«

»Das werde ich schon herauskriegen«, versprach Richard grinsend, sehr zufrieden über seine Entdeckung. »Also, ich gehe jetzt wieder runter. Vielleicht kann ich sie aufmachen und sehen, was dahinter steckt.«

»O ja«, rief Georg, »und wenn du nicht magst, dann lass mich mal ran!«

»Blödsinn, mach schon!« Und wieder sank er hinunter. Die anderen starrten ihm nach. Wenn es ihm gelang, die Tür zu öffnen, was würde er dahinter entdecken?

Zwei Überraschungen und der beste Hund der Welt

Als Richard wieder rief, befestigten Julius und Georg das Seil, sodass es nicht weiter abrollen konnte. Er schwang jetzt in Höhe der kleinen Eisentür und begann, sie sorgfältig abzutasten. Sie besaß kein Schloss, nur den Riegel. Er versuchte, ihn zurückzustoßen, und plötzlich brach er ab und fiel mit klatschendem Geräusch ins Wasser. Der Rost hatte ihn zerfressen.

Die Tür schloss jetzt nicht mehr so fest und Richard schlug mit der Faust gegen das Eisen. Der Rost bröckelte ab und seine Hand wurde braun davon.

Dann entdeckte er einen kleinen Knopf und drückte darauf. Die Tür schien sich jetzt öffnen zu lassen, doch sie klemmte, und er schob sein Taschenmesser zwischen Eisen und Mauer und benutzte es als Hebel.

Kreischend und knarrend öffnete sich die Tür. Sie war etwa einen halben Meter hoch und nicht ganz so breit. Nur mit großer Anstrengung gelang es ihm, sie aufzuziehen, und dann sah er durch die Öffnung.

Aber er sah nichts als Finsternis. Hoffentlich hatte er die kleine Taschenlampe eingesteckt! Ja, da war etwas, er zitterte vor Erregung, als der Lichtstrahl aufblitzte. Was würde er entdecken?

Der langsam wandernde Schein war nur schwach. Und plötzlich erfasste er ein Gesicht und zwei Augen starrten Richard an. Ein eisiger Schrecken durchfuhr ihn. Der Strahl glitt weiter und fiel auf ein zweites Gesicht. Seltsam, es glänzte wie das erste – Himmel, es war aus Gold! Dieser unterirdische Raum schien unschätzbare Werte zu beherbergen!

Ich habe das Versteck gefunden!, jubelte er innerlich. Die grün glitzernden Augen dieser Katze dort müssen Edelsteine sein! Wie sie mich anstarren!

»Was ist los?«, schrie Julius plötzlich von oben. Zum zweiten Mal schrak Richard zusammen, denn dumpf und hohl klang das Echo im Schacht. »Zieht mich hinauf!«, schrie er zurück. »Es ist einfach toll! Zieht mich hoch, dann erzähle ich euch alles.«

Ehe eine Minute vergangen war, hockte er auf dem Brunnenrand, sah die drei mit blitzenden Augen an und begann, hastig zu berichten.

»Die Tür führt zu dem Raum, in dem die Schätze versteckt sind! Zwei goldene Statuen habe ich gese-

hen, ich glaube, es sind dutzende dort. Und wie sie mich angestarrt haben! Nur gut, dass sie nicht reden können. Gewundert hätte ich mich nicht. Ich war vollkommen erschlagen.«

»Es muss noch einen anderen Eingang geben«, sagte Julius aufgeregt, »der hier ist wahrscheinlich nur so eine Art Notausgang, den benutzen die Kerle bestimmt nicht.«

»Redet nicht so viel«, meinte Georg. »Lasst uns lieber runtergehen, damit wir uns den Zauber auch ansehen können. Los, ehe ich es nicht selber gesehen habe, glaube ich es nicht.«

Einer nach dem anderen verschwand im Brunnenschacht und tat einen Blick durch die Öffnung. Anne kam völlig verstört zurück. »Unheimlich!«, sagte sie. »Wie die einen anstarren, unheimlich! Sie sind ja nur aus Stein oder Gold, aber trotzdem.« Sie schüttelte sich.

»Wir sollten sofort in das Versteck steigen, den Inhalt genauer mustern und den zweiten Eingang suchen«, schlug Julius vor. »Ich bin bloß gespannt, wohin er führt, und verstehe nicht, dass die Polizei ihn damals nicht entdeckt hat.«

»Sicher sind da unten auch das Schwert mit den Edelsteinen und das goldene Bett«, sagte Anne.

Sie hatte kaum zu Ende gesprochen, als Tim wie wild zu bellen begann.

»Sei still«, fuhr Georg ihn an, »du hetzt uns die Kerle noch auf den Hals, wenn du solchen Krach machst. Hör endlich auf, du Idiot!«

Tim gehorchte sofort, winselte aber leise weiter. Und dann lief er aufgeregt wedelnd auf den Wald zu. »Wohin will er denn nun?«, fragte Georg fassungslos. »Komisch, es sieht aus, als will er zu jemandem, den er kennt.«

Sie rannten ihm alle nach, während Tim vor ihnen in Richtung der Höhle davonjagte.

Als sie dort angelangt waren, entdeckten sie ein Boot, ein kleines nur, aber immerhin ein Boot, und daneben stand Wilfrid, der Tim zärtlich streichelte.

»Wilfrid!«, schrien sie. »Wie kommst denn du hierher? Hast du das Boot gemietet? Bist du allein? Hast du …?«

Wilfrid grinste, erfreut über die gelungene Überraschung, und Georg schien in der allgemeinen Aufregung nicht einmal zu bemerken, dass ihr Liebling ihm unablässig die Hand leckte. »Also«, sagte er, »ihr seid nicht zurückgekommen, da habe ich mir gleich gedacht, dass etwas nicht in Ordnung ist.

Als dann der Junge vom Bootsverleih erzählt hat, dass ihr mit einem Boot in Richtung Insel abgefahren seid und er das Boot leer ans Land gefischt hat, da habe ich mir ja an allen fünf Fingern abzählen können, dass ihr freiwillig oder unfreiwillig hier seid. Menschenskind, hab ich gedacht, die haben den Kahn nicht richtig festgemacht, er ist fortgeschwemmt worden, und nun sitzen sie da drüben und können nicht zurück! Es war zwar gemein von euch, ohne mich zu fahren, aber ich dachte, ihr würdet euch endlich einmal freuen, wenn ihr mich seht.«

Anne umarmte ihn und rief erleichtert: »Nun können wir zurück, wann wir wollen!«

»Aber im Augenblick wollen wir nicht«, sagte Richard. »Wir haben nämlich eine Entdeckung gemacht. Klasse, dass du gekommen bist. Was hast du denn da in der Tasche?«

»Ach, das ist nur ein junger Igel«, sagte Wilfrid und nahm ihn vorsichtig heraus. »Er ist auf der Straße von einem Pferd getreten worden. Ich werde ihn ein paar Tage pflegen, bis er wieder in Ordnung ist.« Er steckte ihn in die Tasche zurück. »Aber nun erzählt, was ihr entdeckt habt. Doch nicht etwa die verschwundenen Schätze?«

»Genau die«, sagte Anne, »und zwar in einem Brunnen.«

»Hat sie jemand ins Wasser geworfen?«

»Nein«, sagte Richard und erzählte von der kleinen Eisentür in der Wand des Schachtes.

Wilfrid starrte ihn fassungslos an. »Donnerwetter! Da bin ich aber froh, dass ich gekommen bin«, sagte er. »Beinahe hätt ich es mir anders überlegt. Ich hab ja nicht gewusst, ob ihr mich haben wollt, und dann dachte ich, Georg ist bestimmt nicht begeistert, weil Tim mich mag. Aber ich kann nichts dafür, wenn er mir nachläuft. Und jag ich ihn weg, ist er auf alle Fälle gekränkt.«

In diesem Augenblick kam Tim mit einem Ball in der Schnauze auf ihn zu. Er hoffte sichtlich, Wilfrid würde mit ihm spielen. Doch der strich ihm nur über den Kopf und berichtete weiter.

»Der Junge vom Bootsverleih war ziemlich sauer,

als er hörte, dass ein leeres Boot draußen herumtrieb. Er musste mit einem anderen hinausrudern und es ins Schlepptau nehmen. Mir hat er gesagt, ihr hättet es für eine Woche gemietet. Es ist übrigens nicht beschädigt.«

»Ich werde ihm alles erklären, wenn wir zurück sind«, sagte Julius. »Wir haben noch nicht einmal bezahlt, aber er weiß, dass er sein Geld auf jeden Fall bekommt. Ich hätte nicht gedacht, dass das Wasser so weit in die Höhle hineinschwappen würde.«

»Ihr hättet mich eben mitnehmen sollen«, meinte Wilfrid. »Dann wäre euch das nie passiert!« Tim, der inzwischen eingesehen hatte, dass er nicht mit ihm spielen würde, lief zu Georg, die den Ball hoch in die Luft warf.

Tim hatte ihn sofort aufgefangen, doch plötzlich begann er zu röcheln und rollte über den Boden. »Tim!«, schrie Georg, »Tim!« Entsetzt stürzte sie auf ihn zu und Wilfrid rannte ihr nach. Angstvoll sahen sie, dass er würgte und seine Augen starr wurden.

»Der Ball!«, schrie Wilfrid. »Er hat ihn verschluckt! Oh, ich wusste ja, dass es gefährlich ist. Spuck ihn aus, Tim, sei schlau und spuck ihn aus!«

Wilfrid war außer sich vor Angst, er fürchtete, dass Tim ebenso wie der Hund damals ersticken würde. Georg stand wie gelähmt da, als sie die Qualen ihres Lieblings sah, der unablässig hustete.

»Er wird ersticken!«, schrie Wilfrid. »Julius, halt ihm die Schnauze auf, ich muss versuchen, den Ball zu erwischen! Schnell!«

Tims Bewegungen wurden schwächer, und es war nicht schwierig, ihm die Schnauze zu öffnen. Wilfrid konnte den Ball mit dem Loch in der Mitte in seinem Schlund entdecken, streckte die Hand danach aus, tastete mit dem Zeigefinger nach dem Loch, fand es und zog den Ball vorsichtig heraus. In langen, tiefen Zügen begann Tim wieder zu atmen. Plötzlich sprang er auf und begann, wie verrückt um sie herumzurennen. Es war ein Freudenausbruch, wie ihn noch keiner bei Tim erlebt hatte. »Das nennt man einen Laufkoller«, sagte Wilfrid fachmännisch.

»Ich hätte dir den Ball nicht geben dürfen.« Georg schluchzte. »Nie hätte ich ihn dir geben dürfen. Er war zu klein für einen so großen Hund wie dich. Oh, mein Liebling, nun ist doch alles wieder gut, ja?«

Ja, nun war alles wieder gut, und hätte Wilfrid ihren Liebling nicht gerettet, so hätte sie ihn sicher verloren. »Vielen Dank«, sagte sie unsicher.

»Ein Glück, dass das Loch im Ball war«, meinte er und legte den Arm um Tims Hals. »Der Ball war durch Tims Spucke furchtbar glitschig.« Tim leckte ihm dankbar die Hand, dann wandte er den Kopf und leckte auch die Georgs.

»Er will sagen, dass er uns beiden gehört«, sagte sie. »Ich will ihn gern mit dir teilen, denn du hast ihm das Leben gerettet.«

»Dem besten Hund der Welt!«, rief Wilfrid.

Wilfrid ist verschwunden

»Ich bin hungrig«, sagte Georg, die niemals über mangelnden Appetit klagen konnte. »Der Schinken ist alle, nicht wahr? Wir mussten Tim ja das meiste geben, weil er ihn in der Schnauze gehabt hat. Wie steht es mit den Malzbonbons, Richard?«

»Jeder kann zwei kriegen, zehn sind noch da«, sagte er, während er den Inhalt der Tüte zählte. »Tut mir Leid, Tim, du musst dieses Mal verzichten. Ist auch viel gesünder für dich. Zucker ist zwar für Menschen auch nicht das Beste, aber wir haben Zahnbürsten.«

»Ach, das habe ich ja ganz vergessen«, sagte Wilfrid, »ich habe etwas zu essen mitgebracht. Konnt mir doch denken, dass ihr einen Mordshunger habt.«

»Du bist ein Engel!«, rief Georg und fragte sich, warum sie ihn bis jetzt so unsympathisch gefunden hatte. »Was hast du denn mitgebracht?«

»Kommt und seht es euch an«, sagte er. Sie gingen hinüber zum Boot, Tim dicht an seines neuen Freundes Seite, und betrachteten voller Entzücken das wilde Durcheinander von Konservendosen, Brot und Butterpäckchen.

»Himmel«, sagte Anne, »wie hast du das alles bloß vom Haus hinuntergeschafft? Sogar an Teller und Bestecke hat er gedacht!«

»Ich hab alles in einen Sack gesteckt und ihn über die Schulter geworfen.« Wilfrid grinste stolz über den Erfolg seiner Bemühungen. »Übrigens hat es mich auf dem Abhang hingeschmissen und der ganze Kram ist bis zum Strand gerollt.«

Sie lachten alle, als sie sich vorstellten, wie die Konservendosen den Hügel hinuntergekullert waren.

Anne drückte wieder einmal ihre Bewunderung durch Schulterklopfen aus. Unvorstellbar, einem solch netten Jungen einen Eimer voll Wasser über den Kopf zu schütten!

»Das hast du gut gemacht«, sagte sie, und er strahlte sie an, glücklich über die Freundlichkeit, mit der ihm alle begegneten. Tim schnupperte unterdessen interessiert an all den Herrlichkeiten herum und begann dann, laut zu bellen.

Wilfrid begriff sofort. »Nein, nein, ich habe dich nicht vergessen, du bekommst ein wunderbares Schinkenbein und Hundekuchen.«

Tim tanzte um ihn herum, bellte voller Begeisterung und bekam selbstverständlich als Erster seine Mahlzeit.

»Darf er denn jetzt schon etwas fressen?«, fragte Georg besorgt. »Sein Hals muss ihm doch noch wehtun.«

»Das weiß er selber am besten!«, rief Julius. »So wie ich ihn kenne, wird er absolut nichts übrig lassen.«

Julius hatte Recht. Mit wahrem Heißhunger stürzte sich Tim zunächst auf den Knochen, dann auf die Hundekuchen und zerstreute somit alle Bedenken.

»Na, seht ihr!« Anne lachte und streichelte ihn. »Mach bloß nie wieder solche Sachen, ich bin beinahe gestorben vor Angst.«

»Hoffentlich hat jemand einen Büchsenöffner dabei«, sagte Georg plötzlich. »Es wäre entsetzlich, wenn wir die Dosen nicht aufmachen könnten.«

Wilfrid stöhnte. »Ich Idiot, daran habe ich nicht gedacht!«

»Regt euch bloß nicht auf, an meinem Taschenmesser ist so 'n Ding«, sagte Richard und ließ es aufschnappen. »Ich hab es zwar noch nie benutzt, aber ich hoffe, dass es funktioniert. Wirf mal 'ne Dose rüber.«

Richard war nicht ungeschickt. Er drückte den Öffner in das Deckelblech und führte ihn weiter. Alle waren erleichtert, als sie sahen, dass der Büchsenöffner seinen Zweck erfüllte.

»Ich mache gleich noch ein paar mehr auf«, sagte Richard. »Sparen brauchen wir nicht, weil wir das Boot haben und zurückkönnen, wann wir wollen.«

Er öffnete eine Dose mit Zunge, eine mit Bohnen, zwei mit Früchten und schnitt das Brot in Scheiben.

»Nie was Besseres gegessen«, sagte Julius endlich.

»Wuff«, machte Tim und unterbrach seine Mahlzeit für einen Augenblick.

»Er ist ganz deiner Meinung«, sagte Anne lachend.

»Seht mal, die Sonne geht unter«, sagte Georg plötzlich. »Und was werden wir jetzt machen? Zurückrudern?«

»Hier bleiben«, meinte Julius. »Niemand weiß, dass wir auf der Insel sind, und ich möchte heute Nacht noch ein bisschen herumschnüffeln. Ich möchte Verschiedenes herausbekommen. Zum Beispiel, wie viele von diesen Kerlen sich hier herumtreiben, wo der richtige Eingang zu dem Versteck liegt und wie sie die Kisten abtransportieren. Danach alarmieren wir die Polizei, die kann das Ihrige tun.«

»Könnte Wilfrid die beiden Mädchen nicht nach Hause rudern und wieder zurückkommen?«, schlug Richard vor, dem es schien, als verspüre Anne wenig Lust, auch noch die Nacht hier zu verbringen.

Doch ehe Julius antworten konnte, protestierte Georg: »Ich bleibe und Tim auch. Anne kann natürlich machen, was sie will.«

»Schon gut«, sagte Richard und hielt sich die Ohren zu. »Wie ist es, Anne, du bist die Jüngste, und ...«

»In Ordnung«, sagte Julius. »Wilfrid, merkst du, dass Tim seine Schnauze in deine Tasche steckt, in der der Igel hockt?«

»Ja, sie schließen gerade Freundschaft, der Igel ist noch ein Baby, und seine Stacheln sind so weich, dass sie keine Gefahr für Hundeschnauzen bilden.«

»Wuff«, machte Tim. Er fühlte sich sehr wohl zwischen seinem Frauchen und diesem freundlichen Jungen, die ihn beide streichelten.

»Ich werde jetzt einen kleinen Rundgang um die Insel machen«, sagte Wilfrid plötzlich. »Willst du mitkommen, Tim?«

Hastig ergriff Georg das Halsband ihres Lieblings, der freudig aufspringen wollte. »Bist du verrückt geworden«, sagte sie. »Sie haben schon mal auf ihn geschossen. Das riskiere ich nicht noch einmal. Außerdem dürfen sie nicht merken, dass wir hier sind.«

»Ich werde vorsichtig sein«, beruhigte er sie. »Die erwischen mich nicht, sie haben mich noch nicht einmal an Land gehen sehen.«

Julius richtete sich plötzlich auf. »Woher willst du das überhaupt wissen?«, fragte er. »Sie können ja beobachtet haben, wie du und auch wir gekommen sind. Sie werden schließlich keine Lust haben, entdeckt zu werden.«

»Ich glaube nicht, dass sie uns gesehen haben«, meinte Richard. »Dann hätten sie sich schon längst unangenehm bemerkbar gemacht.«

»Mich haben sie auch nicht gesehen, sonst hätten sie mich gleich hier empfangen«, sagte Wilfrid, erhob sich und sah sich um. »Also, ich gehe jetzt.«

»Das tust du nicht! Auf keinen Fall machst du dich selbstständig!«, sagte Julius bestimmt, ließ sich neben Richard in den weichen Sand sinken, und beide dachten an die kommende Nacht und daran, was sie erwarten würde.

Dann schliefen sie ein und wurden erst durch einen freundschaftlichen Stoß Annes geweckt.

Nach einer Weile fragte sie: »Wo ist eigentlich Wilfrid?«

Alle fuhren erschrocken hoch. Er war nirgends zu sehen!

»Er hat sich einfach aus dem Staub gemacht!«, rief Richard wütend. »Dieser Idiot! Wer weiß, wie lange er schon weg ist. Gut, dass er wenigstens Tim nicht mitgenommen hat. Hoffentlich erwischen sie ihn nicht!«

Georg legte den Arm um ihren Liebling. »Tim wäre nie mit ihm gegangen, wenn ich nicht dabei bin«, sagte sie. »Was ist das nur für ein Dickschädel! Wenn ihn die Männer aufstöbern, werden sie bestimmt vermuten, dass er nicht allein hier ist, und alles aus ihm herausbekommen – auch dass das Boot in der Höhle liegt.«

»Was sollen wir nur tun?«, fragte Anne ängstlich. »Vielleicht ist es besser, wir suchen ihn.«

Georg nickte. »Tim wird ihn finden. Komm, such Wilfrid, such diesen dummen, ungezogenen Blödmann.«

Tim verstand sofort. Die Schnauze dicht am Boden, begann er, Wilfrids Spur zu folgen. »Nicht so schnell«, sagte sein Frauchen und sah sich in der Höhle um. »Sollten wir nicht vielleicht etwas zu essen mitnehmen?«

»Guter Gedanke«, sagte Julius. »Man weiß nie, was kommt.«

Er und Richard verstauten zwei Dosen in ihren Taschen. »Er wird in diese Richtung gegangen sein«, überlegte Richard. »Zu blöd, dass wir nichts gemerkt haben, als er verschwunden ist. Ich wundere mich nur, dass Tim sich ruhig verhalten hat. Such ihn, Alter, such ihn!«

»Seid mal still!«, sagte Anne plötzlich und blieb stehen. »Hört ihr nichts?« Sie lauschten und waren entsetzt, als sie Wilfrids Stimme erkannten.

»Lassen Sie mich los!«, schrie er voller Angst. »Loslassen, sage ich.«

Und dann schrie jemand drohend: »Mit wem bist du hier? Wo sind die anderen? Du bist nicht allein, das wissen wir genau!«

Julius erbleichte. »Wir müssen uns verstecken«, sagte er schnell.

»Zwecklos, sie werden uns überall suchen«, flüsterte Richard. »Besser, wir klettern auf einen Baum.«

»Gut. Anne, komm her. Beeilt euch, los, beeilt euch!«

»Und was ist mit Tim? Er kann doch nicht klettern«, sagte Georg verzweifelt. »Sie werden wieder auf ihn schießen!«

»Sag ihm, dass er im Gebüsch warten soll«, flüsterte Julius. »Er weiß doch ganz genau, was das bedeutet. Mach schnell!«

Georg nahm Tim am Halsband, führte ihn in das dichte Unterholz und erklärte ihm, dass er hier bleiben müsse. »Warte, bis ich wiederkomme«, sagte sie.

»Wuff«, machte er leise und zog die Schnauze, die er verwundert durch die Blätter gesteckt hatte, wieder zurück. Er hatte verstanden!

Unterdessen schob Richard Anne den Baumstamm hinauf, bis sie die unteren Äste erreichen konnte. »Steig so hoch wie möglich«, flüsterte er, »und bleib dort, bis ich dich rufe. Hab keine Angst, Tim sitzt hier unten und hält Wache.«

Anne lächelte schwach. Sie war nicht wie ihre Kusine, furchtlos und immer bereit, sich in irgendwelche Schwierigkeiten zu stürzen. Nein, sie liebte ein ruhiges Leben, doch wie konnte sie es führen, wenn sie mit den anderen zusammen war?

Auch die Jungen und Georg hockten nun in den Ästen und lauschten dem erregten Wortwechsel. Wilfrid dachte nicht daran, seine Freunde zu verraten.

»Wie bist du hierher gekommen?«, schrie einer der Männer.

»Im Boot.«

»Wo sind die anderen?«

»Ich bin allein gefahren«, sagte Wilfrid und das war noch nicht einmal eine Lüge. »Ich wollte mir die Insel ansehen. Ich interessiere mich für Tiere und hab gehört, dass es hier ganz zahme gibt.«

»Interessiert sich für Tiere, ha, ha«, sagte ein anderer. »Klingt aber ziemlich glaubhaft.«

»Da, sehen Sie, was ich in meiner Tasche habe!«, rief Wilfrid und zog den kleinen Igel heraus. »Er ist verletzt und ich pflege ihn.«

»Also lauf schon! Aber du ruderst sofort zurück, verstanden? Und mach nicht so ein ängstliches Gesicht, wir fressen dich nicht. Wir haben zu tun und können hier keine Kinder brauchen. Nicht einmal solche mit Igeln in den Taschen, ha, ha.«

Wilfrid drehte sich um und rannte davon. Er war geschockt und fürchtete, dass er weder die Höhle noch die anderen wiederfinden würde. Warum nur

hatte er nicht auf Julius gehört? Ob die Kerle gemerkt hatten, dass etwas nicht stimmte? Und wohin sollte er gehen?

Er hatte die Orientierung vollkommen verloren und wusste nicht mehr, wo die Höhle lag. Aber er musste sie finden, er musste es einfach! Er irrte durch den Wald und wünschte, er hätte Tim bei sich. Dann blieb er plötzlich stehen. Sicher war es der falsche Weg. Er kehrte um und rannte in die andere Richtung. Nein, auch hier kam ihm nichts bekannt vor.

Dann glaubte er, Stimmen zu hören, blieb von neuem stehen und lauschte. Konnten es die anderen sein? Sicher hatten sie ihn doch schon vermisst und versuchten, ihn zu finden. Wenn doch Georg Tim befehlen würde, seine Spur aufzunehmen. Aber das tat sie bestimmt nicht, weil sie Angst um ihn hatte. Oder waren es vielleicht gar keine Stimmen? War es nur der Wind? Er lauschte angestrengt. Nein, nun hörte er nichts mehr.

Der Wald wurde lichter und dann sah er plötzlich das Meer in einiger Entfernung zwischen den Stämmen glänzen. Er war unsäglich erleichtert; wenn er zum Strand gelangen konnte, brauchte er ihn nur entlangzugehen, bis er die Höhle fand!

Er zwängte sich durch dichtes Gebüsch und stand plötzlich auf einer hohen, steil abfallenden Klippe.

Wilfrid ging bis zum Rand, um zu sehen, ob es eine Möglichkeit gab, an den Strand zu gelangen, beugte sich vor und fuhr erschrocken zurück. Was war das für ein Geräusch, klagend und grässlich? Mit dem Wind schwoll es an und ab. Wilfrids Knie zitterten, er wagte nicht, sich zu rühren, setzte sich auf einen Stein und presste die Hände gegen die Ohren.

Und dann erinnerte er sich und atmete erleichtert auf. Natürlich, das waren die Klagenden Riffe, von denen er gehört hatte, natürlich, es war nur der Wind, der über die Felsen strich.

Er blieb noch eine Weile sitzen, und da er sich nun nicht mehr fürchtete, sah er wieder in die Tiefe, und seine Augen weiteten sich.

Dort unten standen drei Männer! Sie dürfen mich nicht sehen, dachte er, sie gehören bestimmt zu den beiden anderen. Was machen sie nur?

Er legte sich auf den Bauch und starrte hinunter. Nein, es waren nicht drei, sondern vier Leute, und dann waren sie verschwunden! Wohin mochten sie nur gegangen sein? Sicher sind sie irgendwo in den Klippen, dachte er. Wenn doch dieses grässliche Geräusch endlich aufhörte, man könnte verrückt werden!

Nach einer Weile drangen die schwachen Laute von Stimmen zu ihm herauf und er sah zwei Männer aus dem Felsen unter sich hervorkommen. Sie trugen große Kisten, genau solche wie die, von denen seine Freunde ihm erzählt hatten.

Wahrscheinlich brachten sie die Kunstschätze von der Insel durch einen Gang in den Klippen zu einem wartenden Boot. Aber es war keins zu sehen.

Gespannt beobachtete er, wie die Männer eine Kiste nach der anderen hinaustrugen und sie auf einem flachen Felsen, der aus dem Wasser ragte, stapelten.

Wilfrid wünschte, die vier wären da und könnten alles mit ansehen. Die Kerle schienen in der letzten Zeit nicht faul gewesen zu sein. Für das, was sie hier ins Freie schleppten, genügte kein auch noch so großes Ruderboot. Da musste schon ein richtiger Lastkahn her.

Er hatte das kaum zu Ende gedacht, da tauchte auch schon ein Frachter auf, der Kurs auf die Insel nahm. Ich wette, jetzt werden sie einen Kahn beladen und hinüberrudern, dachte er.

Das Schiff ankerte in gehörigem Abstand von den Riffen, aber ein Boot war noch immer nicht zu entdecken. Die warten auf die Ebbe, vermutete er. Was werden die anderen sagen, wenn ich ihnen das erzähle. Vielleicht sind sie dann nicht mehr böse auf mich.

Er beschloss, sie zu suchen, und bemühte sich herauszufinden, welche Richtung er einschlagen

musste. An verschiedenen Merkmalen glaubte er nach einer Weile zu erkennen, dass er sich in der Nähe der Höhlen befand. Dann fühlte er sich plötzlich von hinten gepackt.

»Lassen Sie mich los«, flüsterte er mit erstickter Stimme. »Lassen Sie mich sofort los! Tim, rette mich!«

Aber Tim rührte sich nicht, verharrte unbeweglich und betrachtete mit Verwunderung Wilfrids Bemühungen, sich loszureißen.

Auf einmal hörte er jemanden kichern. Er fuhr herum und sah Richard und Anne, die sich vor Lachen kaum noch halten konnten. Georg stand neben ihnen und presste die Hand vor den Mund, und der, der ihn gefangen hielt, ließ ihn plötzlich los und begann auch zu lachen. Es war Julius!

»Das ist gemein!«, rief Wilfrid. »Ihr habt mich furchtbar erschreckt. Ich bin heute Nachmittag schon einmal erwischt worden.«

»Wo bist du denn gewesen?«, fragte Julius. »Ich hab dir doch ausdrücklich verboten, dich selbstständig zu machen!«

»Ja, ja, ich weiß, ich bin den Männern tatsächlich in die Arme gelaufen, ich hatte furchtbare Angst und hab mich nachher nicht mehr zurechtgefunden. Wie verrückt hab ich euch gesucht. Aber ich hab was Tolles entdeckt!«

»Und was?«, fragten alle vier im Chor.

»Wir wollen uns hinsetzen, dann erzähle ich euch alles«, schlug Wilfrid vor. »Mir zittern nämlich ganz schön die Knie. Wirklich, es war gemein, mich so zu erschrecken.«

»Ach, der Ärmste«, sagte Anne mitleidig. »Es war ein bisschen viel, was ihm in letzter Zeit zugestoßen ist. Aber erzähl, was du gesehen hast.«

Wilfrid berichtete von den Klagenden Klippen und davon, wie er die Männer beobachtet hatte.

Die anderen hörten gespannt zu. »Das ist also der andere Eingang in die Schatzkammer«, sagte Julius bestimmt. »Darauf wäre ich niemals gekommen.

Donnerwetter, das ist eine Neuigkeit! Sicher gibt es dort einen geheimen Gang. Diese Klippen werden wir uns genauer ansehen.«

»Aber nur, wenn es dunkel ist«, sagte Wilfrid. »Vielleicht stellen die Kerle Wachen auf, jetzt, wo sie wissen, dass jemand auf der Insel ist, und beobachten uns, wenn wir hinunterklettern.«

»Ich bin dafür, wir stärken uns erst einmal«, schlug Georg vor, »und dabei können wir dann alles besprechen. Macht mal die Dosen auf. Donnerwetter, Tim, ist das spannend, was?«

»Wuff«, machte Tim. Es war klar, er würde sein Frauchen nicht aus den Augen lassen, nicht eine Minute. Und wenn Gefahr drohte, würde er zur Stelle sein. Und wie!

Ein Pfiff aus der Finsternis

Während sie sich über die einfache Mahlzeit, bestehend aus Bohnen, Schinken und gemischtem Kompott, hermachten, wurde der Schlachtplan in allen Einzelheiten festgelegt.

»Habt ihr alle Taschenlampen?«, fragte Julius. »Es ist zwar heute Nacht Vollmond, der nützt uns jedoch nur wenig, wenn wir durch dunkle Höhlen kriechen müssen.«

»Wie stellst du dir das Unternehmen überhaupt vor?«, fragte Georg und kraulte Tim, der neben ihr und Wilfrid saß.

Er spürte, dass die fünf etwas vorhatten, und sah aufmerksam von einem zum anderen. Ab und zu beschnupperte er den kleinen Igel, der sich in der Tasche anscheinend ganz zu Hause fühlte.

»Sobald es dunkel ist, steigen wir in die Klippen. Sicher gibt es irgendwo einen Pfad«, sagte Julius. »Wilfrid geht voran, Anne hinter mir, dann kommt Richard, und den Schluss bilden Georg und Tim.«

Alle waren einverstanden.

»Und seid so leise wie möglich und seht zu, dass

sich keine Steine lösen. Jeder Laut, den wir verursachen, alarmiert die Kerle. Sind wir unten, muss Wilfrid die Spitze übernehmen, denn er kennt die Stelle, wo die Männer im Felsen verschwunden sind.«

Wilfrid fühlte sich geschmeichelt. Es war herrlich, er wurde ernst genommen. Ihm war, als planten sie eine Expedition. Plötzlich erinnerte er sich an das Heulen, das der Wind in den Klippen verursachte.

»Hoffentlich fürchten sich die Mädchen nicht, wenn sie dieses grässliche Geräusch hören«, sagte er. »Es ist aber nur der Wind, der durch die Höhlen und Spalten der Felsen streicht.«

Georg schnaubte verächtlich durch die Nase. »So schnell fürchtet sich hier keiner. Denk dran, der Anfänger hier bist du!«

»Die Geräusche werden höchstens Tim zu schaffen machen«, sagte Julius und unterdrückte ein Grinsen. »Wir wissen, woher das Geräusch kommt, er nicht! Du musst ihn gut festhalten, Georg. Er wird sicher zunächst nicht wissen, was los ist.«

»Das denkst du«, fuhr sie ihn an, »mein Hund erschrickt nicht!«

»O doch, das tut er«, sagte Richard. »Ich weiß, wovor er sich so sehr fürchtet, dass er den Schwanz einzieht und die Ohren hängen lässt. Ganz klein wird er dann.«

»Nichts weißt du!«, schrie sie wütend.

»Hast du ihn dir nie angesehen, wenn du böse mit ihm bist?«, fragte er grinsend. »Dann schlottern ihm die Knochen. Und wenn er könnte, würde er rot werden.«

Alle außer Georg lachten. »Halt endlich deine blöde Klappe!«

»Ich glaube, es ist das Beste, wenn erst einer in die Klippen steigt«, sagte Julius. »Die anderen müssen sich so lange verstecken und auf ein Zeichen warten. Ich denke nicht, dass wir unten jemanden treffen, aber genau wissen kann man das nie! Finden wir tatsächlich den Weg zu dieser unterirdischen Schatzkammer, dann haben wir richtiggehend Schwein gehabt. Dann wissen wir, wie die Sachen hinaus- und hereingebracht werden.«

»Wieso hereingebracht?«, fragte Richard. »Wie kommst du auf hereingebracht? Ich denke, die schaffen alles hinaus?«

»Es ist gut möglich, dass noch etwas anderes dahinter steckt«, sagte Julius. »Vielleicht handelt es sich um eine große Bande, die hier ein Sammellager von gestohlenen Kunstgegenständen angelegt hat. Sie bringen die Beute hierher, warten eine Zeit lang ab, bis ihre Beute nicht mehr heiß ist. Dann können sie die Stücke seelenruhig verscherbeln. Aber das ist natürlich nur so ein Gedanke.«

»Glaub ich nicht«, sagte Richard. »Die Kerle haben den Zugang entdeckt und transportieren die Kunstschätze ab. Aber das ist schließlich egal, wenn ich daran denke, was wir schon alles herausbekommen haben!«

»Und nur, weil du in den Brunnen gestiegen bist, um Wasser zu holen«, sagte Anne.

»Zieht eure Pullover an«, rief Julius, »da oben auf den Klippen wird der Wind verdammt kalt sein!«

»Wann steigt denn das Ding?«, fragte Georg. »Was meinst du dazu, Tim?«

»Sonst noch was, Julius?«, fragte Anne, die wieder einmal stolz auf ihren großen Bruder war.

»Nein, das wär's wohl«, sagte er. »Nur sollten wir vorher noch 'nen tüchtigen Happen essen. Und noch eins, ihr müsst in den Klippen wie auf rohen Eiern gehen. Wir können weder einen Beinbruch noch aufgescheuchte Kerle brauchen.«

»Hast du das gehört, mein Liebling?«, fragte Georg. »Du bist natürlich ausgenommen, so etwas kann dir nicht passieren.« Tim winselte und legte seine Pfote auf ihr Knie. Zärtlich strich sie über sein Fell. »Ja, mein Alter, du hast zwei Beine mehr als ich, ich würde sie mir heute Abend gern ausleihen.«

Die Zeit schien kaum zu vergehen. Immer wieder sahen sie ungeduldig auf ihre Uhren. Der Schein der untergehenden Sonne erhellte noch immer den

Himmel, doch bald würde es dunkel sein. Sie aßen nur wenig, keiner verspürte rechten Appetit. »Wir sind zu aufgeregt«, sagte Julius und verfütterte seine Kekse an Tim, der derartige Gefühle nicht kannte. Georg aber rutschte unruhig auf ihrem Platz hin und her und machte die anderen noch nervöser.

Endlich war es so weit! Da Wilfrid den Weg kannte, übernahm er die Spitze. Im Grunde genommen war er sich seiner Sache nicht mehr so sicher. Er ließ sich vom Wind leiten, der stärker und stärker wurde. »Wie Stimmen«, sagte er und die anderen nickten.

Als sie in die Nähe der Klippen gelangten, wurde das Geräusch zum grässlichen Klagen und Heulen.

»Nicht gerade angenehm«, sagte Anne und erschauderte. »Es klingt, als ob viele seufzen und stöhnen.«

Georg griff sofort an sein Halsband. Nicht auszudenken, wenn er hinunterstürzte! Sie strich über seinen Kopf, und er leckte dankbar ihre Hand, denn auch er fand das Heulen und Pfeifen äußerst lästig.

Am Rande des Felsens angelangt, sahen sie vorsichtig hinunter. Außer ein paar Möwennestern war nichts zu entdecken.

»Keine Männer, kein Boot, nichts«, sagte Richard, »die Luft scheint rein zu sein.«

Julius hielt nach einem Weg Ausschau. Aber es gab keinen. »Dann müssen wir uns selber einen suchen«, sagte er. »Erst nach links bis zu dem Vorsprung, dann über den Felsen, den großen da drüben, und weiter auf die darunter liegenden kleineren. So geht es vielleicht.«

»Wie wär's, wenn Tim uns führt«, schlug Georg vor. »Er weiß, wo es am sichersten ist. Lauf, mein Liebling, lauf!«

Tim begriff sofort und nahm den von Julius bezeichneten Weg. Unter dem Vorsprung blieb er stehen und wartete auf die Kinder.

Sie folgten ihm mehr oder weniger geschickt. Wilfrid verlor den Halt, rutschte ein ganzes Stück hinunter und erschrak furchtbar.

»Pass bloß auf«, warnte Julius ihn. »Du musst vorsichtiger sein, sonst können wir nachher deine Knochen nummerieren.«

Endlich hatten sie die Felsen, gegen die die Wellen schlugen, erreicht.

»So, Wilfrid«, sagte Julius, »jetzt musst du uns zeigen, wo die Kerle verschwunden sind.«

Wilfrid sprang neben ihn und wies auf eine der Klippen. »Siehst du die, die ein bisschen wie ein stehender Bär aussieht? Dort sind sie verschwunden.«

»Gut. Und nun wird nicht mehr gesprochen, ob-

wohl das Heulen alles übertönt. Trotzdem, sicher ist sicher!«

Sie stiegen über die Klippen hinüber zu der von Wilfrid bezeichneten Stelle. Alle waren sie sehr aufgeregt und Anne drückte seinen Arm. »Toll, was?«, flüsterte sie und er nickte eifrig. Allein hätte er sich zu Tode gefürchtet, aber mit den anderen zusammen war es ein großartiges Erlebnis!

Sie erreichten den Felsen, der einem Bären glich, und entdeckten neben ihm eine dunkle Öffnung. »Hier ist es«, sagte Wilfrid leise. »Wollen wir hinein?«

Julius nickte. »Aber ich gehe erst einmal allein. Sobald ich sicher bin, dass alles okay ist, hol ich euch nach.«

»In Ordnung«, sagten alle und beobachteten gespannt, wie Julius auf den schwarzen Spalt zuging. Einen Augenblick stand er unschlüssig da. Es war so finster, dass ohne eine Taschenlampe nichts auszurichten war.

Er ließ das Licht in den engen Gang fallen und sah einen schmalen Graben, an dessen beiden Seiten ein Sims entlanglief. Wasser rann aus dem Felsen über das Gestein und stürzte in kleinen Kaskaden ins Meer.

»Also, ich gehe jetzt«, flüsterte er den anderen zu. »Wartet hier.« Er verschwand in der Öffnung und

ließ die vier und Tim mit einem mulmigen Gefühl zurück.

Eine Möwe kreischte über ihnen in den Felsen. Alle fuhren zusammen und Wilfrid packte Georgs Arm. Tim knurrte, war aber sofort wieder ruhig.

Endlich erschien Julius wieder. »Alles in Ordnung«, verkündete er. »Da drüben rührt sich nichts, ich bin ein ganzes Stück gegangen, übrigens ganz bequem, trotz des Grabens. Aber nun müssen wir wirklich den Mund halten, wir wissen ja, wie selbst Flüstern im Felsen widerhallt. Achte auf Tim, Georg, und nimm ihn an den steilen Stellen am Halsband.«

Tim winselte, als Georg ihn in die Öffnung zog, und gleich darauf fuhren alle zusammen, denn um ein Vielfaches verstärkt hallte das Winseln von den Wänden wider.

»Du musst still sein«, flüsterte sein Frauchen ihm ins Ohr, »superstill, verstanden?«

Sie stiegen den dunklen Gang hinauf, tiefer hinein in die Klippen, und Tim drängte sich dicht an Georg. Er musste wachsam sein, denn man wusste nie, was bei einem Abenteuer wie diesem geschehen konnte!

Eine Kröte im Keller

In der undurchdringlichen Finsternis wanderte der Strahl der Taschenlampe vor den Kindern her und erhellte schwach ihren Weg.

Julius warf einen Blick auf den Graben neben sich und flüsterte: »Wahrscheinlich Regenwasser. Seid vorsichtig, hier ist es sehr glitschig.«

»Oh!«, machte Wilfrid, denn er war ausgerutscht und mit einem Fuß im eiskalten Wasser gelandet. Und »Oooh« kam es von den Wänden zurück. Es klang unheimlich. Anne griff nach Julius' Arm und er lächelte ihr beruhigend zu.

»Tut mir Leid«, sagte Wilfrid, ohne daran zu denken, dass das Echo auch dieses Mal seine Worte weitertrug. Georg konnte ein Kichern nicht unterdrücken, auch das drang von allen Seiten auf sie ein.

»Seid doch endlich still«, flüsterte Julius ärgerlich. »Ich glaube, wir kommen jetzt zu einem Ausgang, ich spüre es am Luftzug.«

Auch die anderen spürten ihn, während sie höher hinaufstiegen. Sie achteten darauf, nicht in das

Wasser zu geraten, das eilig neben ihnen dahinfloss. Das einzig Nette hier ist das Plätschern des Flüsschens, dachte Anne.

Julius begriff nicht, wie es den Männern gelang, die Kisten durch diesen engen Tunnel zu transportieren. Nun, er war vielleicht gerade breit genug, aber es musste schwierig sein, vor allem an den Biegungen. Ich hoffe nur, dass hinter der nächsten nicht einer mit so einem Ding auftaucht, dachte er.

»Julius«, flüsterte Anne, »wir sind, glaube ich, nicht nur ein gutes Stück gestiegen, sondern auch vorangekommen. Liegt das Haus nicht in der Richtung, in die wir gehen?«

»Das könnte sein«, sagte er und blieb stehen. »Du hast ziemlich sicher Recht, der Gang könnte in einem der Keller enden. Das Haus hat bestimmt Keller und vielleicht auch ein Verlies. Klar, wir haben die Klippen längst hinter uns. Dass mir das nicht selber aufgefallen ist!«

»Der Brunnen könnte auch an einen der Keller grenzen«, überlegte Richard und sprach so laut, dass das Echo sie alle wieder zusammenfahren ließ. Julius ging auf ihn los und zischte wütend: »Idiot!« Etwas ruhiger fuhr er fort: »Sicher hast du Recht, sicher ist der Brunnen mit einem der Keller verbunden. Er liegt auch nicht weit vom Haus entfernt und wahrscheinlich sind die Keller riesig.«

»Die Brunnenmauer ist unwahrscheinlich dick«, flüsterte Richard. »Ich wette, der Raum, in dem wir die Statuen gesehen haben, gehört zum Haus.«

Das war wohl möglich, und die Kinder dachten darüber nach, während sie durch den endlos scheinenden Gang wanderten. Er war jetzt nicht mehr so steil und viel breiter.

»Sieht aus, als hätte man die natürliche Höhle hier künstlich verbreitert«, sagte Julius. »Zum Meer hin hat nur das Wasser den Gang gegraben.«

Er wandte sich um und ließ den Schein der Taschenlampe über die vor Nässe triefenden Felswände wandern. Plötzlich hielt er inne. »Seht mal dort, die Ziegelmauer. Wahrscheinlich hat man die Höhlendecke damit abgestützt.«

»Ein Geheimgang vom Haus zum Meer!«, rief Richard, der vor Aufregung wieder vergessen hatte, leise zu sprechen.

Auch die anderen hatte eine seltsame Erregung ergriffen.

Lediglich Tim ließ sich davon nicht anstecken. Er fühlte sich keineswegs wohl und kapierte einfach nicht, warum die Kinder ausgerechnet hier herumgeistern mussten. Die ganze Zeit über war er im Wassergraben gelaufen, da er auf dem glitschigen Steg ständig ausgerutscht war.

Der kalte Luftzug wurde stärker und stärker.

»Wir müssen sehr nahe an der Öffnung sein«, flüsterte Julius. »Absolute Ruhe jetzt!«

Sie bemühten sich, nicht das geringste Geräusch zu verursachen. Anne begann wieder einmal, vor Angst zu zittern. Wohin führte sie dieser Weg?

Plötzlich stieß Julius aus: »Ein Gitter!«

Sie drängten sich alle um ihn, sahen durch die starken Eisenstäbe und fröstelten in dem kalten Luftzug, der sie daran erinnerte, dass ihr Zeug ziemlich nass geworden war.

Der Strahl der Taschenlampe erhellte einen fensterlosen Raum. An der gegenüberliegenden Wand war eine weit geöffnete eisenbeschlagene Tür zu erkennen.

»Ein Keller oder wahrscheinlicher noch ein Kerker«, flüsterte Julius. »Mal sehen, ob das Gitter verschlossen ist.«

Er drückte dagegen, und es schwang zurück, so leicht, als wäre es gut geölt. Als Erster betrat er den feuchten Raum, in dem es stark modrig roch.

»Absolut kein Luxusapartment«, stellte er fest. »Sollte es hier je Gefangene gegeben haben, tun sie mir noch heute Leid.«

Auch Richard sah sich um. »Auf dem Boden verfaultes Stroh. Sonst keine Möbel. Halt, ein Ring an der Wand. Kann mir gut denken, wen sie da angekettet haben.«

Anne bibberte. »Wie können Menschen nur so grausam sein«, flüsterte sie und schüttelte sich. Ihre lebhafte Fantasie malte eine Horrorszene, in der sie Gefangene elend und krank dahinsiechen sah.

»Vielleicht sind manche durch die Klippen entkommen«, versuchte sie sich zu beruhigen, doch Richard schüttelte den Kopf. »Ich glaube eher, der Gang hat auch dazu gedient, sie verschwinden zu lassen. Niemand hat was bemerkt, wenn sie tot oder lebendig hinuntergeschleppt und ins Wasser geworfen wurden.«

»Sei still«, jammerte sie, »mir wird ganz elend zumute. Kehren wir lieber um!«

»Ich finde es auch grässlich«, sagte Georg, »und Tim besteht nur noch aus Frust.«

Julius ging zu der eisenbeschlagenen Tür und betrat einen langen Gang, der in den Fels gehauen schien.

Er entdeckte an den Seitenwänden mehrere ähnliche Türen und kehrte zu den anderen zurück.

»Anscheinend haben die hier eine ganze Reihe von solchen Verliesen«, meldete er. »Und richtige Keller müssten auch in der Nähe sein. Es ist nichts zu hören, und ich glaube nicht, dass jemand hier unten Wache schiebt.«

Die anderen folgten ihm und kontrollierten jeden der Räume, die verdreckt, feucht, kalt und kahl waren.

Am anderen Ende des Ganges war wieder eine Tür, die weit offen stand. Durch sie gelangten sie in einen riesigen Keller. Unzählige Kisten waren hier aufgestapelt, alte Möbel, wurmstichige Truhen, zerbrochene Stühle, verstaubte Tische standen herum. Papier raschelte unter ihren Füßen, alles in allem eine gigantische Rumpelkammer.

Sie gelangten an einige Stufen und stiegen sie hinauf. Wieder standen sie vor einer Tür, an der ein schwerer Riegel angebracht war.

»Glücklicherweise befindet er sich auf unserer Seite«, sagte Julius. »Er scheint erst vor kurzem geölt worden zu sein.« Ohne Schwierigkeiten schob er ihn zurück. »Sicher wird er häufig benutzt, und wir tun gut daran, leise zu sein.«

Annes Herz begann, wild zu schlagen, sie spürte Gänsehaut auf ihrem Rücken. Wenn nun hinter der nächsten Biegung jemand auf sie lauerte? »Seid bloß vorsichtig«, flüsterte sie. »Vielleicht haben sie uns schon gehört.«

»Blödsinn«, brummte Georg. »Tim würde sofort knurren, wenn er auch nur das leiseste Geräusch hört.« Und da knurrte er auch schon. Alle erstarrten und wagten kaum zu atmen.

Schnell sah Richard sich nach Tim um. Er schien etwas auf dem Boden entdeckt zu haben. »Alles in Ordnung, Herrschaften. Seht mal, was ihn so aufregt.«

Im Schein der Taschenlampe sahen sie eine große Kröte, die sie mit ihren goldenen Augen anstarrte und dann langsam und schwerfällig in eine dunkle Ecke kroch.

»Noch nie hab ich so ein Riesending von Kröte gesehen!«, rief Wilfrid. »Die hat bestimmt schon eine Reihe von Jährchen auf dem Buckel. Tim, wie kannst du uns nur so erschrecken!«

Noch immer saß die Kröte in der Ecke, musterte sie aufmerksam und schien besonders Tim nicht aus den Augen zu lassen.

»Komm, Alter«, riet ihm Richard, »komm, mit dieser Art von Tieren wollen wir uns nicht näher befassen. Sie schmecken nicht und sind manchmal ganz schöne Stinkerchen.«

Julius war inzwischen durch die Tür am Ende der Stufen getreten und stieß einen überraschten Schrei aus. Im nächsten Augenblick waren die anderen neben ihm.

»Seht euch das an«, stotterte er und ließ den Strahl seiner Taschenlampe durch den Raum gleiten. »Da bleibt einem die Spucke gleich kilometerweit weg. Oder habt ihr jemals schon so etwas gesehen?«

Eine Ohrfeige für eine Statue

Im Licht der Taschenlampen sahen sie einen endlos scheinenden Raum. Der neugierig gewordene Tim versuchte, sich zwischen ihnen vorzudrängen, um den Grund der allgemeinen Aufregung zu erfahren.

Welch ein Anblick! Ohne Zweifel befanden sie sich in dem Raum, den sie durch die Tür im Brunnen gesehen hatten.

»Da sind ja die goldenen Statuen!«, rief Richard. »Was sie für seltsame Gesichter haben. Ob dies Kunstschätze aus China sind? Aus Asien kommen sie auf jeden Fall, sagt mir mein geschulter Blick. Und wie sie einen ansehen – als würden sie leben!«

Plötzlich stieß Anne einen Freudenschrei aus. »Das goldene Bett!«, rief sie und stürzte darauf zu. »Ich wollte schon immer mal in einem goldenen Bett liegen. Ein Wunschtraum geht in Erfüllung.« Mit diesen Worten sprang sie kühn auf die Matratze. Die krachte bedenklich, das alte Möbelstück stöhnte auf, der Baldachin brach herunter und Anne verschwand in einer Wolke von Staub.

Während die anderen sie befreiten, verfolgte Tim

voller Verwunderung das ungewöhnliche Schauspiel und nieste ein paarmal zusammen mit Anne. Hastig verließ sie das altersschwache Möbel und klopfte sich den Staub ab.

»Ist das ein Monstrum von Bett!«, rief Richard staunend. »Kopf- und Fußende und die Beine sind aus Gold und mindestens sechs Leute können drin schlafen. Nur die Vorhänge fallen auseinander, wenn man sie scharf anguckt. Schade, dass es sicher schon lange hier unten vergammelt.«

Es gab keinen Zweifel, dass dieser unterirdische Raum Dinge von unschätzbarem Wert beherbergte. Zwar entdeckten sie weder das Schwert mit den Edelsteinen noch das Rubinhalsband, von denen Julius angenommen hatte, dass sie in einer der Truhen aufbewahrt wurden. Dafür fanden sie viele andere Kostbarkeiten.

»Seht in diese herrlich geschnitzte Truhe!«, rief Anne. »Sie ist bis zum Rand voll mit goldenen Bechern, Tellern und Schüsseln.«

»Und hier!« Georg öffnete ein emailliertes Schränkchen und betrachtete entzückt aus grünem Stein geschnitzte Tiere. Sie waren tadellos erhalten und Anne stellte sie nebeneinander auf.

»Wunderschön«, sagte Julius. »Die sind aus Jade. Wer weiß, was die wert sind. Auf alle Fälle gehört so etwas in ein Museum und nicht in einen Keller.«

Anne runzelte die Stirn. »Es ist mir schleierhaft, dass die Polizei damals nichts gefunden hat.«

»Das ist mir gar nicht so schleierhaft«, sagte Julius. »Wer den Weg durch die Klippen und den geheimen Zugang vom Haus aus nicht kennt, kann sie nicht finden. Außerdem hat man die Geschichten von den Schätzen nicht sehr ernst genommen. Man hat die Berichte sicher für ein Märchen gehalten.«

»Übrigens«, sagte Richard, »habt ihr den Geröllhaufen am Eingang bei den Klippen gesehen? Wisst ihr, was ich annehme? Der Eingang wird verschüttet gewesen sein, bis eine besonders hohe Flutwelle ihn wieder freigelegt hat.«

»Und dann hat ihn jemand entdeckt, der die Geschichte von der Flüsternden Insel kannte!«, rief Anne.

»Ein Sammler vielleicht«, vermutete Georg. »Glaubt ihr, dass die beiden Kerle, die wir heute Nachmittag gesehen haben, diesen Weg gekommen sind?«

»Höchstwahrscheinlich«, sagte nun Julius. »Wahrscheinlich passen sie auf, dass kein anderer ihn entdeckt und ihre Schatzkammer ausraubt. Nie im Leben sind sie angestellt, um Tiere zu schützen, wie früher einmal. Das alte Ehepaar hatte andere Wächter, nette Leute wie Lukas zum Beispiel.«

»Ja, ja, ich weiß schon«, sagte Richard, »du glaubst, die beiden arbeiten für einen großen Boss im Hintergrund. Es gibt ja Kunstliebhaber, die aus Sammelleidenschaft zu Verbrechern werden. Hab ich erst vor kurzem gelesen.«

»Genau. Und ich wette, der Großneffe von den alten Leuten, dem die Insel gehört, hat keine Ahnung von dem Treiben hier. Er soll irgendwo in Übersee leben, in Amerika oder Australien, und kümmert sich nicht im Geringsten um seinen Besitz.«

»Das ist alles sehr merkwürdig«, sagte Wilfrid. »Die Insel sollte mir gehören, ich würde hier wohnen und nie fortgehen, und zahme Tiere gäbe es hier dann auch wieder, verlasst euch drauf.«

»Ein Jammer, dass sie nicht dir gehört«, scherzte Julius. »Jetzt aber Schluss, unterhalten können wir uns nachher. Es ist schon reichlich spät, und es wird tiefe Nacht sein, wenn wir rauskommen. Falls Wolken aufgezogen sind, werden wir die Hand vor den Augen nicht sehen.«

»Na, dann los«, sagte Richard und ging auf die große eisenbeschlagene Tür zu, blieb aber plötzlich wie angewurzelt stehen.

Tim stieß ein drohendes Knurren aus, denn die Tür, die sie hinter sich geschlossen hatten, öffnete sich langsam.

»Schnell, versteckt euch«, flüsterte Julius und schob die beiden Mädchen hinter eine Truhe.

Die anderen, die sich in der Nähe des goldenen Bettes befanden, verschwanden darunter, und Richard hielt Tim am Halsband fest. Obwohl er ihn zum Schweigen gebracht hatte, fürchtete er, dass der Hund jeden Augenblick bellen würde.

Ein Mann erschien, einer der großen Kerle, die sie schon vorher gesehen hatten. Er hatte anscheinend nichts gemerkt, denn er pfiff leise vor sich hin, ließ den Strahl seiner Taschenlampe durch den Raum wandern und schrie: »Emil, Emil!«

Er erhielt keine Antwort, rief wieder, und dieses

Mal näherten sich schnelle Schritte, und sein Kumpan, den sie auch kannten, kam herein, zündete eine Petroleumlampe an, die auf einer Truhe stand, und sagte: »Hallo, Karl!«

»Immer schläfst du«, nörgelte der, »immer bist du unpünktlich. Du weißt doch, der Chef kommt heute Nacht. Hast du die Liste? Wir müssen noch ein paar Sachen einpacken, das Ding da gehört auch dazu.« Er griff nach einer kleinen Statue. »Na, mein Junge«, sagte er zu der Statue, »was hältst du davon, in die Welt zu segeln, nachdem du dich hier im Dunkeln gelangweilt hast? Starr mich nicht so an, sonst hau ich dir eine runter.« Anscheinend kümmerte sich die Statue nicht um seine Wünsche, denn Karl versetzte ihr die versprochene Ohrfeige.

Danach begann Emil, sie sorgfältig zu verpacken. »Und wann kommt Langer?«, fragte er. »Kann ich noch eine fertig machen?«

»Ja, die da drüben«, sagte Karl, und Emil ging pfeifend an der Truhe vorüber, hinter der die Mädchen hockten. Er hatte gute Augen, glaubte, es habe sich etwas hinter der Truhe bewegt, und blieb stehen.

Was war denn das? Ein Fuß? Er stürzte darauf zu und der Strahl seiner Taschenlampe erfasste die zitternden Gestalten. »Karl«, schrie er, »hier ist jemand!«

Karl ließ fallen, was er gerade in der Hand hielt, und war im nächsten Augenblick bei seinem Kumpan, der die beiden Mädchen unsanft hervorgezogen hatte.

»Was macht ihr denn hier? Wie seid ihr überhaupt reingekommen?«, schrie er.

Julius stürzte, gefolgt von Richard und Wilfrid, aus seinem Versteck, und Georg versuchte krampfhaft, Tim zurückzuhalten, der sich wie ein Rasender gebärdete. Sie fürchtete, er würde die Männer anfallen, die bei seinem Anblick zurückwichen.

»Halt den Köter fest oder ich knall ihn ab«, sagte Karl und griff nach einem Gewehr. »Wollt ihr mir vielleicht verraten, was ihr euch dabei gedacht habt, hier herumzuschnüffeln?«

»Wir sind mit dem Boot gekommen, aber eine Welle hat es fortgerissen«, sagte Julius, »und weil wir nicht zurückkonnten, sind wir über die Insel gegangen und zufällig hier hineingeraten.«

»Dann habt ihr zufällig den größten Fehler eures Lebens gemacht«, sagte Karl. »Ihr werdet nun ein Weilchen diesen Herren und Damen Gesellschaft leisten, auf jeden Fall so lange, bis wir unseren Auftrag ausgeführt haben.«

»Was für einen Auftrag?«, fragte Julius ungeniert.

»Das möchtest du gern wissen, was? Erstens sorgen wir dafür, dass die Insel von unerwünschten

Besuchern verschont bleibt, und zweitens haben wir noch jede Menge zu tun. Ich fürchte, euch wird die Zeit hier lang werden, denn ich weiß nicht, was unser Chef dazu sagt, dass ihr hier rumgeschnüffelt habt. Ich würde mich nicht wundern, wenn er euch für vier Wochen bei Wasser und Brot einsperrt. Einzeln. Genug Räume sind dafür vorhanden.«

Tim knurrte und zerrte mit aller Kraft, um sich auf die Männer stürzen zu können, und Georg musste den Fuß gegen die Truhe stemmen, um ihn zurückzuhalten.

»Wir verpassen den Kahn«, sagte Emil. »Mit denen hier können wir uns nachher beschäftigen.« Er nahm die Kiste auf die Schulter, ging auf die Tür zu, und Karl folgte ihm, indem er sich ständig umsah, um sich zu vergewissern, dass Georg Tim nicht losließ.

Krachend fiel die schwere Tür hinter ihm ins Schloss, und die Kinder hörten, wie er den Riegel vorschob.

»Seid jetzt still«, flüsterte Julius, »falls sie draußen horchen.« Sie schwiegen bedrückt und nicht nur Annes Knie zitterten. Da waren sie wieder einmal durch ihre Sorglosigkeit tüchtig in eine brenzlige Lage gesaust.

»Ich glaube, sie sind weg«, sagte Julius nach einer Weile.

»Na endlich.« Richard stöhnte. »Ich hab keine Lust mehr, wie ein Ölgötze rumzustehen und darauf zu warten, dass die beiden wiederkommen, um noch mehr zu klauen. Aber vielleicht kommen sie auch gar nicht zurück«, fügte er plötzlich hinzu, »und wir können hier bis in alle Ewigkeit sitzen.«

»Nein«, sagte Anne und begann zu kichern, »nein, das tun wir nicht, wir machen uns aus dem Staub.«

»Vielleicht durchs Schlüsselloch, was? Sonst wüsste ich nämlich nichts«, meinte Richard.

»Wirklich, wir können hier raus«, beteuerte sie, und Georg, die ihrem Blick gefolgt war, begriff als Erste und strahlte.

»Klar!«, rief sie. »Mach kein so dämliches Gesicht, Richard, sieh, da oben!«

Richard sah hinauf und schüttelte den Kopf. »Ich sehe nur die Wand, was soll denn da Besonderes sein?«

»Da, ein Stück über der einen Truhe«, erklärte sie.

Richard schlug sich auf die Stirn. »Ich Idiot!« Er grinste verlegen. »Die Tür zum Brunnenschacht! Sieht aus wie ein gewöhnlicher Luftschacht, und keiner, der es nicht besser weiß, wird etwas anderes vermuten.«

»Super!«, rief Wilfrid. »Wir steigen einfach rauf und dann ist alles in Ordnung.«

»Leichter gesagt als getan«, wandte Julius ein. »Schließlich müssen wir auch wieder aus dem Brunnen rauskommen.«

»Was machen wir, wenn das Seil oben ist?«, fragte Anne ängstlich.

»Dann wird uns irgendetwas einfallen müssen«, antwortetet Julius. »Also los, wir stellen den Tisch auf die Truhe, dann muss es gehen. Mensch, ich würde gern die Gesichter von Emil und Karl sehen, wenn sie merken, dass wir still und heimlich verduftet sind.«

Zunächst galt es, die große Truhe näher an die Mauer zu schieben, und das war ein schweres Stück Arbeit.

»Wir machen schrecklichen Krach«, sagte Richard, »hoffentlich hört das keiner!«

Tim sprang wie besessen um sie herum und war allen im Weg, bis Richard ihn zur Tür führte und ihm befahl, Wache zu halten und sie zu warnen, falls jemand käme.

Das war eine Aufgabe nach seinem Herzen! Tim fühlte sich wichtig. Regungslos saß er da, spitzte seine Ohren und lauschte, während er die Kinder bei ihrem Tun beobachtete.

Auf die Truhe hoben sie einen passenden Tisch. Julius stieg auf den Tisch, um zu prüfen, ob man von da aus die Tür zum Brunnenschacht erreichen konnte.

»Es klappt!«, rief er und gab ihr einen Stoß, aber sie rührte sich nicht. Er schlug mit der Faust dagegen.

»Was ist los?«, fragte Richard und war mit zwei

Sprüngen neben ihm. »Das Aas muss doch aufgehen. Der Riegel außen ist doch nicht mehr dran! Sicher klemmt sie wieder. Los, wir versuchen es zusammen.«

Die Mädchen und Wilfrid waren zum Zusehen verdammt, sie konnten nicht auch noch auf den Tisch klettern.

So blieb ihnen nur die Aufregung. Jeden Augenblick konnten die beiden Kerle hereinplatzen und ihren Ausbruchsversuch beenden. Da! Endlich gab die Tür kreischend und quietschend nach, und um ihr Glück vollkommen zu machen, sahen sie als Erstes das Seil.

»Alles in Ordnung!«, rief Richard leise hinunter. »Wir klettern vor und helfen euch rauf. Du gehst als Erster, Julius, und oben siehst du nach, ob die Luft rein ist. Dann kommt Wilfrid. Wirst du es schaffen?«

»Klar! Ich winde euch dann mit hinauf.«

»Gut. Und ich helfe den Mädchen, zuerst Anne und dann Georg.«

»Und wenn die Männer zurückkommen, dürfen sie raten, wohin wir entschwunden sind«, sagte Anne, als wäre es für sie ein Heidenspaß. »Die werden Augen machen!«

»Bist du so weit, Julius?«, fragte Richard. »Ich leuchte dir.«

Der nickte, zwängte sich durch die Öffnung, ergriff das Seil, schwang einen Augenblick hin und her und begann dann hinaufzuklettern. Ein wenig außer Atem erreichte er den Brunnenrand und sah sich um. Es war herrlich, wieder an der frischen Luft zu sein. Der Mond stand am Himmel und es war beinahe taghell.

»Alles in Ordnung!«, rief er in den Schacht hinunter.

»Jetzt kommst du, Wilfrid«, sagte Richard. »Halt dich um Himmels willen fest!«

»Na klar.« Wilfrid grinste, schwang die Beine durch die Öffnung, sprang an das Seil und kletterte mit der Geschicklichkeit einer Katze daran empor.

Wieder drang Julius' Stimme zu ihnen, dumpf und hohl. »Schickt Anne. Sie soll sich anhängen, wir winden sie herauf!«

Sie stand schon in der Öffnung, dann setzte sie sich auf den Rand. »Kannst du das Seil ein bisschen hin und her schwingen?«, rief sie hinauf. »Ich komm nicht dran.«

»Sei vorsichtig!«, rief Julius entsetzt. »Sag Richard, er soll dir helfen!«

Aber die Öffnung war zu schmal. »Spring nicht, ehe du das Tau nicht fest in den Händen hältst«, riet Richard ihr besorgt. »Kannst du es sehen?«

»Ja, ja, eben ist es sogar gegen meine Beine geschlagen, aber ich habe den richtigen Augenblick verpasst. Da ist es wieder! Ich habe es!«

Sie schien zuversichtlicher, als sie sich fühlte, stieß sich von dem Sims ab und schwang hin und her, tief unter sich das schwarze Wasser. »Zieht mich rauf!«, rief sie und hielt das Seil krampfhaft umklammert, während die beiden da oben mit aller Kraft das Rad drehten. Richard sah sie verschwinden und seufzte erleichtert. Jetzt war die Reihe an Georg.

Er stieg vom Tisch auf die Truhe und sah sich suchend um. Sie war verschwunden! »Tim!«, rief er aufgeregt.

Ein leises Winseln antwortete ihm. »Georg, wo bist du? Komm sofort her, die Männer können jeden Augenblick auftauchen! Sei nicht albern!«

Georgs Kopf tauchte hinter einer Kiste nahe der Tür auf. »Glaubst du, ich lasse meinen Hund allein? Er kann nicht durch den Brunnenschacht hinauf, aber du geh nur.«

»Kommt überhaupt nicht in die Tüte«, sagte er. »Ich bleibe bei Tim und du gehst hinauf!«

»Nein. Es ist schließlich mein Hund, er würde mich auch nie verlassen.«

Richard wusste, dass nichts in der Welt sie umstimmen konnte, nichts, aber auch gar nichts.

»Na ja, ich verstehe schon«, sagte er, »ich würde

es auch nicht anders machen. Also, ich bleibe ebenfalls.«

»Nein«, protestierte sie. »Tim und ich schaffen das auch allein.«

Ohne ein weiteres Wort lief er zurück zur Truhe, sprang auf den Tisch und verschwand in der Öffnung. »Julius!«, schrie er. »Hör zu, Georg will Tim nicht allein lassen. Ich bleibe bei ihnen!«

Er hatte kaum zu Ende gesprochen, als er hörte, wie der Riegel zurückgeschoben wurde und Tim drohend knurrte. Um Himmels willen, wenn er diese Kerle ansprang! Sie würden auf ihn schießen!

Wie der Blitz war Georg hinter der Kiste verschwunden. »Fass, Tim!«, flüsterte sie eindringlich. »Fass!«

»Wuff«, machte er, knurrte leise und fletschte die Zähne. Die Tür öffnete sich und einer der Männer erschien mit einer Lampe. Er trat nur einen Schritt in den Raum, da war Tim schon bei ihm.

Der Mann ging blitzschnell zu Boden und das Licht verlosch. Er schrie vor Angst nur kurz auf, krachte mit dem Kopf gegen eine Kiste und dann war er still.

»K. o., schätze ich«, sagte Richard trocken und ließ die Taschenlampe aufblitzen. Da lag der Kerl, lang ausgestreckt, als schlummere er friedlich.

Georg rannte zur Tür, sah hinaus, wandte sich an

Richard und sagte: »Ich laufe mit Tim den Klippenweg hinunter!«

»Gut, aber beeil dich! Und sei vorsichtig! Ich sage Julius Bescheid.«

Sie rannte davon. Die weichen Sohlen ihrer Schuhe verursachten keinerlei Geräusch. Mumm hat sie, dachte Richard, alle Achtung. Aber jetzt werde auch ich verschwinden, solange der Kerl sich nicht rührt.

Er sprang auf die Truhe, von dort auf den Tisch, schob sich durch die Öffnung, sah das Licht einer Taschenlampe und rief: »Hallo!«

»Ach, da bist du ja!«, rief Julius erleichtert zurück. »Ist was passiert?«

»Ja, ich erzähle es euch gleich, schlenkert ein bisschen mit dem Seil.«

Es schwang auf ihn zu, er ergriff es und wollte sich gerade abstoßen, als er Schritte hörte. Er drehte sich um und sah in den finsteren Raum.

Jemand kam eilig gelaufen.

»Was ist los? Warum hast du so …?« Der Mann schwieg, als er im Schein seiner Laterne den anderen am Boden liegen sah. Er stieß einen Fluch aus und beugte sich über ihn.

Richard grinste. Wie wär's mit einem zweiten Schreck in der Abendstunde? Er versetzte dem Tisch einen kräftigen Stoß, schwang sich in den

Brunnenschacht zurück und hörte noch ein Krachen und Poltern und den entsetzten Aufschrei des Mannes. Geschieht ihm recht, dachte er, während Julius und Wilfrid ihn hinaufwanden.

Und dann saß er auf dem Brunnenrand und erzählte und alle lachten. In diesem Fall war Schadenfreude erlaubt.

Georg und Tim waren hoffentlich in Sicherheit. Sie liefen ihnen sofort entgegen. Während sie durch den Wald rannten, lachten sie noch immer. Der Gedanke, den Männern einen derartigen Schreck eingejagt zu haben, war aber auch zu köstlich.

Ein Tiger und ein Hund

Unterdessen lief Georg durch den geheimen Gang in den Klippen. Tim sicherte einmal vor und einmal hinter ihr den Weg, spitzte die Ohren, aber da war keine Gefahr.

Der einzige Laut in der Stille blieb das Plätschern des Flüsschens neben ihnen. »Klingt hübsch, nicht wahr, mein Liebling?«, sagte sie.

Ein paarmal rutschten sie von dem glitschigen Steig und Georg fürchtete um ihre Taschenlampe. Es wäre scheußlich gewesen, sich im Dunkeln weitertasten zu müssen.

Dann blieb sie plötzlich stehen. Was war das für ein Lichtschein dort vorn? Es kam doch nicht noch ein netter Mensch?

Tim lief freudig bellend weiter. Er hatte eher als sein Frauchen begriffen, dass das Licht des Mondes in den Gang fiel.

Endlich merkte auch sie es. »Der Mond!«, rief sie entzückt. »Jetzt haben wir es gleich geschafft! Tim, wir sind wahnsinnig gut drauf!«

Als sie den Tunnel verlassen hatten und auf den

Felsen standen, die von glänzenden Wellen umtost wurden, sagte sie: »Du musst sie suchen, mein Liebling.«

Tim bellte freudig und schnupperte aufgeregt. Sie mussten ganz in der Nähe sein!

In einiger Entfernung sah Georg mehrere Schatten, die sich auf sie zubewegten. Sie griff an Tims Halsband und flüsterte: »Pass auf, da kommt jemand. Bleib ganz dicht bei mir.«

Aber er hörte nicht auf sie, riss sich los, jagte davon, sprang durch kleine Tümpel und über von Seetang schlüpfrige Felsen und bellte ohne Unterlass. »Komm zurück!«, schrie sie, denn sie erkannte die Herannahenden noch immer nicht.

Aber dann wusste Georg plötzlich, wer ihr dort im Schein des Mondes entgegenkam. »Hallo«, rief sie, »hier bin ich!«

Lachend rannten die Kinder aufeinander zu, und während sie zurückgingen, erzählten sie einander ihre Erlebnisse.

Als sie den Wald erreicht hatten, begann Anne zu gähnen. »Ich weiß zwar nicht, wie spät es ist«, murmelte sie, »aber dass ich todmüde bin, das weiß ich.«

Julius warf einen Blick auf seine Uhr. »Mitternacht vorüber. Was meint ihr, sollen wir es wagen, den Rest der Nacht hier zu verbringen, oder wollen wir zurückrudern, uns in unsere Betten packen und bis in den Tag hinein schlafen?«

»Nur nicht hier bleiben«, sagte Anne hastig. »Keine Sekunde länger als nötig! Ich würde aus Angst vor den Kerlen kein Auge zutun.«

»Sei nicht blöde«, sagte Georg und unterdrückte ein Gähnen. »Sie wissen doch gar nicht, wo wir sind. Außerdem habe ich absolut keine Lust, jetzt Wilfrids Boot zu suchen, stundenlang zu rudern und dann noch den Hügel zum Haus hinaufzuklettern!«

Anne gab sich nur ungern geschlagen. »Na schön«, sie seufzte, »aber wir sollten abwechselnd wachen.«

»Du bist ein Angsthase«, sagte Georg. »Wir haben doch Tim.«

»Ach ja, da hast du Recht, also bleiben wir.«

Sie waren sehr müde. Die Jungen sammelten trockenes Laub und trugen es zu einer windgeschützten Stelle im Gebüsch, nicht weit von der Höhle entfernt, in der ihr Boot lag.

»Äußerst komfortabel«, pries Richard das Lager an. »Wünsche angenehme Ruhe.« Eine Sekunde später waren alle außer Anne eingeschlafen.

Eine seltsame Unruhe hatte sie befallen. Wenn ich nur wüsste, was die Männer jetzt machen, dachte sie. Erfreut hat sie unser Verschwinden bestimmt nicht. Vielleicht haben sie Angst, dass wir ihnen die Polizei auf den Hals hetzen, und versuchen, es zu verhindern, indem sie uns das Boot wegnehmen.

Regungslos lag sie da und lauschte auf jedes Geräusch. Tim gesellte sich zu ihr, setzte sich neben sie und leckte zärtlich ihre Hand, so, als wolle er sagen: Schlaf du nur, ich passe auf!

Aber sie fand keine Ruhe. Plötzlich hörte sie etwas und auch Tim hob den Kopf und knurrte leise.

Anne lauschte angestrengt. Ja, das waren Stimmen, gedämpfte Stimmen! Die Männer versuchten sicher, das Boot zu finden! Gelang es ihnen, waren sie alle verloren.

Tim sprang auf und drehte sich nach ihr um, als wolle er sie auffordern, ihm zu folgen.

Vorsichtig schlich sie hinter ihm her. Sie musste erkunden, was da vor sich ging. Dann konnte sie die anderen immer noch wecken. Tim lief geradewegs auf ihre Höhle zu und knurrte leise, als er von neuem die Stimmen hörte.

Kurz darauf spähte Anne durch das Gebüsch und sah die Männer damit beschäftigt, das Boot zum Wasser hinunterzuschieben. »Lassen Sie das!«, schrie sie außer sich vor Wut. In ihr Schreien mischte sich rasendes Gebell und ein zähnefletschender Hund stürzte sich auf die beiden Gestalten. Der Lärm weckte die anderen Kinder, die erschrocken aufsprangen.

»Das war Tim!«, schrie Julius. »Kommt!«

Sie stürmten hinunter zur Höhle; dort hörten sie jemanden brüllen. Das klang doch beinahe wie Anne! Aber nein, ihre stille, immer etwas ängstliche Schwester brüllte doch nicht so!

Sie hatten sich jedoch getäuscht. Anne hetzte den Hund auf zwei Männer, und die beiden rannten, von ihm verfolgt, zu ihrem Boot und ruderten davon. Anne schleuderte ihnen Steine nach. Dann wandte sie sich um und sah Julius vor sich.

»Gut, dass ihr da seid!«, rief sie erleichtert. »Ich glaube, wir haben sie verjagt!«

»Das kann man wohl sagen.« Julius grinste und klopfte ihr anerkennend auf die Schulter. »Donnerwetter, das Mäuschen hat sich schon wieder in einen Tiger verwandelt.«

»Hat es sich wirklich so angehört?«, fragte sie. »Super, ich hab es nämlich satt, mit einer Maus verglichen zu werden.«

Die Männer waren schon lange außer Sichtweite, aber Tim sandte ihnen noch immer sein triumphierendes Gebell nach.

Was konnten die schon gegen einen Hund und einen Tiger ausrichten!

»Wir müssen sofort zurück«, sagte Anne nachdrücklich. »Sofort! Außerdem habe ich Hunger und möchte in meinem Bett schlafen, und wenn ihr noch immer nicht wollt, fahre ich eben allein.«

Julius lachte über ihre Angriffslust und legte den Arm um sie. »Ich fürchte, es ist gefährlich, einen Tiger zu reizen. Übrigens, ich habe ebenso großen Hunger wie du und die anderen sicher auch.«

Es waren keine fünf Minuten vergangen, da glitt das Boot mit den Kindern und Tim schnell über das Wasser. Julius hatte den einen und Richard den anderen Riemen genommen.

»Ich wette, die beiden beobachten uns jetzt von irgendwo und fühlen sich sehr ungemütlich«, sagte Anne. »Wir müssen sofort die Polizei verständigen.

Aber dann will ich meine Ruhe haben, das sage ich euch!«

Sie verlebten noch eine lange, friedliche Zeit im Häuschen auf dem Hügel, während der nichts Aufregendes mehr geschah. Nur am Tag nach ihrer Rückkehr gab es noch einigen Trubel, als die Polizei sie bat, sie zur Insel zu begleiten, und die Beamten die Schatzkammer und den geheimen Gang in Augenschein nahmen. Die Männer bekamen sie nicht mehr zu sehen. Die hatten wohl nicht angenommen, dass die Kinder die Polizei noch in der Nacht verständigen würden, und der Versuchung nicht widerstehen können, ihr Boot noch einmal mit Kostbarkeiten zu beladen. Das war ihnen zum Verhängnis geworden! Sie waren der Polizei direkt in die Arme gelaufen.

Nun lagen die fünf am Abhang in der Sonne und Wilfrid lockte mit seiner Pfeife seine Freunde herbei.

»Wo hat er sie eigentlich wiedergefunden?«, fragte Richard.

»Im Eimer, als er Wasser aus dem Brunnen holen wollte«, sagte Anne.

»Da kann ich ja aufatmen!«, rief Georg. »Bin ich froh, dass sie wieder da ist.«

Wilfrid strahlte sie an, und dann spielte er die kleine Melodie, die eigentlich keine war. Wie immer kamen die Elster und der Hase und ein paar Kaninchen herbei. Sogar der Igel von der Insel hörte aufmerksam zu.

Tim lief zu Wilfrid, leckte dessen Hand und lief dann zu Georg zurück, und Wilfrid steckte die kostbare Pfeife wieder in die Tasche.

Sie lagen im Gras und sahen hinauf zum hohen Himmel. Nur Richard starrte hinüber zur Flüsternden Insel, dem grünen Fleck im unwahrscheinlichen Blau des Meeres.